अमित खान

नाइट क्लब

PRATILIPI PAPERBACKS | प्रतिलिपि पेपरबैक्स

PRATILIPI PAPERBACKS
प्रतिलिपि पेपरबैक्स

First published in Hindi as *Night Club* in 2023 by Pratilipi Paperbacks, an imprint of Westland Books, a division of Nasadiya Technologies Private Limited

No. 269/2B, First Floor, 'Irai Arul', Vimalraj Street, Nethaji Nagar, Alapakkam Main Road, Maduravoyal, Chennai 600095

ISBN: 9789395767934

10 9 8 7 6 5 4 3 2 1

This is a work of fiction. Names, characters, organisations, places, events and incidents are either products of the author's imagination or used fictitiously.

Typeset in ChanakyaUni by Neo Software Consultants, Prayagraj (Allahabad)

Printed at Saurabh Printers Pvt. Ltd.

नाइट क्लब

लेखक का जन्म गाज़ियाबाद जनपद के पिलखुआ क़स्बे में हुआ। उनके द्वारा लिखी गयी पहली कहानी मात्र 12 वर्ष की अल्प आयु में और पहला उपन्यास 15 वर्ष की आयु में प्रकाशित हो गया था, जो संभवत: विश्व रिकॉर्ड है। उनके द्वारा लिखी गयी कहानियाँ बहुत कम आयु में ही देश की बड़ी प्रसिद्ध पत्र-पत्रिकाओं में प्रकाशित हुईं। देश के बड़े प्रकाशन संस्थानों द्वारा अभी तक उनके लिखे गए सौ से ज़्यादा उपन्यास प्रकाशित हो चुके हैं। उन्होंने 'डायमंड कॉमिक्स' भी काफी बड़ी संख्या में लिखीं, जो हिंदी, अंग्रेज़ी और बांग्ला भाषाओं में प्रकाशित हुईं।

इसके अलावा आज उनका पात्र 'कमाण्डर करण सक्सेना' हिंदी उपन्यास जगत में मील का पत्थर बन चुका है, जिस सीरीज़ पर उन्होंने 58 उपन्यास लिखे। इस सीरीज़ पर एक बड़ी ऑडियो ड्रामा सीरीज़ भी 'Spotify' पर उपलब्ध है, जिसमें 'कमाण्डर करण सक्सेना' की आवाज़ बने हैं देश के चहेते सुपर स्टार—सोनू सूद! इस सीरीज़ पर वेब सीरीज़ भी निर्माणाधीन है।

अमित खान आजकल मुंबई में रहते हैं और मुंबई फ़िल्म इंडस्ट्री में भी काफी सक्रिय हैं। उनके द्वारा लिखी कथा, पटकथा, संवादों पर कई भाषाओं (हिंदी-मराठी-पंजाबी) में फ़िल्में बन चुकी हैं और 'एकता कपूर' द्वारा बनाई गयी उनके उपन्यास पर आधारित वेब सीरीज़ 'बिच्छू का खेल' भी सुपरहिट रही है। उनके और कई उपन्यासों पर भी वेब सीरीज़ और फिल्म बन रही हैं। टीवी पर भी वह अभी तक अलग-अलग धारावाहिकों के सौ से ज्यादा एपिसोड लिख चुके हैं। उन्हें 'विश्व हिंदी अकादमी' द्वारा 'हिंदी सेवा सम्मान' से भी अलंकृत किया जा चुका है। 'नासिक इंटरनेशनल फ़िल्म फेस्टिवल' में भी उन्हें 'बेस्ट कथा-पटकथा' का अवार्ड दिया गया है।

Email- foramitkhan@gmail.com
Facebook Page- @AmitKhanWriter
Instagram- @amitkhanwriter
Twitter- @AmitKhanWriter
YouTube- @AmitKhanWriter

PRATILIPI PAPERBACKS
प्रतिलिपि पेपरबैक्स

भारतीय भाषाओं की कहानियों का सबसे बड़ा मंच है प्रतिलिपि।

साहित्य प्रेमियों के बीच बहुप्रसिद्ध इस ऑनलाइन मंच पर बारह भाषाओं में नौ लाख लेखकों द्वारा रचित एक करोड़ से अधिक कहानियां मौजूद हैं। भारत के सबसे बड़े डिजिटल कॉमिक्स प्लेटफ़ॉर्म, 'प्रतिलिपि कॉमिक्स' के साथ-साथ प्रतिलिपि 'आईवीएम पॉडकास्ट', 'वेस्टलैंड बुक्स' और आठ भाषाओं में सर्वश्रेष्ठ ऑडियो कहानियों के ऐप 'प्रतिलिपि FM' को भी संचालित करता है।

हमारा नया इम्प्रिंट, 'प्रतिलिपि पेपरबैक्स' प्रतिलिपि की सफल कहानियों को प्रकाशित किताबों के रूप में बड़े पैमाने पर नए पाठकों तक ले जाने की एक कोशिश है। ऐप पर सबसे ज़्यादा पढ़ी और सराही गई कहानियों के अलावा हम अन्य विधाओं के कहानीकारों को भी प्रकाशित करेंगे जिन्होंने 'ट्रेड प्रकाशन' जगत में बहुत सफलता पायी है और उन्हें भी, जिनमें रोमांचक कहानियां कहने-लिखने की प्रतिभा है। हम आपको बेहतरीन मूल्य पर बेहतरीन कहानियों की गारंटी देते हैं।

कुछ टिप्पणियाँ अख़बारों से

आउटस्टैंडिंग थ्रिलर ।

महेश भट्ट, प्रसिद्ध फिल्म निर्माता-निर्देशक

नई जनरेशन में 'अमित खान' हैं, जो महान उपन्यासकार 'वेद प्रकाश शर्मा' और 'सुरेन्द्र मोहन पाठक' के बनाये रास्ते पर चल रहे हैं ।

आउटलुक

अमित खान—हिन्दी पल्प फिक्शन का बेहद मशहूर और सबसे युवा चेहरा ।

हिन्दुस्तान टाइम्स

हिन्दी पल्प साहित्य के सबसे युवा लेखक, जिनकी निगाह लेखन के इस बदलते युग में इंटरनेट व्यवसाय पर भी है ।

फेमिना

अमित खान—वह लेखक, जिन्होंने अपनी ज़िद और शर्तों पर ज़िन्दगी जी ।

दैनिक जागरण

अमित खान—थ्रिलर उपन्यासों की दुनिया में एक प्रभावशाली नाम है ।

मिड डे

अमित खान—वह नाम, जो लेखन की दुनिया का अद्‌भुत व्यक्तित्व है ।

द फ्री प्रेस जनरल

काल-कोठरी का दरवाजा चरमराता हुआ खुला और सेण्ट्रल जेल के जेलर ने अन्दर कदम रखा।

"मुझे हैरानी हो रही है।"

"कैसी हैरानी?"

वह एक खूबसूरत-सी लड़की थी। बहुत खूबसूरत। उम्र भी ज्यादा नहीं। मुश्किल से पच्चीस-छब्बीस साल। वही उस काल-कोठरी के अन्दर कैद थी।

"यही सोचकर हैरानी हो रही है।" जेलर बोला—"कि तुमने अपनी अन्तिम इच्छा के तौर पर माँगा भी तो क्या माँगा? सिर्फ कुछ पेन और कागज के कुछ दस्ते। आखिर तुम उनका क्या करोगी?"

लड़की ने गहरी साँस छोड़ी। उसके चेहरे पर एक साथ कई रंग आकर गुजर गये।

"मैं एक कहानी लिखना चाहती हूँ जेलर साहब!"

"कहानी!"

"हाँ, अपनी कहानी। अपनी जिन्दगी की कहानी।"

"ओह! यानी तुम आत्मकथा लिखना चाहती हो।"

"हाँ।"

"लेकिन उससे होगा क्या?"

"शायद कुछ हो। शायद मेरे साथ जो कुछ गुजरा है, वो एक दास्तान बनकर सारे जमाने को मालूम हो जाये।"

"मुझे तो तुम्हारी कोई बात समझ नहीं आ रही है।" लड़की हँसी।

मगर उसकी हँसी में भी दर्द था। तड़प थी।

"आप एक पुलिस ऑफिसर हैं, आप मेरी बात इतनी आसानी से समझ भी नहीं सकते। मेरी बात समझने के लिये दिमाग नहीं, बल्कि सीने में एक दर्द भरा दिल होना चाहिये।"

"लेकिन तुम भूल रही हो लड़की!" जेलर बोला—"कि तुम्हें फाँसी होने में सिर्फ तीन दिन बाकी हैं।"

"मैं कुछ भी नहीं भूली।"

"मगर इतने कम समय में तुम अपनी जिन्दगी की कहानी कैसे लिख पाओगी?"

"शायद लिख पाऊँ। कोशिश करके तो देखा ही जा सकता है।"

"काफी जिद्दी हो।" जेलर को उस लड़की से हमदर्दी थी।

कहीं-न-कहीं उसके दिल में उसके प्रति सॉफ्ट कॉर्नर था।

"जिद नहीं, यह मेरी अन्तिम इच्छा है जेलर साहब!" लड़की टूटे-टूटे, बिखरे-बिखरे स्वर में बोली—"आपने ही तो मेरी अन्तिम इच्छा के बारे में पूछा था। लेकिन मेरी इच्छा को पूरी करने में अगर आपको कोई मुश्किल पेश आ रही है, तो फिर रहने दीजिए।"

"नहीं—कोई मुश्किल नहीं है।" जेलर तुरन्त बोला—"मैं अभी तुम्हारे लिये पेन और कागज के कुछ दस्ते भिजवाता हूँ।"

"थैंक्यू जेलर साहब! अपनी जिन्दगी और अपने इरादों से पूरी तरह हिम्मत हार चुकी यह बेबस लड़की आपके इस अहसान को कभी नहीं भुला पायेगी।" जेलर वहाँ से चला गया।

थोड़ी ही देर में कुछ पेन और कागज के चार दस्ते जेल की उस काल-कोठरी में पहुँच गये थे।

❑❑❑

1
मेरा बचपन

मुझे अपने नाम से ही शुरू करना चाहिये। मेरा नाम शिनाया है। शिनाया शर्मा! काफी खूबसूरत नाम है। जैसा नाम—वैसी मैं! बेहद खूबसूरत! यौवन और सुन्दरता के प्याले में उफनती शराब की तरह, जो हर बाँध को जबरन तोड़ डालना चाहे। जिसकी साँसों की गर्मी जब अपने पूरे उफान पर हो, तो लोहा पानी बनकर बहने लगे। यूँ तो औरत का जिस्म ही उसकी सबसे बड़ी ताकत होता है। जिसकी बिना पर वो हर खेल, खेल सकती है। मगर यकीन मानिये, औरत का वही जिस्म उसकी सबसे बड़ी कमजोरी भी है। इस कमजोरी का अहसास आपको कहानी में आगे चलकर होगा।

मेरा जन्म मुम्बई शहर के एक ऐसे बदनाम इलाके में हुआ—जिसे फारस रोड के नाम से जाना जाता है। मेरी माँ वेश्या थी। अपना जिस्म बेच-बेचकर वो अपनी गुजर करती थी और मैं उसके ऐसे ही कुकर्मों का प्रतिफल थी। मेरा बाप कौन है—यह उसे भी मालूम न था। जरा सोचिये—जिस औरत ने अपने जिस्म को कारपोरेशन की सड़क की तरह इस्तेमाल किया हो, जिसके ऊपर से सैकड़ों मर्द गुजर गये, वह कैसे बता सकती है—उसकी कोख में पनप रहा बीज किसका है। फिर भी मुझे अपनी माँ से पूरी हमदर्दी है। खासतौर पर जैसी मौत उसे नसीब हुई, ईश्वर ऐसी मौत तो किसी दुश्मन को भी न दे। सैकड़ों की संख्या में पुरुषों के साथ सहवास करने के कारण उसे एड्स हो गया था। वो मर गयी। अब आप खुद अन्दाज लगा सकते हैं कि उसका जो जिस्म कभी उसकी सबसे बड़ी ताकत था, वही उसकी सबसे बड़ी कमजोरी बन गया। माँ तो चल बसी—लेकिन मेरी देखभाल

करने वाली औरतों की उस कोठे पर कोई कमी न थी। चाची, ताई, बुआ, अम्मा—ढेरों औरतें। सबसे मुझे माँ जैसा ही प्यार मिला। फिर मेरी सबसे बड़ी खूबी थी कि मैं एक लड़की थी। ऊपर से बला की खूबसूरत। जब मैं पाँच साल की थी, तभी से कोठे पर आने वाले छिछोरे और बदजात मर्द मुझे इस तरह घूर-घूरकर देखने लगे, मानो किसी नंगी-बुच्ची औरत को देख रहे हों। और कहर ऊपर वाले का, ग्यारह साल की उम्र तक पहुँचते-पहुँचते तो मैं ऐसी कड़क जवान हो गयी कि मेरे फनफनाते यौवन के सामने मेरी चाची, ताई और बुआ तक शर्मसार होने लगीं।

"हाय दइया!" मेरी एक चाची तो अपने मुँह पर हाथ रखकर बड़ी हैरत के साथ कहती—"यह लड़की है या बबालेजान है। कमबख्त को देखो तो अभी से कैसी बिजलियाँ गिराने लगी है।" चाची की बात सुनकर सब औरतें हँस पड़तीं। कभी-कभी मैं भी मुस्कुरा देती। कोठे की औरतें अक्सर मर्दों की बेहयाई की भी खूब हँस-हँसकर चर्चाएँ करतीं। उनके बीच यह बातें भी खूब होतीं कि मर्दों को कैसे रिझाया जाता है, कैसे उन्हें काबू किया जाता है। मेरा दावा है, कोठे की उन बड़ी-बूढ़ियों की बातों को अगर कोई लड़की अपनी गिरह में बाँध ले, तो फिर वह सात जन्म तक भी किसी मर्द से मात न खाए। उन बातों के सामने 'कामसूत्र' की क्लासें तो कुछ भी नहीं।

❑❑❑

अब मुझे वो दहशतनाक घटना याद आ रही है, जब मैं किसी मर्द के साथ पहली बार हमबिस्तर हुई। मैं उस घटना को दहशतनाक इसलिए कह रही हूँ, क्योंकि तब मैं बहुत डरी हुई थी। आखिर मेरी उम्र ही क्या थी—तेरह वर्ष। और वह पैंतीस-चालीस साल का मुस्टण्डा जवान था। ऊपर से काला भुजंग! बड़ी-बड़ी मूँछें। हँसता तो उसके मूछों के बाल इस तरह फड़फड़ाते, जैसे बारीक-बारीक सुइयाँ खड़ी हो गयी हों।

कमरे में आकर उसने दरवाजा अन्दर से बन्द कर लिया।

"खबरदार!" मैं उसे चेतावनी देते हुए गुर्रायी—"मुझे हाथ भी मत लगाना।"

मेरी चेतावनी सुनकर वो हँसा। उसने पान का बीड़ा निकालकर अपने गाल में ठूँसा और उसकी बड़े वाहियात अन्दाज में जुगाली करता हुआ धीरे-धीरे मेरी तरफ बढ़ने लगा।

"सुना नहीं।" मैं दहाड़ी—"आगे मत बढ़ो।"

"क्यों?" वो पुनः अश्लील भाव से हँसा—"डर लगता है?"

मैंने फौरन वहीं रखा ताँबे का फूलदान उठाकर उसकी तरफ खींचकर मारा। वह नीचे झुका। उसकी खोपड़ी तरबूज की तरह फटने से बस बाल-बाल बची। उसी क्षण वो मेरे ऊपर झपट पड़ा। मैं भागी। लेकिन भागकर भी कहाँ जाती! तीन गज का कमरा था। उसने फौरन ही मुझे दबोच लिया। मैं चीखने लगी। छटपटाने लगी। हाथ-पैर पटकने लगी। उसने कसकर मुझे अपने आगोश में भर लिया। फिर उसके भद्दे होठ मेरे होंठों पर आ टिके। उसने मेरा प्रगाढ़ चुम्बन लिया। और! मेरे तन-बदन में सनसनाहट दौड़ गयी।

"पीछे हटो।" मैं पुनः दहाड़ी।

मैंने अपने नाखूनों से उसका चेहरा खरोंच डाला। मगर वह एक इंच भी न हिला। वह पागल हो रहा था। उसने मेरे कपड़े फाड़कर उतार डाले। मैं नग्न हो गयी। निर्वस्त्र!

"भगवान के लिये!" मैं उसके सामने हाथ जोड़कर गिड़गिड़ाई—"मुझे छोड़ दो।" मेरा पूरा जिस्म हल्दी की तरह पीला जर्द पड़ चुका था। मैं डर के मारे थर-थर काँप रही थी। परन्तु मेरी किसी चीख, किसी फरियाद ने उसके दिल को न पिघलाया।

"वाकई लाजवाब है।" मुझे उस रूप में देखकर वह और भी दीवाना हो उठा। उसने मुझे और कसकर पकड़ लिया। उसके बाद मैं बेबस हो गयी थी। जल्द ही मेरी चीख़ से तीन गज का वह पूरा कमरा दहल उठा।

❑❑❑

मैं सारा दिन और सारी रात सदमे की हालत में रही। मेरी दोनों जाँघें पके फोड़े की तरह दुःख रही थीं और नितम्बों में भी हल्का-हल्का दर्द था। जो कुछ मुझे झेलना पड़ा था—अगर इतनी कम आयु में किसी दूसरी लड़की को झेलना पड़ता, तो मेरी गारण्टी है कि वो निश्चित रूप से मर जाती। लेकिन मैं जिन्दा थी। न सिर्फ जिन्दा थी, बल्कि एकदम सही-सलामत थी।

और यही बात अपने आपमें एक पर्याप्त सबूत है कि तेरह वर्ष की आयु में ही मेरा शरीर कितना परिपक्व हो गया था। कुछ दिन तक दहशत मेरे ऊपर बुरी तरह हावी रही। परन्तु फिर एकाएक मेरे अन्दर बड़ा भूकम्पकारी परिवर्तन हुआ। प्रथम सहवास का जो खौफ मेरे दिल में बैठा था, वो निकल गया। मुझे धीरे-धीरे उसकी कल्पना मात्र से ही अनोखा सुकून मिलने लगा, जो मेरे साथ हुआ था। कैसी सैक्सुअल फैंटेसी थी? कैसा पागलपन भरा अहसास था?

कोठे पर ही तमाम औरतों के साथ एक तबलची भी रहता था, जो नाच-गाने के प्रोग्राम में कभी-कभार ढोलक बजा लिया करता। एक रात मैं चुपके से उस तबलची के कमरे में जा घुसी। कमरे में घुसते ही मैंने अपने शरीर के तमाम कपड़े उतार फेंके।

"यह सब क्या है?" तबलची बौखलाया।

"क्यों?" मैं अपने होंठ चुभलाते हुए बड़े कुत्सित भाव से मुस्कुराई— "मुझे देखकर तुम्हारे अन्दर कुछ-कुछ होता नहीं?"

तबलची की खोपड़ी उलट गयी। शायद उसने ख्वाब में भी नहीं सोचा था, कभी मैं भी उससे इस तरह की बात करूँगी। आखिर मैं तो बच्ची थी। तबलची की हालत कुछ सोचने-समझने लायक होती, उससे पहले ही मैं आगे बढ़कर उससे लिपट गयी। फिर मैंने उसका एक चुम्बन भी ले डाला। चुम्बन विस्फोटक था। मैंने देखा—उस एक चुम्बन ने ही उसे उन्माद से भर दिया।

"सचमुच!" तबलची अब बड़े दीवानावार आलम में मुझे निहारने लगा—"तुम इतनी खूबसूरत होओगी, मैंने सोचा भी न था।" तबलची ने अब कसकर मुझे अपनी बाँहों के दायरे में समेट लिया। उसका स्पर्श पाकर मैं रोमांचित हो उठी। उसके बाद उसने मुझे उठाकर वहीं एक बिस्तर पर पटक दिया। यह मेरी जिन्दगी का पहला रोमांस था, जिसका मैंने भरपूर मजा लूटा था। उसके बाद तो वह तबलची भी मेरा खूब दीवाना हो गया। वह हमेशा मक्खी की तरह मेरे आगे-पीछे मंडराता रहता। मेरे लिए बाजार से खुशबूदार तेल लाता। गजरा लाता। मुझे घुमाने ले जाता। मैं जो कहती, मेरा हर वो काम खुशी से दौड़-दौड़कर पूरा करता। मेरी जिन्दगी का वो पहला सबक था,

जब मुझे इस बात का पूरी संजीदगी के साथ अहसास हुआ कि इंसानी रिश्तों में औरत की हैसियत किसी मदारी जैसी होती है जिसकी डुगडुगी पर मर्द बिल्कुल बन्दर की तरह नाच सकता है। शर्त सिर्फ एक है! औरत अपने फन की पूरी उस्ताद होनी चाहिये। वरना वही मर्द उसके ऊपर हावी हो सकता है।

❑❑❑

यह सारी प्रारम्भिक शिक्षाएँ थीं—जो मुझे 'फारस रोड' के उस कोठे पर रहकर मिलीं। बीस वर्ष की उम्र तक पहुँचते-पहुँचते इस प्रकार की ढेरों बातें मुझे सीखने को मिल चुकी थीं। इस बीच मैं वेश्याओं की दुर्दशा से भी अच्छी तरह वाकिफ हुई। एक बार वो उम्र के ढलान पर पहुँची नहीं, फिर तो उन्हें कोई नहीं पूछता था। न मर्द! न चकले चलाने वाली बड़ी-बूढ़ियाँ! फिर तो उनकी हालत गली के उस कुत्ते से भी बद्तर होती थी, जो दुर-दुर करता हुआ सारा दिन इधर-से-उधर मारा-मारा फिरता है। तब दौलत की अहमियत मेरी समझ में आयी। दौलत ही वो वस्तु है—जिसकी बिना पर कोई वेश्या उम्र के ढलान पर पहुँचने के बाद भी खुद को सँभालकर रख सकती है। इसलिए समझदार वेश्या वही है, जो अपनी जवानी के दिनों में खुद को खूब जमकर कैश करे और बुढ़ापे के लिए ढेर सारी दौलत का इन्तजाम एडवांस में करके रखे। यह बात समझ आते ही मैंने सबसे महत्त्वपूर्ण कदम ये उठाया कि मैंने फारस रोड का वो कोठा छोड़ दिया और एक 'नाइट क्लब' में बहुत हाई प्राइज्ड कॉलगर्ल बन गयी।

मेरी तो दुनिया ही बदल गयी। अब मेरा वास्ता ऐसे बिगड़ैल रईसजादों से पड़ता, जो दोनों हाथों से खुलकर पैसा लुटाते थे। जिनके लिए पैसे की कोई अहमियत ही न थी। मैं उनके साथ कारों में घूमती। आलीशान फ्लैट्स और फाइव स्टार होटलों के अन्दर जाती। वह मेरे लिए नई दुनिया थी। नई और रंगीन दुनिया। जिसमें इन्द्रधनुषी रंग भरे हुए थे। अब मैंने अपने लिए मुम्बई के चार बंगला इलाके में एक आलीशान फ्लैट भी किराये पर ले लिया था। मैं कीमती-से-कीमती सौन्दर्य प्रसाधन इस्तेमाल करती। शानदार कपड़े पहनती। पर शीघ्र ही मुझे एक नई मुश्किल का सामना करना पड़ा।

जहाँ मेरी आमदनी बढ़ी थी—वहीं मेरे खर्चे भी अब बहुत बढ़ चुके थे। फिर एक मुश्किल और थी, मैं उस ऐशो-आराम की इस कदर आदी हो

गयी थी कि उसके बिना जिन्दगी गुजारने की कल्पना मात्र से ही मुझे दहशत होती। मैं यह भी जानती थी कि उस ऐशो-आराम को ताउम्र बरकरार रखना भी मेरे लिए कठिन है क्योंकि हाई प्राइज्ड कॉलगर्ल के उस धँधे में चाहे जितना पैसा था, पर उतना पैसा फिर भी नहीं था, जो तीस के बाद की तमाम उम्र उसी ऐशो-आराम के साथ गुजारी जा सकती। फिर एड्स होने का भी मुझे भय था। मैं अपनी माँ की तरह खौफनाक मौत नहीं मरना चाहती थी।

जिन्दगी की दुश्वारियों का अहसास मुझे अब हो रहा था। सच बात तो ये है—मैं कभी अपनी माँ की मौत के बारे में सोच भी लेती, तो मेरे शरीर में दहशत की लहर दौड़ जाती और मुझे कॉलगर्ल के उस धँधे से नफरत होने लगती। उन्हीं दिनों मेरे दिमाग में एक बड़ा नायाब विचार आया। हाँ! वह विचार नायाब ही था। क्योंकि उस एक विचार की बदौलत ही मेरी जिन्दगी में वो जबरदस्त भूकम्प आया, जिसकी बदौलत मैं अपने मौजूदा अंजाम तक पहुँची, जिसके कारण मुझे सजा भुगतनी पड़ी। मैंने सोचा—क्यों न मैं किसी खूबसूरत रईसजादे को अपने प्रेम-जाल में फाँसकर उससे शादी कर लूँ? जरा सोचो—इस तरह तो मेरी तमाम दुश्वारियों का ही हल निकल आता। फिर मुझे न भविष्य की चिन्ता थी—न वर्तमान की। वैसे भी मैं 'नाइट क्लब' की उस हँगामाखेज गहमा-गहमी से ऊब चुकी थी और फिलहाल हर वक्त मुझे अपने आने वाले कल की फिक्र लगी रहती थी।

जल्द ही मैंने अपने उस नायाब विचार पर काम शुरू कर दिया। मैंने कई रईसजादों को अपने प्रेम-जाल में फाँसने का प्रयास किया। लेकिन बात नहीं बनी। शीघ्र ही मुझे इस बात का अहसास हो गया कि वो काम इतना आसान नहीं था—जितना मैं समझ रही थी। रईसजादे मेरे आगे-पीछे हर वक्त जो मक्खियों की तरह भिनभिनाते हुए घूमते थे, वह अलग बात थी और उनसे शादी करना सर्वथा अलग बात थी। अपने जिन चुने हुए ग्राहकों के ऊपर मैंने डोरे डाले—उनमें से जहाँ कुछेक बाद में शादी-शुदा निकल आये, वहीं कुछ घबराहट के कारण मुझे बीच में ही छोड़कर भाग खड़े हुए। दो-एक रईसजादों के साथ बात शादी तक पहुँची भी, तो उनके परिवारजनों की तरफ से इतना सख्त विरोध हुआ कि वह उस विरोध के सामने ज्यादा देर तक टिके न रह सके।

❑❑❑

मुझे आज भी याद है—वह 22 दिसम्बर की रात थी। उस रात एक हैण्डसम नौजवान ने मुझे अपने लिए बुक किया और रात रंगीन बनाने के लिए अपने शानदार फ्लैट पर ले गया। उसकी उम्र अड़तीस-चालीस साल के आसपास थी। बाल घुँघराले थे और रंग गोरा-चिट्टा था। वह शादीशुदा नजर आ रहा था और किसी अच्छे खाते-पीते परिवार का दिखाई पड़ता था।

"लगता है तुम्हारी बीवी घर पर नहीं है।" मैं उसके फ्लैट में दाखिल होते हुए बोली।

नौजवान हँसने लगा, "अगर बीवी घर पर होती तो मैंने तुम्हें अपने साथ यहाँ लाकर क्या करना था!"

मैं जानती थी, दुनिया में आधे से ज्यादा शादी-शुदा मर्दों की यही प्रॉब्लम्स होती है। उनकी बीवी चाहे कितना ही स्मार्ट क्यों न हो, वह उससे बोर हो जाते हैं। उसके बाद उनका इधर-उधर मुँह मारने का सिलसिला शुरू होता है। भटकने का सिलसिला शुरू होता है। उस नौजवान ने मुस्कुराते हुए वार्डरोब में से अपने लिए एक नाइट गाउन निकाला और एक तौलिया निकाला।

"कहाँ जा रहे हो?"

"तुम थोड़ी देर आराम करो।" नौजवान बोला—"तब तक मैं बाथरूम से फ्रेश होकर आता हूँ।"

"क्या बिना नहाये कुछ नहीं होगा?"

"नहीं। वैसे भी जल्दी क्या है—सारी रात अपनी है।"

नौजवान नहाने के लिये बाथरूम में घुस गया। मैं बिस्तर पर लेट गयी। वहीं एक अखबार पड़ा था। मैंने अखबार उठा लिया और उसके पन्ने पलटने लगी। वह नौजवान कम-से-कम एक मायने से दूसरे ग्राहकों से जुदा था। दूसरे ग्राहक एक क्षण के लिये भी कॉलगर्ल को अपने फ्लैट में अकेला नहीं छोड़ते थे। उन्हें तो हमेशा यह डर रहता था—अगर उन्होंने कॉलगर्ल को जरा भी अपने फ्लैट में अकेला छोड़ा, तो बस वह तुरन्त सामान चुराकर वहाँ से चम्पत हो जायेगी। लेकिन उसने विश्वास किया था, जोकि बड़ी बात थी। उसी क्षण अखबार के पन्ने पलटते हुए मेरी निगाह अनायास एक बहुत सनसीखेज विज्ञापन पर पड़ी। विज्ञापन ने मुझे चौंकाया।

आवश्यकता है—एक कुशल लेडी केअरटेकर की। जो सत्ताइस-अट्ठाइस वर्षीय बेहद बीमार औरत की देखभाल कर सके तथा घर की साज-सफाई का काम भी सँभाल सके। तुरन्त मिलें। तिलक राजकोटिया। प्रोपराइटर: राजकोटिया ग्रुप ऑफ होटल्स।

"ग्रुप ऑफ़ होटल्स!" मेरे होंठों से सीटी बज उठी। सचमुच वह कोई बड़ा आदमी था। जो किसी फाइव स्टार होटल जैसी जगह में रहता होगा। मेरी आँखें चमकने लगीं। तभी वह नौजवान तौलिये से अपने सिर के बाल साफ करता हुआ बाहर निकल आया। उसने नाइट गाउन पहना हुआ था।

"क्या पढ़ रही हो डार्लिंग?"

"कुछ नहीं—एक विज्ञापन देख रही थी।"

"कैसा विज्ञापन?"

"यह तिलक राजकोटिया कौन है?" मैंने अखबार वापस बिस्तर पर रखते हुए पूछा।

नौजवान आहिस्ता से चिहुँका।

"तिलक राजकोटिया!"

"हाँ।"

"तुम तिलक राजकोटिया को नहीं जानतीं?"

"नहीं।"

"आश्चर्य है—तिलक राजकोटिया तो मुम्बई शहर का बहुत बड़ा आदमी है। बहुत रुतबे वाला आदमी है।"

"करता क्या है?"

"वह बिल्डर है।" नौजवान ने बताया—"एक बहुत बड़ी कंस्ट्रक्शन कम्पनी का ओनर है। मुम्बई शहर में कई बड़ी-बड़ी रिहायशी इमारतें और शॉपिंग मॉल उसके द्वारा बनाये गये हैं, लेकिन आजकल बेचारा बहुत परेशान है।"

"क्यों—जब इतना बड़ा आदमी है, तो परेशान क्यों है?" मैं तिलक राजकोटिया के बारे में ज्यादा-से-ज्यादा जानकारी पाने को उत्सुक थी।

"दरअसल तिलक राजकोटिया की परेशानी का असली सबब उसकी बीवी है।" नौजवान बोला—"वह आजकल सख्त बीमार चल रही है और उसके बचने की फिलहाल कोई गुंजाइश नहीं।"

"यह तो सचमुच दुःखद बात है।" मैंने कहा—"बीमारी क्या है उसकी बीवी को?"

"बीमारी का तो मुझे भी मालूम नहीं, लेकिन कुछ ज्यादा ही सीरियस केस है।"

"ओह!"

वह बात करता-करता मेरे नजदीक आया और उसने तौलिया एक खूँटी पर लटका दिया।

"वैसे उम्र क्या होगी तिलक राजकोटिया की?"

"उम्र भी ज्यादा नहीं है—मुश्किल से चौंतीस-पैंतीस साल होगी।"

मेरी आँखें चमक उठीं। मुझे लगा—जिस तरह के शिकार की मुझे तलाश थी, वो अब मुझे मिल गया है। आखिर कोई ऐसा ही पुरुष तो मुझे चाहिये था—जिसके साथ शादी करके मैं अपना भविष्य खुशहाल बना सकूँ। कोई ऐसा ही करोड़पति!

"अब हमें अपना प्रोग्राम आगे बढ़ाना चाहिये।" नौजवान मुस्कुराते हुए बिस्तर के ऊपर चढ़ आया।

"क्यों नहीं!"

उस समय नौजवान का पूरा शरीर महक रहा था। अगले ही पल हम दोनों रति-क्रीड़ा में मग्न हो गये। बल्कि अगर मैं ये कहूँ, तो कोई अतिशयोक्ति न होगी कि सिर्फ वही रति-क्रीड़ा में मग्न हुआ था। मेरा दिमाग तो उस क्षण कहीं और था। मैं तिलक राजकोटिया के बारे में सोच रही थी। उसकी बीवी बीमार थी और उसे उसकी देखभाल करने के लिये एक लेडी केअरटेकर की आवश्यकता थी। इससे एक बात और साबित होती थी कि उसके 'पैंट हाउस' में दूसरी कोई औरत भी नहीं थी—जो देखभाल कर सकती। यानी लाइन पूरी तरह क्लियर थी। मैं खेल, खेल सकती थी। तभी मेरे मुँह से तेज सिसकारी छूट पड़ी।

□□□

2

मेरी ब्रैण्ड न्यू लाइफ की शुरुआत

सुबह के साढ़े दस बज रहे थे, जब मैं होटल राजकोटिया पहुँची। मैंने टाइट जीन, हाइनेक का पुलोवर और चमड़े का एक कोट पहना हुआ था। उन कपड़ों में, मैं काफी सुन्दर नजर आ रही थी। वह होटल भी तिलक राजकोटिया की ही मिल्कियत था और वहीं उसका ऑफिस था।

"कहिये!" जैसे ही मैं ऑफिस के सामने पहुँची, एक गार्ड ने मुझे रोका—"किससे मिलना है आपको?"

"मैंने राजकोटिया साहब से मिलना है।" मेरे स्वर में आदर का पुट था।

"किसलिये?"

"उन्होंने कल के अखबार में एक एड निकलवाया है।" मैं वहाँ पूरी तैयारी करके आयी थी—"जिसके मुताबिक उन्हें अपनी बीमार बीवी की देखभाल के लिये एक लड़की की जरूरत है।"

"ओह—तो तुम केअरटेकर की जॉब के लिये आयी हो?"

"हाँ।"

गार्ड ने मुझे पुनः सिर से पाँव तक एक नजर देखा। जैसे मेरे समग्र व्यक्तित्व को परखने की कोशिश कर रहा हो। उसकी नजर काफी पैनी थी।

"कर सकोगी यह काम?"

"क्यों नहीं कर सकूँगी!" मैं तपाक से बोली— "तुम्हें कोई शक है?"

"नहीं।" गार्ड हड़बड़ाया—"मुझे क्यों शक होने लगा?"

गार्ड को मुझसे उस तरह के जवाब की बिल्कुल उम्मीद नहीं थी। वो फौरन ऑफिस के अन्दर चला गया। मैं उसका इन्तजार करती रही। मेरा दिल अजीब-से अहसास से धड़के जा रहा था। मैं नहीं जानती थी कि अगले पल क्या होने वाला है। यह पहला मौका था, जब मैं इस प्रकार कहीं नौकरी के लिये आयी थी और उस नौकरी पर मेरे भविष्य का सारा दारोमदार टिका था। मैंने अगर तिलक राजकोटिया को अपने प्रेम-जाल में फाँसना था, तो उसके लिये वह नौकरी मिलनी जरूरी थी। थोड़ी देर बाद ही गार्ड बाहर निकला।

"जाइये," गार्ड बोला।

मेरा दिल और जोर-जोर से धड़कने लगा। मैं अन्दर पहुँची। रूम काफी सजा-धजा था। फ़ॉल्स सीलिंग की बड़ी शानदार छत थी। दीवारों पर चैक के बारीक डिजाइन वाला वॉलपेपर था। फर्श पर कीमती कालीन था और सामने एक काफी विशाल टेबिल के पीछे रिवॉल्विंग चेयर पर तिलक राजकोटिया बैठा था। वह उम्मीद से कहीं ज्यादा खूबसूरत नौजवान निकला। उसने एक सरसरी-सी नजर मेरे ऊपर डाली।

"तुम्हारा नाम शिनाया शर्मा है?" वह बोला।

"जी।"

मुझे अपनी आवाज घुटती-सी अनुभव हुई। थोड़ा बहुत पढ़ना-लिखना मैंने फारस रोड के कोठे पर ही रहकर सीख लिया था।

"पहले कहीं केअरटेकर का काम किया है?" तिलक राजकोटिया ने अगला सवाल किया।

"जी नहीं।"

तिलक राजकोटिया चौंका।

"अगर पहले कहीं केअरटेकर का काम नहीं किया, तो यह सब कैसे सँभाल पाओगी?"

"केअरटेकर का काम ऐसा नहीं है जिसके लिये किसी खास ट्रेनिंग की आवश्यकता हो।"

"क्यों?"

"क्योंकि यह एक फैमिली जॉब जैसा है।" मेरे शब्द नपे-तुले थे—"इस काम को करने के लिये दिल में किसी दूसरे के दुःख-दर्द को समझने का अहसास होना चाहिये। मन में सेवा-भाव होना चाहिये। फिर कोई भी केअरटेकर के इस काम को कर सकता है।"

तिलक राजकोटिया की आँखें चमक उठीं।

"देट्स गुड!" वह प्रशंसनीय मुद्रा में बोला—"काफी सुन्दर विचार हैं। पहले क्या काम करती थीं?"

"लोगों के दुःख-दर्द बाँटती थी।"

"खैर दो बातें मैं तुम्हारे सामने शुरू में ही साफ़ कर देना चाहता हूँ।"

"क्या?"

"पहली बात।" तिलक राजकोटिया बोला—"तुम्हें चौबीस घण्टे 'पैंट हाउस' के अन्दर रहना होगा, क्योंकि मैडम को तुम्हारी किसी भी समय जरूरत पड़ सकती है। वह काफी गम्भीर पेशेन्ट हैं, उन्हें 'मेलीगनेंट बल्ड डिस्क्रेसिया' नाम की काफी सीरियस बीमारी है—जो दुनिया में काफी कम लोगों में पायी जाती है और ला-इलाज बीमारी है।"

"मेलीगनेंट ब्लड डिस्क्रेसिया!"

"हाँ।"

मैं लाइफ में फर्स्ट टाइम उस बीमारी का नाम सुन रही थी। लेकिन मुझे क्या था! मेरे लिये तो यह अच्छा ही था कि वो एक ला-इलाज बीमारी थी।

"मुझे चौबीस घण्टे पैंट हाउस में रहने में कोई प्रॉब्लम नहीं।" मैंने तुरन्त कहा।

"और दूसरी बात क्या कहना चाहते हैं आप?"

"दूसरी बात तुम्हारी सैलरी से सम्बन्धित है।" तिलक राजकोटिया बोला—"शुरू में तुम्हें ज्यादा सैलरी नहीं मिल पायेगी।"

"कितनी?"

"सिर्फ ट्वेंटी थाउजेंड हर महीने—अलबत्ता काम को देखते हुए बाद में तुम्हारी सैलरी बढ़ाई भी जा सकती है।"

"मुझे कोई ऐतराज नहीं।"

मैंने सैलरी पर भी ज्यादा बहस नहीं की।

"ठीक है—तो फिर जॉब अन्तिम रूप से कबूल करने से पहले तुम 'पैंट हाउस' देख लो और उस पेशेन्ट को देख लो, जिसका केअरटेकर तुम्हें बनाया जा रहा है।"

"ओके।" मेरी गर्दन स्वीकृति में हिली।

"मैं तुम्हें अभी ऊपर भेजता हूँ।"

तिलक राजकोटिया ने इण्टरकॉम करके किसी को बुलाया। तुरन्त एक गार्ड ने ऑफिस में कदम रखा।

"यस सर!"

"जाओ—इन्हें मेमसाहब के पास ले जाओ।"

"जी सर!" गार्ड मेरी तरफ घूमा—"आइये!"

मैं ऊपर जाने के लिये उसके साथ-साथ लिफ्ट की तरफ बढ़ गयी।

❑❑❑

होटल राजकोटिया एक दस मंजिला होटल था और उसकी ग्यारहवीं मंजिल पर सत्तर कमरों का वो विशाल 'पैंट हाउस' बना हुआ था, जो तिलक राजकोटिया की रिहायशगाह थी। वो 'पैंट हाउस' फाइव स्टार होटल से भी ज्यादा आलीशान था। पूरा पैंट हाउस सेण्ट्रली एअरकण्डीशन्ड था और गलियारों में भी मूल्यवान गलीचे बिछे हुए थे। दीवारों पर आकर्षक तैल चित्र सुसज्जित थे और जगह-जगह जो लॉबीनुमा हॉल बने थे, उससे गुज़रते हुए गार्ड मुझे सीधे मिसिज राजकोटिया के शयन कक्ष में ले गया।

और! शयन-कक्ष में घुसते ही मुझे ऐसा तेज झटका लगा, मानो बिजली का नंगा तार छू गया हो। एक ही सैकिण्ड में मेरी सारी योजना उलट-पलट होकर रह गयी। किस्मत मेरे साथ कैसा अजीबोगरीब खेल-खेल रही थी, इसका अहसास आपको अभी हो जायेगा।

"बृंदा तुम!"

सामने बिस्तर पर लेटी औरत को देखकर मैं बुरी तरह चौंकी। मैं सकते में आ गयी। वह मेरी अच्छी-खासी परिचित थी, बल्कि वह मेरी

सहेली थी। उस औरत को देखते ही एक साथ कई सारे दृश्य मेरी आँखों के सामने झिलमिला उठे। जैसे बृंदा कभी उसी नाइट क्लब से जुड़ी हुई थी, जिससे मैं जुड़ी थी। वह भी मेरी ही तरह कॉलगर्ल थी और कभी जिस्म बेचकर अपनी गुजर करती थी। इतना ही नहीं—हम दोनों का सपना भी एक ही था। किसी फिल्दी रिच आदमी से शादी करना और सारी जिन्दगी ठाठ के साथ गुजारना। अलबत्ता बृंदा में कुछ कमी जरूर थी।

वो मेरी तरह खूबसूरत नहीं थी। मेरी जैसी सेक्स अपील तो उसमें जरा भी नहीं थी। हम दोनों के बीच बड़ी अजीब-सी प्रतिस्पर्धा चलती थी। नाइट क्लब में जो भी ग्राहक आते, वह पहले मुझे चुनते। मैं हमेशा उससे जीतती। इसके अलावा एक बार जो भी पुरुष मेरे साथ रात गुजार लेता, फिर वो हमेशा मेरा ही गुणगान करता। पुरुषों को प्रेम-जाल में फाँसने की योजनायें भी हम दोनों साथ-साथ मिलकर बनातीं—परन्तु मैं बृंदा से कहीं ज्यादा बेहतरीन योजना बनाती और मेरी योजनायें अधिकतर सफल भी होतीं।

"माई डेलीशस डार्लिंग!" बृंदा अपनी दोनों बाँहें मेरे गले में डालकर अक्सर बड़े अनुरागपूर्ण ढंग से कहती—"मैं तुझसे हमेशा हार जाती हूँ, लेकिन एक बात याद रखना..."

"क्या?"

"जिन्दगी में कभी, किसी मोड़ पर मैं तुझसे जीतकर भी दिखाऊँगी और इस तरह जीतकर दिखाऊँगी—जो बस एक ही झटके में सारा हिसाब-किताब बराबर हो जाये।"

वह बात कहकर जोर से हँसती थी बृंदा। लेकिन मैं उसकी हँसी में छिपे दर्द को भी अच्छी तरह अनुभव करती। और फिर बृंदा कोई तीन साल पहले नाइट क्लब से एकाएक गायब हो गयी। कहाँ गायब हुई? किसी को कुछ पता न चला। जबकि आज वह मुझे एक बिल्कुल नये रूप में मिल रही थी। एक करोड़पति बीमार महिला के रूप में। पिछले तीन वर्ष में उसके अन्दर काफी परिवर्तन हुआ था, जैसे—वह बहुत कमजोर हो गयी थी। आँखों के नीचे काले-काले गड्ढे पड़ गये थे। उस वक्त उसे देखकर कौन कह सकता कि वो कभी किसी नाइट क्लब में हाई प्राइज्ड कॉलगर्ल भी रही थी।

"लगता है—आप दोनों तो एक-दूसरे को जानती हैं।" गार्ड खुश होकर बोला।

"हाँ—यह मेरी पुरानी परिचित हैं।"

गार्ड के चेहरे पर हर्ष की कोपलें फटीं—"मैं साहब को जाकर अभी यह खुशखबरी सुनाता हूँ।"

"लेकिन..." मैंने गार्ड को रोकना चाहा, लेकिन रोक न सकी।

❑❑❑

मेरी निगाहें पुनः बृंदा पर जाकर ठिठकीं। वह अब बिस्तर पर पीठ के सहारे बैठ गयी थी और अपलक मुझे ही निहार रही थी।

"कैसी हो तुम?" मैंने अचम्भित लहजे में पूछा।

"अच्छी हूँ।"

"तुम तो नाइट क्लब से बिल्कुल इस तरह गायब हुई," मैं बोली—"कि फिर तुम्हारा कहीं कुछ पता ही न चला। कितना ढूँढ़ा सब लोगों ने तुम्हें!"

उसने गहरी साँस ली। "देख नहीं रही, यह बृंदा पिछले तीन साल में कितना बदल गयी है।" बृंदा की आवाज में हताशा बेहद कूट-कूटकर भरी थी—"कितने बड़े चक्र में उलझा लिया है मैंने अपने आपको! याद है शिनाया—मैंने एक दिन तुझसे क्या कहा था?"

"क्या?"

"मैंने कहा था—एक दिन मैं तुझसे जीतकर दिखाऊँगी। मैं जीत गयी शिनाया! मैं तुझसे पहले दौलतमन्द बन गयी। ल-लेकिन...।" वह शब्द बोलते-बोलते उसकी आवाज कंपकंपायी।

"लेकिन क्या?"

"लेकिन अब इस जीत का भी क्या फायदा!" एकाएक वह अफसोसनाक लहजे में बोली—"जब मौत इतने करीब खड़ी हो—जब साँसों की डोर यूँ टूटने के कगार पर हो।"

"आखिर क्या बीमारी हो गयी है तुझे?"

"मेलीगेंट ब्लड डिसक्रेसिया।"

"यह कैसी बीमारी है?"

"जिसका कोई इलाज भी नहीं है। इसमें मरीज की दोनों किडनी बेकार हो जाती हैं और खून में इंफेक्शन भी हो जाता है। ब्लड इंफेक्शन के कारण किडनी को ऑपरेशन करके बदला भी नहीं जा सकता।" बृंदा बोली।

"क्यों?"

"क्योंकि किडनी चेंज करने के लिये जैसे ही किसी पेशेन्ट का ऑपरेशन होगा।" वह बोली—"तो फौरन ऑपरेशन टेबल पर ही उसकी मौत हो जायेगी। सबसे बड़ी बात ये है, दुनिया में इस रोग से ग्रस्त पेशेन्टों की संख्या भी ज्यादा नहीं है।"

"कितनी होगी?"

"दुनिया में मुश्किल से दस पेशेन्ट इस रोग से ग्रस्त हैं, जबकि भारतवर्ष में मेरे अलावा सिर्फ एक ही पेशेन्ट मद्रास में कहीं है।"

"ओह!" वाकई बृंदा को गम्भीर बीमारी ने जकड़ा था। "क्या पूरे शरीर का ब्लड बदलकर भी यह ऑपरेशन नहीं हो सकता?" मैं बोली।

"नहीं।" बृंदा की गर्दन इंकार में हिली—"वास्तव में यह बीमारी किडनी की कम और ब्लड से सम्बन्धित ज्यादा है। इस बीमारी में ब्लड के अन्दर इंफेक्शन इतनी तेजी के साथ फैलता है कि इधर पेशेन्ट को नया ब्लड चढ़ाया जाता है और उधर ब्लड के शरीर में पहुँचते ही उसमें इंफेक्शन की प्रक्रिया शुरू हो जाती है।"

"लेकिन तुम्हें यह बीमारी कैसे लग गयी?"

"मालूम नहीं—कैसे लगी।"

"कहीं कॉलगर्ल...?"

"सही कहा।" वह फौरन बोली—"कभी-कभी तो सोचती हूँ, कॉलगर्ल के उस धँधे के कारण ही मैं इस नामुराद बीमारी का शिकार बनी हूँ।"

मुझे अपने हाथ-पैरों में बर्फ जैसी ठण्डक दौड़ती अनुभव हुई। फौरन मेरी आँखों के इर्द-गिर्द अपनी माँ का चेहरा घूम गया। जिसे एड्स हो गया था। जो उससे भी कहीं ज्यादा तड़प-तड़प कर मरी थी। मेरा यह विश्वास दृढ़ हो गया कि जरूर बृंदा को वह बीमारी उसी धँधे के कारण लगी थी।

"और राजकोटिया के सम्पर्क में कैसे आयीं तुम?"

"तिलक राजकोटिया से मेरी पहली मुलाकात एक शॉपिंग कॉम्पलैक्स में हुई थी।" बृंदा ने बताया। "मुझे आज भी याद है।" बोलते-बोलते बृंदा किन्हीं ख्यालों में गुम हो गयी—"तिलक वहाँ कोई प्रजेन्ट खरीदने की कोशिश कर रहा था, जिसे खरीदने में मैंने उसकी हेल्प की। बस वही बात उसके दिल को छू गयी। फिर तो हमारी मुलाकातें अक्सर होने लगीं। हालांकि तिलक के ऊपर दर्जनों लड़कियों की निगाहें थीं, लेकिन मैंने उसे बड़ी आसानी से अपने जाल में फाँस लिया। तभी मैं बड़ी खामोशी के साथ ही 'नाइट क्लब' भी छोड़कर आ गयी। क्योंकि मैं अपने पुराने संगी-साथियों में से किसी को इस बात की भनक भी नहीं लगने देना चाहती थी कि मैंने तिलक राजकोटिया जैसे फिल्दी रिच आदमी से शादी कर ली है।"

"क्यों?"

"क्योंकि मुझे डर था।" वह थोड़े सकुचाये स्वर में बोली—"कि कहीं कोई मुझे ब्लकमैल न करने लगे। या मेरे पास इतनी ढेर सारी दौलत देखकर किसी के मुँह में पानी न आ जाये।"

"ओह!"

बृंदा ने सचमुच काफी चतुराई से काम लिया था। चतुराई से भी और समझदारी से भी। क्योंकि उस परिस्थिति में इस प्रकार की घटना का घट जाना कुछ असम्भव न था।

"लेकिन मैं एक बात नहीं समझ पा रही हूँ।" बृंदा जबरदस्त सस्पैंसफुल लहजे में बोली—"तुम यहाँ तक किस तरह पहुँची? क्या तुम्हें मालूम हो गया था कि मैंने तिलक राजकोटिया से शादी कर ली है?"

"नहीं।"

"फिर?"

मैं गहरी साँस लेकर वहीं उसके नजदीक पड़ी एक कुर्सी पर बैठ गयी। फिर मैंने अपने कोट की जेब में-से ऐड की कटिंग निकालकर बृंदा की तरफ बढ़ा दी।

"इस तरह पहुँची।"

"यह क्या है?"

"पढ़ो।"

बृंदा ने मेरे हाथ से वो ऐड लेकर पढ़ा। ऐड पढ़ते ही उसने एक बार फिर चौंककर मेरी तरफ देखा, फिर उसके होंठों पर अनायास ही बड़ी प्यारी-सी मुस्कान थिरक उठी।

"मैं सब समझ गयी।" वह बोली।

"क्या समझी?"

"जरूर तू भी यहाँ अपना सपना साकार करने आयी थी।"

"सपना!"

"हाँ—सपना! तूने सोचा होगा।" वह अर्द्धनिर्लिप्त नेत्रों से मेरी तरफ देखते हुए बोली—"कि एक करोड़पति की बीवी बीमार है। वह मौत के दहाने पर पड़ी आखिरी साँस ले रही है और ऊपर से इतने बड़े पैंट हाउस में उसकी देखभाल करने वाला भी कोई नहीं। ऐसी परिस्थिति में तेरे लिये उसे अपने प्रेमजाल में फाँसना कितना आसान होगा। क्यों—मैं ठीक कह रही हूँ न?"

मैं उस क्षण उसमें आँख मिलाये रखने की ताब न ला सकी। आखिर वो सहेली थी मेरी। मेरी नस-नस से वाकिफ थी।

"मेरे सवाल का जवाब नहीं दिया?" बृंदा पुनःबोली—"क्या मैंने कुछ गलत कहा?"

"नहीं। अब तुझसे क्या छिपा है।" मैंने गहरी साँस छोड़ी—"सच बात तो यही है—मैं यहाँ इसीलिये आयी थी। अगर मैं यह कहने लगूँ कि मैं यहाँ सिर्फ केअरटेकर का जॉब करने आयी थी—तो तू भी जानती है, यह इस दुनिया का सबसे बड़ा झूठ होगा। लेकिन तू फिक्र मत कर—अब मेरे थॉट बदल चुके हैं।"

"क्यों?"

"क्योंकि यह मालूम होने के बाद कि तिलक राजकोटिया की वह बीमार बीवी तू है—अब मैं तेरे हक पर डाका नहीं डालूँगी। अब मैं सच में ही तेरी मन से सेवा करूँगी।"

"सच!"

"हाँ—सच!" मैंने उसका हाथ अपने हाथ में ले लिया।

बृंदा जज्बाती हो उठी। उसकी आँखों में आँसू छलछला आये। जबकि मैंने उसे अब कसकर गले लगा लिया था।

"ओह—तू नहीं जानती, तेरी यह बात सुनकर मुझे किस कदर खुशी हो रही है। तू सचमुच मेरी अच्छी सहेली है।" बृंदा की आँखों में खुशी के कारण झर-झर आँसू बहने लगे।

मैं भी उस क्षण इमोशनल हुए बिना न रह सकी। वह जज्बातों से भरे क्षण थे।

❑❑❑

"हैलो एवरीबडी!"

तभी एक नई आवाज मेरे कानों में पड़ी। मैं बृंदा से अलग हुई और पलटी। सामने तिलक राजकोटिया खड़ा मुस्कुरा रहा था।

"मुझे यह देखकर अच्छा लग रहा है कि आप दोनों पहले से ही एक-दूसरे को जानती हैं।" तिलक राजकोटिया बोला।

"दरअसल कभी हम दोनों बचपन में साथ-साथ एक ही स्कूल में पढ़ी थीं।" बृंदा अपने आँसू साफ करते हुए बोली—"आज सालों बाद एक-दूसरे को देखा, तो पुरानी यादें ताजा हो उठीं।"

"कौन से स्कूल में पढ़ी थीं?"

"था एक स्कूल! जहाँ जिन्दगी से सम्बन्धित ऐजूकेशन दी जाती है।" बृंदा हँसी।

मैं भी मुस्कुरायी।

"चलो—यह बेहतर ही हुआ।" तिलक राजकोटिया बोला—"क्योंकि बृंदा की जितनी अच्छी तरह तुम देखभाल कर पाओगी, उतनी शायद ही कोई और कर पाता। आओ—मैं तुम्हें तुम्हारा रूम दिखाता हूँ।"

मैं उठकर खड़ी हो गयी।

❑❑❑

वह पैंट हाउस का एक काफी आलीशान रूम था, जहाँ मुझे ठहराया गया था। जरूर तिलक ने यह पता चलने के बाद कि मैं बृंदा की सहेली थी—मुझे

जानबूझकर उस रूम में ठहराया था, वरना मामूली केअरटेकर के स्तर का कमरा तो वह हरगिज नहीं था। कमरे में एअरकण्डीशन चल रहा था। टी.वी. और फ्रीज रखा हुआ था। कीमती कालीन बिछा था। इसके अलावा एक आलीशान किंग साइज डबल बैड भी वहाँ था।

"रूम पसन्द आया?" तिलक राजकोटिया कमरे में दाखिल होता हुआ बोला।

"बेहतरीन!"

"फिर भी कहीं कुछ कमी लगे, तो मुझे बेहिचक बता देना। तुम अब यह बिल्कुल मत समझना कि तुम यहाँ एक केअरटेकर की हैसियत से रह रही हो। तुम खुद को बृंदा की सहेली ही समझना—इस परिवार की एक मित्र समझना।"

"थैंक्यू! आप लोगों से मुझे जो प्यार मिल रहा है, उसने मुझे भाव-विभोर कर दिया है।"

"हर इंसान को जिन्दगी में वही सब कुछ मिलता है, जिसका वो हकदार होता है।"

"आप शायद मजाक कर रहे हैं राजकोटिया साहब!"

"नहीं।" वह दृढ़तापूर्वक बोला—"मैं इतने सीरियस सब्जेक्ट पर कभी मजाक नहीं करता।"

"अच्छा यह बताइये!" मैंने बातचीत का रुख बदला—"यहाँ किचन किस तरफ है?"

"किचन भी दिखाता हूँ।"

कमरा दिखाने के बाद फिर तिलक राजकोटिया ने मुझे वहाँ का किचन भी दिखाया। डायनिंग हॉल दिखाया। अपना शयनकक्ष दिखाया। सचमुच पैंट हाउस की एक-एक चीज शानदार बनी हुई थी।

"इसके अलावा मैं तुम्हें एक ख़ास जानकारी और देना चाहता हूँ।" वह बोला।

"क्या?"

"बृंदा को डॉक्टर ने पूरी तरह बैड रेस्ट की हिदायत दी हुई है।"

"मतलब?"

"दरअसल उसे थोड़ा बहुत चलने-फिरने की भी मनाही है।" तिलक राजकोटिया बोला—"यहाँ तक कि वो अपने नित्यकर्म भी वहीं अपने शयनकक्ष में करती है। एक चलता-फिरता कमोड उसके शयनकक्ष में ले जाया जाता है और वो बस उस बैड से सरककर उस कमोड पर बैठ जाती है।"

"ओह!"

"बस यूँ समझो, वह अपनी जिन्दगी के आखिरी दिन ही पूरे कर रही है।" वह शब्द कहते हुए तिलक उदास हो गया था—"मैं समझता हूँ ऐसी हालत में कोई तुम्हारे जैसी सहेली ही उसकी देखभाल कर सकती थी। सच बात तो ये है—मैंने केअरटेकर का वह विज्ञापन भी निकलवा जरूर दिया था, लेकिन मैं उससे सन्तुष्ट नहीं था। मैं भरोसा नहीं कर पा रहा था कि कोई तनख्वाह के लिये काम करने वाली लड़की बृंदा की किस प्रकार देखभाल कर पायेगी। लेकिन तुम्हारे आने से अब मैं काफी सुकून महसूस कर रहा हूँ।"

"आप बेफिक्र रहें तिलक साहब!" मैं बोली—"बृंदा को सँभालना अब पूरी तरह मेरी जिम्मेदारी है।"

"आई नो।"

तभी मेरी निगाह सामने ड्रेसिंग टेबल के आइने पर पड़ी—जिसमें मेरा अक्स चमक रहा था। उस क्षण मैं बला की हसीन नजर आ रही थी। बला की खूबसूरत! ऐसा नहीं हो सकता था कि उस लम्हा कोई मर्द मुझे देखे और मेरे ऊपर आसक्त न हो जाये। हाईनैक के पुलोवर और चमड़े के कोट ने मेरी सुन्दरता कई गुना बढ़ा दी थी। एअरकण्डीशन चलने के कारण मेरे बालों की एक लट उड़-उड़ जा रही थी, जिसे मैं बार-बार सँभालती। मैंने चोरी-चोरी निगाह से तिलक राजकोटिया की तरफ देखा। वह भी मेरे रूप-सौन्दर्य को ही निहार रहा था। कुल मिलाकर एक तरह से पैंट हाउस में मेरी ब्रेंड न्यू लाइफ की शुरुआत हो गयी थी।

□□□

3

कहानी में नया ट्विस्ट

रात के नौ बजे पैंट हाउस में एक ऐसे नये किरदार के कदम पड़े, जिसके कारण कहानी में आगे चलकर नई-नई घटनाओं का जन्म हुआ। बड़े-बड़े अजीब मोड़ आये। वह डॉक्टर कृष्णराव अय्यर नाम का एक मद्रासी आदमी था। उसकी उम्र कोई चालीस-पैंतालीस के आसपास की थी, लेकिन फिर भी शरीर सौष्ठव की दृष्टि से वो काफी तन्दरुस्त था। उसके सिर के बाल कुछ उड़े हुए थे और जिस्म की रंगत आम मद्रासियों की तरह थोड़ी मटमैली थी।

"डॉक्टर!" तिलक राजकोटिया ने डॉक्टर अय्यर से मेरा परिचय कराया—"इनसे मिलो—ये है बृंदा की केअरटेकर कम फ्रेण्ड!"

"हैलो!"

मैंने भी डॉक्टर अय्यर से कसकर हाथ मिलाया। मैं मुस्कुरायी। मैं जानती थी—मेरी हँसी में जादू था। जो मर्दों के दिल-दिमाग पर भीषण बिजली की तरह गड़गड़ाकर गिरती।

"आपसे मिलकर काफी खुशी हुई।" डॉक्टर अय्यर बोला।

"मुझे भी।"

डॉक्टर अय्यर ने अपना किट बैग उसी बिस्तर पर रखा, जिस पर बृंदा लेटी हुई थी। फिर किट बैग की चेन खोलकर उसने उसमें से ब्लड प्रेशर नापने वाला इंस्ट्रूमेण्ट बाहर निकाला।

"इन्हें देखभाल की थोड़ी ज्यादा जरूरत है।" डॉक्टर अय्यर कह रहा था—"शुरू में थोड़े दिन तुम्हें कुछ परेशानी होगी, लेकिन फिर तुम इस सबकी आदी हो जाओगी।"

"मुझे थोड़े दिन भी परेशानी महसूस नहीं होगी डॉक्टर साहब! आपने शायद गौर से सुना नहीं, मैं केअरटेकर होने के साथ-साथ बृंदा की फ्रेण्ड भी हूँ। सहेली भी हूँ और अपनों के सुख-दुःख में काम आने से कभी किसी को परेशानी नहीं होती।"

"अगर तुम ऐसा सोचती हो, तो यह तुम्हारा बड़प्पन है।"

डॉक्टर अय्यर ने बिल्कुल बच्चों की तरह मुस्कुराते हुए मेरी तरफ देखा और फिर ब्लड नापने वाली पट्टी बृंदा के बाजू पर कसकर बाँधने लगा।

"पेट में दुःखन वगैरह तो नहीं है?" उसने बृंदा से सवाल किया।

"नहीं।"

"दवाई पूरी पाबन्दी के साथ ले रही हो?"

"हाँ।"

डॉक्टर अय्यर ब्लड प्रेशर का पम्प धीरे-धीरे दबाने लगा और उसकी पैनी निगाहें मीटर पर जाकर ठहर गयीं—जिसकी सुई ऊपर की तरफ बढ़ रही थी। जैसे-जैसे सुई ऊपर की तरफ बढ़ी—डॉक्टर के चेहरे पर चिन्ता की लकीरें उभरने लगीं।

"क्या हुआ डॉक्टर?" तिलक राजकोटिया बोला।

"ब्लड प्रेशर अभी भी काबू में नहीं है, जोकि ठीक नहीं।"

"लेकिन ब्लड प्रेशर काबू में करने के लिये दवाई तो चल रही थी?"

"हाँ। पर उससे शायद बात नहीं बन रही है।"

डॉक्टर अय्यर ने बाजू पर लिपटी हुई पट्टी खोल डाली और पम्प ढीला छोड़ दिया। फिर वो संजीदगी के साथ सोचने लगा।

"क्या सोच रहे हैं डॉक्टर?"

"कुछ नहीं—दवाई के बारे में सोच रहा हूँ। अभी कुछेक दिन और यही दवाई चलाकर देखते हैं।"

फिर वो मेरी तरफ घूमा।

"क्या नाम है तुम्हारा?"

"शिनाया शर्मा!"

"देखो शिनाया, तुमने बृंदा की दवाई का सबसे ज्यादा ध्यान रखना है। इन्हें दवाई देने में कहीं कोई कोताही नहीं होनी चाहिये। मुझे लग रहा है, अभी दवाई सही ढंग से नहीं खायी जा रही है।"

"ऐसा कुछ नहीं है।" बृंदा विरोधस्वरूप बोली।

"फिर भी मैं सब कुछ सिस्टम के साथ चलाना चाहता हूँ। मेरी इच्छा है—अब आपको दवाई खिलाने की जिम्मेदारी शिनाया ही सँभाले।"

बृंदा खामोश हो गयी।

"आपको इस बात से कुछ ऐतराज है?"

"नहीं—मुझे भला क्या ऐतराज हो सकता है।" बृंदा ने कहा।

"और तुम्हें?" डॉक्टर अय्यर ने मेरी तरफ देखा।

"मेरे तो ऐतराज करने का सवाल ही नहीं।" मैं बोली—"आखिर यह तो मेरी ड्यूटी में शामिल है।"

"गुड!"

"आप बस एक बार मुझे दवाई का शेड्यूल समझा दें कि किस टाइम कौन-कौन-सी दवाई देनी है।"

"अभी समझाता हूँ।"

वहीं बैड के बराबर में एक छोटी-सी हैण्डिल ट्रॉली के ऊपर काफी सारी दवाइयाँ रखी हुई थीं। डॉक्टर अय्यर अब ट्रॉली के नजदीक पहुँचा और उसने मुझे शेड्यूल समझाया।

"ठीक है।" मेरी गर्दन स्वीकृति में हिली—"अब इन्हें दवाई खिलाना मेरी जिम्मेदारी है।"

❑❑❑

डॉक्टर अय्यर के चेहरे पर उदासी के भाव छाये हुए थे। उस वक्त वह पैंट हाउस के ड्रांइग रूम में बैठा था। मैं और तिलक उसके सामने बैठे थे।

"मालूम नहीं—मुरुगन (मद्रासियों के अराध्य देव) की क्या इच्छा है?" वह बड़े अफसोसजनक लहजे में बोला—"क्या चाहता है मुरुगन?"

"क्यों?" तिलक सस्पैंसफुल लहजे में बोला—"क्या हो गया?"

"ऐन्ना—एक बड़ी दु:खद खबर मैंने आप लोगों को सुनानी है।"

"क्या?"

डॉक्टर अय्यर ने अपना चश्मा उतारकर उसका ग्लास रूमाल से साफ किया और फिर उसे वापस आँखों पर चढ़ाया।

"बृंदा की ब्लड रिपोर्ट आज आ गयी है।"

"ब्लड रिपोर्ट आ गयी है।" तिलक राजकोटिया चौंका—"और आपने अभी तक रिपोर्ट के बारे में कुछ बताया नहीं।"

"दरअसल रिपोर्ट कुछ उत्साहजनक नहीं है राजकोटिया साहब! बल्कि...।"

"बल्कि क्या?"

"बल्कि उस रिपोर्ट ने पिछली वाली रिपोर्ट की ही पुष्टि की है।"

"आप साफ-साफ कहिये।"

"तीन महीने!" डॉक्टर अय्यर बोला—"बृंदा की जिन्दगी के ज्यादा-से-ज्यादा तीन महीने बाकी हैं। अब वो तीन महीने से ज्यादा जीवित नहीं रह सकती है।"

तिलक राजकोटिया कुर्सी पर बिल्कुल इस तरह पसर गया, मानो किसी ने उसके शरीर की सारी शक्ति खींच ली हो। वह एकाएक वर्षों का बीमार नजर आने लगा। जबकि मेरे दिल-दिमाग में तो विस्फोट होते चले गये थे।

"हू कैन फाइट अगेंस्ट फेट राजकोटिया साहब!" डॉक्टर अय्यर बोला—"मुरुगन पर विश्वास रखिये। हो सकता है—मुरुगन उनकी जिन्दगी का कोई और जरिया निकाल दे।"

तिलक राजकोटिया कुछ न बोला।

"अब आप मुझे इजाजत दें।" डॉक्टर अय्यर बोला—"अभी मैंने हॉस्पिटल में एक पेशेन्ट को भी देखते हुए जाना है।"

डॉक्टर अय्यर चला गया। उसके जाने के काफी देर बाद तक भी तिलक राजकोटिया उसी कुर्सी पर पत्थर के बुत की तरह बैठा रहा। फिर उसने दोनों हथेलियों से अपना चेहरा ढाँप लिया और सुबक उठा।

"धीरज रखिये!" मैं तिलक राजकोटिया के नजदीक पहुँची।

"मैंने बृंदा से बहुत प्यार किया था शिनाया!" तिलक राजकोटिया तड़पते हुए बोला—"बहुत प्यार किया था।"

"मैं आपकी व्यथा समझ सकती हूँ।"

"सच तो ये है, मैं उस दिन के बारे में सोच-सोचकर काँप जाता हूँ, जिस दिन बृंदा मुझे छोड़कर जायेगी।"

मेरी आँखों के सामने भी अँधेरा-सा घिरने लगा।

❑❑❑

तीन महीने! बृंदा सिर्फ तीन महीने की मेहमान है। यकीन मानिये, उस बात ने मेरे दिलो-दिमाग में अजीब-सी हलचल पैदा कर दी थी। मैं समझ नहीं पा रही थी—उस खबर की मेरे ऊपर क्या प्रतिक्रिया होनी चाहिये। जिस उद्देश्य को लेकर मैं वहाँ आयी थी, उस उद्देश्य के ऐतबार से वह मेरे लिये एक निहायत ही खुशी से भरी खबर थी, क्योंकि मेरे रास्ते का काँटा इतनी जल्दी खुद-ब-खुद साफ होने जा रहा था। परन्तु क्या सचमुच बृंदा मेरे रास्ते का काँटा थी? मैं उस बारे में जितना सोच रही थी—उतना ही खुद को दुविधा में घिरा पा रही थी। इस बात ने भी मुझे काफी डराया कि बृंदा की उस मौजूदा बीमारी की जिम्मेदारी भी कामोबेश उसकी कॉलगर्ल वाली जिन्दगी ही थी। उस दिन सोने से पहले जब मैं बृंदा को दवाई पिलाने उसके शयनकक्ष में पहुँची, तो मैंने उसके चेहरे पर बड़ी आध्यात्मिक-सी शान्ति देखी। उसका चेहरा सुता हुआ था। ऐसा लग रहा था—मानो उसे अपनी मौत की जानकारी थी।

"दवाई खा लो।" मैं जग में-से एक गिलास में पानी पलटते हुए बोली।

"तुमने तो काफी जल्दी अपना चार्ज सँभाल लिया।" बृंदा बहुत धीरे से मुस्कुराई।

फिर वो बहुत थके-थके अन्दाज में उठकर बैठी।

"शायद अभी तुम्हें भी यह बात समझाने की जरूरत है डार्लिंग!" मैंने उसके गाल पर चंचल अन्दाज में चिकोटी काटी—"कि मैं सिर्फ तुम्हारी केअरटेकर ही नहीं बल्कि तुम्हारी सहेली भी हूँ।"

वो हँसी। तभी एकाएक मेरी दृष्टि बृंदा के वक्षस्थलों पर जाकर ठहर गयी। उसने काफी मोटा गाउन पहना हुआ था। लेकिन उस गाउन में भी उसके तने हुए वक्ष अलग से नुमाया हो रहे थे। खासतौर पर उसके रबड़ जैसे कठोर निप्पलों का दबाव तो गाउन के मोटे कपड़े पर इस तरह पड़ रहा था, जैसे वो अभी गाउन को फाड़कर बाहर निकलने को आतुर हों।

"क्या देख रही हो?" बृंदा चंचल भाव से बोली।

"देख रही हूँ—बीमारी का तुम्हारी सेहत पर जरूर फर्क पड़ा है, लेकिन इन रस भरे प्यालों पर कोई फर्क नहीं पड़ा।"

बृंदा खिलखिलाकर हँस पड़ी।

"कम-से-कम यही एक चीज तो मेरे पास ऐसी थी।" बृंदा ठण्डी साँस लेकर बोली—"जिससे मैं तुम्हें मात देती थी।"

"इसमें कोई शक नहीं। तुम्हारा मुझसे दो नम्बर साइज बड़ा था न?"

"हाँ। मेरा अड़तीस—तुम्हारा छत्तीस!"

"माई गॉड!" मैंने हैरानीपूर्वक अपने मुँह पर हाथ रखा—"तुम्हें तो मेरा साइज आज भी याद है।"

"आखिर मैं इस एक बात को कैसे भूल सकती थी?"

"जरूर तिलक राजकोटिया तुम्हारे इन वक्षस्थलों को देखकर ही तुम्हारा मुरीद बना होगा।"

बृंदा के गालों पर लाज की लालिमा दौड़ गयी। पिछले एक वर्ष में बृंदा के अन्दर जो परिवर्तन हुए थे, यह उनमें से एक परिवर्तन था। वह अब शर्माने भी लगी थी।

"क्यों!" मैंने उसके कोहनी मारी—"मैंने कुछ गलत कहा?"

"नहीं। यह सच बात है। सबसे पहले इन्होंने मेरे इन प्यालों की ही तारीफ की थी।"

"और उसके बाद किस चीज की तारीफ की?"

"पीछे हट!" वह और लजा गयी—"फिर शरारत करने लगी।"

"क्यों?" मैंने बृंदा की आँखों में झाँका—"क्या मैंने कोई गलत सवाल पूछ लिया?"

"बेकार की बात मत कर!" उसने अपने होंठ चुभलाये—"तू अब बहुत शैतान हो गयी है।"

"इसमें शैतान होने की क्या बात है?"

"अच्छा अब रहने दे।"

"बतायेगी नहीं?" मैंने पुनः उसके कोहनी मारी।

"सच बताऊँ?"

"हाँ।"

"इन्हें 'उसकी' तारीफ करने का तो मौका ही नहीं मिला।" बृंदा ने मेरी आँखों में झाँका—"उसे देखने के बाद तो यह मेरे ऊपर इस तरह टूटकर गिरे, जैसे आँधी में कोई सूखा पत्ता टूटकर गिरता है।" मेरी हँसी छूट गयी।

बृंदा ने वह बात कही ही कुछ ऐसे अन्दाज में थी। आँधी में सूखा पत्ता! अच्छी मिसाल थी। बृंदा भी खिलखिलाकर हँस रही थी। उस क्षण उसे देखकर कोई नहीं कह सकता था कि वह लड़की इतनी जल्दी मरने वाली है। या फिर उसे कोई गम्भीर बीमारी भी है।

"एक बात कहूँ?" मैं हसरत भरी निगाहों से बृंदा की हँसी को देखते हुए बोली।

"क्या?"

"तू सचमुच बहुत किस्मत वाली है।" मैंने बृंदा को अपने बाहुपोश में समेट लिया—"जो तुझे तिलक राजकोटिया जैसा हसबैंड मिला।"

"हाँ।" उसने गहरी साँस छोड़ी—"किस्मत वाली तो मैं हूँ—बहुत किस्मत वाली।"

लेकिन उस क्षण मुझे अहसास हुआ कि मेरी जबान से कोई गलत शब्द निकल गया था। जिस लड़की का देहावसान मात्र तीन महीने बाद होने वाला हो, वह किस्मत वाली कैसे हो सकती थी? मैंने बृंदा को दवाई पिलाई और फिर रात के उस सन्नाटे में चुपचाप बाहर निकल आयी। रात बड़ी

खामोशी के साथ गुजरी। अलबत्ता अगले दिन मेरे साथ पैंट हाउस में एक ऐसा हँगामाखेज वाक्या घटा, जिसने मेरे विचारों को एक नई दिशा दे दी।

❑❑❑

सुबह का समय था। मैं तिलक राजकोटिया के शयनकक्ष की सफाई कर रही थी। तभी अकस्मात् मेरी निगाह एक फोटो एलबम पर पड़ी। मैंने एलबम खोलकर देखी। उसमें तिलक राजकोटिया और बृंदा की शादी के फोटोग्राफ्स थे। मैं बड़ी दिलचस्प निगाहों से उस एलबम को देखने लगी। बृंदा सचमुच शादी के जोड़े में काफी सुन्दर नजर आ रही थी। शादी के फोटोग्राफ्स के अलावा उस एलबम में तिलक राजकोटिया के कुछ पर्सनल फोटो भी थे। अलग-अलग पार्टियों के फोटोग्राफ्स! जिनमें से कुछेक में उसका बर्थडे सेलीब्रेट किया गया था। वह बड़े-बड़े समारोह के फोटो थे। जिनमें वह फिल्मी हस्तियों के साथ खड़ा था। बड़े-बड़े क्रिकेट खिलाड़ियों के साथ। और मुम्बई शहर की गणमान्य हस्तियों के साथ। इसके अलावा कुछेक फोटो उसके लड़कियों के साथ भी थे। तिलक राजकोटिया के लड़कियों के साथ फोटोग्राफ्स देखकर मेरे अन्तर्मन में द्वन्द्व-सा छिड़ गया। मैं उन दिनों की कल्पना करने लगी, जब बृंदा का देहावसान हो जायेगा। जब तिलक की जिन्दगी में कोई लड़की नहीं होगी। तब क्या ऐसा हो सकता था कि उस जैसा रिचिरीच आदमी अपनी सारी उम्र यूँ ही बृंदा की याद में गुजार दे। इम्पॉसिबल—मतलब ही नहीं था। मैं समझती हूँ कि ऐसा सोचना भी मेरा पागलपन था। आखिर क्या खूबी नहीं थी तिलक राजकोटिया में। हैण्डसम था। स्मार्ट था। सोसायटी में रुतबे वाला था। पैसे वाला था। सभी कुछ तो था तिलक राजकोटिया के पास। ऐसे लड़कों के पीछे तो लड़कियाँ मक्खियों की तरह भिनभिनाती हुई घूमती हैं। बृंदा के आँख मूँदने की देर थी, फौरन लड़कियों की एक लम्बी कतार तिलक राजकोटिया के सामने लग जानी थी। फिर मैं अपने बारे में सोचने लगी। और क्या मिलना था मुझे? तिलक राजकोटिया ने तो दूसरी शादी कर ही लेनी थी, जबकि मैंने वापस 'नाइट क्लब' में पहुँच जाना था, फिर से रात-रात बिकने के लिये। या फिर किसी खतरनाक बीमारी का शिकार होकर तड़प-तड़पकर मर जाने के लिये।

"नहीं! नहीं!!" मेरे शरीर में सिहरन दौड़ी—"मैं 'नाइट क्लब' में वापस नहीं जाऊँगी।"

अगर तिलक राजकोटिया की जिन्दगी में दूसरी लड़की आनी ही थी, तो वह लड़की मैं ही क्यों नहीं हो सकती थी? मेरे में ही क्या बुराई थी? मैंने दृढ़ निश्चय कर लिया कि मैं जिस उद्देश्य को लेकर वहाँ आयी थी, उस उद्देश्य को पूरा करके रहूँगी। तिलक राजकोटिया को अपने प्रेमजाल में फाँसकर रहूँगी। वह निःसन्देह मेरा एक महत्वपूर्ण फैसला था। महत्वपूर्ण भी और हौंसले से भरा भी। अलबत्ता उस एक फैसले ने मेरी जिन्दगी में आगे चलकर बड़ा हड़कम्प मचाया।

❑❑❑

रात के समय मैंने तिलक राजकोटिया को नशे में बुरी तरह धुत्त होकर पैंट हाउस में आते देखा। गार्ड उसे पकड़कर ला रहा था। अपने शयनकक्ष में पहुँचते ही तिलक राजकोटिया बार काउण्टर वाली सीट पर ढेर हो गया तथा वहाँ बैठकर और शराब पीने लगा। बृंदा की मौत वाली खबर ने उसे झिंझोड़ा हुआ था। वह सदमे में था। कुछ देर मैं ग्लास विण्डो पर उसकी परछाईं को देखती रही। फिर मैं दबे पाँव उसके शयनकक्ष में दाखिल हुई। उसकी पीठ मेरी तरफ थी।

"तिलक साहब!"

तिलक राजकोटिया ने आहिस्ता से चौंककर गर्दन घुमाई और मेरी तरफ देखा।

"यह आपको क्या हो गया है?" उसकी आँखें कबूतर की भाँति लाल-लाल हो रही थीं। "क्यों आप इस तरह खुद को बर्बाद करने पर तुले हैं?"

"बर्बाद—हुँह!" तिलक राजकोटिया धीरे से हँसा और फिर वो व्हिस्की का पूरा गिलास एक ही साँस में खाली कर गया—"अब इस जिन्दगी में बर्बादी के सिवा बचा भी क्या है शिनाया! हर तरफ अँधेरा-ही-अँधेरा है।"

"मैं जानती हूँ तिलक साहब—जिन्दगी ने आपके साथ बड़ा भारी मजाक किया है।" मैं धीरे-धीरे चलती हुई तिलक राजकोटिया के नजदीक पहुँची—"लेकिन जिन्दगी यहीं खत्म तो नहीं हो जाती। इंसान के साथ

जिन्दगी में बड़े-बड़े हादसे पेश आते हैं—मगर जिन्दगी फिर भी चलती रहती है।"

"शायद तुम ठीक कह रही हो। जिन्दगी चलती रहती है।"

तिलक राजकोटिया की जबान लड़खड़ाई। उसने पारदर्शी कांच के काउण्टर पर रखी पीटर स्कॉच व्हिस्की की बोतल उठाई तथा फिर ढेर सारी व्हिस्की अपने गिलास में पलटनी चाही।

"यह आप क्या कर रहे हैं?" मैंने फौरन व्हिस्की की बोतल पकड़ी।

"मुझे पीने दो।"

"लेकिन आप पहले ही काफी नशे में है तिलक साहब!"

"मैं और ज्यादा नशे में होना चाहता हूँ। मैं भूल जाना चाहता हूँ कि मैं कौन हूँ?"

"आप बहक रहे हैं।"

"हाँ-हाँ, मैं बहक रहा हूँ।" तिलक राजकोटिया चीखता हुआ कुर्सी छोड़कर खड़ा हो गया—"लेकिन तुम कौन होती हो मुझे रोकने वाली? किस अधिकार के साथ रोक रही हो मुझे?"

"तिलक साहब!" मेरे मुँह से सिसकारी छूट गयी।

जबकि तिलक राजकोटिया की रुलाई छूट पड़ी थी। उसने अपना सिर मेरे कन्धे पर रख लिया और सुबक उठा। मैंने अनुभव किया—उसका जिस्म तप रहा था। मैं गारण्टी के साथ कह सकती थी कि वो औरत का पिछले कई दिन से भूखा था। आखिर यही एक फील्ड तो ऐसा था—जिसमें मुझे महारथ हासिल थी।

"मुझे लगता है—मैं पागल हो जाऊँगा।" उसका जिस्म हौले-हौले काँप रहा था—"मैं पागल हो जाऊँगा।"

"आप धैर्य रखें। कुछ नहीं होगा आपको।"

उस क्षण मेरी हालत भी बुरी थी। मेरा दिल हथौड़े की तरह मेरी पसलियों से टकरा था। हालांकि मुझे भी पिछले कई दिन से पुरुष का संसर्ग हासिल नहीं हुआ था। लेकिन मैं जब्त किये हुए थी। खुद को रोके हुए थी। बचपन से ही मुझे सिखाया गया था कि कभी पुरुष के सामने आसानी से

समर्पण नहीं करना चाहिये। औरत की जीत तभी है, जब पुरुष उसके सामने बिस्तर पर घुटनों के बल झुककर उसका हाथ माँगे। उसी क्षण नशे में या न जाने कैसे उसका हाथ मेरे वक्ष को छू गया। मेरे तन-बदन में आग लग गयी।

"बृंदा!" उसके हाथ मेरी गोलाइयों का जुगराफिया नापने लगे—"बृंदा!"

वह शायद नशे में मुझे बृंदा समझ रहा था। उसने कसकर मुझे अपने आलिंगन में समेट लिया। एक क्षण के लिये तो मुझे लगा—मानो मेरे संयम का बाँध छूट जायेगा। लेकिन मेरे संयम का बाँध टूटता, उसके पहले ही उसका शरीर मेरे ऊपर लुढ़क गया।

"तिलक साहब!" मैंने उसे झंझोड़ा।

उसका शरीर सिर्फ हिलकर रह गया। उसके खर्राटे गूँजने लगे। मैंने आहिस्ता से उसे बिस्तर पर लिटा दिया। मैंने उसकी तरफ देखा। वो गहरी नींद में भी साक्षात् कामदेव का अवतार नजर आ रहा था। आज तक सैंकड़ों पुरुषों के साथ मैं मौज-मस्ती कर चुकी थी, मगर उनमें तिलक राजकोटिया जैसा कोई न था। उसे देखते-देखते मुझे उसके ऊपर प्यार आने लगा। वह एक अजीब-सा अहसास था, जो मुझे पहली बार हो रहा था। मैंने उसके शूज उतारे। सॉक्स उतारे। टाई की नॉट ढीली की। फिर मैं एअरकण्डीशन चालू करके खामोशी के साथ उसके शयनकक्ष से बाहर निकल आयी। परन्तु तिलक राजकोटिया की तस्वीर फिर आसानी से मेरे मानस-पटल के ऊपर से न धुली।

❑❑❑

पैंट हाउस का डायनिंग हॉल काफी खूबसूरती के साथ डेकोरेट किया गया था। यूँ तो पैंट हाउस की हर चीज भव्य थी। परन्तु ऐसा लगता था, डायनिंग हॉल की साज-सज्जा के ऊपर कुछ ज्यादा ही ध्यान दिया गया था। तिलक राजकोटिया की नजरें झुकी हुई थीं। सुबह का समय था। वो डायनिंग हॉल में बैठा था और मैं उसके सामने नाश्ता लगा रही थी।

"मैं कुछ कहना चाहता हूँ।" वो धीमे स्वर में बोला।

रात जो कुछ हुआ था, उसके कारण उसकी हिम्मत नहीं हो रही थी कि वो मेरे सामने नजर उठाये।

"क्या?"

"रात नशे में अगर मुझसे कोई गुस्ताखी हो गयी हो," वह नजरें झुकाये-झुकाये बोला—"तो मैं उसके लिये माफी चाहता हूँ।"

मैं धीरे से मुस्कुरा दी। वह सचमुच सज्जन आदमी था। भला।

"मैं अपनी हरकत के लिये शर्मिन्दा हूँ।" तिलक राजकोटिया पुनः बोला।

"रात आपने ऐसा कुछ नहीं किया था तिलक साहब, जो आपको शर्मिन्दा होना पड़े।"

"फिर भी मुझे रात तुम्हारे साथ इस तरह पेश नहीं आना चाहिये था। आई बैग योअर पार्डन!"

"दैट्स ऑल राइट! आप नाश्ता कीजिये।"

"बट...।"

"तिलक साहब!" मैंने एक-एक शब्द चबाया—"अगर सचमुच आपको रात वाली घटना का अफसोस है, तो आप बस मेरा एक कहा मान लीजिये।"

"क्या?"

तिलक राजकोटिया की नजरें मेरी तरफ उठीं। उसने तब पहली मर्तबा मेरी तरफ देखा।

"आप वादा कीजिये कि फिर कभी इस तरह शराब पीकर पैंट हाउस में नहीं आयेंगे।"

तिलक राजकोटिया की आँखों में हैरानी के भाव नमूदार हुए। उसे शायद यकीन नहीं था, मैं उससे इस तरह की बात भी कह सकती हूँ।

"ठीक है।" वो बोला—"मैं वादा करता हूँ।"

मेरे होंठों पर मुस्कान खिल उठी। उस दिन रात को जब तिलक राजकोटिया बिना शराब पीये पैंट हाउस में आया, तो वह मेरी पहली बड़ी कामयाबी थी। मुझे लगा—जैसे मैंने कारून का कोई बहुत बड़ा खजाना हासिल कर लिया हो।

❑❑❑

4
प्यार की शुरुआत

होटल में आधी रात के करीब एक बहुत भव्य पार्टी का आयोजन किया गया था। वह पार्टी तिलक राजकोटिया की तरफ से थी। उसका एक नया शॉपिंग कॉम्पलैक्स बनना शुरू हुआ था और कॉम्पलैक्स की खुशी में ही उसने वो पार्टी दी थी। बहरहाल उस पार्टी की सबसे अहम् बात ये थी कि तिलक राजकोटिया ने मुझे भी उस पार्टी में निमन्त्रित किया। हालांकि मैं पार्टी में जाते हुए डर रही थी, क्योंकि मैं अतीत में 'नाइट क्लब' की एक हाई प्राइज्ड कॉलगर्ल रह चुकी थी। अगर पार्टी में किसी ने मुझे पहचान लिया तो क्या होगा? मैं डर गयी। लेकिन फिर मैंने अपने अन्दर हौसला इकट्ठा किया। यह खतरा तो अब मैंने उठाना ही था। अगर किसी ने मुझे पहचान लिया, तो उसका भी कोई-न-कोई समाधान निकलेगा। अब ऐसा तो नहीं हो सकता था कि मैं उस डर की वजह से पार्टी में ही शामिल न होती। उस रात मैंने एक बड़ा खूबसूरत भूरे रंग का कफ्तान पहना और अपने बालों को जूड़े में कुछ इस तरह गूँथा, जो मेरी सुन्दरता में चार चाँद लग गये। पार्टी में शहर के बड़े-बड़े गणमान्य व्यक्ति मौजूद थे। हर कोई बृंदा के बारे में सवाल कर रहा था। मुझे न जाने क्यों उस क्षण बृंदा से जलन होने लगी।

"मेरे साथ आओ।"

पार्टी चलते आधा घण्टा हो गया होगा, तभी तिलक राजकोटिया मेरे नजदीक आया और मेरा हाथ पकड़कर मुझे ले जाने लगा।

"कहाँ ले जा रहे हो?" मैं चौंकी।

"आओ तो!"

मैं बड़ी असमंजसतापूर्ण मुद्रा में उसके साथ-साथ चली। तिलक राजकोटिया मुझे लेकर उस मंच की तरफ बढ़ा, जहाँ आर्केस्ट्रा बज रहा था।

"वहाँ किसलिये ले जा रहे हो?" मेरी हैरानी बढ़ी।

"चिन्ता मत करो।" तिलक राजकोटिया के होंठों पर मुस्कान थी।

जबकि मैं समझ नहीं पा रही थी, तिलक राजकोटिया का अगला कदम क्या होने वाला है? मंच पर पहुँचकर उसने मेरा हाथ छोड़ दिया। फिर वो माइक की तरफ बढ़ा। मैं हाथ बाँधे उसके बिल्कुल बराबर में खड़ी थी।

"लेडिस एण्ड जैण्टलमैन!"

तिलक राजकोटिया की आवाज पूरे हॉल में गूँजी। सब लोग ठिठक गये। सब तिलक राजकोटिया की तरफ देखने लगे।

"फ्रेण्ड्स! मैं आज आपका परिचय अपने एक बहुत खास मेहमान से कराने जा रहा हूँ।"

"य-यह आप क्या कर रहे हो?" मेरे चेहरे पर घबराहट के भाव तैर गये।

"रुकिये।" वह फुसफुसाया, फिर पहले की तरह माइक की तरफ मुँह करके बुलन्द आवाज में बोला—"इनसे मिलिये, ये हैं शिनाया शर्मा! बृंदा की हरदिल अजीज दोस्त! और आज इन्हीं के कारण मुझे बृंदा की देखभाल करने में आसानी हो रही है। मुझे यह कहने में कोई हिचक नहीं फ्रेन्ड्स—अगर आज यह न होतीं, तो मैं बुरी तरह टूट गया होता। बिखर गया होता। यह मेरे साथ हैं, तो मेरे पास हिम्मत है, ताकत है। मैं चाहता हूँ कि आप सब लोग मिलकर इनके लिये तालियाँ बजायें।"

फौरन वह पूरा हॉल तालियों की गड़गड़ाहट से गूँज उठा। मुझे वह सब कुछ काफी अजीब लगा। मुझे यह कहने में कोई हिचक नहीं कि उस तरह का सम्मान मुझे जिन्दगी में पहली मर्तबा मिल रहा था। वरना आज तक तो मर्दों ने मुझे सिर्फ नंगी-बुच्ची औरत के तौर पर ही देखा था।

"थैंक्यू!" तिलक राजकोटिया की आवाज माइक पर पुनः गूँजी—"मैं इन तालियों के लिये आप लोगों का बहुत-बहुत शुक्रगुज़ार हूँ। अब मेरी आप लोगों से एक रिक्वेस्ट और है।"

"तुसि बेधड़क बोलो तिलक शाह जी!" मंच के नजदीक ही खड़ा एक पगड़ीधारी सरदार बोला—"की रिक्वेस्ट है?"

"मैं चाहता हूँ—आप लोग यहाँ से जाकर अपने-अपने ईश्वर से बृंदा की जिन्दगी के लिये मन्नत जरूर माँगें। हो सकता है—उसकी बीमारी में जो काम दवाई न कर रही हो, वह आप लोगों की दुआ कर जाये।"

"ओह—तुसि ग्रेट हो शाह जी, ग्रेट!" सरदार भावुक हो उठा—"तुसि फिकर न करो बादशाहो, असी आज ही गुरुद्वारे जाकर मत्था टेकांगे। आज ही रब तों मन्नत माँगांगे।"

"धन्यवाद!"

तिलक राजकोटिया फिर मुझे अपने साथ लेकर जिस तरह मंच पर बढ़ा था, उसी तरह नीचे उतर गया। मैंने एक सरसरी-सी निगाह तमाम लोगों पर दौड़ाई—शुक्र था, जो फिलहाल किसी ने मुझे नहीं पहचाना था। अलबत्ता किसी बड़े आदमी के साथ रहने में कैसा गर्व महसूस होता है, इसका अहसास भी मुझे पहली बार ही हुआ। मैंने तिलक राजकोटिया की तरफ देखा। वह बड़ी अनुरागपूर्ण नजरों से मेरी तरफ देख रहा था। मैं मर्दों की फितरत की अच्छी जानकार थी। मैं खूब समझती थी—उस निगाह का क्या मतलब है? उस समय वह शत-प्रतिशत मेरे हवाले हो जाने को पूर्णतया तैयार था। उसकी आँखों में उम्मीद की चमक थी। उसकी आँखों में प्यार का सैलाब उमड़ रहा था। उस समय अगर मैं चाहती तो बिल्कुल मदारी की तरह उसे अपनी डुगडुगी पर नचा सकती थी। बिल्कुल शेरनी की तरह उसके ऊपर सवार हो सकती थी। लेकिन मैंने सब्र किया। अलबत्ता मेरा तिलक राजकोटिया से शादी करने का निश्चय अब और भी ज्यादा दृढ़ हो गया।

❑❑❑

सुबह का समय था और मैं उस क्षण बृंदा के पास थी। बृंदा के गले में मैंने नेपकिन लपेटा हुआ था और खुद अपने हाथ से उसे धीरे-धीरे सूप पिला रही थी। फिलहाल उसकी तबीयत और भी ज्यादा निढाल थी।

"कैसी तबीयत हो रही है?" मैंने पूछा।

"तबीयत कुछ ठीक नहीं है।" वह धीमी आवाज में बोली—"जरा भी हिलने-डुलने को दिल नहीं चाह रहा।"

"अगर ज्यादा बेचैनी महसूस कर रही हो, तो डॉक्टर को बुलाऊँ?"

"नहीं—ऐसी कोई बात नहीं।"

मैं उसे फिर सूप पिलाने लगी। सूप पीने में भी उसका दिल नहीं था। तभी तिलक राजकोटिया वहाँ आ गया। वह नीला सूट पहने था। नीली फूलदार टाई लगाये था और टाई में लगा सोने का पिन अलग से जगमग-जगमग कर रहा था। उस क्षण वह काफी स्मार्ट दिखाई पड़ रहा था।

"गुड मॉर्निंग ऐवरीबडी!"

"गुड मॉर्निंग!"

मैं मन-ही-मन मुस्कुराई।

मेरा जादू धीरे-धीरे उस पर चल रहा था।

"आज तो लगता है कि तुम सुबह काफी जल्दी जाग गयी थीं?"

"हाँ—मेरी आँख आज थोड़ा जल्दी खुल गयी थी।" मैंने कहा।

तिलक राजकोटिया चहलकदमी-सी करता हुआ बृंदा के बिल्कुल बराबर में आकर बैठ गया।

"डार्लिंग!" उसने बृंदा के बालों में बड़े प्यार से उँगलियाँ फिराईं—"कभी-कभी सोचता हूँ, तुम्हारी इस सहेली के साथ बड़ा अन्याय हो रहा है।"

"कैसा अन्याय?"

"डार्लिंग—जरा सोचो!" तिलक राजकोटिया बोला—"आखिर तुम्हारे साथ-साथ इसे भी पैंट हाउस में कैदियों जैसी जिन्दगी गुज़ारनी पड़ रही है।"

"नहीं—ऐसी कोई बात नहीं।" मैंने तुरन्त कहा—"आखिर मैं अपनी मर्जी से यहाँ आयी थी।"

"फिर भी तुम्हें थोड़ा बहुत घूमना-फिरना भी चाहिये शिनाया, इससे मन बहलता है।"

मैं कुछ न बोली। मैं सिर्फ बृंदा को सूप पिलाती रही।

"तुम एक काम करो।" तिलक राजकोटिया ने पुनःकहा।

"क्या?"

"आज रात आजाद मैदान में विकलांगों की सहायतार्थ एक 'फिल्म स्टार नाइट' का आयोजन किया जा रहा है। मेरे पास भी उस नाइट के पास आये हुए हैं।"

"फिर?"

"हालांकि वहाँ जाने के लिये मेरा मन नहीं है।" तिलक राजकोटिया बोला—"लेकिन अगर तुम वहाँ जाना चाहो, तो मैं तुम्हारे साथ चलूँगा। इससे तुम्हारा दिल बहल जायेगा।"

मेरे चेहरे पर हिचकिचाहट के भाव उभरे। मैंने सोचा भी न था, तिलक राजकोटिया ऐसा कोई प्रस्ताव बृंदा के सामने ही मेरे समक्ष रख देगा।

"क्या सोचने लगीं?"

"लेकिन हम दोनों के पीछे बृंदा के पास कौन रहेगा?" मैंने थोड़ा सकुचाते हुए कहा।

"गार्ड रह लेगा। आखिर पहले भी तो वही रहता था।"

"मगर...।"

"डोट माइण्ड! बृंदा—तुम्हीं इससे बोल दो। यह तुम्हारी परमिशन के बिना नहीं जायेगी।"

"हाँ-हाँ।" बृंदा हकबकाकर बोली—"मैंने कब मना किया है!"

"लो।" तिलक राजकोटिया बोला—"अब तो तुम्हारी सहेली ने भी तुम्हें परमिशन दे दी।"

"लेकिन बृंदा की तबीयत आज कुछ ठीक नहीं है तिलक साहब!"

"क्या हो गया बृंदा को?" तिलक राजकोटिया ने बृंदा की तरफ देखा।

बृंदा ने तभी सूप का आखिरी घूँट भरा था, फिर वो गले में-से नैपकिन उतारकर धीरे-धीरे उससे अपना मुँह साफ करने लगी।

"बस मामूली थकान है।" बृंदा ने आहिस्ता से कहा—"ऐसी थकान तो कभी भी हो जाती है, फिर तुम लोग दो-तीन घण्टे में तो लौट ही आओगे।"

"हाँ।"

"ठीक है—तुम जाओ।"

मुझे अपने कानों पर विश्वास नहीं हो रहा था। तिलक राजकोटिया के नजदीक आने के चांस मुझे अपने आप मिल रहे थे।

❑❑❑

रात के नौ बजे हम दोनों 'आजाद मैदान' में थे। मैं मानो आकाश में उड़ रही थी। मेरी उम्मीदों को पर लग गये थे। हम दोनों एक साथ वी.आई.पी. गैलरी में जाकर बैठे। मैं बिल्कुल राजकुमारी जैसा फ़ील कर रही थी। पिछले चन्द दिनों में जैसे तजुर्बे मुझे हुए थे, वह अविस्मरणीय थे। मैं एक नई वैभव से भरी दुनिया से परिचित हो रही थी। मैंने तब तक ख्वाब में भी नहीं सोचा था, दुनिया इस कदर रंगीन भी हो सकती है। उस रात मैंने परदे पर झिलमिलाने वाले सितारों को अपने इतना करीब से देखा कि उन्हें हाथ बढ़ाकर छुआ जा सके। रात के एक बजे का समय था—जब प्रोग्राम खत्म हुआ और हम दोनों वापस पैंट हाउस में लौटे।

"क्या मेमसाहब सो गयीं?" मैंने लौटने के बाद गार्ड से सबसे पहला सवाल यही पूछा।

"नहीं—जाग रही हैं।"

मैं सन्न् रह गयी। चकित्! उस जवाब को सुनकर मेरे ऊपर घोर व्रजपात-सा हुआ था।

"लेकिन उन्हें तो अब तक सो जाना चाहिये था। क्या तुमने उन्हें सोने के लिये नहीं कहा?"

"कहा था मैडम!" गार्ड बोला—"लेकिन उन्होंने कहा, नींद ही नहीं आ रही है।"

मैं लम्बे-लम्बे डग रखती हुई बृंदा के शयनकक्ष में दाखिल हुई। वो तब भी जाग रही थी। लाइट जली हुई थी। उसकी आँखों में उस क्षण अजीब-सी बेचैनी थी। उसकी आँखों में उस तरह की बेचैनी मैंने तब भी देखी थी—जब 'नाइट क्लब' में आने वाले ग्राहक उसे छोड़कर मुझे बुक कर लेते थे।

"बड़ी देर में प्रोग्राम खत्म हुआ?" बृंदा की निगाह वाल क्लॉक की तरफ दौड़ी।

"हाँ—हम थोड़ा लेट हो गये।" मैं उसकी निगाह-से-निगाह मिलाकर बात नहीं कर पा रही थी—"लेकिन तुम्हें तो अब तक सो जाना चाहिये था।"

"बस नींद नहीं आ रही थी।"

"दवाई खायी?"

"नहीं।"

"हे भगवान!" मैं बोली—"तुम्हें क्या हो गया है बृंदा! इसका मतलब डॉक्टर साहब ठीक ही कह रहे थे, तुम दवाई खाने में लापरवाह हो। तुम्हें अपनी जरा भी फिक्र नहीं।"

बृंदा कुछ न बोली।

"चलो—अब सबसे पहले दवाई खाओ।"

मैंने बृंदा की कमर के नीचे हाथ लगाया और उसे यूँ आहिस्ता से उठाकर बिठाया, मानो वह सचमुच काँच की कोई नाजुक गुड़िया थी। बृंदा पीठ लगाकर बैठ गयी। फिर मैंने उसे दवाई खिलाई।

"प्रोग्राम कैसा रहा?" बृंदा ने धीमे स्वर में पूछा।

"अच्छा रहा।" मैं दवाई खिलाने के बाद बोली—"लेकिन हम दोनों का ध्यान तो तुम्हारे पास यहीं पड़ा था। यह तो बार-बार तुम्हारे बारे में ही बात करने लगते थे।"

"वाकई?"

"ह-हाँ।" मुझे अपनी ही आवाज कंपकंपाती अनुभव हुई—"सचमुच यह तुमसे बहुत प्यार करते हैं।"

बृंदा ने कुछ न कहा। मुझे ऐसा लगा—उसकी सशंकित दृष्टि मुझे ही घूर रही थी।

"अब तुम ज्यादा बात मत करो—बहुत रात हो चुकी है।"

मैंने बृंदा को वापस बिस्तर पर लिटा दिया और उसके पायताने में रखा कम्बल खोलकर उसके कन्धों तक ओढ़ा दिया।

"अब तुम सो जाओ।" मैं बोली—"ज्यादा देर तक जागना तुम्हारी सेहत के लिये अच्छा नहीं है।"

बृंदा कुछ न बोली। उस क्षण उसकी वो खामोशी मुझे चुभती-सी लगी। मैं लाइट बन्द करके उसके शयनकक्ष से बाहर निकल आयी। परन्तु हर क्षण मुझे ऐसा प्रतीत हो रहा था—मानो उसकी नजरें मेरी पीठ पर ही गड़ी हुई हैं। मैं फैसला नहीं कर पा रही थी—मैं वह जो कुछ कर रही थी, वह सही है या गलत?

❑❑❑

उसी रात बृंदा की किडनी में बहुत भीषण दर्द उठा। दर्द इतना भीषण था—जैसे बृंदा की अब जान निकली। तब निकली। वह दर्द से बुरी तरह छटपटा रही थी। तड़प रही थी। देखते-ही-देखते उसका पूरा शरीर पसीने में लथपथ हो गया। मैंने अपनी जिन्दगी में किसी के इतना तेज दर्द उठते नहीं देखा था।

"मैं डॉक्टर को बुलाता हूँ।" तिलक राजकोटिया भी घबराहट में टेलीफोन की तरफ झपटा। उसने डॉक्टर अय्यर को फोन किया। पाँच मिनट भी नहीं गुजरे, डॉक्टर अय्यर अपना किट-बैग लेकर दौड़ता हुआ वहाँ पहुँच गया। बृंदा तब भी दर्द से छटपटा रही थी।

"हे मुरुगन!" बृंदा की इतनी बुरी हालत देखकर डॉक्टर अय्यर के चेहरे पर आतंक के भाव दौड़े—"पहले तो कभी इनके इस तरह दर्द नहीं उठा था।"

"नहीं।" तिलक राजकोटिया बोला—"पहली बार दर्द उठ रहा है।"

डॉक्टर अय्यर ने अपना किट बैग एक तरफ रखा और बृंदा के नजदीक पहुँचा। "बृंदा!" डॉक्टर अय्यर ने उसके दोनों कंधे पकड़कर झिंझोड़े—"बृंदा!"

"ह-हाँ।" बृंदा ने छटपटाते हुए आँखें खोलीं—"हाँ, डॉक्टर!"

वह पसीने में नहा रही थी। उसका बुरा हाल था।

"तुम्हारे किस जगह दर्द उठ रहा है?"

"क-किडनी में!" बृंदा ने हाँफते हुए कहा—"किडनी में!"

"क्या इस जगह?" डॉक्टर अय्यर ने उसके किडनी वाले हिस्से पर हाथ रखा और उसे धीरे से दबाया।

बृंदा के हलक से वीभत्स चीख निकल गयी। वह छटपटाई।

"क्या हुआ?"

"यहीं!" वह पीड़ाजनक मुद्रा में बोली—"यहीं दर्द उठ रहा है।"

"और यहाँ?"

डॉक्टर अय्यर ने उसके पेट पर एक अन्य जगह हाथ रखकर धीरे से दबाया। बृंदा की पुनः चीख निकली।

"यहाँ भी! यहाँ भी!! ऐसा लग रहा है—जैसे पेट में जगह-जगह आग के गोले उठ रहे हो।"

"ओह—काफी सीरियस मामला है।"

डॉक्टर अय्यर के माथे पर चिन्ता की ढेर सारी लकीरें उभर आयीं। मैं भी वहीं बृंदा के पास खड़ी उस सारे नजारे को देख रही थी। अलबत्ता बृंदा के जितनी बुरी तरह दर्द उठ रहा था—उसने हाथ-पैर मेरे भी फुलाकर रख दिये थे।

"अब क्या करोगे डॉक्टर?" तिलक राजकोटिया बोला।

"मैं एक इंजेक्शन लगा रहा हूँ—शायद उससे कुछ फर्क पड़े।"

डॉक्टर अय्यर ने किट बैग खोलकर इंजेक्शन निकाला और एक सीरिंज निकाली। जल्द ही उसने इंजेक्शन तैयार कर लिया।

"ऐन्ना—अपना बाजू मोड़ लो।"

बृंदा ने बाजू मोड़ा। फौरन डॉक्टर अय्यर ने उसके इंजेक्शन लगा दिया।

"मैं समझता हूँ—शीघ्र ही अब तुम्हें नींद आ जानी चाहिये।" डॉक्टर अय्यर, बृंदा के बाजू को धीरे-धीरे उस स्थान से रगड़ता हुआ बोला—जहाँ उसने इंजेक्शन लगाया था।

रात के दो पैंतीस हो रहे थे। मैं, डॉक्टर अय्यर और तिलक राजकोटिया—हम तीनों पैंट हाउस के ही एक कमरे में बैठे थे। इंजेक्शन ने जल्दी अपना असर दिखाया और मुश्किल से पाँच मिनट बाद ही बृंदा को नींद आ गयी। अलबत्ता बृंदा को नींद आने के बाद डॉक्टर अय्यर ने एक काम और किया था। उसने इंजेक्शन से बृंदा का थोड़ा खून और निकाल लिया।

"यह आपने ब्लड सैम्पल क्यों लिया है?" मैंने आश्चर्यवश पूछा।

"मैं दरअसल बृंदा का ब्लड एक बार फिर टेस्ट के लिये भेजना चाहता हूँ।" डॉक्टर अय्यर कह रहा था—"मैं अब एक-एक पल की रिपोर्ट लेना चाहता हूँ।"

"लेकिन आज बृंदा के यह इतना भयंकर दर्द क्यों उठा है?" तिलक राजकोटिया बोला।

"ऐन्ना—यही बात मैं नहीं समझ पा रहा हूँ। इसी बात ने मुझे चिन्ता में डाला हुआ है।" डॉक्टर अय्यर बोला—"दर्द उठना इत्तेफाक भी हो सकता है और ये भी सम्भव है—इसके पीछे कोई गम्भीर मामला जुड़ा हो।"

"अगर गम्भीर मामला हुआ, तब क्या होगा?"

"उसे भी देखा जायेगा—बहरहाल सब कुछ अब दूसरी ब्लड रिपोर्ट के ऊपर निर्भर है।"

फिर डॉक्टर अय्यर ने अपने किटबैग से कुछ कैप्सूल निकालकर मेरी तरफ बढ़ाये।

"इन्हें तुम अपने पास रख लो शिनाया!"

"इनका मैंने क्या करना है?"

"अगर बृंदा के दोबारा किडनी में दर्द उठे—तो तुमने फौरन एक कैप्सूल उन्हें खाने के लिए देना है। यह कैप्सूल पेन किलर है।"

"ठीक है।"

मैंने स्वीकृति में गर्दन हिलाई। डॉक्टर अय्यर चला गया।

❑❑❑

बाकी सारी रात मुझे नींद नहीं आयी। अलबत्ता मैं अपने बैडरूम में जाकर लेट गयी थी। बृंदा को मैं धीरे-धीरे मौत की तरफ बढ़ते देख रही थी। हर गुजरती हुई घटना के साथ यह पक्का होता जा रहा था, बृंदा अब ज्यादा दिन की मेहमान नहीं है। वह बहुत जल्दी मर जायेगी। और यह सब मेरे हक में अच्छा ही हो रहा था। उसी रात एक घटना और घटी। कोई साढ़े तीन का समय रहा होगा। तभी मेरे शयनकक्ष का दरवाजा किर्र-किर्र करता हुआ आहिस्ता से खुला और एक साये ने अन्दर कदम रखा। मैं बिल्कुल

निश्चेष्ट पड़ी रही। मानो गहरी नींद सो रही होऊँ। गहन अँधेरे में भी मैंने साये को साफ-साफ पहचाना, वह तिलक राजकोटिया था। तिलक राजकोटिया बिल्कुल मेरे बिस्तर के करीब आकर खड़ा हो गया और अपलक मुझे निहारने लगा। फिर वह थोड़ा-सा मेरी तरफ झुका। उसकी गरम-गरम साँसें मेरे चेहरे से टकराने लगीं। वह व्याकुल हो रहा था। उन्मादित! यही हालत मेरी थी। मैं भी बेचैन हो रही थी। आखिर मैं भी तो 'भूखी' थी। लेकिन मैंने सब्र किया। आखिर मैं एक औरत थी। वो भी अपने फन में पूरी तरह माहिर औरत!

"शिनाया!"

उसने मुझे धीरे से पुकारा। मैंने कोई प्रतिक्रिया जाहिर न की। मैं गहरी निद्रा का अभिनय किये लेटी रही। अलबत्ता उस क्षण मुझे अपनी भावनाओं पर अंकुश रखने में कितनी मशक्कत करनी पड़ रही थी, यह सिर्फ मैं जानती हूँ।

"शिनाया!" उसकी आवाज इस बार थोड़ी तेज थी।

मेरी तरफ से फिर कुछ प्रतिक्रिया न हुई। तिलक राजकोटिया मेरी तरफ थोड़ा और झुका। उसकी साँसों की गर्मी के साथ-साथ उसके जिस्म की गर्मी भी अब मुझे अपने अन्दर उतरती अनुभव होने लगी। मुझे ऐसा लगा—अगर तिलक राजकोटिया कुछ देर और उसी मुद्रा में रहा, तो शायद मेरा संयम छूट जायेगा। मेरे दिल में खलबली मच चुकी थी। मेरे अन्दर बेचैनी बढ़ती जा रही थी। मुझे ऐसा लगने लगा—तिलक राजकोटिया अभी अपने होंठ मेरे होंठों पर रख देगा। अभी उसकी बाहों का शिकंजा मेरे शरीर के गिर्द कस जायेगा। परन्तु वैसी नौबत न आयी। तिलक राजकोटिया कुछ देर उसी मुद्रा में मेरे नजदीक खड़ा रहा। फिर जब उसे इस बात का पूरा यकीन हो गया कि मैं गहरी नींद सो रही हूँ, तो वह पीछे हट गया तथा चुपचाप वहाँ से चला गया। जाते-जाते वह मेरे शयनकक्ष का दरवाजा बन्द करना नहीं भूला।

❑❑❑

5

तिलक के साथ रिश्ते की शुरुआत

अगले दिन तिलक राजकोटिया बहाना भरकर मुझे फिर घुमाने ले गया। उसकी सफेद बी०एम०डब्ल्यू० कार मानो हवा में उड़ी जा रही थी। मैं कार की फ्रण्ट सीट पर तिलक राजकोटिया के बराबर में ही बैठी थी।

"आज आप मुझे कहाँ ले जा रहे हैं?"

"आज मैं तुम्हें एक ऐसी जगह ले जा रहा हूँ, जहाँ जाकर तुम्हारी तबीयत खुश हो जायेगी।"

"ऐसी कौन-सी जगह है?"

"बस थोड़ा सब्र रखो, अभी हम वहाँ पहुँचने ही वाले हैं।"

मैं रोमांच से भरी हुई थी। तिलक राजकोटिया के साथ गुजरने वाला हर क्षण मुझे ऐसा लगता, मानो वह मेरी जिन्दगी का सबसे खूबसूरत क्षण हो। यह बात मैं अब भाँप गयी थी कि तिलक राजकोटिया के दिल में मेरे लिए प्यार उमड़ चुका है, लेकिन मैं अपनी भावनाएँ अभी उसके ऊपर जाहिर नहीं कर रही थी। थोड़ी देर बाद ही कार एक 'डिस्को' के सामने पहुँचकर रुकी।

मैं चौंकी।

"यह आप मुझे कहाँ ले आए?"

"क्यों?" तिलक राजकोटिया बोला—"क्या तुम्हें इस तरह की जगह पसन्द नहीं?"

"ऐसी कोई बात नहीं।"

अलबत्ता मेरा दिल धड़क-धड़क जा रहा था। मैं तिलक राजकोटिया के साथ डिस्को के अन्दर दाखिल हुई। अन्दर का दृश्य काफी विहंगमकारी था। वह एक बहुत बड़ा हॉल था, जिसकी छत और फर्श दोनों जगह रंग-बिरंगी लाइटें लगी हुई थीं। सामने मंच पर आर्केस्ट्रा द्वारा बहुत तेज, कान के परदे फाड़ देने वाला म्यूजिक बजाया जा रहा था। हॉल में जगह-जगह घूमने वाले स्तम्भ लगे थे, जिनके ऊपर मिरर फिट थे। हॉल में जलती-बुझती रंग-बिरंगी लाइटों का रिफलेक्शन जब उन घूमने वाले मिरर पर पड़ता—तो पूरे हॉल में ऐसी रंगीनी बिखर जाती, जैसे वह कोई तिलिस्म हो। हॉल के कांचयुक्त फर्श पर लड़के-लड़कियाँ मदमस्त होकर नाच रहे थे। वह मग्न थे। मुझे घबराहट होने लगी।

"मैं डांस नहीं कर पाऊँगी।" मैं, तिलक राजकोटिया से धीमी जबान में बोली।

"क्यों?"

"क्योंकि मैं किसी ऐसे प्लेस पर जिन्दगी में पहली बार आयी हूँ।"

तिलक राजकोटिया हँस पड़ा।

"इंसान हर काम कभी-न-कभी जिन्दगी में पहली बार ही करता है।"

"लेकिन...।"

"कम ऑन!"

तिलक राजकोटिया ने मेरा हाथ पकड़कर डांसिंग फ्लोर की तरफ खींचा।

"नहीं।"

"कम ऑन शिनाया—कम ऑन! डोन्ट फील नर्वस!"

मैंने एक सरसरी-सी दृष्टि पुनः लड़के-लड़कियों पर दौड़ाई। उनमें आधे से ज्यादा नशे में थे। एक लड़का-लड़की तो बिल्कुल अभिसार की मुद्रा में थे। वह दोनों एक-दूसरे से कसकर चिपके हुए थे। बहुत कसकर। दोनों के मुँह से आहें-कराहें फूट रही थीं। तिलक राजकोटिया ने मुझे फिर डांसिंग फ्लोर की तरफ पकड़कर खींचा। इस बार मैंने उसका अधिक विरोध नहीं किया। मैं डांसिंग फ्लोर की तरफ खिंचती चली गयी। वहाँ ज्यादातर लड़के-लड़कियाँ बेले डांस कर रहे थे। लगता था—उन सबका मनपसन्द वही नृत्य था।

फ्लोर पर पहुँचते ही तिलक राजकोटिया ने अपने दोनों हाथ मेरे हाथ में ले लिये और धीरे-धीरे थिरकने लगा। मैंने भी उसका साथ दिया। मैंने देखा—वह आज मेरे साथ कुछ ज्यादा ही फ्री हो रहा था। फिर धीरे-धीरे थिरकते हुए उसने खुद को मेरे साथ सटा लिया। उसका शरीर भभकने लगा था।

"माहौल में गर्मी बढ़ती जा रही है।" मैं मुस्कुराकर बोली।

"हाँ।" वह भी मुस्कुराया—"हल्की-हल्की गर्मी तो है, लेकिन इतनी गर्मी भी नहीं—जिसे बर्दाश्त न किया जा सके।"

जल्दी ही मुझे भी उस डांस में आनन्द अनुभव होने लगा। मैं भी अब तिलक राजकोटिया का खूब खुलकर साथ दे रही थी। फिर एक क्षण वह भी आया—जब तिलक राजकोटिया मेरे साथ डांस करता हुआ मुझे एक कोने में ले गया।

"क्या सोच रही हो?" वह फुसफुसाया।

"कुछ नहीं।" मेरे कदम थिरक रहे थे—"बृंदा के बारे में सोच रही हूँ।"

"क्या?"

"यही कि उसका क्या होगा, उसकी किस्मत में क्या लिखा है?"

"कुछ नहीं लिखा।" तिलक राजकोटिया ने मुझे अपने सीने के साथ और ज्यादा कस लिया—"अब उसकी मौत निश्चित है। अब कोई करिश्मा ही उसे बचा सकता है। फिलहाल थोड़ी देर के लिये उसे भूल जाओ शिनाया, मैं तुमसे आज कुछ कहना चाहता हूँ।"

मैं चौंकी।

"बुरा तो नहीं मानोगी?"

"अगर कोई बहुत ज्यादा ही बुरी बात न हुई," मैं बोली—"तो मैं बुरा नहीं मानूँगी।"

"नहीं—पहले तुम वादा करो।" तिलक राजकोटिया बोला—"मैं आज चाहे तुमसे कुछ भी कहूँ, तुम बुरा नहीं मानोगी।"

"क्या बात है तिलक साहब—आज बहुत मूड में नजर आ रहे हैं।"

"तुम इसे कुछ भी समझ सकती हो।"

"ठीक है—मैं आपसे वादा करती हूँ।" मैं इठलाकर बोली—"आज आप मुझसे चाहे कुछ भी कहें, मैं आपकी बात का बुरा नहीं मानूँगी।"

"पक्का वादा?"

"पक्का!"

तिलक राजकोटिया ने इत्मीनान की साँस ली। फिर वह मुझसे कुछ और ज्यादा चिपक गया। उस क्षण वो बहुत भावुक नजर आ रहा था।

"मेरी तरफ देखो शिनाया—मेरी आँखों में।"

मैंने कुछ सकपकाकर तिलक राजकोटिया की आँखों में झाँका। उसकी साँसें अब और ज्यादा धधकने लगी थीं।

"आई लव यू शिनाया!"

"क्या?"

मैं हैरान रह गयी। अचम्भित! मुझे मानो अपने कानों पर यकीन न हुआ।

"आई लव यू!" तिलक राजकोटिया ने थिरकते-थिरकते अपना सिर मेरे कन्धे पर रख लिया—"मैं तुमसे प्यार करने लगा हूँ शिनाया—क्या तुम भी मुझसे प्यार करती हो?"

मैं हवा में उड़ने लगी। मेरी जिन्दगी में वो पहला पुरुष था। एक कॉलगर्ल की जिन्दगी में वो पहला पुरुष था—जो उससे 'आई लव यू' बोल रहा था।

"जवाब दो!" तिलक राजकोटिया ने मेरे कंधे पकड़कर झिंझोड़े—"क्या तुम भी मुझसे प्यार करती हो?"

मैं चुप! मैं फैसला नहीं कर पा रही थी कि मैं क्या जवाब दूँ। मुझे उम्मीद भी नहीं थी कि तिलक राजकोटिया इतने अप्रत्याशित ढंग से मेरे सामने वो प्रपोजल रख देगा।

"तुम एक मिनट यही रुको—मैं अभी आता हूँ।" तिलक राजकोटिया बोला।

"कहाँ जा रहे हो?"

"अभी आया।"

तिलक राजकोटिया मुझे वहीं डांसिंग फ्लोर पर अकेला छोड़कर चला गया। मैंने देखा—वो बार काउण्टर की तरफ जा रहा था। मेरी निगाहें अब उस लड़के-लड़की की तरफ घूमीं, जो अभिसार की मुद्रा में थे। वो अब हॉल में कहीं नजर नहीं आ रहे थे। जरूर वो अपने किसी ठिकाने पर चले गये थे। तभी तिलक राजकोटिया वापस लौट आया। उसके हाथ में दो पैग थे।

"यह सब क्या है?" मैंने आश्चर्यवश पूछा।

"एक तुम्हारे लिये—एक मेरे लिये।"

"लेकिन मैं शराब को छूती भी नहीं।"

मैंने सफेद झूठ बोला। जबकि शराब मेरा प्रिय पेय था।

"कोई बात नहीं।" तिलक राजकोटिया बोला—"मैं तुमसे शराब पीने के लिये नहीं कहूँगा, लेकिन अगर तुम मुझसे प्यार करती हो—तो इस पैग में से एक बहुत छोटा-सा घूट भर लो। मैं समझ जाऊँगा—तुम्हारे दिल में मेरे लिये क्या है! जो बात शर्म की वजह से तुम्हारी जबान नहीं कहेगी, वो आज यह शराब कह देगी।"

मेरी आँखें चमक उठीं।

"प्यार के इजहार का तरीका अच्छा ढूँढ़ा है तिलक साहब! यानी अगर मैंने शराब का एक घूँट पी लिया—तो उससे यह साबित हो जायेगा कि मैं तुमसे प्यार करती हूँ।"

"बिल्कुल।"

"और अगर मैंने शराब के दो घूँट पीये, तो उससे क्या साबित होगा?"

"तो उससे यह साबित होगा," तिलक राजकोटिया मुस्कुराकर बोला—"कि तुम मुझसे और ज्यादा प्यार करती हो।"

"ठीक है—तो लाओ, पैग मुझे दो।"

मैंने तिलक राजकोटिया के हाथ से शराब का पैग ले लिया। उसके चेहरे पर अब जबरदस्त सस्पैंस के चिह्न थे। वो अपलक मेरा चेहरा देख रहा था। वो नहीं जानता था—अगले क्षण क्या होने वाला है! मैं तिलक राजकोटिया की तरफ देखकर मुस्कुरायी। फिर अगले ही पल मैं एक ही साँस में वह पूरा पैग पी गयी।

"और अब यह पूरा पैग पीने से क्या साबित हुआ?"

"ओह डार्लिंग!" वह एकाएक कसकर मुझसे लिपट गया—"तुम ग्रेट हो—ग्रेट!"

मैं बड़े समर्पित अन्दाज में उसके आगोश में समा गयी।

❑❑❑

कार से वापस पैंट हाउस लौटते समय मैंने अपनी तरफ से पहला पत्ता फेंका। यानी शिनाया शर्मा उस वक्त नशे का जमकर नाटक कर रही थी। मैंने वो नाटक करना भी चाहिये था। आखिर मैंने जिन्दगी में पहली बार शराब पी थी। वो भी पूरा पैग भरकर। मैंने देखा—बाहर अब हल्की-हल्की बारिश भी होने लगी थी, जो वातावरण को काफी रोमांटिक बना रही थी। मैं बार-बार झूमकर तिलक राजकोटिया के ऊपर ढेर हो जाती। तिलक राजकोटिया मुझे सँभालता।

"लगता है—नशा तुम्हारे ऊपर कुछ ज्यादा ही हावी हो गया है।" वो मुस्कुराकर बोला।

"नशा होना भी चाहिये।" मैं बोली—"यह प्यार का नशा है।"

"अगर मुझे पहले से यह मालूम होता कि उस एक पैग से तुम्हारे ऊपर इतना नशा हो जायेगा, तो मैं तुम्हें कभी वो पैग पीने के लिये न देता।"

"यह आप और बुरा करते।" मैं बच्चों की तरह बोली।

"क्यों?"

"फिर यह साबित कैसे होता कि मैं भी आपसे प्यार करती हूँ।"

तिलक राजकोटिया हँसे बिना न रह सका।

"सचमुच तुम काफी दिलचस्प हो।"

"सिर्फ दिलचस्प!"

"नहीं—काफी खूबसूरत भी।"

मैं नशे में झूमती हुई, फिर लहराकर तिलक राजकोटिया के ऊपर गिरी। इस बार तिलक राजकोटिया ने मुझे अपने से अलग नहीं किया बल्कि मुझे कसकर अपनी बाहों के इर्द-गिर्द लपेट लिया और बाहों में लपेटे-लपेटे कार ड्राइव करता रहा। बारिश अब तेज हो गयी थी। बारिश के तेज होने के

साथ-साथ तिलक राजकोटिया ने कार की रफ्तार थोड़ी कम कर दी और विण्ड स्क्रीन के वाइपर चालू कर दिये। वाइपर घूम-घूमकर विण्ड स्क्रीन का पानी साफ करने लगे। मेरा शरीर भभक रहा था। वैसी ही गर्मी तिलक राजकोटिया के शरीर में भी थी।

"लेकिन यह प्यार पाप है तिलक साहब!" मेरे हाथ तिलक राजकोटिया की पीठ पर सरसरा रहे थे। मेरे रोम-रोम में सिरहन थी।

"क्यों—यह प्यार क्यों पाप है?"

"क्योंकि आप मेरी सहेली के हसबैंड हैं।"

"लेकिन तुम जानती हो।" तिलक राजकोटिया ने मुझे अपने शरीर के साथ और ज्यादा कसकर भींच लिया—"कि बृंदा अब ज्यादा दिन की मेहमान नहीं हैं—बहुत जल्द उसकी मौत हो जायेगी, फिर मैं तुमसे शादी कर लूँगा। बोलो, करोगी मुझसे शादी?"

मुझे अपने कानों पर विश्वास नहीं हुआ। तिलक राजकोटिया खुद मेरे सामने शादी का प्रपोजल रख रहा था।

"बोलो शिनाया!" तिलक राजकोटिया बोला—"करोगी मुझसे शादी?"

"यह तो मेरा सौभाग्य होगा तिलक साहब—जो मुझे आप जैसा हसबैंड मिले।"

तभी एकाएक आसमान का सीना चाक करके बहुत जोर से बिजली कड़कड़ाई। तिलक राजकोटिया ने कार वहीं एक पेड़ के नजदीक रोक दी। वह एक बहुत निर्जन-सा इलाका था। तिलक राजकोटिया की बाँहें अब और ज्यादा कसकर मेरे शरीर के गिर्द लिपट गयीं तथा वह मेरे ऊपर ढेर होता चला गया। उसके होंठ मेरे होंठों से आ सटे।

मैं अभी भी नशे का अभिनय कर रही थी।

"त... तिलक साहब!" मेरी आवाज थरथरा रही थी—"आई लव यू!"

उसने मेरी गर्दन, पलकों, कपोलों, अधरों और बारी-बारी से दोनों कंधों पर चुम्बन अंकित कर दिया। उसकी एक-एक हरकत मेरी रगों में बिजली बनकर दौड़ने लगी थी। वह मेरे कंधों पर हाथ टिकाकर झुका। हम

दोनों अब कार की फ्रण्ट सीट पर ही आपस में गुत्थम-गुत्था हो रहे थे। हालांकि मैं खूब खेली-खायी थी। परन्तु तिलक राजकोटिया के सामने ऐसा 'शो' कर रही थी, मानो वह मेरी जिन्दगी का पहला अनुभव है।

"यह आप क्या कर रहे हैं तिलक साहब?"

"म... मैं तुम्हारा दीवाना हो गया हूँ।" तिलक राजकोटिया सचमुच बहुत उतावला हो रहा था—"और अब चाहता हूँ—तुम भी मेरी दीवानी हो जाओ।"

"ओह!"

मेरे होंठों से भी मादक सिसकारियाँ फूट पड़ीं। मैं अब फ्रण्ट सीट पर बिछती जा रही थी। तभी तिलक राजकोटिया ने एक काम और किया। उसने कार की 'डोम लाइट' बुझा दी। वहाँ अब अँधेरा छा गया। घुप्प अँधेरा! ऐसा—जो हाथ को हाथ भी न सुझाई दे। फिर मुझे निर्वस्त्र करने में उसने ज्यादा समय नहीं लगाया और उसके बाद आनन-फानन खुद भी निर्वस्त्र हो गया। यही वो क्षण था, जब अँधेरे का सीना चाक करके एक बार फिर जोर से बिजली कड़कड़ाई। मेरा पूरा शरीर एक पल के लिये तेज रोशनी में नहा उठा। और! तिलक राजकोटिया भौंचक्का-सा मेरे शरीर को देखता रह गया। कसूर उसका भी नहीं था। आज से पहले उसने ऐसा शरीर देखा ही कहाँ होगा?

"तुम सचमुच बहुत सुन्दर हो।" वह मेरी प्रशंसा किये बिना न रह सका—"वैरी ब्यूटीफुल!"

मैं मन-ही-मन हँसी। वह बेचारा कहाँ जानता था, आज के बाद वह मेरा गुलाम बन जाने वाला था। बारिश अब और तेज हो गयी। इस समय खूब जमकर मूसलाधार बारिश हो रही थी। इतना ही नहीं—बिजली और ज्यादा जोर-जोर से कड़कड़ाई। लम्बा सफेद हण्टर बार-बार आसमान की गुफा को चीरने लगा। मौसम एकाएक काफी खतरनाक हो उठा था। ऐसा लग रहा था—मानो आज कोई तूफान आकर रहेगा।

तिलक राजकोटिया ने मेरे दोनों कन्धे कसकर पकड़ लिये। उस काम के लिये कार की फ्रण्ट सीट काफी छोटी पड़ रही थी। मगर! दोनों जोश से भरे हुए थे। जल्द ही खेल शुरू हो गया। खेल वही था। वही पुराना, जो

आदिकाल से स्त्री और पुरुष के बीच लगातार बार-बार खेला जाता रहा है। किन्तु आज तक इस खेल से दोनों में-से किसी का भी दिल नहीं भरा। थोड़ी ही देर बाद हम दोनों कार की फ्रण्ट सीट पर निढाल से पड़े थे। हमारे शरीर पसीने में तर-बतर थे और हम इस प्रकार हाँफ रहे थे, मानो कई सौ मीटर लम्बी मैराथन दौड़ में हिस्सा लेकर आये हों।

❑❑❑

उस रात मैं बहुत खुश थी। बहुत ज्यादा! मुझे ऐसा लग रहा था—जैसे वह रात मेरी जिन्दगी में ढेर सारी खुशियाँ लेकर आयी हो। मैं अपने लिये जिस तरह के हसबैंड की कल्पना करती थी—बिल्कुल वैसा हसबैंड मुझे हासिल हो गया था और बड़ी सहूलियत के साथ हासिल हुआ था। मुझे उसके लिये कोई बहुत ज्यादा मेहनत नहीं करनी पड़ी थी। अब बृंदा के मरने की देर थी, फिर मैं उसकी तमाम जायदाद की मालकिन बन जानी थी।

और! बृंदा के मरने में भी कितने दिन बचे थे। तीन महीने! यानी नब्बे दिन! नब्बे दिन यूँ ही पलक झपकते गुजर जाने थे। फिर नब्बे दिन तो उसके मरने की अन्तिम सीमा थी, मर तो वह उससे कहीं ज्यादा पहले सकती थी। मैं जितना सोच रही थी, उतनी ही मेरी उम्मीदों को पंख लग रहे थे। इसके अलावा मुझे अब यह सोच-सोचकर भी डरने की आवश्यकता नहीं थी कि मुझे कभी 'नाइट क्लब' में भी वापस लौटना पड़ सकता है। सच बात तो यह है—'नाइट क्लब' में लौटने की बात ही मुझे सबसे ज्यादा भयभीत करती थी। रात को भी जब मुझे यह ख्याल आ जाता कि मुझे कभी उस दुनिया में लौटना पड़ सकता है, तो मैं एकदम सोते-सोते उठकर बैठ जाती। मैं अपनी माँ की तरह नहीं मरना चाहती थी।

आप सोच भी नहीं सकते, उस एक ही रात में मैंने बेशुमार सपने देख डाले थे। मुझे अपना होश सँभालने के बाद ऐसी कोई रात याद नहीं आती, जब मैं इतना खुश रही होऊँ। लेकिन वो सारी खुशी, सारे सपने दिन निकलने के साथ एक ही झटके में फना हो गये। वह बिल्कुल ऐसा था—मानो प्रचण्ड धमाके के साथ कोई किसी के तमाम सपनों को चकनाचूर कर डाले।

❑❑❑

6

खतरनाक टर्न

सुबह के साढ़े नौ बज रहे थे। पैंट हाउस में उस दिन की शुरुआत दूसरे दिनों की तरह ही सामान्य ढंग से हुई थी। मैंने तिलक राजकोटिया को नाश्ता दिया, बृंदा को सूप पिलाया और दवाई खिलाई। तिलक राजकोटिया आज काफी जल्दी तैयार हो गया था। वैसे भी वो आज काफी खिला-खिला नजर आ रहा था। तभी पैंट हाउस में डॉक्टर अय्यर के कदम पड़े।

"नमस्ते तिलक साहब!"

"नमस्ते!"

डॉक्टर अय्यर भी आज काफी खुश था।

"क्या बात है डॉक्टर, आज आप सुबह-ही-सुबह कैसे दिखाई पड़ रहे हैं?"

"दरअसल हॉस्पिटल जा रहा था, मैंने सोचा कि आपको भी वह खुशखबरी सुनाता चलूँ।"

"खुशखबरी?" तिलक राजकोटिया चौंका।

मैं भी वहीं थी।

'खुशखबरी' के नाम पर मेरी दिलचस्पी भी एकाएक उस वार्तालाप में बढ़ी। क्या खुशखबरी ले आया था डॉक्टर अय्यर?

"ऐन्ना—खुशखबरी ऐसी है कि उसे सुनकर आपके चेहरे पर भी प्रसन्नता खिल उठेगी। मुरुगन की बहुत बड़ी मेहरबानी हो गयी है। मैं कह

रहा था न, मुरुगन कोई-न-कोई करिश्मा जरूर करेगा। बस यूँ समझो—मुरुगन ने करिश्मा कर दिखाया है।"

"कैसा करिश्मा?"

"दरअसल बृंदा की दूसरी ब्लड रिपोर्ट आ गयी है।" डॉक्टर अय्यर बोला—"और रिपोर्ट काफी हैरान कर देने वाली है। आप दोनों को यह सुनकर बेइन्तहा खुशी होगी कि बृंदा के ऊपर जो मौत की तलवार लटकी हुई थी, वो फिलहाल टल गयी है।"

"क... क्या कह रहे हैं आप?"

"मैं बिल्कुल ठीक कह रहा हूँ तिलक साहब! उन्हें जो दवाइयाँ दी जा रही थीं, वो काम करने लगी हैं और इस बार उनकी ब्लड रिपोर्ट बेहतर आयी है।"

मेरे दिल-दिमाग पर मानो भीषण व्रजपात हुआ। मेरे हाथ-पाँव फूल गये।

"क्या बात है?" डॉक्टर अय्यर ने मेरी तरफ देखा—"यह खबर सुनकर तुम्हें खुशी नहीं हुई?"

"ए... ऐसा कैसे हो सकता है।" मैं बुरी तरह हकबकाई—"खुशी हुई और बहुत ज्यादा खुशी हुई।"

"मैं जानता था कि आप लोगों को जरूर खुशी होगी। इसलिए रिपोर्ट मिलते ही मैं फौरन यह खबर आप लोगों को सुनाने यहाँ दौड़ा-दौड़ा चला आया।"

मैंने तिलक राजकोटिया की तरफ देखा। उसका भी बुरा हाल था। उसके चेहरे की रंगत भी एकदम हल्दी की तरह पीली जर्द पड़ चुकी थी।

"यानी अब बृंदा की तीन महीने के अन्दर मौत नहीं होगी?" तिलक राजकोटिया ने शुष्क स्वर में पूछा।

"नहीं, बिल्कुल नहीं, बल्कि अब तो मुझे इस बात की भी काफी उम्मीद नजर आ रही है कि अगर उनके ब्लड में इसी तरह इम्प्रूवमेंट होता रहा, तो वह बच जाएँगी।"

"ओह!"

"डॉक्टर—लेकिन मैं एक बात नहीं समझ पा रही हूँ।" मैं बोली।

"क्या?"

"ब्लड रिपोर्ट में एकाएक इतना बड़ा परिवर्तन आया कैसे? क्योंकि जहाँ तक मैं समझती हूँ—पिछले दिनों में दवाइयाँ भी नहीं बदली गयी हैं।"

"बिल्कुल ठीक कहा।" डॉक्टर अय्यर बोला—"दवाइयाँ तो पिछले काफी टाइम से नहीं बदली गयीं।"

"फिर यह करिश्मा कैसे हुआ?"

"सब मुरुगन की कृपा है।" डॉक्टर अय्यर बोला—"दरअसल जो दवाइयाँ उन्हें काफी दिन से खिलाई जा रही थीं, उन्होंने देर से असर दिखाया। अब जाकर असर दिखाया और यह उसी का परिणाम है।"

"ओह!" मेरे होंठ भी सिकुड़ गये।

"बहरहाल जो हुआ—बेहतर हुआ।" डॉक्टर अय्यर बोला—"मैं अभी बृंदा को भी जाकर यह खुशखबरी सुनाता हूँ।"

डॉक्टर अय्यर तेजी के साथ बृंदा के शयनकक्ष की तरफ बढ़ गया।

❑❑❑

डॉक्टर अय्यर तो वह खबर सुनकर पैंट हाउस से चला गया था—लेकिन उस खबर ने मुझे कितनी बुरी तरह झिंझोड़ा, इसका अनुमान आप सहज रूप से ही लगा सकते हैं। मुझे लगा—एक बार फिर मैं हार गयी हूँ। जरा सोचिए, दवाइयों ने भी अभी अपना असर दिखाना था। मुझे एक ही झटके में अपने तमाम सपने चकनाचूर होते दिखाई पड़े। मैं दौड़ती हुई सीधे अपने शयनकक्ष में पहुँची और औंधे मुँह बिस्तर पर लेट गयी। तकिये में मैंने अपना मुँह छुपा लिया।

"क्या बात है?" तिलक राजकोटिया भी मेरे पीछे-पीछे ही वहाँ दाखिल हुआ—"तुम एकाएक उदास क्यों हो गयीं?"

मैं कुछ न बोली। मैं बस जोर से सुबक उठी।

"शिनाया!" मेरी सुबकियाँ तिलक राजकोटिया के ऊपर बिजली-सी बनकर गिरीं—"तुम रो रही हो।"

तिलक राजकोटिया ने मेरे दोनों कंधे कसकर पकड़े और मुझे झटके के साथ बिस्तर पर पलट दिया। मेरी आँखें आँसुओं से डबडबाई हुई थीं।

"क्या बात है?" तिलक राजकोटिया मेरे ऊपर झुका—"क्या हो गया है तुम्हें?"

"अ... अब मेरा क्या होगा तिलक साहब? म... मैं तो किसी को मुँह दिखाने लायक भी नहीं रही।"

मेरे मुँह से पहले से भी कहीं ज्यादा जोर से सुबकी उबली।

"घबराओ मत—तुम्हारा कुछ नहीं होगा।"

"लेकिन...।"

"एक बात याद रखो शिनाया!" तिलक राजकोटिया की आवाज में दृढ़ता कूट-कूटकर भरी थी—"और अच्छी तरह याद रखो। मैंने तुम्हारे इस शरीर को हासिल करने से पहले तुमसे जो वादा किया था, मैं वो वादा पूरा करके रहूँगा।"

"यानी आप मुझसे शादी करेंगे?" मेरे मुँह से तीव्र सिसकारी छूटी। मैं चौंकी।

"हाँ।" तिलक राजकोटिया के मुँह से मानो भेड़िये जैसी गुर्राहट निकली—"हाँ, मैं तुमसे शादी करूँगा।"

एक क्षण के लिए मैं रोना मानो बिल्कुल भूल गयी। मैं तिलक राजकोटिया को आश्चर्य से बिल्कुल इस तरह देखने लगी, मानो मेरी आँखों के सामने साक्षात् ताजमहल आकर खड़ा हो गया हो।

"आप जानते हैं—आप क्या कह रहे हैं?"

"हाँ, मैं अच्छी तरह जानता हूँ कि मैं क्या कह रहा हूँ।" तिलक राजकोटिया बोला।

"लेकिन अब यह सब कैसे मुमकिन है तिलक साहब! एक पत्नी के रहते हुए आप मुझसे दूसरी शादी कैसे कर सकते हैं?"

"मुझे सोचने दो। मुझे अब यही सोचना है कि मैं तुमसे किस तरह दूसरी शादी कर सकता हूँ?"

तिलक राजकोटिया बेचैनीपूर्वक कमरे में इधर-से-उधर घूमने लगा। उस क्षण वह मुझसे कहीं ज्यादा परेशान दिखाई पड़ रहा था। टाई की नॉट उसने ढीली कर ली। फिर मैंने तिलक राजकोटिया को एक नया काम करते देखा। बिल्कुल नया काम! जो मैंने उसे पहले कभी नहीं करते देखा था। उसने अपने कोट की जेब से सिगरेट का पैकिट निकाल लिया। उसमें से एक सिगरेट निकालकर लाइटर से सुलगाया तथा फिर धुएँ के गोल-गोल छल्ले बनाकर हवा में उछालने लगा। जिस तरह वो सिगरेट पी रहा था—उससे साबित होता था कि वो बेचैनी के आलम में कभी-कभार ही सिगरेट पीता है। काफी देर तक तिलक राजकोटिया इधर-से-उधर मटरगश्ती करता रहा।

"क्या कोई तरीका सूझा?" मैंने लगभग आधा घण्टे बाद सवाल किया।

"नहीं।" तिलक राजकोटिया ठिठका—"अभी कोई तरीका नहीं सूझा है, लेकिन तुम मुझे सोचने के लिए थोड़ा वक्त और दो, मुझे उम्मीद है कि तब तक मैं कोई-न-कोई तरीका जरूर खोज निकालूँगा।"

"और अगर मान लो।" मैं डरते-डरते बोली—"फिर भी आपको कोई तरीका न सूझा, तब क्या होगा?"

"ऐसा नहीं हो सकता कि मुझे कोई तरीका न सूझे। मैं इस समस्या का कोई-न-कोई हल जरूर निकाल लूँगा।"

मेरे चेहरे पर व्यग्रता झलकने लगी।

"एक बात अच्छी तरह समझ लो शिनाया!" तिलक राजकोटिया ने सिगरेट का टोटा वहीं पड़ी एश-ट्रे में रगड़कर बुझाया और सीधे मेरी आँखों में झाँकने लगा।

"क... क्या?"

"मैं अब सचमुच तुमसे बहुत प्यार करने लगा हूँ। मैं बृंदा के बिना जीवित रह सकता हूँ, मगर अब तुम्हारे बिना किसी हालत में नहीं!"

तिलक राजकोटिया बड़ी तेजी के साथ मुड़ा और फिर आँधी की तरह उस शयनकक्ष से बाहर निकल गया।

❑❑❑

मैं बेचैन थी। मैं समझ नहीं पा रही थी कि तिलक राजकोटिया अब क्या निर्णय लेगा? वो किस तरह मुझसे शादी करेगा? परन्तु तिलक राजकोटिया ने मुझसे शादी करने का जो तरीका सोचा, वह सचमुच अचम्भित कर देने वाला था। दोपहर का समय था। मैं और तिलक राजकोटिया डायनिंग टेबल पर एक बार फिर मिले। मैंने अपने और तिलक राजकोटिया दोनों के लिए भोजन परोस लिया था, परन्तु खाने में दोनों में-से किसी की भी दिलचस्पी नहीं थी।

"क्या शादी करने का कोई तरीका सोचा?" मैंने तिलक राजकोटिया से डरते-डरते वो सवाल किया।

मुझे भय था कि कहीं तिलक राजकोटिया यह न कह दे कि उसे कोई तरीका नहीं सूझा है।

"हाँ।" तिलक राजकोटिया के चेहरे पर सख्ती के भाव उभरे, "एक तरीका सोचा है।"

"क्या?"

तिलक राजकोटिया ध्यानपूर्वक मेरे चेहरे की तरफ देखने लगा। उसके हाव-भावों से लग रहा था, उसने कोई बहुत कठोर फैसला किया है।

"पहले मेरे एक सवाल का जवाब दो।"

"पूछो।"

"सवाल का जवाब खूब सोच-समझकर देना शिनाया! क्योंकि उस एक सवाल के जवाब पर हमारे भविष्य का सारा दारोमदार टिका है।"

"मैं सोच-समझकर ही जवाब दूँगी।"

मेरा दिल धड़क-धड़क जा रहा था। मेरी बेचैनी बढ़ने लगी थी।

"क्या तुम मुझसे शादी करने के लिए कुछ भी करने को तैयार हो?"

"क्या कुछ भी?"

"मसलन, कोई बुरे से बुरा काम। कोई ऐसा काम, जिसे करने के लिए तुम्हारा दिल भी गंवारा न करे।"

"हाँ, मैं कुछ भी कर सकती हूँ।" मैंने पूरी दृढ़ता के साथ जवाब दिया।

"एक बार फिर सोच लो।"

"मैंने सोच लिया।"

"ठीक है।" तिलक राजकोटिया कोहनियों के बल टेबल पर मेरी तरफ झुक गया तथा बहुत सस्पैंसफुल आवाज में फुसफुसाया—"तो फिर हम दोनों की शादी होने का बस एक ही तरीका है शिनाया, एक आखिरी तरीका!"

"क्या?"

"हम बृंदा को अपने रास्ते से हटा दें।"

"क्या कह रहे हो?" मेरे मुँह से तीव्र सिसकारी छूट पड़ी, "यानी हत्या! बृंदा की हत्या!"

"धीरे बोलो!" तिलक राजकोटिया घबरा उठा, "धीरे।"

मैंने सकपकाकर इधर-उधर देखा। शुक्र था! वहाँ कोई न था। किसी ने बौखलाहट में मेरी जबान से निकले वो शब्द नहीं सुने थे। परन्तु 'हत्या' के नाममात्र से ही मेरे माथे पर पसीने की नन्ही-नन्ही बूँदें चुहचुहा आयीं, जिन्हें मैंने रूमाल से साफ किया।

"ल... लेकिन किसी की हत्या करना इतना आसान नहीं होता तिलक साहब!" मैं इस बार बहुत धीमें से फुसफुसाई।

"मैं भी जानता हूँ।" तिलक राजकोटिया बोला—"कि किसी की हत्या करना आसान नहीं होता है। लेकिन अगर हमने शादी करनी है, तो हम दोनों ने मिलकर बृंदा को अपने रास्ते से हटाना ही होगा। इसके अलावा हमने बृंदा की हत्या भी कुछ इस ढंग से करनी होगी कि किसी को कानों-कान भी इस बात की भनक न लगे। सब उसे साधारण मौत ही समझें।"

"मगर हत्या का वो तरीका क्या होगा, जो सबको वह साधारण मौत दिखाई दे?"

"अब हमने यही सोचना है। फिलहाल तुम भी हत्या की कोई फूलप्रूफ प्लानिंग सोचो और मैं भी सोचता हूँ। शाम को हम दोनों फिर इस बारे में बात करेंगे। मंजूर?"

"मंजूर।" मैंने कहा।

उस दिन हम दोनों में-से किसी ने भी दोपहर का भोजन नहीं किया। तिलक राजकोटिया सिर्फ एक गिलास पानी पीकर डायनिंग हॉल से चला गया।

❑❑❑

मेरे हाथ-पैरों में कंपकंपी छूट रही थी। हत्या! वह एक शब्द ही मेरे होश उड़ा देने के लिए पर्याप्त था। क्या बृंदा को मार डालना उचित था? मैं तिलक राजकोटिया के शयनकक्ष में जा घुसी और वहाँ एक के बाद एक व्हिस्की के कई पैग बनाकर पी गयी। लेकिन चार पैग पीने के बावजूद मुझे जरा-सा भी नशा नहीं हुआ। मेरा दिमाग भिन्नोट होने लगा। मैं जासूसी उपन्यास पढ़ने की जबरदस्त शौकीन रही थी। इसलिए मेरे दिमाग में ऐसी एक फुलप्रूफ प्लानिंग थी, जिसके बलबूते पर बृंदा की हत्या की जा सकती थी और किसी को पता भी नहीं लगना था कि उसे मार डाला गया है। शाम के समय हम दोनों फिर एक जगह इकट्ठे हुए। स्थान वहीं था—डायनिंग हॉल।

"क्या हत्या की कोई योजना सूझी?" मैंने डायनिंग हॉल में दाखिल होते ही तिलक राजकोटिया से सबसे पहला प्रश्न वही किया।

"अभी तो कोई योजना नहीं सूझी है।" तिलक राजकोटिया बोला—"अलबत्ता दोपहर से ही मैं इसी एक दिशा में अपने दिमागी घोड़े दौड़ा रहा हूँ। क्या तुम्हें कोई योजना सूझी?"

"हाँ, मेरे दिमाग में एक योजना है।" मैंने निर्विकार ढंग से कहा—"और मैं समझती हूँ, वह इस काम के लिए सबसे बेहतर योजना है।"

"सिर्फ सबसे बेहतर।"

"नहीं, सबसे फूलप्रूफ भी। मेरा मानना है, योजना आपको भी पसन्द आएगी तिलक साहब!"

"क्या योजना है?"

"यह तो आप भी जानते हैं—बृंदा न सिर्फ बीमार है, बल्कि बहुत बीमार है।" मैंने अपनी 'योजना' के पत्ते खोलने शुरू किये—"अगर ऐसी हालत में उसकी मौत हो जाती है, तो कोई भी नहीं चौंकेगा। यहाँ तक कि डॉक्टर अय्यर भी नहीं। शर्त सिर्फ एक है।"

"क्या?"

"उसकी मौत पूरी तरह स्वाभाविक दिखाई पड़नी चाहिये—उसके शरीर पर किसी जख्म या गोली का निशान न हो।"

"बिल्कुल ठीक कहा।" तिलक राजकोटिया की आँखें चमक उठीं—"अगर बृंदा की हत्या इस तरह होती है, तो किसी को भी उसकी मौत पर शक नहीं होगा। मगर क्या तुम्हारी योजना ऐसी ही है—जो उसकी मौत इसी तरह हो?"

"एकदम ऐसी ही योजना है। मैं आपको योजना बताती हूँ।"

फिर मैंने हत्या की योजना तिलक राजकोटिया को सुनानी शुरू की—मैं काफी धीमी आवाज में बोल रही थी। जैसे-जैसे मैंने योजना सुनायी, ठीक उसी अनुपात में तिलक राजकोटिया के नेत्र आश्चर्य से फैलते चले गए। योजना वाकई शानदार थी। तिलक राजकोटिया ने फौरन ही वह योजना पास कर दी।

❑❑❑

अगले दिन से ही योजना पर काम शुरू हो गया। तिलक राजकोटिया 'डायनिल' टेबलेट की एक पूरी स्ट्रिप खरीदकर ले आया था।

"यह लो—'डायनिल' टेबलेट तो मैं ले आया हूँ।" तिलक राजकोटिया बोला—"अब इनका तुम क्या करोगी?"

"यह तो आप जानते ही हो तिलक साहब!" मैं फुसफुसाकर बोली—"कि यह 'डायनिल' टेबलेट उन व्यक्तियों को खाने के लिए दी जाती है, जो शुगर के पेशेन्ट होते हैं। जिनके शरीर में शुगर की मात्रा बढ़ जाती है।"

"बिल्कुल ठीक।" तिलक राजकोटिया बोला—"यह बात मैं काफी अच्छी तरह जानता हूँ।"

"दरअसल यह 'डायनिल' टेबलेट शुगर को घटाने का काम करती है।" मैं उपन्यास में पढ़ी 'योजना' विस्तारपूर्वक बताती चली गयी—"इस 'डायनिल' से शुगर कण्ट्रोल होती है। बात ये है—इंसान के शरीर को एक निश्चित मात्रा में शुगर की जरूरत होती है। अगर शुगर बढ़ जाती है, तब भी वो खतरनाक है और अगर शुगर इंसान के शरीर में कम हो जाये, तो वह और भी ज्यादा हानिकारक है। बढ़ने से भी ज्यादा खतरनाक इंसान के शरीर

में शुगर का कम हो जाना है, क्योंकि शुगर कम होने की स्थिति में इंसान तुरन्त मर जाता है। अब एक दूसरी परिस्थिति पर भी गौर करो।"

"किस परिस्थिति पर?"

तिलक राजकोटिया की आवाज सस्पैंसफुल होती जा रही थी।

"बृंदा शुगर की पेशेन्ट है या नहीं?"

"बिल्कुल भी नहीं है।" तिलक राजकोटिया ने जवाब देने में एक सैकेण्ड की भी देर नहीं लगायी।

"करैक्ट!" मैं प्रफुल्लित मुद्रा में बोली—"बृंदा शुगर की पेशेन्ट नहीं है। यानी एक ठीक-ठाक इंसान के शरीर को जितनी शुगर की आवश्यकता होती है, ठीक उतनी ही शुगर बृंदा के शरीर में है। न कम। न ज्यादा। अब जरा सोचिये तिलक साहब—अगर हम बृंदा को 'डायनिल' टेबलेट खिलाना शुरू कर दें, तो क्या होगा?"

तिलक राजकोटिया चुप।

"मैंने आपसे एक सिम्पल-सा सवाल किया है।" मैं एक-एक शब्द चबाते हुए बोली—"अगर हम बृंदा को 'डायनिल' टेबलेट खिलाना शुरू कर दें, तो क्या होगा?"

"उसके जिस्म की शुगर कम होने लगेगी।" तिलक राजकोटिया बोला।

"बिल्कुल ठीक। और उसकी शुगर कम होने से क्या होगा?"

एकाएक तिलक राजकोटिया के चेहरे पर जबरदस्त आतंक के भाव उभर आये। उसका शरीर जोर से काँपा।

"त... तो वह मर जायेगी।" तिलक राजकोटिया हकलाये स्वर में बोला—"क्योंकि इंसान के शरीर में शुगर का ज्यादा होना इतनी बुरी बात नहीं है, जितना शुगर का एकदम से कम हो जाना। शुगर अगर एकदम से कम हो जाये, तो इंसान का फ़ौरन हार्टफ़ेल हो जायेगा।"

"और यही हम चाहते हैं।" मैंने चहककर कहा—"बृंदा की मौत! बृंदा की एक स्वाभावित मौत! जो कोई भी उसकी हत्या पर शक न कर सके। सबसे बड़ी बात ये है—हमारे इस तरह हत्या करने से बृंदा के शरीर पर

न कोई घाव बनेगा, न कोई गोली लगेगी। सब यही समझेंगे कि बृंदा अपनी बीमारी के कारण मरी है, उसका सडनली हार्टफेल हो गया है।"

"रिअली एक्सीलेण्ट!" तिलक राजकोटिया मुक्त कण्ठ से मेरी प्रशंसा किये बिना न रह सका—"मारवलस! तुम्हारी योजना की जितनी भी प्रशंसा की जाये—वह कम होगी शिनाया!"

मेरे होंठों पर बहुत हल्की-सी मुस्कान आकर चली गयी।

"टेबलेट खिलाने का यह सिलसिला अब कब से शुरू करोगी?" तिलक राजकोटिया ने उत्सुकतापूर्वक पूछा।

"आज रात से ही। आज रात मैं बृंदा को उसकी दवाई के साथ मिलाकर पहली 'डायनिल' टेबलेट दूँगी, फिर देखते हैं उस टेबलेट का बृंदा के ऊपर क्या असर होता है?"

"यानी आज रात से हमारा 'हत्या का खेल' शुरू हो जायेगा।"

"बिल्कुल।"

❑❑❑

7

हत्या के खेल की शुरुआत

मौसम आज फिर कुछ खराब था और हल्की बूँदा-बाँदी हो रही थी। लेकिन पैंट हाउस के अन्दर रहस्यमयी सन्नाटा छाया हुआ था। गहरी खामोशी। मेरे दिल की भी आज कुछ अजीब हालत थी। आखिर! मैं अपनी जिन्दगी की पहली हत्या करने जा रही थी। उस रात मैं बहुत सहमी-सहमी-सी बृंदा के शयनकक्ष में दाखिल हुई। बृंदा को नहाये हुए भी महीनों हो चुके थे। उसका शरीर सिर्फ गीले कपड़े से पोंछकर साफ किया जाता था। उस रात मैंने सबसे पहले उसी प्रकार बृंदा का शरीर गीले कपड़े से पोंछकर साफ किया तथा फिर काफी सारा पाउडर उसके जिस्म के अलग-अलग अंगों पर छिड़क दिया। उसमें से भीनी-भीनी सुगंध आने लगी। चेहरे पर भी आज बृंदा के कुछ रौनक दिखाई पड़ रही थी, वह बार-बार बड़ी प्यार भरी नजरों से मुझे देखती।

"क्या बात है!" मैं मुस्कुराई—"इस तरह क्या देख रही हो?"

"कुछ नहीं।"

"कुछ तो!"

"ऐसा लगता है शिनाया!" बृंदा गहरी साँस लेकर बोली—"पैंट हाउस में तुम्हारे कदम मेरे लिए काफी शुभ साबित हुए हैं।"

मैं चौंक उठी। वो बड़ी अजीब बात थी—जो अजब हालात में कही गयी थी।

"क्यों?" मैंने हैरानी से पूछा।

"क्योंकि जब से तुम यहाँ आयी हो डार्लिंग, तभी से मुझे एक के बाद एक शुभ समाचार सुनने को मिल रहे हैं।"

"कैसे शुभ समाचार?" मैं बृंदा के ड्रेसिंग गाउन की डोरियाँ कसते हुए बोली।

"जैसे तिलक साहब बीच में काफी शराब पीने लगे थे।" बृंदा बोली—"मगर आज ही गार्ड बता रहा था कि पिछले कई दिन से उन्होंने शराब को छुआ तक नहीं है—वह मानो शराब को बिल्कुल भूल गए हैं।"

"यह तो है।" मेरे होंठों पर हल्की-सी मुस्कान थिरक उठी।

"कैसे हुआ यह करिश्मा?"

"मालूम नहीं—कैसे हुआ।" मैं पूरी तरह अंजान बनी रही।

"और सबसे बड़ी खुशखबरी तो मेरी बीमारी को लेकर है।" बृंदा बोली—"मेरी जिस बीमारी के सामने डॉक्टर अय्यर भी पूरी तरह हथियार डाल चुके थे और उसे होपलेस केस करार दे चुके थे, उसमें जिस प्रकार एकाएक सुधार होना शुरू हुआ है—वह सचमुच आश्चर्यजनक है। तुम मानो या न मानो शिनाया, लेकिन तुम सचमुच मेरे वास्ते यहाँ खुशियाँ-ही-खुशियाँ लेकर आयी हो। ढेर सारी खुशियाँ।"

मेरा दिल अन्दर-ही-अन्दर काँप उठा। खुशियाँ! मैं उसके लिए खुशियाँ लेकर आयी थी? उफ्! वो कहाँ जानती थी—मैं उसके लिए खुशियाँ नहीं मौत लेकर आयी थी। एक दुर्दान्त मौत!

"क्या सोच रही हो शिनाया?" उसने मुझे कोहनी से टहोका।

"कुछ नहीं।" मैं हड़बड़ाई—"लाओ—मैं तुम्हारे बाल बना देती हूँ।"

फिर मैं कंघे से उसके बाल संवारने लगी।

❑❑❑

वह खाने की एक काफी बड़ी ट्रॉली थी—जिसे पहियों पर धकेलती हुई मैं थोड़ी देर बाद पुनः बृंदा के शयनकक्ष में लेकर दाखिल हुई। ट्रॉली पर प्लेटें, चम्मच और डिश वगैरह रखे हुए थे।

"आज क्या बनाया है?" बृंदा ने पूछा।

वह उस समय बैड की पुश्त से पीठ लगाये बैठी थी और खूब तरोताजा नजर आ रही थी।

"तुम्हारे लिए मूँग की दाल की खिचड़ी और दही है।" मैं बोली—"जबकि मैंने अपने और तिलक साहब के लिए शाही पनीर बनाया था। वैसे तुम भी थोड़ा-सा शाही पनीर खाना चाहो, तो खा सकती हो।"

"ओह—शाही पनीर!" बृंदा चहकी, "थोड़ा-सा तो जरूर खाऊँगी। वैसे भी मुझे खूब याद है, तुम शाही पनीर काफी अच्छा बनाती हो।"

मैं हँसी।

"पुरानी सारी बातें तुम्हें आज भी याद हैं।"

"मैं कभी कुछ नहीं भूलती।"

तब तक खाने की ट्रॉली को मैंने उसके बैड के बिल्कुल बराबर में ले जाकर खड़ा कर दिया था। उस ट्रॉली के निचले हिस्से में एक छोटी-सी फोल्डिंग टेबल रखी हुई थी जिसके पाए मुश्किल से छः इंच लम्बे थे और उन्हें गोल कुंदे में अटकाकर खोल दिया जाता था। मैंने टेबल के पाए खोले और फिर उस टेबल को अच्छी तरह बृंदा की गोद में टिका दिया। अब वह बड़ी सहूलियत के साथ उस पर खाना खा सकती थी। उसके बाद मैंने प्लेटें और डिश उस टेबल पर सजाने शुरू किये।

"टी.वी. और शुरू कर दो।" बृंदा बोली—"आज टी.वी. देखे हुए भी कई दिन हो गए हैं।"

मैंने आगे बढ़कर टी.वी. भी ऑन कर दिया। 'एम टी.वी.' पर उस समय फिल्मी गानों का एक काउण्ट डाउन शो आ रहा था, मैंने वही चैनल लगाया। टी.वी. पर तुरन्त 'छइयाँ-छइयाँ' गाने की मधुर पंक्तियाँ गूँजने लगीं। इस बीच बृंदा ने शाही पनीर की थोड़ी-सी सब्जी एक प्लेट में निकाल ली थी और फिर खाना भी शुरू कर दिया।

"सब्जी कैसी बनी है?"

"सचमुच लाजवाब!" बृंदा ने बहुत चमकती आँखों से मेरी तरफ देखा—"तुम तो खाना बनाने में अब पहले से भी ज्यादा एक्सपर्ट हो गयी हो शिनाया!"

"थैंक्यू फ़ॉर द कॉम्प्लीमेण्ट!"

"अंग्रेजी में भी पहले से सुधार हुआ है।" वो बात कहकर बृंदा हँसी।

"सब पढ़े-लिखे ग्राहकों के साथ सैर-सपाटा करने का नतीजा है। वरना तू तो जानती है, मैं क्या हूँ—अँगूठा छाप!"

"और मैं ही कौन-सी बैरिस्टर हूँ, मैं भी तेरी तरह अँगूठा छाप हूँ।"

हम दोनों हँस पड़े। तभी जोर से बिजली कड़कड़ाई।

"मौसम शायद आज कुछ ठीक मालूम नहीं होता।" बृंदा ने संजीदगी के साथ कहा।

"हाँ।" मैं बोली—"बाहर हल्की बूँदा-बाँदी हो रही है।"

बृंदा खाना खाती रही। उसने अब मूँग की दाल की खिचड़ी और दही भी अपनी प्लेट में निकाल ली थी।

"मैं तुझसे एक बात कहूँ शिनाया?"

"क्या?" मैं बृंदा के नजदीक ही बैठ गयी।

"तुझे अब उस 'नाइट क्लब' की झिलमिलाती दुनिया में कभी वापस नहीं लौटना चाहिये। अगर तू जिन्दगी के इस मोड़ पर आकर भी उस दुनिया में वापस गयी, तो फिर शायद ही कभी उस गन्दगी से बाहर निकल सके। फिर तो तेरा हाल भी तेरी माँ जैसा ही होगा।"

"न... नहीं।" मैं काँप उठी, मेरे शरीर का एक-एक रोआं खड़ा हो गया—"प्लीज बृंदा, ऐसे शब्द भी अपनी जबान से मत निकालो।"

"मैं जानती हूँ, तू अपनी माँ की मौत को अभी भी नहीं भुला पायी है। इसीलिए कहती हूँ—तू भी तिलक राजकोटिया जैसा कोई आदमी देखकर जल्द-से-जल्द शादी कर डाल।"

"मैं वही कोशिश तो कर रही हूँ।"

"क्या मतलब?"

"मेरा मतलब है," मैं जल्दी से बात सँभालकर बोली—"मैं वही कोशिश तो कर रही थी, जो केअरटेकर की नौकरी करने यहाँ आ पहुँची। अब मुझे यह थोड़े ही मालूम था कि यहाँ मेरी तुझसे मुलाकात हो जायेगी।"

"ओह—सचमुच तेरे साथ काफी बुरा हुआ।" बृंदा अफसोस के साथ बोली, "लेकिन मुम्बई शहर में तिलक राजकोटिया के अलावा और भी तो ढेरों लड़के हैं।"

"यह तो है।"

शीघ्र ही उसने खाना खा लिया। मैंने सारे बर्तन समेटकर वापस ट्रॉली पर रखे। रात के उस समय दस बज रहे थे—जब मैंने बृंदा को सोने से पहले दो टेबलेट खाने के लिए दीं। परन्तु उस रात बृंदा को दी जाने वाली उन दो टेबलेट में-से एक 'डायनिल' थी। डायनिल! खतरे की घण्टी!

❑❑❑

"ओह डार्लिंग—तुम सचमुच खूबसूरत हो, बेहद खूबसूरत।"

तिलक राजकोटिया के नाक के नथुनों से उस क्षण भभकारे छूट रहे थे। वह दीवाना बना हुआ था। सहसा उसने मेरी कलाई कसकर अपने हाथ में पकड़ी और मुझे अपनी तरफ खींच लिया। मैं सीधे उसकी गोद में गिरी। अगले पल उसने अपने जलते हुए होंठ मेरे नाजुक और सुर्ख होंठों पर रख दिये। मुझे ऐसा लगा—जैसे मेरे होंठों से कोई दहकता अंगारा आ चिपका हो। उस समय तिलक राजकोटिया और मैं दोनों बिस्तर पर थे। दोनों को एक-दूसरे की जरूरत थी।

"क्या तुमने उसे 'डायनिल' दे दी है?" तिलक राजकोटिया बेहद दीवानावार आलम में अपने होठ मेरे होंठों पर रगड़ता हुआ बोला।

"हाँ—मैं उसे आज की खुराक दे चुकी हूँ।"

"यानी एक डायनिल!"

"हाँ—एक डायनिल! अब सिर्फ उसका परिणाम देखना बाकी है। मैं समझती हूँ, थोड़ी-बहुत देर में उसका परिणाम भी सामने आ ही जाना चाहिये।"

उसी क्षण तिलक राजकोटिया मुझे अपनी बाँहों में भींचे-भींचे बिस्तर पर कलाबाजी खा गया। फिर वो मेरी शॉर्टीज के बटन खोलने लगा। शीघ्र ही मेरी शॉर्टीज उतरकर एक तरफ जा पड़ी। नीचे मैं ब्रेसरी पहने थी। उसके बाद तिलक राजकोटिया की उँगलियाँ सरसराती हुई ब्रेसरी के हुक की तरफ बढ़ीं। रात के उस समय दो बज रहे थे।

"क्या तुम्हें ऐसा नहीं लग रहा डार्लिंग!" तिलक राजकोटिया मेरा प्रगाढ़ चुम्बन लेता हुआ बोला—"कि टेबलेट का रिजल्ट सामने आने में जरूरत से कुछ ज्यादा देर हो रही है?"

"चिन्ता मत करो।" मेरे जिस्म में अजीब-सी सनसनाहट गर्दिश कर रही थी—"रिजल्ट जरूर निकलेगा। आखिर टेबलेट को अपना असर दिखाने में भी तो वक्त चाहिये।"

इस बीच वो ब्रेसरी का हुक खोल चुका था। ब्रेसरी का हुक खुलते ही उसके स्ट्रेप कंधों से फिसलकर बाहों पर आ गये। आनन्द की अधिकता से मेरी पलकें बन्द होती चली गयीं। मेरी उँगलियाँ भी अब तिलक राजकोटिया की पीठ पर रेंगने लगी थीं। हम दोनों अपनी मंजिल पर पहुँचते, उससे पहले ही घटना घटी।

"नहीं!"

एकाएक बहुत हृदय-विदारक चीख की आवाज पूरे पैंट हाउस को थर्राती चली गयी। हम दोनों उछल पड़े। चीख की आवाज बहुत वीभत्स थी।

"य... यह तो बृंदा के चीखने की आवाज है।" मेरे जिस्म का एक-एक रोआं खड़ा हो गया।

"हाँ—उसी की आवाज है।"

तिलक राजकोटिया के शरीर में भी झुरझुरी दौड़ी। हमने आनन-फानन कपड़े पहने और एकदम उसके बैडरूम की तरफ झपट पड़े।

❑❑❑

हम दोनों दनदनाते हुए बृंदा के बैडरूम में दाखिल हुए थे। कहने की आवश्यकता नहीं—उन चन्द सैकेण्ड में ही हमारा बुरा हाल हो चुका था। साँस धौंकनी की तरह चलने लगी थी। और! बैडरूम में दाखिल होते ही हमारे होश और भी ज्यादा उड़ गये। बृंदा बिल्कुल निढाल-सी अवस्था में अपने बिस्तर पर पड़ी थी। उसके हाथ-पैर फैले हुए थे और गर्दन लुढ़की हुई थी।

"इसे क्या हुआ?" तिलक राजकोटिया आतंकित मुद्रा में बोला—"कहीं यह मर तो नहीं गयी?"

मर गयी! मेरे भी होश गुम। मैं भी दंग! बृंदा जिस अन्दाज में बिस्तर पर पड़ी थी। वह सचमुच दिल में हौल पैदा कर देने वाला दृश्य था।

"बृंदा! बृंदा!!" मैंने आगे बढ़कर बृंदा के दोनों कंधे पकड़े और उसे बुरी तरह झिंझोड़ डाला।

बृंदा पर कोई प्रतिक्रिया न हुई। उसका पूरा जिस्म सिर्फ हिलकर रह गया।

"बृंदा!" मैंने बृंदा का शरीर और बुरी तरह झिंझोड़ा। उसका शरीर पुनः निर्जीव देह की तरह हिला।

"माई गॉड!" तिलक राजकोटिया विचलित हो उठा—"यह तो एक ही टेबलेट से मर गयी दिखती है।"

उस बात ने मेरे भी हाथ-पाँव फुलाये। हत्या करना हम दोनों का उद्देश्य था। परन्तु इतनी जल्दी उसे मार डालने की बात हमने सोची भी न थी। पहले हमने बृंदा की एक-दो बार तबीयत खराब करनी थी, फिर कहीं 'डायनिल' की हाईडोज देकर उसे मार डालना था।

"अगर यह मर गयी—तो बहुत बुरा होगा।" मैं बोली—"फिर तो यूँ समझो, हमारी सारी योजना फेल हो जायेगी।"

❑❑❑

एकाएक तिलक राजकोटिया को कुछ सूझा। उसने आगे बढ़कर बृंदा की हार्टबीट चैक की। तत्काल उसके चेहरे पर उम्मीद जागी।

"क्या हुआ?"

"हार्टबीट चल रही है—उसमें कम्पन्न है।"

"थैंक गॉड!"

मैंने राहत की साँस ली। मैंने बृंदा की नब्ज टटोली। नब्ज भी चालू थी।

"यह जिन्दा है—अभी जिन्दा है।"

"लगता है—टेबलेट के असर से सिर्फ बेहोश ही हुई है।"

"दरअसल एक 'डायनिल' में इतनी ताकत होती है," मैं बोली—"कि अगर वह किसी ऐसे तन्दरुस्त आदमी को खिला दी जाये, जो 'शुगर' का पेशेन्ट न हो—तो वह तन्दरुस्त आदमी भी फौरन ही चक्कर खाकर नीचे

गिर पड़ेगा। बृंदा तो फिर भी बहुत बीमार है, इसीलिए यह बेहोश हो गयी।" तिलक राजकोटिया ने फौरन ही बृंदा के चेहरे पर काफी सारे पानी के छींटे दिये। मैं उसके पैरों के पास पहुँची। फिर उसके पैरों के तलुए काफी जोर-जोर से रगड़ने लगी। हथेली रगड़ी।

"थोड़ा जोर-जोर से रगड़ो।" तिलक राजकोटिया बोला।

मैंने उसकी हथेली और पैरों के तलुए कुछ और जोर-जोर से रगड़े। तिलक राजकोटिया भी तलुए रगड़ने में मेरी मदद करने लगा। हमारी थोड़ी देर की कोशिशों के बाद ही बृंदा होश में आ गयी। उसने कंपकंपाते हुए धीरे-धीरे आँखें खोलीं। उसका चेहरा सुता हुआ था। बिल्कुल सफेद झक्क कागज की तरह। वह बड़ी हैरान निगाहों से कभी मुझे, तो कभी तिलक राजकोटिया को देखने लगी।

"क... क्या हो गया था मुझे?" बृंदा ने कंपकंपाये स्वर में पूछा।

"कुछ नहीं।" तिलक राजकोटिया बोला—"कुछ नहीं हुआ था तुम्हें।"

"लेकिन...।"

"तुम सो जाओ। फिलहाल तुम्हारी तबीयत ठीक नहीं है।"

बृंदा ने बड़ी सशंकित निगाहों से मेरी तरफ देखा।

"शिनाया—तुम बताओ, क्या हुआ था मुझे?"

मैंने प्रश्नसूचक नेत्रों से तिलक राजकोटिया की तरफ देखा। मानो कुछ भी बताने से पहले उसकी परमीशन लेना चाहती होऊँ। तिलक राजकोटिया कुछ न बोला। वह सिर्फ बैडरूम से चला गया। मैं बृंदा के नजदीक जाकर बैठी। सस्पैंस के मारे तब तक बृंदा का बुरा हाल हो चुका था। उसने पीठ के बल बैठने का प्रयास किया।

"नहीं।" मैंने उसका हाथ पकड़ा—"तुम लेटी रहो—तुम्हारी तबीयत ठीक नहीं है।"

अन्तिम शब्द मैंने पुनः काफी जोर देकर कहे। एक ही झटके में वो बेहद कमजोर दिखाई पड़ रही थी। मानो किसी ने उसके जिस्म की सारी शक्ति को निचोड़ लिया हो।

"दरअसल तुम्हारी बहुत जोर से चीख निकली थी।" मैंने उसे बताया—"तुम्हारी चीख सुनकर हम दोनों यहाँ दौड़ते हुए आये, तो तुम्हें बेहोश पड़े देखा।"

"बेहोश!"

"हाँ। क्या हो गया था तुम्हें?"

बृंदा के चेहरे पर असमंजसपूर्ण भाव दिखाई दिये।

"मुझे खुद कुछ नहीं मालूम।" बृंदा बोली।

"फिर भी कुछ तो महसूस हुआ होगा?"

"बस ऐसा लगा था, मानो मेरे पेट में गोला-सा छूटा हो। उसके बाद मेरे साथ क्या हुआ—मुझे नहीं पता।"

बृंदा अब साफ-साफ फिक्रमन्द दिखाई पड़ने लगी।

❑❑❑

मैं, डॉक्टर अय्यर और तिलक राजकोटिया, तीनों सुबह के वक्त ड्राइंग रूम में बैठे थे और धीरे-धीरे चाय चुसक रहे थे। तीनों चिन्तित थे। डॉक्टर अय्यर को तिलक राजकोटिया ने ही फोन करके पैंट हाउस में बुलाया था।

"ऐन्ना—मामला मेरी कुछ समझ नहीं आ रहा है।" डॉक्टर अय्यर बोला।

"क्यों?"

"पहले तो बृंदा के साथ इस प्रकार की कभी कोई घटना नहीं घटी थी। यह बेहोश होने का पहला मामला है। फिर सबसे उलझनभरी बात ये है—बेहोश होने की वजह भी मालूम नहीं चल पा रही है। क्योंकि इस मर्तबा जिस तरह की ब्लड रिपोर्ट आयी थी—उस हिसाब से तो बृंदा की तबीयत में सुधार होना चाहिये था। जबकि यहाँ तो मामला और बिगड़ गया है—और उलझ गया है।"

"यह तो है।" तिलक राजकोटिया बोला—"इसी बात ने तो हमें भी हिलाकर रख दिया है डॉक्टर!"

तीनों धीरे-धीरे चाय चुसकते रहे।

"रात यह घटना अन्दाजन किस वक्त घटी?"

"कोई दो बज रहे थे।"

"और आप कह रहे हैं," डॉक्टर अय्यर गरमजोशी के साथ बोला—"कि पहले आपने चीखने की आवाज सुनी थी।"

"बिल्कुल।" इस मर्तबा वह शब्द मेरी जुबान से निकले—"चीखने की आवाज सुनकर ही तो हमारी आँख खुली थी—वरना हम तो उस वक्त गहरी नींद में थे। मैं अपने शयनकक्ष से बाहर निकली—तिलक साहब अपने शयनकक्ष से बाहर निकले। उसके बाद दौड़ते हुए बृंदा के पास पहुँचे।"

"फिर?"

"फिर क्या—जब हम वहाँ पहुँचे, तो वह बेहोश पड़ी हुई थी।"

"बल्कि शुरू में तो हम यह सोचकर डर ही गये थे डॉक्टर!" तिलक राजकोटिया बोला—"कि कहीं बृंदा मर न गयी हो।"

"फिर आपको यह कैसे पता चला कि वो सिर्फ बेहोश है?"

"मैंने हार्ट बीट चैक की।"

"हार्ट बीट!"

"यस।"

डॉक्टर अय्यर चाय का घूँट भरता-भरता ठिठक गया। वह अब बहुत गौर से हम दोनों की शक्ल देखने लगा। जैसे कोई बहुत खास बात नोट करने की कोशिश कर रहा हो।

"हार्ट बीट चैक करने की बात आप दोनों में से सबसे पहले किसे सूझी?"

"मुझे सूझी।" तिलक राजकोटिया ने बताया।

"हूँ।"

डॉक्टर अय्यर ने चाय का घूँट भरा तथा फिर कप खाली करके टेबिल पर रखा। उसके बाद वह कुर्सी छोड़कर खड़ा हो गया था। फिर वो बेचैनीपूर्वक इधर-से-उधर टहलने लगा। वह जिस तरह सवाल-जवाब कर रहा था, उसके कारण मेरे मन में भय पैदा हुआ। मैं तुरन्त भाँप गयी, शक्ल-सूरत से बहुत सज्जन-सा दिखाई पड़ने वाला वह व्यक्ति कभी भी खतरनाक साबित हो सकता है।

"ऐन्ना—कुछ बातें मुझे बड़ी उलझन में डाल रही हैं।" डॉक्टर अय्यर बोला।

"कैसी बातें?"

"जैसे मैंने 'मेलीगनेंट ब्लड डिसक्रेसिया' केस का जो रिकॉर्ड आज तक स्टडी किया है, उसमें किसी पेशेन्ट के साथ आज से पहले इस तरह का कोई वाकया पेश नहीं आया—जैसा वाकया रात बृंदा के साथ पेश आया है। जहाँ तक मेरी बुद्धि कहती है, इसके पीछे बस दो ही कारण हो सकते हैं।"

"क्या?"

"या तो यह बिल्कुल अलग तरह का मामला है तिलक साहब या फिर यह 'मेलीगनेंट ब्लड डिसक्रेसिया' की कोई हायर कैटेगिरी है। बहरहाल वजह चाहे जो भी है—मैं फिलहाल बृंदा से मिलना चाहता हूँ।"

"चलो।"

तब तक मैं और तिलक राजकोटिया भी अपने-अपने चाय के कप खाली करके टेबिल पर रख चुके थे।

❑❑❑

हम तीनों बृंदा के शयनकक्ष में दाखिल हुए। डॉक्टर अय्यर फिलहाल बहुत गम्भीर नजर आ रहा था। और! उसकी यही गम्भीरता मुझे बार-बार डरा रही थी। बृंदा के पास पहुँचते ही डॉक्टर अय्यर ने सबसे पहले उसका ब्लड प्रेशर चेक किया तथा फिर पैंसिल टॉर्च से उसकी आँखों को देखा।

"शिनाया।" वह मेरी तरफ घूमा—"तुम इन्हें दवाई तो बिल्कुल ठीक वक्त पर खिला रही हो?"

"हाँ।"

"कोई खुराक बीच में छूटी तो नहीं?"

"नहीं।"

डॉक्टर अय्यर अब दवाई वाली ट्राली के नजदीक जाकर खड़ा हो गया तथा फिर बहुत गौर से ट्राली में रखी दवाईयों पर दृष्टि दौड़ाने लगा। मैंने जोर से गले का थूक सटका। सचमुच वह बहुत हर्राट व्यक्ति था। मैंने मन-ही-मन परमात्मा का शुक्रिया अदा किया कि रात ही मैंने वह टेबलेट

भी ट्रॉली में से निकालकर अपने पास रख ली थी। वरना वो हर्राट डॉक्टर उसी क्षण असलियत की तह तक पहुँच जाता। वो तभी भाँप जाता, रात एक टेबलेट खिलाने में कहीं-न-कहीं कुछ गड़बड़ हुई है।

"बृंदा!" डॉक्टर अय्यर, बृंदा की तरफ घूमा—"रात आपने किस टाइम दवाई खायी थी?"

"रात के उस समय यही कोई दस बज रहे थे।" मैंने जवाब दिया।

"मैं तुमसे नहीं बृंदा से सवाल कर रहा हूँ।" डॉक्टर अय्यर एकाएक मेरी तरफ देखता हुआ गुर्रा उठा—"जो सवाल तुमसे किया जाये, सिर्फ उसका जवाब तुम देना।"

मैंने अपने शुष्क अधरों पर जबान फिराई। डॉक्टर अय्यर का वह एक बिल्कुल नया रूप मैं देख रही थी।

"शिनाया ठीक ही कह रही है डॉक्टर।" बृंदा धीमे स्वर में बोली—"कोई दस बजे का ही समय रहा होगा, जब रात मैंने दवाई खायी थी।"

"दस बजे!"

"हाँ। यह बात मैं दृढ़तापूर्वक इसलिए भी कह सकती हूँ," बृंदा बोली—"क्योंकि 'एम टी.वी.' पर तभी फिल्मी गानों का काउण्ट डाउन शो खत्म हुआ था, जो कि दस बजे ही खत्म होता है।"

"दवाई में आपने क्या-क्या लिया?"

"वही जो रूटीन के मुताबिक लेती हूँ।"

"क्या?"

"दो टेबलेट और एक चम्मच सीरप।"

"उसके बाद?"

"उसके बाद कुछ नहीं हुआ। दवाई खाने के बाद मैं बस लेट गयी थी।" बृंदा बोली—"और सोने की कोशिश करने लगी थी। थोड़ी बहुत देर बाद मुझे नींद भी आ गयी।"

"दवाई खाने के बाद शरीर में किसी तरह की बेचैनी हुई हो, हरकत हुई हो?"

"नहीं—कुछ नहीं हुआ।"

"यानी सब कुछ सामान्य था।"

"हाँ। बस जिस वक्त मेरे मुँह से चीख निकली, उस वक्त मुझे अपने पेट में गोला-सा छूटता अनुभव हुआ था। फिर मुझे नहीं मालूम—उसके बाद मेरे साथ क्या हुआ।"

"और अब कैसा महसूस कर रही हो?"

"शरीर में कुछ कमजोरी अनुभव हो रही है।" बृंदा बोली—"बाकी सब कुछ सामान्य है।"

डॉक्टर अय्यर के माथे पर ढेर सारी लकीरें उभर आयीं। वो अभी भी काफी बेचैन था।

"तिलक साहब!" डॉक्टर अय्यर, तिलक राजकोटिया की तरफ घूमा—"मैं कल ठीक इसी वक्त आप लोगों से फिर आकर मिलता हूँ।"

"क्या यह मालूम हुआ कि रात बृंदा के साथ इस तरह की घटना क्यों घटी थी?"

"मैं दरअसल यही जानने की कोशिश कर रहा हूँ। मुझे उम्मीद है—मैं कल तक किसी-न-किसी नतीजे पर जरूर पहुँच जाऊँगा।"

फिर डॉक्टर अय्यर पैंट हाउस से चला गया।

❑❑❑

सारा दिन व्यस्तता से भरा रहा। शाम के समय तिलक राजकोटिया खुद मेरे रूम में आया। अब हम दोनों के बीच में बॉस और सर्वेण्ट जैसा रिश्ता बिल्कुल खत्म हो चुका था और मोहब्बत भरे एक ऐसे आलीशान रिश्ते की आधारशिला रखी गयी, जो सिर्फ औरत तथा मर्द के बीच ही कायम हो सकती है।

"तिलक साहब—मुझे इस डॉक्टर से खतरा महसूस हो रहा है।" मैंने वह शब्द तिलक राजकोटिया के कंधे पर सिर रखकर अनुरागपूर्ण ढंग से कहे। हालांकि मैं डरी हुई तब भी थी। बार-बार उस मद्रासी डॉक्टर का चेहरा मेरी नजरों के सामने घूम जाता।

"कैसा खतरा?"

"मुझे लग रहा है, इस डॉक्टर के कारण कहीं-न-कहीं कुछ गड़बड़ जरूर होगी। इसकी आज की गतिविधियों से साबित हो गया है—यह उतना सीधा हर्गिज नहीं है, जितना मैं इसे आज तक समझती थी।"

तिलक राजकोटिया ने ध्यानपूर्वक मेरी तरफ देखा।

"लेकिन यह कैसी गड़बड़ कर सकता है?"

"जैसे अगर इसे यही मालूम हो गया," मैं कंपकंपाये स्वर में बोली—"कि हमने बृंदा को 'डायनिल' खिलाई थी—तो उसी से हमारी 'हत्या' की पूरी योजना का बेड़ा गर्क हो जायेगा। फिर बोलकर भी गया है, मैं कल तक किसी-न-किसी नतीजे पर जरूर पहुँच जाऊँगा।"

"यह बात कहना बहुत आसान है शिनाया।" तिलक राजकोटिया बोला—"परन्तु इस काम को कर दिखाना उतना ही कठिन है। सोचो—वह कैसे इस बात का पता लगायेगा कि रात हमने बृंदा को 'डायनिल' दी थी या फिर हमारा उद्देश्य उसकी हत्या करना है।"

"शायद वो किसी तरह पता लगा ले।"

"लेकिन कैसे?"

मुझे एकाएक कोई जवाब न सूझा। लेकिन मेरा दिल बार-बार किसी अंजानी आशंका से धड़क-धड़क जा रहा था। डॉक्टर का डर मेरे मन से निकलने के लिए तैयार न था।

"तुम उस डॉक्टर के बारे में सोचना भी छोड़ दो डार्लिंग।" तिलक राजकोटिया ने मेरे बालों में स्नेह से उँगलियाँ फिराईं—"उस मद्रासी डॉक्टर को मैं तुमसे काफी पहले से जानता हूँ। मुझे मालूम है, कम-से-कम उसके कारण कुछ गड़बड़ नहीं होगी।"

मैं शान्त रही।

"फिलहाल तुम बस यह सोचो!" तिलक राजकोटिया बोला—"कि तुमने हत्या की दिशा में अब अगला कदम क्या उठाना है। कम-से-कम इस पूरे प्रकरण में एक बात तो साबित हो चुकी है।"

"क्या?"

"तुमने हत्या करने के लिए 'डायनिल' वाला जो फार्मूला सोचा है—वह बिल्कुल सही है। रात एक 'डायनिल' खाते ही बृंदा का जो हश्र हुआ, वह चौंका देने वाला है।"

"आज रात मैं बृंदा को दो डायनिल दूँगी।"

"दो डायनिल!"

"हाँ।"

तिलक राजकोटिया के चेहरे पर परेशानी के भाव उभरे।

"दो डायनिल कहीं भारी न पड़ जाएँ, एक ही टेबलेट ने अच्छा-खासा तहलका मचा दिया था।"

"कुछ नहीं होगा। दो टेबलेट्स की पावर इतनी नहीं होती, जो कोई आदमी मौत के गर्त में समा जाये।"

"यह सोचना तुम्हारा काम है।" तिलक राजकोटिया बोला—"मैं तो अब बस उस दिन का बेसब्री से इन्तजार कर रहा हूँ, जिस दिन बृंदा की मौत होगी और तुम मेरी वाइफ बनोगी। सचमुच वह मेरे लिए बहुत खुशी से भरा दिन होगा।"

"वह दिन अब ज्यादा दूर नहीं है तिलक साहब!" मैं, तिलक राजकोटिया से थोड़ा और कसकर लिपट गयी—"ज्यादा दूर नहीं है। बस थोड़े दिन की ही और बात है। फिर हमारा हर सपना पूरा होगा—हर सपना!"

तभी एकाएक कमरे में जोर-जोर से तालियाँ बजने की आवाज गूँज उठी।

"वैरी गुड!" एक बिल्कुल नया स्वर कमरे में गूँजा—"वैरी गुड! काफी अच्छी योजना के पत्ते बिछाये जा रहे हैं। यह शब्द शायद तुम्हारे ही थे कि बिल्ली भी दो घर छोड़कर शिकार करती है—मगर दौलत की भूख ने शायद तुम्हारे तमाम आदर्शों पर पानी फेर डाला है।"

❑❑❑

मेरे दिल-दिमाग पर भीषण वज्रपात हुआ। और! तिलक राजकोटिया तो बिल्कुल इस तरह चौंका, मानो उस आवाज ने उसका हार्टफेल ही कर डाला हो। हम दोनों तत्काल एक-दूसरे से अलग हुए। आवाज की दिशा

में देखा। सामने बृंदा खड़ी थी। बृंदा! जो अपने सम्पूर्ण रौद्र रूप में नजर आ रही थी। वह बीमार है—ऐसा उस वक्त तो उसके चेहरे से बिल्कुल भी प्रकट नहीं हो रहा था।

"तुम!" बृंदा को देखते ही तिलक राजकोटिया के चेहरे की रंगत बिल्कुल सफेद झक्क पड़ गयी—"तुम बैड छोड़कर क्यों खड़ी हो गयीं, डॉक्टर ने तो तुम्हें पूरी तरह आराम करने की हिदायत दी हुई है।"

"आराम करने की हिदायत!" फिर वो धीरे-धीरे कदम रखती हुई अन्दर शयनकक्ष में दाखिल हुई—"और शायद मेरी इसी हिदायत से तुम्हें खुलकर रंगरलियाँ मनाने का मौका मिल गया है। गुलछर्रे उड़ाने का मौका मिल गया है। पति होने का अच्छा कर्तव्य निभा रहे हो तिलक साहब!" बृंदा गुर्रायी—"पत्नी बीमार पड़ गयी—तो एक नई सहेली बना ली! इतना ही नहीं—पत्नी को रास्ते से हटाने की योजना भी बना बैठे। वैरी गुड! अगर तुम्हारे जैसे अहसानफरामोश पति इस सारी दुनिया में हो जाएँ, तो औरतें शायद शादी जैसे पवित्र रिश्ते पर यकीन करना ही बन्द कर देंगी।"

बृंदा ने एक बार फिर उसका मखौल उड़ाते हुए जोर-जोर से ताली बजायी। तिलक राजकोटिया की गर्दन झुक गयी। जबकि! मेरे शरीर में काटो तो खून नहीं। बृंदा इस प्रकार भी हम दोनों को रंगे हाथ पकड़ लेगी, मैंने सोचा भी न था।

"और तुम!" बृंदा मेरी तरफ घूमी—"शिनाया शर्मा! सैकड़ों दिलों की धड़कन! खूबसूरती का अज़ीमुशान नमूना! तुमने भी सहेली होने का बड़ा अच्छा फर्ज निभाया है। 'डायनिल' खिला-खिलाकर मार डालना चाहती थीं मुझे! सचमुच हत्या करने का बड़ा नायाब तरीका सोचा तुमने।"

"सॉरी!" मैं नजरें झुकाकर धीमीं आवाज में बोली—"सचमुच मुझसे भूल हुई है बृंदा!"

मैं बुरी तरह डर गयी थी। मुझे लग रहा था—कही बृंदा गुस्से में मेरा कॉलगर्ल वाला राज न उगल दे।

"भूल नहीं।" बृंदा दहाड़ी—"यह फितरत है तुम्हारी बद्‌जात लड़की—फितरत! शुरू से ही दूसरे के हक पर डाका डालने का शौक रहा है तुम्हें। तुम रण्डी हो—सिर्फ रण्डी!"

"बृंदा!" मैं चिल्लाई।

"चीखो मत।" बृंदा मुझसे कहीं ज्यादा बुलन्द आवाज में चिंघाड़ी- "तुम्हारी करतूतों का चिट्ठा तुम्हारे चीखने से दब नहीं जायेगा। तुम्हारी हैसियत 'नाइट क्लब' की एक कॉलगर्ल से ज्यादा नहीं है। और एक बात तुम दोनों अच्छी तरह कान खोलकर सुन लो।"

माई गॉड। उसने गुस्से में मेरी असलियत उगल ही दी थी। लेकिन इस तरह उगली थी, जो तिलक राजकोटिया कुछ भी न समझ पाया था। बृंदा उस समय साक्षात् रणचण्डी नजर आ रही थी। बेहद खूँखार!

"अगर तुम दोनों यह सोचते हो!" बृंदा ने खतरनाक लहजे में कहा— "कि तुम मुझे अपने रास्ते से हटाकर खुद शादी कर लोगे, तो यह तुम्हारी बहुत बड़ी गलतफहमी है। तुम्हारा यह सपना कभी पूरा होने वाला नहीं है। मैं अभी पुलिस को फोन करके तुम्हारी योजना के बारे में बताती हूँ।"

"पुलिस!"

हम दोनों के हाथों से तोते उड़ गये।

"हाँ—पुलिस!"

"नहीं—नहीं।" तिलक राजकोटिया तुरन्त बृंदा की तरफ बढ़ा—"तुम पुलिस को फोन नहीं करोगी।"

"पीछे हटो तिलक!" बृंदा ने तिलक राजकोटिया को जोर से पीछे धक्का दिया—"तुम अपनी कोई भी बात मुझसे मनवाने का अधिकार खो चुके हो। अब पुलिस को फोन करने से मुझे दुनिया की कोई भी ताकत नहीं रोक सकती।"

हालातों ने सचमुच एकाएक बहुत खौफनाक रूप धारण कर लिया था। मैं पलक झपकते ही भाँप गयी, बृंदा अब नहीं रुकेगी। थोड़ी ही देर पहले जो दृश्य बृंदा ने देखा था, उसे देखकर कोई भी पत्नी भड़क सकती है। और फिर वही हुआ—बृंदा मुड़ी तथा फिर अद्वितीय फुर्ती के साथ पुलिस को टेलीफोन करने के लिए अपने शयनकक्ष की तरफ झपटी। मेरे होश गुम!

"तिलक साहब!" मैं अपनी पूरी ताकत से चिल्ला उठी—"पकड़ो इसे—पकड़ो। अगर इसने पुलिस को फोन कर दिया, तो हम कहीं के नहीं रहेंगे।"

तिलक राजकोटिया के साथ-साथ मैं भी बृंदा को पकड़ने के लिए बिल्कुल आँधी-तूफान की तरह उसके पीछे झपटी।

❑❑❑

परन्तु! बृंदा में न जाने कहाँ से फुर्ती आ गयी थी। उस वक्त उसकी चीते जैसी फुर्ती को देखकर कोई नहीं कह सकता था कि वह इतनी बीमार भी है, जो डॉक्टर ने उसे बिस्तर तक से न हिलने की हिदायत दी हुई है।

"बृंदा!" पीछे से तिलक राजकोटिया बदहवासों की तरह गला फाड़कर चिल्ला रहा था—"रुक जाओ बृंदा।"

उसके पैरों में मानो पंख लगे हुए थे। हम दोनों में-से कोई भी उसे पकड़ पाने में सफल होता, उससे पहले ही बृंदा दनदनाती हुई अपने शयनकक्ष में दाखिल हो गयी।

"बेवकूफी मत करो बृंदा!" तिलक राजकोटिया पुनः चीखा।

"बेवकूफी तो मैं कर चुकी हूँ, तुम्हारे जैसे इंसान से शादी करके।"

बृंदा मुड़ी। फिर उसने अपने शयनकक्ष का दरवाजा भड़ाक की तेज आवाज के साथ बन्द कर लेना चाहा। मगर तभी झपटकर तिलक राजकोटिया ने अपनी टांग दरवाजे के दोनों पटों के बीच फँसा दी।

"पीछे हटो।"

बृंदा ने वहीं रखा छोटा-सा मिट्टी का फ्लॉवर पॉट पूरी ताकत से तिलक राजकोटिया के मुँह पर खींच मारा। तिलक राजकोटिया चीखता हुआ पीछे हटा। उसी पल उसने भीषण आवाज के साथ दरवाजे के दोनों पट बन्द कर लिये और अन्दर से साँकल भी लगा ली।

❑❑❑

बृंदा अब अपने शयनकक्ष में बन्द थी। इसमें कोई शक नहीं—बृंदा ने उस क्षण हमारे जबरदस्त तरह से होश उड़ाये हुए थे। हाथ-पैर सन्न थे। मानो किसी ने उन्हें डीप फ्रीजर में जमा दिया हो।

"बृंदा!" तिलक राजकोटिया ने जोर-जोर से दरवाजा भड़भड़ाया—"प्लीज दरवाजा खोलो। पुलिस को टेलीफोन करने की बेवकूफी मत दिखाओ।"

"जो कुछ हुआ है बृंदा!" मैंने भी जोर-जोर से दरवाजा पीटा—"मैं उसके लिये तुमसे माफी माँगती हूँ। मैं अभी यह पैंट हाउस छोड़कर चली जाऊँगी।"

लेकिन बृंदा ने दरवाजा न खोला। तभी अन्दर से कुछ खड़-खड़ की आवाज हुई।

"तिलक साहब—लगता है वो फोन कर रही है।" मैं बौखलाकर बोली—"जल्दी कुछ करो। कहीं वो फोन करने में कामयाब न हो जाये।"

तिलक राजकोटिया ने इधर-उधर देखा। दरवाजा तोड़ना आसान न था। वह मजबूत शीशम की लकड़ी का बना था। फौरन उसकी दृष्टि कांच की एक काफी बड़ी खिड़की पर जा टिकी।

"बस एक ही तरीका है।" तिलक राजकोटिया बोला—"खिड़की का शीशा तोड़कर अन्दर घुसा जाये!"

"तो फिर सोच क्या रहे हो।" मैं चिल्लाई—"जल्दी करो।"

तिलक राजकोटिया ने मिट्टी का वही फ्लॉवर पॉट उठा लिया—जिसे बृंदा ने उसके ऊपर अपनी पूरी शक्ति से खींचकर मारा था। उसने एक बार उस गमले को अपने हाथों में तोला। वह काफी वजनी था और पक्की मिट्टी का बना था। बृंदा के उसके ऊपर खींचकर मारने के बावजूद वह बहुत ज्यादा टूटा नहीं था।

"एक तरफ हटो।"

मैं तुरन्त खिड़की से अलग हट गयी। उसी क्षण तिलक राजकोटिया ने फ्लॉवर पॉट को अपनी पूरी ताकत के साथ खिड़की पर देकर मारा। टन्न न! कांच टूटने की बहुत जोरदार आवाज हुई। कांच की छोटी-छोटी किर्चियाँ उछलकर इधर-उधर जा गिरीं।

"जल्दी करो।"

तिलक राजकोटिया अब खिड़की की तरफ दौड़ा। फिर उसने टूटे हुए कांच में हाथ देकर अन्दर की तरफ से खिड़की की सिटकनी खोल डाली। खिड़की के दोनों पट लहलहाकर खुलते चले गये। तत्काल हम दोनों खिड़की के रास्ते छलाँग लगाकर शयनकक्ष में दाखिल हुए। बृंदा सामने ही खड़ी थी।

सामने!!!! जहाँ एक छोटी-सी टेबिल पर टेलीफोन इंस्ट्रूमेंट रखा रहता है।

❑❑❑

रिसीवर उस वक्त बृंदा के हाथ में था। वह जल्दी-जल्दी कोई नम्बर डायल कर रही थी। उसे नम्बर डायल करने में भी इसलिये इतनी देर हो गयी, क्योंकि उसने पहले डायरेक्ट्री में 'पुलिस' का टेलीफोन नम्बर तलाश किया था। डायरेक्ट्री वहीं टेबिल पर खुली पड़ी थी। मैंने तत्काल आगे बढ़कर बृंदा के हाथ से रिसीवर झपट लिया और उसे जोर से क्रेडिल पर पटका।

"बद्‌जात!" बृंदा का हाथ मेरी तरफ उठा—"मेरे घर में घुसकर मेरे साथ ही ऐसी हरकत करती है।"

लेकिन बृंदा का हाथ मेरे गाल पर पड़ता, उससे पहले ही तिलक राजकोटिया ने उसके हाथ को पकड़ लिया था। फिर तिलक राजकोटिया का एक बहुत झन्नाटेदार थप्पड़ बृंदा के मुँह पर पड़ा। बृंदा की चीख निकल गयी। उसकी आँखों के गिर्द रंग-बिरंगे तारे नाच उठे।

"पिछले एक साल में शायद तुम यह भूल गयी हो बृंदा!" तिलक राजकोटिया गुस्से में बोला—"कि तुमसे कहीं पहले यह घर मेरा है।"

तिलक राजकोटिया ने वही दवाइयों की ट्राली पर रखा सब्जी काटने वाला चाकू उठा लिया। चाकू देखते ही बृंदा सूखे पत्ते की तरह काँपी।

"तिलक-य... यह तुम क्या कर रहे हो?" बृंदा के जिस्म का एक-एक रोआं खड़ा हो गया।

"अभी शायद तुम कुछेक दिन और जिन्दा रह जातीं।" तिलक राजकोटिया दाँत किटकिटाता हुआ बोला—"लेकिन तुम्हारी आज की इस हरकत ने तुम्हें बिल्कुल मौत के दहाने पर लाकर खड़ा कर दिया है। तुम्हारा जिन्दा रहना अब ठीक नहीं होगा बृंदा, क्योंकि तुम हमारी योजना से वाकिफ हो गयी हो।"

बृंदा का पूरा शरीर सफेद पड़ गया। मैंने खुद उसकी आँखों में साफ-साफ मौत की छाया मंडराते देखा। न जाने क्यों उस क्षण मुझे बृंदा पर तरस आया। शायद वो सहेली थी मेरी—इसीलिये मेरे अन्दर से वो भावनायें उपजी थीं। हालांकि उसकी मौत के बिना अब मेरी भी गति नहीं थी। वह जितना

तिलक राजकोटिया के लिये खतरा थी, उतना ही मेरे लिये भी। फिर उसकी टेलीफोन वाली घटना से यह भी साबित हो गया था कि वह हम दोनों के खिलाफ किस हद तक जा सकती है।"

"न... नहीं।" बृंदा गिड़गिड़ा उठी—"नहीं तिलक—मुझे मत मारो।"

"मरना तो तूने अब है।" तिलक राजकोटिया के बहुत दृढ़ता से भरे शब्द मेरे कानों में पड़े—"और आज की रात ही मरना है। क्योंकि अगर तू जिन्दा रही तो फिर हम दोनों में-से कोई जिन्दा नहीं बचेगा।"

"लेकिन...।"

"अब कोई बहस नहीं।"

तिलक राजकोटिया का चाकू चाला हाथ एकाएक छत की तरफ उठा और बिजली की भाँति लपलपाता हुआ बृंदा की तरफ झपटा।

"नहीं तिलक साहब!" मुझे न जाने क्या हुआ, मैंने फौरन दौड़कर तिलक राजकोटिया का चाकू वाला हाथ पकड़ लिया—"नहीं! इसे मत मारो।"

तिलक राजकोटिया सख्त हैरानी से मेरी तरफ देखता रह गया।

❑❑❑

और! आश्चर्य की कड़कड़ाती हुई बिजली बृंदा के दिलो-दिमाग पर भी गिरी।

"यह तुम क्या कह रही हो शिनाया!" तिलक राजकोटिया अचरजपूर्वक बोला—"शायद तुम जानती नहीं हो—अगर हमने आज रात इसे जिन्दा छोड़ दिया, तो क्या होगा।"

"मैं अच्छी तरह जानती हूँ कि क्या होगा। मैं इसे जिन्दा छोड़ने के लिये नहीं कह रही तिलक साहब।"

"क... क्या मतलब?"

मेरा रंग उस क्षण पल-पल बदल रहा था।

"तिलक साहब!" मैं चहलकदमी-सी करती हुई तिलक राजकोटिया के और बृंदा के बीच में आ गयी—"आप शायद भूल रहे हैं, हमारी योजना क्या थी! मैं सिर्फ इसे चाकू से मारने के लिए मना कर रही हूँ। क्योंकि अगर

आपने इसकी चाकू से हत्या की—तो यह बेहद संगीन जुर्म होगा। कोल्ड ब्लडिड मर्डर होगा। उस हालत में मुम्बई पुलिस आपको फौरन ही इसकी हत्या के इल्जाम में अरेस्ट कर लेगी। जबकि...।"

"जबकि क्या?"

तिलक राजकोटिया ने विस्फारित नेत्रों से मेरी तरफ देखा।

"जबकि अगर हम उसी योजना के तहत इसकी हत्या करेंगे, तो किसी को कानो-कान भी पता नहीं चल पायेगा कि इसकी हत्या हुई है।"

"ओह माई गॉड!" तिलक राजकोटिया के मुँह से सिसकारी छूटी—"मैं गुस्से में कितनी बड़ी बेवकूफी करने जा रहा था।"

"शुक्र है—जो गुस्से में आपने चाकू चला नहीं दिया।"

तिलक राजकोटिया ने फौरन चाकू वापस मेडिसिन की ट्राली पर इस तरह रखा, मानो उसके हाथ में कोई जिन्दा साँप आ गया हो। बृंदा सिर से पाँव तक पसीने में लथपथ हो उठी।

"अब क्या करना है?" तिलक राजकोटिया बोला।

"सबसे पहले कोई मजबूत रस्सी ढूँढ़ो और इसे किसी कुर्सी पर कसकर बाँध दो।"

"मैं रस्सी अभी लेकर आता हूँ।"

तिलक राजकोटिया तुरन्त रस्सी लाने के लिये शयनकक्ष से बाहर निकल गया।

"शिनाया!" बृंदा गुर्रायी—"यह तुम ठीक नहीं कर रही हो।"

"इस बात का फैसला अब वक्त करेगा।" मैं हँसी—"कि क्या ठीक है और क्या गलत!"

तभी बृंदा चाकू की तरफ झपटी। लेकिन वह चाकू को छू भी पाती, उससे पहले ही मेरी लात अपनी प्रचण्ड शक्ति के साथ उसके पेट में लगी। वह बिलबिला उठी। उसी पल मैंने उसके मुँह पर तीन-चार झन्नाटेदार तमाचे भी जड़ दिये। वो चीखते हुए पीछे गिरी।

"तुम शायद भूल गयी हो बृंदा!" मैं विषैले स्वर में बोली—"मैं हमेशा जीतती आयी हूँ—हमेशा! और इस बार भी मैं ही जीतूँगी।"

तभी नायलोन की मजबूत रस्सी लेकर तिलक राजकोटिया वहाँ आ पहुँचा।

❑❑❑

जल्द ही बृंदा के हाथ-पैर एक कुर्सी के साथ बहुत कसकर बाँध दिये गये थे। तिलक राजकोटिया ने उसके हाथ-पैर इतने ज्यादा कसकर बाँधे थे जिससे वह एक इंच भी इधर-से-उधर न सरक सके। बृंदा की अब बुरी हालत थी। उसका पूरा शरीर पसीने से तर-ब-तर हो रहा था और वह डर के मारे काँप-काँप जा रही थी। उसकी आँखों में जबरदस्त खौफ था।

"त... तुम लोग क्या करने जा रहे हो?" वो भयभीत स्वर में बोली।

"देखती रहो, आज क्या होता है!"

"देखो—में फिर कहती हूँ।" बृंदा शुष्क स्वर में बोली—"यह सब तुम ठीक नहीं कर रहे हो। अगर तुमने मेरी हत्या की, तो तुम दोनों में-से भी कोई नहीं बचेगा। तुम्हारी सारी उम्र जेल की सलाखों के पीछे गुजरेगी।"

"हमें कुछ नहीं होगा बृंदा डार्लिंग।" तिलक राजकोटिया हँसा—"सच तो ये है—किसी को पता भी नहीं चलने वाला है कि तुम्हारी हत्या की गयी है। तुम एक सामान्य मौत मरोगी—बिल्कुल सामान्य मौत!"

"यह तुम्हारी भूल है।" बृंदा दहाड़ी—"हर चालाक अपराधी जुर्म करने से पहले यही समझता है कि कानून उसे कभी नहीं पकड़ पायेगा—वो कभी कानून के शिकंजे में नहीं फँसेगा। मगर होता इससे बिल्कुल उल्टा है। होता ये है कि इधर अपराधी अपराध करता है और उधर कानून का फन्दा उसके गले में आकर कस जाता है।"

तिलक राजकोटिया धीरे से मुस्करा दिया। उसकी मुस्कान बता रही थी, उसे मेरी योजना पर जरूरत से कुछ ज्यादा ही भरोसा था। तभी मैं अपने शयनकक्ष से बीस 'डायनिल' टेबलेट और नींद की गोलियाँ ले आयी।

"यह बीस टेबलेट्स हैं बृंदा डार्लिंग!" मैंने वह बीस टेबलेट्स बृंदा को दिखाईं—"लेकिन अब यही बीस टेबलेट्स तुम्हारी मौत का कारण बनेंगी।"

फिर मैं चहलकदमी-सी करती हुई मेडीसिन की ट्रॉली की तरफ बढ़ी। वहाँ पानी का जग और कांच का एक गिलास रखा था। मैंने वह ट्वन्टी

टेबलेट्स गिलास में डाल दीं और फिर उस गिलास को पानी से ऊपर तक लबालब भरा। देखते-ही-देखते वह सभी गोलियाँ गिलास के पानी में अच्छी तरह घुल गयीं।

❑❑❑

बृंदा बहुत खौफजदा आँखों से मेरी एक-एक हरकत देख रही थी। उसके बाद मैं वह गिलास लेकर बृंदा की तरफ बढ़ी।

"अब तुम क्या करोगी?" बृंदा के शरीर में झुरझुरी दौड़ी।

"अब यह पानी तुम्हें पिलाया जायेगा। जरा सोचो बृंदा डार्लिंग—एक 'डायनिल' लेने के बाद ही तुम्हारा क्या हश्र हो गया था। जबकि अब तो तुम्हें बीस 'डायनिल' एक साथ खिलायी जायेंगी। और उसके साथ नींद की गोलियाँ भीं। यह सब टेबलेट्स तुम्हें मौत के कगार तक पहुँचाने के लिये काफी हैं।"

"नहीं।" बृंदा आन्दोलित लहजे में बोली—"नहीं! तुम यह पानी मुझे नहीं पिला सकतीं। तुम सचमुच बहुत घटिया हो। तिलक-तिलक तुम इसको नहीं जानते। मैं तुम्हें इसके बारे में...।"

मैं भाँप गयी—बृंदा, तिलक को मेरे बारे में सब कुछ बताने जा रही थी। मैंने एक सैकेण्ड भी व्यर्थ नहीं गँवाया और झटके से उसका मुँह पकड़ लिया।

"बहुत बकवास कर चुकीं तुम।" में उसकी बात बीच में ही काटकर दहाड़ी—"यह पानी तो तुम्हें पीना ही पड़ेगा।"

उस क्षण मेरे अन्दर न जाने कहाँ से इतना साहस आ गया था। मेरे दिल-दिमाग पर कोई अदृश्य-सी शक्ति हावी हो गयी थी, जिसने मुझे इतना कठोर बना डाला था। बृंदा ने अपना जबड़ा सख्ती से बन्द कर लिया।

"नहीं!" उसने जोर-जोर से अपनी गर्दन हिलाई—"नहीं।"

तिलक राजकोटिया ने आगे बढ़कर उसकी गर्दन कसकर पकड़ ली।

"अपना मुँह खोलो।" वह गुर्राया।

"नहीं।"

उसकी गर्दन पुनः जोर-जोर से हिली। तत्काल तिलक राजकोटिया का एक प्रचण्ड घूँसा बृंदा के मुँह पर पड़ा। बृंदा की चीख निकल गयी। उसका मुँह खुला। जैसे ही मुँह खुला, तुरन्त तिलक ने वहीं ट्राली पर स्टील का एक चम्मच उठाकर उसके हलक में फँसा दिया। बृंदा का मुँह खुला-का-खुला रह गया। उसके हलक से गूँ-गूँ की आवाजें निकलने लगीं। नेत्र दहशत से फैल गये।

"शिनाया!" तिलक राजकोटिया, बृंदा की गर्दन पकड़े-पकड़े चीखा—"जल्दी इसके मुँह में पानी डालो—जल्दी।"

बृंदा का मुँह अब छत की तरफ था। तुरन्त मैंने आगे बढ़कर बृंदा के मुँह में धीरे-धीरे पानी उँडेलना शुरू कर दिया। उस क्षण मेरे हाथ काँप रहे थे। उनमें अजीब-सा कम्पन्न था। वह जोर-जोर से अपनी गर्दन हिलाने की कोशिश करने लगी। लेकिन तिलक उसकी गर्दन इतनी ज्यादा कसकर पकड़े हुए था कि वह गर्दन को एक सूत भी इधर-से-उधर नहीं हिला पा रही थी। पानी को उसने बाहर निकालने की कोशिश की, तो उसमें भी वह असफल रही। जल्द ही मैंने सारा पानी उसे पिला दिया।

❑❑❑

पानी पिलाते ही मेरी बुरी हालत हो गयी थी। मैं एकदम दहशत से पीछे हट गयी। आखिर वो मेरी जिन्दगी की पहली हत्या थी। वो भी अपनी सहेली की हत्या! मेरा दिल धाड़-धाड़ करके पसलियों को कूटने लगा और मैं अपलक बृंदा को देखने लगी। स्टील का चम्मच अभी भी बृंदा के हलक में फँसा हुआ था। अलबत्ता तिलक ने अब उसकी गर्दन छोड़ दी थी। फिर उसने चम्मच भी निकाला। वो भी अब कुछ भयभीत था और एकटक बृंदा को ही देख रहा था।

"य... यह तुम लोगों ने ठीक नहीं किया है।" बृंदा चम्मच निकलते ही कंपकंपाये स्वर में बोली—"तुम्हें इस हत्या की सजा जरूर मिलेगी। तुम बचोगे नहीं।"

हम दोनों के मुँह से अब कोई शब्द न निकला। उसी क्षण एकाएक बृंदा को जोर-जोर से उबकाइयाँ आने लगीं। उसकी आँखें सुर्ख होती चली

गयीं। शरीर पसीने में लथपथ हो उठा। फिर वो जोर-जोर से अपना सिर आगे को झटकने लगी।

"इसे क्या हो रहा है?" मैं भय से काँपी।

"लगता है—इसका अन्त समय नजदीक आ पहुँचा है।" तिलक राजकोटिया बोला।

तभी एकाएक बृंदा बहुत जोर से गला फाड़कर चीखी। उसकी चीख अत्यन्त हृदयविदारक और करुणादायी थी।

"खिड़की-दरवाजे अन्दर से कसकर बन्द कर दो। इसके चीखने की आवाज नीचे होटल तक न पँहुचने पाये, जल्दी करो।"

मैं फौरन खिड़की-दरवाजे बन्द करने के लिये शयनकक्ष से बाहर की तरफ झपट पड़ी। अगले ही पल मैं बहुत बौखलाई हुई-सी अवस्था में पैंट हाउस के सभी खिड़की-दरवाजे धड़ाधड़ बन्द कर रही थी। तभी बृंदा की एक और हृदयविदारक चीख मेरे कानों में पड़ी। उसमें रुदन शामिल था। उसके बाद खामोशी छा गयी। गहरी खामोशी! सभी खिड़की-दरवाजे बन्द करके मैं वापस बृंदा के शयनकक्ष में पहुँची। वहाँ पहुँचते ही मेरा दिल धक्क से रह गया। तिलक राजकोटिया ने उसका मुँह कसकर पकड़ा हुआ था—ताकि वो चीख न सके। लेकिन बृंदा की हालत देखकर फिलहाल महसूस नहीं हो रहा था कि वो अब चीखने जैसी स्थिति में नहीं है। उसकी आँखें चढ़ी हुई थीं। गर्दन लुढ़की पड़ी थी। तिलक राजकोटिया उसे छोड़कर आहिस्ता से एक तरफ हट गया।

"इसे क्या हुआ?" मेरे दिमाग में सांय-सी निकली।

"यह मर चुकी है।" तिलक की आवाज काफी धीमी थी।

मैंने तुरन्त उसकी हार्ट बीट देखी। नब्ज टटोली। सब कुछ गायब था। मैं फौरन उससे पीछे हट गयी।

❑❑❑

मौत को मैंने जिन्दगी में पहली बार इतने करीब से देखा था। उस वक्त मैं यहीं पत्थर का बुत बनी हुई एक स्टूल पर बैठी थी और मुझे चक्कर आ रहे थे। मेरी आँखें धुआँ-धुआँ थीं। उस क्षण मेरी जो स्थिति थी—उसे शायद मैं यहाँ कागजों पर सही शब्दों में व्यक्त नहीं कर पा रही हूँ। आप सिर्फ

इतना समझ सकते हैं—मैं बहुत भयभीत थी। मेरे कानों में रह-रहकर बृंदा के शब्द गूँज रहे थे।

"यह तुम्हारी फितरत है बद्ज़ात लड़की—फितरत! तुम रण्डी हो—सिर्फ रण्डी! तुम्हारी हैसियत नाइट क्लब की एक कॉलगर्ल से ज्यादा नहीं है।"

मैंने अपने दोनों कानों पर कसकर हाथ रख लिये। मैंने देखा—तिलक ने अब बृंदा की लाश को नायलोन की डोरी से आजाद कर दिया था। फिर उसने बृंदा को बहुत सँभालकर बड़ी ऐहतियात के साथ अपनी गोद में उठा लिया तथा उसे लेकर बिस्तर की तरफ बढ़ा। उसके बाद उसने उसे धीरे से बिस्तर पर लिटा दिया। बृंदा की आँखें खुली हुई थीं। तिलक राजकोटिया ने उसकी वो आँखें बन्द कीं। थोड़ा-सा पानी उसके मुँह से बहकर गले तक पहुँच रहा था, तिलक ने तौलिये से वो पानी भी साफ किया और उसके बाल समेटकर उसकी पीठ के नीचे सरकाये।

वो एक-एक कदम बड़ी सावधानी के साथ उठा रहा था, जो किसी को भी इस बात का शक न होने पाए कि उसकी हत्या की गयी है। बृंदा के चेहरे पर उस समय गजब की मासूमियत दिखाई पड़ रही थी। बेहद भोलापन! उसे देखकर ऐसा लगता था—मानो वो गहरी नींद में हो और थोड़ी देर बाद जैसे ही उसकी नींद पूरी होगी, वह अपनी आँखें खोल देगी। सचमुच मौत एक बेहद खौफ से भरा अहसास है। उस क्षण मेरे अन्दर बृंदा की लाश को देखकर बड़े अजीब-अजीब खयालात जन्म ले रहे थे। तिलक अब मिट्टी के गमले को भी उठाकर बाहर ले गया था। इसके अलावा भागादौड़ी में जो सामान इधर-से-उधर गिर गया था, उसने उसे भी उठाकर सलीके से यथास्थान रखा। खुली हुई टेलीफोन डायरेक्ट्री की तरफ बढ़ा। रिसीवर उठाया और उसकी उँगलियों ने धीरे-धीरे कोई नम्बर डायल करना शुरू किया।

"किसे टेलीफोन मिला रहे हो?" मैं मानो नींद से जागी।

"डॉक्टर अय्यर को मिला रहा हूँ।" तिलक ने बताया—"आखिर हमें सबसे पहले उसे ही बताना चाहिये कि बृंदा की मौत हो चुकी है।"

"डॉक्टर अय्यर!" मेरे शरीर में सिहरन दौड़ी, मैं एकदम से चिल्ला उठी—"क्या बेवकूफी कर रहे हो! अगर ऐसे में डॉक्टर अय्यर यहाँ आ गया, तो वह फौरन भाँप जायेगा कि बृंदा अपनी स्वाभाविक मौत नहीं मरी। बल्कि हम लोगों ने मिलकर उसकी हत्या की है।"

"लेकिन वो कैसे भाँप जायेगा? हत्या से जुड़े हुए यहाँ जितने भी सबूत थे, उन्हें तो मैं पहले ही अच्छी तरह साफ कर चुका हूँ।"

"मगर इस दौरान तुम एक बड़ा सबूत नजरअन्दाज कर गये हो।" मैंने दाँत किटकिटाये।

"बड़ा सबूत!"

"हाँ, कांच की वह खिड़की तिलक—जिसे तोड़कर हम इस बैडरूम में दाखिल हुए थे। जरा सोचो—जब उस हर्राट डॉक्टर की निगाह उस टूटी हुई कांच की खिड़की पर पड़ेगी, तो वह क्या सोचेगा? क्या वही एक खिड़की हमारी सब कारगुजारियों के ऊपर से पर्दा नहीं उठा देगी?"

"माई गॉड!" तिलक राजकोटिया ने तुरन्त रिसीवर वापस क्रेडिल पर रखा—"यह मैं क्या बेवकूफी करने जा रहा था! टूटी हुई खिड़की की तरफ तो मेरा ध्यान ही नहीं गया।"

"डॉक्टर अय्यर को इन्फोर्मेशन देने से पहले जरूरी है," मैं बोली—"कि खिड़की के टूटे हुए कांच को बदला जाये।"

"लेकिन इतनी आधी रात के वक्त हमें खिड़की का कांच कहाँ मिलेगा?" तिलक राजकोटिया के नेत्र सिकुड़े।

"तो फिर जब तक खिड़की का कांच नहीं मिल जाता," मैं बोली—"तब तक डॉक्टर अय्यर को खबर मत दो। क्योंकि खिड़की का कांच बदले बिना डॉक्टर अय्यर को यहाँ बुलाना खुद अपने गले पर छुरी फेरने जैसा काम है।"

"खिड़की का कांच तो सुबह मिलेगा।"

"तो फिर हमें सुबह तक ही प्रतीक्षा करनी होगी।"

"इसमें भी एक प्रॉब्लम है।" तिलक राजकोटिया गम्भीरतापूर्वक बोला।

"क्या?"

"अगर हम इतनी देर से डॉक्टर अय्यर को बृंदा की मौत की इन्फ़ॉर्मेशन देंगे," तिलक राजकोटिया ने एक नई समस्या की तरफ मेरा ध्यान आकर्षित किया—"तो बृंदा की लाश ऐंठ जायेगी। और ऐसी स्थिति में डॉक्टर अय्यर लाश को देखते ही भाँप जायेगा कि बृंदा को मरे हुए कई घण्टे गुजर चुके हैं। वह स्थिति हमारे लिये और भी विकट होगी। और भी फसाद पैदा करने वाली होगी।"

"बात तो ठीक है।"

मैं भी अब संजीदा नजर आने लगी। तिलक राजकोटिया ठीक कह रहा था।

"फिर हम क्या करें?"

हम दोनों सोचने लगे।

❑❑❑

समस्या वाकई बहुत जटिल थी। आखिरकार मैंने ही उस समस्या का समाधान निकला।

"एक तरीका है।" मैं उत्साहपूर्वक बोली।

"क्या?"

"पैंट हाउस में कुल कितने कमरे हैं?"

"सत्तर!" तिलक राजकोटिया ने तुरन्त जवाब दिया।

"और जहाँ तक मैं समझती हूँ, पैंट हाउस के सभी सत्तर कमरों के खिड़की-दरवाजे बिल्कुल एक साइज के बने हुए हैं।"

"एकदम ठीक बात है।"

"तो फिर मुश्किल क्या है।" मैं फौरन बोली—"हम अभी पैंट हाउस के किसी पिछले कमरे की खिड़की से शीशा उतारकर इस कमरे की खिड़की पर चढ़ा देते हैं। डॉक्टर अय्यर को तो क्या, उसके फरिश्तों को भी पता नहीं चल पायेगा कि हमने खिड़की का कांच इस तरह भी बदला है।"

"रिअली एक्सीलेण्ट!" तिलक राजकोटिया मेरी प्रशंसा किया बिना न रह सका—"सचमुच तुमहारे दिमाग का जवाब नहीं है शिनाया! मुझे हैरानी है—इतनी मामूली बात मुझे नहीं सूझी।"

दहशत से भरे उन पलों में भी मेरे होंठों पर हल्की-सी मुस्कान तैर गयी।

❑❑❑

फिर कई काम आनन-फानन हुए। जैसे पिछले कमरे की खिड़की से एक शीशा उतारकर उस कमरे की खिड़की पर चढ़ा दिया गया था। फिर डॉक्टर अय्यर को बृंदा की मौत की इत्तला दी गयी। जिस क्षण तिलक राजकोटिया, डॉक्टर अय्यर को फोन कर रहा था—उसी क्षण मैंने भी नीचे होटल एम्बेसडर में पहुँचकर बृंदा की मौत का ढिंढोरा पीट डाला। कुल मिलाकर बृंदा मर चुकी है—यह बात आधी रात में ही बिल्कुल इस तरह फैली, जैसे जंगल में आग फैलती है। रात के उस समय तीन बज रहे थे, जब डॉक्टर अय्यर ने बहुत हैरान-सी अवस्था में पैंट हाउस के अन्दर कदम रखा। उस वक्त आधे से ज्यादा पैंट हाउस आगन्तुकों से खचाखच भरा हुआ था। होटल का सारा स्टाफ वहाँ पहुँच चुका था। इसके अलावा तिलक राजकोटिया के ऐसे कई परिचित जो उसी होटल में ठहरे हुए थे, वो भी सूचना मिलते ही वहाँ आ गये। बृंदा की लाश तब तक बिस्तर से उतारकर नीचे जमीन पर रखी जा चुकी थी और वह बीच-बीच में सुबक उठता था। डॉक्टर अय्यर ने पैंट हाउस में पहुँचने के बाद सबसे पहले बृंदा की लाश का बड़ी अच्छी तरह मुआयना किया और उसके बाद तिलक के बराबर में ही जा बैठा।

"यह सब अचानक कैसे हो गया?"

तिलक राजकोटिया ने एक जोरदार ढंग से सुबकी ली—"सब कुछ एकदम कल की तरह हुआ था—बिल्कुल एकाएक! उसके बहुत तेज़ दर्द उठा था। दर्द इतना तेज था कि उसकी चीखें निकल गयीं।"

"फिर?"

"फिर चीखें सुनकर जब मैं और शिनाया उसके पास पहुँचे, तब तक बहुत देर हो चुकी थी।" तिलक अफसोस के साथ बोला—"तब तक वो हमें छोड़कर जा चुकी थी। सब कुछ सेकिण्ड में हो गया—पलक झपकते ही।"

वो फफक उठा। तिलक राजकोटिया उस क्षण एक गमजदा पति का इतना बेहतरीन अभिनय कर रहा था कि जो कोई भी उसे देखता—उसे उससे हमदर्दी हो जाती।

"मैं जो दर्द वाली टेबलेट दे गया था, क्या वो टेबलेट उसे दीं?"

"नौबत ही नहीं आयी।" तिलक बोला—"हमें कुछ करने का उसने मौका ही नहीं दिया। मैंने बताया न—सब कुछ बिल्कुल अचानक हुआ। बल्कि शुरू में तो हम काफी देर तक यही समझते रहे कि वो कल की तरह ही सिर्फ बेहोश हुई है। लेकिन बाद में जब मैंने उसकी नब्ज टटोली, तब मालूम हुआ कि उसका देहावसान हो चुका है।"

"वाकई बहुत बुरा हुआ।" डॉक्टर अय्यर भारी अफसोस के साथ बोला— "ऐन्ना—वरना मैं तो यह सोच रहा था कि मैडम बृंदा अब ठीक हो जायेगी। उन पर मुरुगन की कृपा हो चुकी है।"

तिलक राजकोटिया फिर धीरे-धीरे फफकने लगा।

"धैर्य रखो तिलक साहब—धैर्य! शायद मुरुगन को यही मंजूर था।" डॉक्टर अय्यर उसे ढाँढस बँधाने लगा।

❑❑❑

मैं नीचे फर्श पर ही एक कोने में बैठी थी। उस क्षण पैंट हाउस में जो कुछ हो रहा था, वह सब मैं अपनी आँखों से देख रही थी। अलबत्ता मेरा दिल अभी भी धड़क-धड़क जा रहा था और लगातार किसी अनिष्ट की आशंका का मुझे एहसास करा रहा था। मैं नहीं जानती थी, वह अनिष्ट की आशंका कैसी थी? क्योंकि अभी तक जैसा आप लोग भी महसूस कर रहे होंगे, सब कुछ मेरी मर्जी के मुताबिक हो रहा था। बृंदा की मैंने जिस ढंग से हत्या करनी चाही थी, बिल्कुल उसी ढंग से हत्या कर डाली थी। और सबसे बड़ी बात ये थी कि उस बेहद हर्राट मद्रासी डॉक्टर को भी उसकी मौत पर शक नहीं हुआ—जोकि मेरी एक बड़ी उपलब्धि थी। फिर तिलक राजकोटिया भी पूरी तरह मेरी मुट्ठी में था। कुल मिलाकर सब कुछ मेरी योजनानुसार चल रहा था। फिर भी मैं क्यों आशंकित थी—मैं नहीं जानती थी। इसकी दो वजहें हो सकती थीं। या तो मेरे अन्दर आत्मविश्वास की कमी थी या फिर यह मेरे जीवन का क्योंकि पहला अपराध था—इसलिये मैं डर रही थी। मगर दोनों में-से कोई भी वजह न निकली। वास्तव में मेरे मन में जो भय समाया हुआ था, वो ठीक ही था। धीरे-धीरे भोर का उजाला अब चारों तरफ फैलने लगा था। पैंट हाउस में भीड़ लगातार बढ़ती जा रही थी। आखिर तिलक

राजकोटिया एक हस्ती था, इसीलिये उसके दु:ख-दर्द में शामिल होने वाला जनसमुदाय भी विशाल था। फिर बृंदा के अन्तिम संस्कार की प्रक्रिया भी शुरू हुई।

"तिलक साहब!" तभी डॉक्टर अय्यर अपना स्थान छोड़कर खड़ा हुआ और तिलक राजकोटिया से बोला—"मैं आपसे एक बहुत जरूरी बात कहना चाहता हूँ।"

उस वक्त वहाँ चूँकि मातमी सन्नाटा छाया हुआ था—इसलिये डॉक्टर अय्यर के वह शब्द लगभग सभी के कानों तक पहुँचे। सब उसी की तरफ देखने लगे। मैंने भी देखा।

"बात बहुत जरूरी है।" डॉक्टर अय्यर बेहद सन्तुलित लहजे में बोल रहा था—"दरअसल बृंदा ने आज से कोई पन्द्रह दिन पहले एक सीलबन्द लिफाफा अपनी अमानत के तौर पर मेरे पास रखवाया था और मुझसे कहा था, अगर इत्तेफाक से मुझे कुछ हो जाये, तो मैं यह लिफाफा आपको सौंप दूँ तिलक साहब! इसमें उन्होंने अपनी कोई अन्तिम इच्छा लिखी हुई है और दरख्वास्त की है कि उनकी यह अन्तिम इच्छा जरूर पूरी की जाये।" डॉक्टर अय्यर ने अपनी जेब से एक सफेद लिफाफा निकाला, जिस पर 'कत्थई लाख' की सील लगी हुई थी और फिर उस लिफाफे को तिलक राजकोटिया की तरफ बढ़ाया।

"अन्तिम इच्छा!" तिलक राजकोटिया चौंका—"कैसी अन्तिम इच्छा?"

"ऐन्ना—यह तो उस लिफाफे को खोलने के बाद ही पता चलेगा कि उनकी अन्तिम इच्छा क्या थी। इस सम्बन्ध में उन्होंने मुझे भी कुछ नहीं बताया था—सब कुछ पूरी तरह गुप्त रखा था।"

मेरे जिस्म में सनसनाहट दौड़ गयी। मुझे अपने हाथ-पैरों में सुइयां-सी चुभती प्रतीत हुईं। फिर कोई झँझट! मुझे लगा—जीती हुई वह सारी बाजी एक बार फिर मेरे हाथ से निकलने वाली है। मेरे दिमाग पर हथौड़े बरसने लगे।

❑❑❑

तिलक राजकोटिया अब अपना स्थान छोड़कर खड़ा हो गया था और उसने डॉक्टर अय्यर के हाथ से वो सीलबन्द लिफाफा अब अपने हाथ में ले लिया था। फिर वो बड़ी हैरान निगाहों से उस लिफाफे को उलट-पलटकर देखने लगा। उस वक्त उसके आसपास जितने भी आदमी थे, सबकी निगाहें उसी सीलबन्द लिफाफे पर केन्द्रित थीं। सबके चेहरों से ऐसा लग रहा था—मानो अभी वह सीलबन्द लिफाफा खुलेगा और अभी उसके अन्दर रखा कोई टाइम-बम फटेगा। जबरदस्त टाइम-बम!

"आपने इस लिफाफे के बारे में मुझे पहले क्यों नहीं बताया?" तिलक राजकोटिया बोला।

"दरअसल बृंदा ने ही मुझे इस सम्बन्ध में सख्त ताकीद की हुई थी कि उनके देहावसान से पहले न तो वह लिफाफा खोला जाये और न ही किसी को उसके अस्तित्व की भनक मिले।"

"बड़े आश्चर्य की बात है।"

"आप लिफाफा खोलकर पढ़िये तो सही तिलक साहब!" भीड़ में खड़ा एक व्यक्ति बोला।

जाहिर है—सबका सस्पैंस से बुरा हाल हो रहा था। और मेरी हालत के तो कहने ही क्या थे। बृंदा ने मरने के बाद भी मेरी जान सुम्भी की नोक पर अटका दी थी। बहरहाल तिलक राजकोटिया ने सबके सामने ही उस लिफाफे की सील तोड़ी और उसके बाद लिफाफे को खोला। लिफाफे में एक लाइनदार कागज रखा हुआ था। तब तक मैं भी अपने स्थान से खड़े होकर तिलक के बराबर में पहुँच चुकी थी। फिर तिलक राजकोटिया के लगभग साथ-साथ ही मैंने उस कागज पर लिखी इबारत को पढ़ा।

तिलक साहब,

मैं जानती हूँ—इस सीलबन्द लिफाफे को देखकर आप चौंक गये होंगे, क्योंकि शादी के बाद मैंने आपसे छिपकर कभी कोई काम नहीं किया। जरूरत ही नहीं पड़ी। हम दोनों के सम्बन्ध पारदर्शी कांच की तरह थे, जिसमें हम एक-दूसरे को बहुत साफ-साफ देख सकते थे। यह जिन्दगी में मैंने पहला काम आपसे छुपाकर किया है और

मुझे उम्मीद है—इसके लिये आप मुझे माफ कर देंगे। दरअसल इस पत्र को आपसे छुपाना मेरी मजबूरी बन गयी थी।

बात ही कुछ ऐसी थी। ऐसी बात, जिसे मैं कम-से-कम जीते जी आपके सामने उजागर नहीं कर सकती थी। आप नहीं जानते जिस बृंदा को आप एक सद्‌चरित्र स्त्री समझते रहे, वो सद्‌चरित्र नहीं थी।

वह तो चरित्रहीन थी। अपनी इस जिन्दगी में मैंने न जाने कितने पुरुषों के साथ शारीरिक सम्बन्ध बनाये। सच बात तो ये है—उन क्षणों को याद करके मुझे अपने इस अन्तिम समय में खुद से घृणा होने लगी है, जो हर कुकर्म में मेरा भागीदार रहा।

तिलक साहब, इसीलिये अब मेरी एक छोटी-सी अन्तिम इच्छा है। मैं चाहती हूँ कि मेरे इस पापी शरीर को पवित्र अग्नि की भेंट न चढ़ाया जाये। बल्कि यह शरीर मैडीकल रिसर्च सेन्टर को दान दे दिया जाये, ताकि डॉक्टर इसे चीरफाड़ करके अपने रिसर्च के काम में ले सकें। मैं जिस बीमारी से मर रही हूँ, उस पर रिसर्च हो। ताकि मेरे बाद कोई और इस बीमारी से न मरे। हो सकता है—मैंने जो पाप किये हैं, मेरे इस फैसले से वो पाप थोड़े-बहुत धुल जायें।

मुझे उम्मीद है—आप मेरी यह अन्तिम इच्छा जरूर पूरी करेंगे।

आपकी सिर्फ आपकी

बृंदा।

सचमुच वह बड़ा अद्‌भुत पत्र था। बहरहाल मैंने राहत की साँस ली। क्योंकि पत्र में कोई बहुत ज्यादा खतरनाक बात बृंदा ने नहीं लिखी थी।

□□□

8

हनीमून

उसके बाद कुछ समय मेरा बिल्कुल पंख लगाये हुए गुजरा। वह मेरी जिन्दगी के शायद सबसे ज्यादा खुशी से भरे दिन थे। उन दिनों मैं यह बात बिल्कुल भूल चुकी थी कि मैं एक कॉलगर्ल हूँ और मेरा अस्तित्व किसी 'नाइट क्लब' या फिर फारस रोड के किसी कोठे के साथ भी जुड़ा हुआ है। अक्सर रातों को सोते-सोते मुझे यह जो अहसास दहशत से चौंककर बिठा देता था कि वक्त पड़ने पर मुझे कभी 'नाइट क्लब' की झिलमिलाती दुनिया में भी वापस लौटना पड़ सकता है, तो उन दिनों के दौरान मुझे ऐसा कोई अहसास भी न हुआ। मैं खुद को किसी प्रिंसेस की तरह महसूस कर रही थी। जिसके पास अब सब कुछ था। जहाँ तक बृंदा के अन्तिम संस्कार की बात है, उसमें कुछ परेशानी नहीं आयी थी। तिलक राजकोटिया ने बृंदा की अन्तिम इच्छा पूरी कर दी थी। उसने डॉक्टर से कह दिया, वह बृंदा के शव को 'मेडिकल रिचर्स सेन्टर' को सौंपने के लिये तैयार है। फिर बाकी की सारी कागजी कारवाई डॉक्टर अय्यर ने ही पूरी की। वह पैंट हाउस में ही कुछ डाक्यूमेण्ट ले आया था, जिस पर उसने तिलक राजकोटिया से सिग्नेचर करा लिये और फिर बृंदा के शव को सील पैक करके खुद ही अपनी कस्टडी में वहाँ से ले गया। कुल मिलाकर वो प्रकरण वहीं समाप्त हो गया था।

उसके बाद मेरी जिन्दगी के सबसे महत्वपूर्ण अध्याय का समय आया—जब मेरी शादी हुई।

आप सोच रहे होंगे—मेरी शादी का इस पूरे घटनाक्रम से क्या सम्बन्ध है? सच बात तो ये है—शादी के बाद ही मेरी जिन्दगी में और तबाही मची। और हँगामा बरपा। बृंदा की मौत के एक महीने बाद तक तो तिलक राजकोटिया और मैं पैंट हाउस में बड़ी खामोशी के साथ रहे थे। क्योंकि उसकी मौत के फौरन बाद ही हम दोनों की शादी करना उचित भी नहीं था। अलबत्ता हम दोनों के साथ-साथ रहने के कारण अब हमारे सम्बन्धों की खबरें धीरे-धीरे लोगों की जबानों पर आने लगी थीं। जोकि कम-से-कम मेरे लिये तो बहुत ही अच्छा था। फिर पूरे एक महीने के बाद हम दोनों ने एक बड़े सीधे-सादे समारोह में शादी कर डाली। शादी के अगले दिन ही मैं और तिलक राजकोटिया हनीमून मनाने के लिये सिंगापुर के लिये रवाना हो गये थे।

मुझे आज भी वो लॉज खुद याद है—सिंगापुर पहुँचने के बाद हम जिसमें ठहरे थे। वो काफी खूबसूरत लॉज थी। उस लॉज की सबसे बड़ी विशेषता ये थी कि वहाँ सिर्फ 'हनीमून कपल्स' को ही ठहरने की परमीशन दी जाती थी। उस वक्त उस पूरी लॉज में सिर्फ एक आदमी ऐसा ठहरा था, जिसके साथ उसकी बीवी नहीं थी। और इत्तेफाक से वो भी हमारी ही तरह हिन्दुस्तानी था। सरदार करतार सिंह! हाँ—यही उसका नाम था।

वह लम्बे-चौड़े कद-काठ वाला सरदार था। उम्र मुश्किल से पैंतीस साल के आसपास थी। हमेशा लाल रंग की पगड़ी बाँधता था और हर वक्त नशे में धुत्त रहता था। उस सरदार को वहाँ ठहरने की परमीशन भी लॉज मैनेजमेंट ने किन्हीं विशेष कारणों से दी थी। दरअसल दो साल पहले सरदार करतार सिंह की शादी हुई थी और तब करतार सिंह अपनी बीवी के साथ हनीमून मनाने उसी लॉज में आया था। दोनों एक-दूसरे से बेइन्तहां प्यार करते थे। दोनों का वैवाहिक जीवन बेहद खुशहाल था। लेकिन अब उसकी बीवी का देहान्त हो गया था, जिसका सरदार को बहुत जबरदस्त आघात पहुँचा। जब सरदार वहाँ आया था, तब उसने अपनी मृतक बीवी से वादा किया था कि शादी की दूसरी वर्षगांठ पर वो उसे लेकर उसी हनीमून लॉज में आयेगा। परन्तु ऐसी नौबत ही न आयी। उससे पहले ही उसकी बीवी स्वर्ग सिधार गयी। तब भी वो वहाँ अकेला आया था। इसी कारण वो हमेशा अपनी बीवी की याद में नशे में धुत्त पड़ा रहता था और कभी उसने अपनी बीवी के

साथ उस लॉज में जो खूबसूरत लम्हे गुजारे थे—उन्हें याद करता रहता था। सबको करतार सिंह से हमदर्दी थी। मैंने भी उसे देखा। मुझे न जाने क्यों उस सरदार की सूरत कुछ-कुछ जानी-पहचानी-सी लगी।

❑❑❑

तिलक राजकोटिया और मैं! बहरहाल हम दोनों ही शादी करके खुश थे। बहुत खुश! उस हनीमून लॉज में जो दिन हमने व्यतीत किये—उन दिनों के दौरान मुझे ऐसी कोई रात याद नहीं आती, जब हमने सैक्स न किया हो।

तिलक राजकोटिया तो मेरे अनिन्द्य सौन्दर्य का, मेरी हँसी का, मेरी एक-एक बात का दीवाना था। उन दिनों सिंगापुर में हनीमून कपल्स के लिये एक नई व्यवस्था भी चल रही थी। हनीमून मनाने के लिये वहाँ बाकायदा 'चार्टर्ड प्लेन' बुक किये जाते थे। फिर आधी रात के समय वह चार्टर्ड प्लेन जोड़े को बहुत ऊपर अनन्त आकाश में ले जाता तथा फिर सिंगापुर के ऊपर चारों तरफ चक्कर काटता। उड़ते हुए प्लेन में हनीमून मनाने का आनन्द ही कुछ और था। तिलक राजकोटिया ने पूरे बारह घण्टे के लिये प्लेन बुक किया। वहाँ बादलों के बीच अनन्त आकाश में उड़ते हुए हमने हनीमून मनाया। चार्टर्ड प्लेन की खिड़कियों में-से हमारे आसपास से गुजरते बादल, झिलमिलाते तारे और नीचे जगमग-जगमग करते सिंगापुर का सौन्दर्य दिखाई पड़ रहा था। मुझे एक-एक बात ने बेहद रोमांचित किया।

"कैसा लग रहा है डार्लिंग?" तिलक राजकोटिया ने मेरे गाल का एक प्रगाढ़ चुम्बन लिया।

"अद्भूत तिलक साहब—बेहद अद्भूत!"

हम दोनों उस समय एक-दूसरे की बाँहों में बिल्कुल निर्वस्त्र थे। प्लेन उड़ा जा रहा था। मैं दीवानी हो रही थी। पागल! मैंने जिन्दगी में कभी सोचा भी नहीं था, जिन्दगी में मेरे सपने इस तरह भी पूरे होंगे। मुझे इतनी खुशियाँ भी मिलेंगी। मैंने तिलक राजकोटिया को कसकर अपनी बाँहों में जकड़ लिया—बहुत दृढ़ इरादों के साथ—मानो दौलत की उस खान को मैं अब कभी अपने से अलग नहीं होने देने वाली थी।

"तिलक साहब!" मैं आँखें मूँदकर आनन्दातिरेक में बोली—"सचमुच इन चमत्कारिक क्षणों को मैं कभी नहीं भुला पाऊँगी—कभी नहीं।"

"तिलक साहब नहीं!" तिलक राजकोटिया ने मेरे रेशमी बालों में बड़े प्यार से उँगलियाँ फिराईं—"अब तुम मुझे तिलक कहा करो, सिर्फ तिलक!"

मैं मुस्कराई। मैंने भी उसका एक विस्फोटक चुम्बन ले डाला।

"अब तुम मुझे एक बार तिलक कहो।"

"तिलक!"

मैं बड़े मादक अन्दाज में हँसी। तिलक राजकोटिया ने भी हँसते हुए मुझे और भी ज्यादा कसकर अपनी बाँहों में समेट लिया। उसके सीने का दबाव मेरे भारी-भरकम उरोजों का कचूमर निकाल देने पर आमादा था।

❑❑❑

फिर मेरी खुशियों से इठलाती जिन्दगी में एक नया तूफान आया। शाम का समय था। तिलक राजकोटिया और मैं हनीमून लॉज में ही डिनर कर रहे थे। वह काफी बड़ा हॉल था, हमारे इर्द-गिर्द के कुछेक जोड़े और भी अलग-अलग टेबिलों पर बैठे थे। हर टेबिल पर एक मोमबत्ती जल रही थी। वह केण्डिल लाइट डिनर का आयोजन था—जो काफी भव्य स्तर पर वहाँ होता था। उस दौरान पूरे हॉल में बड़ी गहरी खामोशी व्याप्त रहती तथा सभी जोड़े बहुत धीरे-धीरे भोजन करते नजर आ रहे थे।

मैंने देखा—सरदार करतार सिंह भी उस समय हॉल में मौजूद था। वह हम दोनो से काफी दूर एक अन्य टेबिल पर बैठा था। उस वक्त भी वह शराब पी रहा था और उसकी निगाह अपलक मेरे ऊपर ही टिकी थी। न जाने क्या बात थी—जबसे मैं उस हनीमून लॉज में आयी थी, तभी से मैं नोट कर रही थी कि वो सरदार हरदम मुझे ही घूरता रहता था। उसके देखने के अन्दाज से मेरे मन में दहशत पैदा होती चली गई। उस दिन इन्तहा तो तब हुई—जब सरदार नशे में बुरी तरह लड़खड़ाता हुआ हम दोनों की टेबिल के नजदीक ही आ पहुँचा।

"सतश्री अकाल जी!"

हम दोनों खाना खाते-खाते ठिठक गये। सरदार इतना ज्यादा नशे में था कि उससे टेबिल के पास सीधे खड़े रहना भी मुहाल हो रहा था। अलबत्ता उस वक्त वो संजीदा पूरी तरह था।

"जे तुसि बुरा न मन्नो मैं त्वानु इक गल्ल पुच्छना चौंदा हाँ।" उस वक्त भी उसकी निगाह मेरे ऊपर ही ज्यादा थी।

"पूछो।" तिलक राजकोटिया बोला—"क्या पूछना चाहते हो?"

"जद तों मैं इस मैडम नू देख्या है, तदोंई मेरे दमाग़ विच रै-रैकर ओईयो-ई ख्याल आंदा है।"

"कैसा ख्याल?"

"मैनु ए लगदा है बादशाहो, मैं इन्नु पेल्ला वी मिल चुकयां। मेरी एना नाल कोई पुरानी जान-पेचान है।"

मेरा दिल जोर-जोर से धड़कने लगा। तिलक राजकोटिया ने भी अब थोड़ी विस्मित निगाहों से मेरी तरफ देखा।

"पहले कहाँ मिल चुके हो तुम मुझसे?" मैंने अपने शुष्क अधरों पर जबान फिराई।

"शायद मुम्बई विच!" सरदार करतार सिंह बोला।

"म... मुम्बई में कहाँ?"

"ऐयी तां मैनु ध्यान नहीं आंदा प्या मैडम!" सरदार ने अपनी खोपड़ी हिलाई—"कदी मेरी याददाश्त बोत चंगी सी पर हुण वाहेगुरु दी मेहर, जे अगर मैं कुछ याद वी करना चावां तां वी मैनु याद नई आंदा। हुण तुसि मैनु पेचांदे ओ?"

"बिल्कुल भी नहीं!" मैंने एकदम स्पष्ट रूप से इंकार में गर्दन हिलाई—"मैंने तो आपकी यहाँ शक्ल भी पहली मर्तबा देखी है।"

"ओह! फिर तां मैनु लगदा ऐ कि मैनु कुछ ज्यादा ही चढ़ गयी ऐ। मैं पी के डिग्गन लगा। सॉरी!"

"मेन्शन नॉट!" तिलक राजकोटिया बोला।

"रिअली वैरी सॉरी।"

"इट्स ऑल राइट।"

सरदार करतार सिंह नशे में झूमता हुआ हुआ वापस अपनी टेबिल की तरफ चला गया और वहाँ बैठकर पहले की तरह शराब पीने लगा। अलबत्ता वो अभी भी देख मेरी ही तरफ रहा था। मेरे जिस्म का एक-एक रोआं खड़ा

हो गया। उसकी आवाज सुनते ही मैं उसे पहचान चुकी थी। सरदार करतार सिंह! मुझे सब कुछ याद आ गया। कभी हट्टे-कट्टे और लम्बे-चौड़े शरीर का मालिक सरदार नाइट क्लब का परमानेन्ट कस्टमर था। सप्ताह में कम-से-कम दो बार उसका वहाँ फेरा जरूर लगता था और मैं उसकी पहली पसन्द थी। सरदार अत्यन्त सैक्सी था। वह कम-से-कम नौ-दस घंटे के लिये मुझे बुक करता था और रात को हर तीन-तीन घण्टे के अन्तराल के वह मेरे साथ तीन राउण्ड लगाता। उसकी सबसे बड़ी खूबी ये होती थी कि हर राउण्ड वो नये स्टाइल से लगाता था। सैक्स की ऐसी नई-नई तरकीबें उसकी दिमाग में होती थीं कि मैं भी चक्कर खा जाती। खासतौर पर उसके जाँघों की मछलियाँ तो गजब की थीं।

"सरदार—क्या खाते हो?" मैं अक्सर उसकी जाँघ पर बड़े जोर से हाथ मारकर पूछ लेती।

"ओये कुड़िये—वाहे गुरु दी सौ, ऐ सरदार दा पुत्तर तेरी वर्गी कुड़ियां नूंई देसी घी विच तलकर चट-चट के खांदा है।" यह बात कहकर बहुत जोर से हँसता सरदार।

वो बहुत खुशमिजाज आदमी था। हँसी तो जैसे उसके खून में मिक्स थी। बात-बात पर खिलखिलाकर हँस पड़ता था। लेकिन अब तो उसके चेहरे से सारी खुशमिजाजी हवा हुई पड़ी थी। अब तो उस सरदार की सूरत देखकर ऐसा लगता था कि मालूम नहीं, वो सरदार अपनी जिन्दगी में कभी हँसा भी है या नहीं।

❑❑❑

बहरहाल सरदार करतार सिंह के कारण मैं बहुत आतंकित हो उठी। वह एक नई मुश्किल अब मुझे अपने सामने दिखाई पड़ रही थी। वो रात मेरी भारी बेचैनी के आलम में गुजरी। मैं जानती थी, सरदार नशे में था। अपनी बीवी के गम में था। लेकिन देर-सवेर उसे मेरे बारे में सब कुछ याद जरूर आ जाना था। मैं क्या थी? मेरी औकात क्या थी?

फिर शायद वो मेरी असलियत का सारा भांडा तिलक राजकोटिया के सामने ही फोड़ देता। इसी बात ने मुझे आतंकित किया। इसी बात ने मुझे डराया। मैं तो यह सोचकर ही सूखे पत्ते की तरह काँप उठती थी कि अगर

किसी दिन तिलक राजकोटिया को मेरी वास्तविकता मालूम हो गयी, तब क्या होगा। रात के उस समय ग्यारह बज रहे थे। तिलक राजकोटिया और मैं हनीमून लॉज में बन्द थे तथा सारा दिन के खूब थके-हारे होने के कारण बस सोने की कोशिश कर रहे थे। तभी किसी ने जोर से दरवाजा खटखटाया। हम चौंके।

"इस वक्त कौन आ गया?"

मैंने बिस्तर से उठने की कोशिश की।

"तुम लेटी रहो।" तिलक बोला—"मैं देखता हूँ।"

तिलक राजकोटिया अपने खून जैसे सुर्ख रेशमी गाउन को ठीक करता हुआ बिस्तर से उठा और उसने आगे बढ़कर दरवाजा खोला। सामने लॉज का बैल ब्वॉय खड़ा था।

"गुड इवनिंग सर!"

"वेरी गुड इवनिंग।"

"मुम्बई से आपके लिये फोन है सर, आप तुरन्त नीचे चलें।"

"फोन!"

तिलक राजकोटिया चौंक उठा। मैं भी चौंकी। फ़ोन मेरे मोबाइल पर क्यों नहीं आया था?

"तुम यहीं रहो शिनाया!" फिर तिलक राजकोटिया शीघ्रतापूर्वक मेरी तरफ पलटकर बोला—"मैं अभी आता हूँ।"

उसके बाद तिलक राजकोटिया नीचे जाने वाली सीढ़ियों की दिशा में झपट पड़ा। मैं बिस्तर पर अपनी जगह सन्न-सी लेटी रही। मुम्बई से फोन? इतनी रात को? मुझे न जाने क्यों यह सब कुछ काफी अजीब-सा लगा। मेरा दिल किसी अंजानी आशंका से फिर धड़कने लगा। कोई पन्द्रह मिनट बाद तिलक राजकोटिया वापस लौटा। उस समय वो बहुत परेशान नजर आ रहा था। उसके माथे पर पसीने की नन्हीं-नन्हीं बूँदें भी थीं। सच बात तो ये है, मैंने तिलक को पहले कभी इतना परेशान नहीं देखा था। मैं जल्दी से बिस्तर छोड़कर उठी और उसके नजदीक पहुँची।

"क्या बात है।" मैं बोली—"किसका फोन था तिलक?"

"किसी का फोन नहीं था—तुम आराम से सो जाओ।" उसने अपना मोबाइल देखा—"नेटवर्क प्रॉब्लम थी। इसी कारण किसी ने होटल के नम्बर पर फ़ोन किया था।"

"लेकिन तुम एकाएक इतना परेशान क्यों हो गये हो?"

"कहाँ हूँ मैं परेशान?" तिलक राजकोटिका ने जबरदस्ती हँसने की कोशिश की—"बिल्कुल भी परेशान नहीं हूँ।"

फिर तिलक राजकोटिका ने अपने माथे पर चुहचुहा आयी पसीने की नन्हीं-नन्हीं बूँदें भी पोंछ डालीं।

"डोंट वरी—देअर इज नथिंग टू फिअर।" तिलक ने मेरा गाल प्यार से थपथपाया।

फिर वो वापस बिस्तर पर लेट गया। उसके बराबर में, मैं भी लेटी। परन्तु बिस्तर पर लेटते ही तिलक के चेहरे पर पुनः चिन्ता के बादल मंडराने लगे थे।

"तुम चाहे कुछ भी कहो तिलक!" मैं उसकी तरफ देखते हुए बोली—"मगर सच तो ये है, तुम मुझसे कुछ छिपा रहे हो।"

"दरअसल कुछ कारोबार से सम्बन्धित परेशानी है।" तिलक राजकोटिया बोला—"इसीलिए होटल के मैनेजर ने मुझे यहाँ फोन किया था। लेकिन कोई ज्यादा बड़ी परेशानी नहीं है, इसीलिए कह रहा हूँ, चिन्ता मत करो।"

उसके बाद तिलक राजकोटिया मेरी तरफ पीठ फेरकर लेट गया। लेकिन सच बात तो ये है, तिलक मुझसे जरूर कह रहा था कि चिन्ता मत करो, लेकिन वो खुद चिन्ता में था। उस रात वह एक बजे तक या फिर उससे भी बाद तक बिस्तर पर करवटें बदलता रहा। मुझे लगा—कोई खास बात है। अगर खास बात न होती, तो होटल का मैनेजर उसे वहाँ सिंगापुर में फोन न करता। वो भी 'हनीमून' के दौरान! उस रात नींद मुझे भी आसानी से न आयी।

❑❑❑

अगले दिन सुबह हम दोनों लांग ड्राइव पर गये। उस दिन तिलक राजकोटिया का दिल घूमने में भी नहीं था। वो कहीं खोया-खोया था। शाम को जब हम

'हनीमून लॉज' में वापस लौटे, तो हल्का-हल्का धुँधलका अब चारों तरफ फैलने लगा था। लॉज में घुसते ही एक बार फिर सरदार करतार सिंह से हम लोगों का आमना-सामना हुआ। सरदार करतार सिंह लॉन में गार्डन अम्ब्रेला के नीचे बैठा अभी भी शराब चुसक रहा था और उसकी निगाहें मेरे ऊपर ही थीं।

"सचमुच इस बेचारे के साथ बहुत बुरा हुआ है।" तिलक राजकोटिया बड़े अफसोस के साथ बोला—"मुझे डर है, अगर इसकी हालत ऐसी ही बनी रही, तो कहीं यह सरदार अपनी बीवी के गम में पागल ही न हो जाये।"

"अभी भी तो इसकी हालत पागलों जैसी ही है।" मैं बोली।

"इसमें कोई शक नहीं।"

फिर तिलक राजकोटिया को अकस्मात् न जाने क्या सूझा, वह लम्बे-लम्बे डग रखता हुआ सरदार की तरफ बढ़ गया। मैंने उसे रोकने की भी कोशिश की—लेकिन जब तक मैं उसे रोक पाती, तब तक वह उसके पास पहुँच चुका था।

"आओ पा जी—बैठो।"

सरदार करतार सिंह शराब पीता-पीता ठिठक गया और वह कुर्सी छोड़कर कोई छः इंच ऊपर उठा।

"मैं तुम्हारे पास बैठने नहीं आया हूँ दोस्त, बल्कि आज तुमसे कुछ कहने आया हूँ।"

"क्या?"

तब तक मैं भी उन दोनों के करीब पहुँच चुकी थी।

"सरदार जी, तुम्हें इस कदर शराब नहीं पीनी चाहिये।" तिलक राजकोटिया उसे सलाह देता हुआ बोला—"तुम शायद जानते नहीं हो, आइन्दा जिन्दगी में तुम्हें इसका कितना खौफनाक परिणाम भुगतना पड़ सकता है।"

सरदार के होंठों पर व्यंग्य के भाव उभर आये।

"छड्डो वी पा जी!" सरदार बोला—"जेड़ा आशियाना इक वार जल चुक्या, तां फिर ओ अंगारां दी की परवा करे। अज दी तरीख विच ए सरदार

इक बुझया होया दीया है, हुण चाहे किन्नी वी आँधियाँ क्यूँ ना आण, किन्ने वी तूफान क्यूँ ना आण, मैनु की फरक पैंदा है।"

तिलक राजकोटिया हैरानी से उसकी तरफ देखता रह गया। जबकि सरदार करतार सिंह ने कुर्सी पर वापस बैठकर शराब का एक घूँट और भरा।

"जिन्दगी इतनी सस्ती नहीं है सरदार जी!" तिलक राजकोटिया बोला—"जितनी तुम समझ बैठे हो।"

"तुसि जिन्दगी दा गल्त मोल लगा बैठे हो पा जी!" करतार सिंह एकाएक बड़े दार्शनिक अन्दाज में बोला।

"क्यों?"

"सच तां ऐ है, इस नामुराद जिंदगी तों सस्ता कुछ वी नई है! ऐ दी कीमत ते ना अठन्नी ते ना चवन्नी। कुछ वी नई। तेरा अन्त न जाणा मेरे साहिब, मैं अंधुले क्या चतुराई!"

मैं बेहद विस्मित निगाहों से उसे देखने लगी। सचमुच कितना बदल गया था करतार सिंह! वह न सिर्फ हँसना भूल गया था बल्कि उसके विचारों में भी बहुत भीषण परिवर्तन आ चुका था। उसने गिलास उठाकर फिर शराब के कई घूँट भरे और उसके बाद पहले की तरह ही मुझे देखने लगा। कमबख्त देखता भी ऐसे था कि नजरें सीधे जिस्म में तलवार की तरह घुसती अनुभव होती थीं। मैं काँप उठी।

"तिलक—हमें अब चलना चाहिये।" मैं जल्दी से तिलक राजकोटिया का हाथ पकड़ते हुए बोली—"वैसे भी सारा दिन की लाँग ड्राइव के कारण मैं काफी थक चुकी हूँ।"

"चलो।"

हम दोनों लॉज में अन्दर की तरफ बढ़ गये। परन्तु मुझे चलते हुए भी बदस्तूर ऐसा महसूस हो रहा था कि करतार सिंह की निगाहें लगातार मेरा पीछा कर रही हैं। वह मेरी पीठ पर ही चिपकी हैं। मेरी इतनी हिम्मत भी न हुई, जो मैं एक नजर पलटकर उसे देख लूँ। मेरे हाथ-पाँव बिल्कुल बर्फ के समान ठण्डे पड़े हुए थे।

❑❑❑

कुल मिलाकर धीरे-धीरे हमारा हनीमून का सारा मजा अब किरकिरा होना शुरू हो गया था।

शुरू के कुछेक दिनों में हमने जो हनीमून का आनन्द ले लिया था, बस वह ले लिया था। अब तो अजीब-सी दहशत मुझे हर वक्त अपने इर्द-गिर्द मंडराती महसूस होती थी। इसके अलावा मेरा यह विश्वास भी दृढ़ होता जा रहा था कि सरदार करतार सिंह के कारण भी कुछ-न-कुछ गड़बड़ जरूर होगी। वह सरदार हँगामा करके रहेगा। इसी प्रकार दहशत के माहौल में हम दोनों के सिंगापुर में तीन दिन और गुजर गये।

मैंने तिलक राजकोटिया से किसी दूसरी लॉज में शिफ्ट होने का आग्रह भी किया, लेकिन इसके लिए वो तैयार न हुआ। वह उसकी खास पसन्दीदा लॉज थी। उस लॉज में नये जोड़ों के मनोरंजन के लिए अक्सर नये-नये प्रोग्राम भी होते रहते थे। ऐसे ही एक बार वहाँ एक 'डांस पार्टी' का आयोजन किया गया। उस 'डांस पार्टी' में तिलक राजकोटिया और मैंने भी हिस्सा लिया। एक बात कन्फर्म थी। कम-से-कम तिलक राजकोटिया अब पूरी तरह चिन्तामुक्त था। और फोन वाली बात तब तक वो शायद भुला चुका था। हम दोनों डांसिंग फ्लोर पर एक-दूसरे की बाँह-में-बाँह डालकर अन्य जोड़ों के साथ थिरकने लगे।

"मैं तुमसे फिर कहूँगी तिलक!" मैं थिरकते हुए उसके कान में बहुत धीरे से फुसफुसाई—"हमें यह लॉज छोड़कर किसी दूसरी जगह शिफ्ट हो जाना चाहिये।"

"यह तुम्हें क्या हो गया है शिनाया!" तिलक राजकोटिया झुँझलाकर बोला—"पिछले तीन दिन से तुम यही एक बात कहे जा रही हो कि हमें यह लॉज छोड़ देनी चाहिये। आखिर तुम्हें यहाँ रहने में क्या परेशानी है, तमाम सुविधाएँ तो इस लॉज में मौजूद हैं।"

"मैं जानती हूँ, इस लॉज में काफी सुविधाएँ हैं।" मैं बोली—"लेकिन अब यहाँ मेरा दिल घबराने लगा है।"

"क्यों?"

"म... मुझे लगता है," मैं थोड़े भयभीत स्वर में बोली—"अगर हम यहाँ कुछ दिन और ठहरे, तो हमारे साथ जरूर कोई-न-कोई घटना घट जायेगी।"

तिलक राजकोटिया हँस पड़ा। हँसते हुए ही उसने एक बाँह मेरी कमर के गिर्द लपेट दी। हम दोनों के कदम थिरकते रहे।

"तुम हँस क्यों रहे हो?" मैं बोली।

"माई डेलीशस डार्लिंग!" तिलक राजकोटिया ने मेरे गाल का पुनः प्रगाढ़ चुम्बन लिया—"तुम्हारी बातें ही ऐसी हैं। जरा सोचो—हिन्दुस्तान से इतनी दूर एक अंजान-सी जगह पर हमारे साथ क्या घटना घटेगी, यहाँ हमारा कौन दुश्मन हो सकता है।"

"मुझे उस सरदार से डर लगता है।"

"सरदार करतार सिंह से?"

"वही।"

"डार्लिंग—उस बेचारे से क्या डरना! वह तो खुद अपनी किस्मत के हाथों सताया हुआ है।"

"तुम कुछ भी कहो—मुझे तो वह कोई ढोंगी मालूम होता है।" मैं अपनी बात पर दृढ़ थी—"देखा नहीं, वह मुझे हरदम किस तरह घूरता रहता है। मानो मुझे आँखों-ही-आँखों में निगल जायेगा।"

"यह तो अच्छी बात है।" तिलक पुनः हँसा—"मुमकिन है कि वह तुम्हारा कोई पुराना आशिक हो।"

"बेकार की बात मत करो।" मैं गुर्रा उठी—"मैं साफ कहे देती हूँ, मैं इस लॉज के अन्दर अब और नहीं ठहरूँगी।"

"ओके बाबा! कल हम कोई अच्छी-सी लॉज देखने चलेंगे।"

"रिअली?" मैं प्रफुल्लित हो उठी।

"रिअली।"

"ओह तिलक—तुम सचमुच कितने अच्छे हो।" मैं डांस करते-करते तिलक राजकोटिया से कसकर लिपट गयी।

वह मेरी बड़ी जीत थी। आखिरकार मैंने तिलक राजकोटिया को वह लॉज छोड़ देने के लिए तैयार कर ही लिया था। हम दोनों और भी काफी देर तक दूसरे जोड़ों के साथ वहाँ डांस करते रहे। तभी एकाएक मेरी निगाह सरदार करतार सिंह पर पड़ी। उसने लगभग तभी उस डांसिंग हॉल

में कदम रखा था। सरदार को देखते ही मेरे शरीर में सरसराहट दौड़ गयी। उस हरामजादे की निगाह डांसिंग हॉल में आने के बाद मेरी तलाश में ही इधर-उधर भटकनी शुरू हो गयी थी, फिर उसने जैसे ही मुझे देखा, उसकी निगाह फौरन मेरे ऊपर ही आकर ठहर गयी।

सबसे बड़ी बात ये थी कि आज वो ज्यादा शराब पिये हुए भी नहीं था। उसके कदम भी नहीं लड़खड़ा रहे थे। उसकी आँखों को देखकर आज मेरे मन में न जाने क्यों और भी ज्यादा दहशत पैदा हुई। सरदार करतार सिंह की आँखों में आज मेरे लिये वो अजनबीपन नहीं था, जो हमेशा होता था। उनमें आज विलक्षण चमक थी। मुझे लगा—सरदार मेरी असलियत से वाफिक हो गया है। मैं डांस करना भूल गयी।

❑❑❑

अर्द्धरात्रि का समय था। तिलक राजकोटिया उस वक्त बहुत गहरी नींद में था और कमरे के अन्दर उसके मद्धिम खर्राटे गूँज रहे थे। मैं मानो उसी मौके की तलाश में थी। मैं बहुत धीरे से बिस्तर छोड़कर उठी। बिल्कुल निःशब्द। उस समय मेरी हालत एकदम चोरों जैसी थी। मैंने एक नजर फिर तिलक राजकोटिया को देखा, जो दीन-दुनिया से बेखबर सोया हुआ था और फिर दबे पाँव कमरे से बाहर निकल गयी।

सरदार करतार सिंह लॉज के दूसरे माले पर ठहरा था। मैं दूसरे माले की तरफ ही बढ़ी। सीढ़ियाँ चढ़कर ऊपर पहुँची। थोड़ी देर बाद ही मैं सरदार के कमरे के सामने खड़ी थी। इस बीच मैंने इस बात का खास ख्याल रखा था कि मैं किसी की नजरों में न आऊँ। मैंने दरवाजा खटखटाया।

"कौन है?" तुरन्त मुझे अन्दर से सरदार की भारी-भरकम आवाज सुनाई पड़ी।

उसके बाद सिटकनी गिरने और दरवाजा खुलने की आवाज आयी। अगले ही पल सरदार करतार सिंह मेरी नजरों के सामने खड़ा था। उसने चैक की लुँगी पहन रखी थी और बाजूदार बनियान पहना हुआ था। उसके लम्बे-लम्बे केश खुले हुए कंधों पर पड़े थे। उस वक्त वो टर्बन (पगड़ी) नहीं बाँधे था। मुझे देखकर वो बिल्कुल भी न चौंका।

"ओह शिनाया शर्मा।" करतार सिंह बोला—"आओ, अन्दर आओ।"

मैं बड़ी स्तब्ध-सी मुद्रा में कमरे के अन्दर दाखिल हुई। इस बात ने मुझे काफी अचम्भित किया कि मेरे इतने रात में आने के बावजूद भी सरदार जरा विचलित नहीं था।

"मैं जानदा सी, तुसि आज राति इत्थे जुरूर आओगे।" सरदार बोला—"सच ता ऐ है कि इस वक्त मैं जगदा होया त्वाडा ही इन्तजार कर रया सी।"

"मेरा इन्तजार कर रहे थे?" मेरे दिल-दिमाग पर भीषण बिजली गड़गड़ाकर गिरी।

"हाँ।"

सरदार करतार सिंह ने आगे बढ़कर दरवाजा बन्द किया और सिटकनी चढ़ाई। फिर वो पलटा। मैं अभी भी बेहद कौतुहल नजरों से उसे ही देख रही थी।

"क्या तुम्हें मालूम था कि मैं आज रात यहाँ आने वाली हूँ?"

"हाँ—मैनु मलूम सी।" सरदार रहस्य की बढ़ोत्तरी करता हुआ बोला—"दरअसल जींवें तुसि मेरी अखाँ विच पढ़ लित्ता सी कि मैं त्वाडि असलियत नूं जाण गया हाँ, मैं वी त्वाडि अखाँ विच पढ़ लित्ता सी कि तुसि इस राज़ नूं जाण गए हो कि मैं त्वाडि असलियत नूं जाण गया हाँ, ते मैं जाणदा सी कि तुसि मैनु अकेले विच मिलण दी कोशिश करोगे। तां फिर इन्नी खमोश मुलाकात दे वास्ते राति तों वदिया केड़ा टाइम हो सकदा सी।"

"दैट्स गुड!" मैंने मुक्त कण्ठ से करतार सिंह की प्रशंसा की—"बहुत अच्छे! यानी शराब ने अभी तुम्हारे दिमाग के स्नायु तन्त्रों को उतना नहीं घिस दिया है, जितना लोग समझते हैं। तुम्हारा दिमाग अभी भी पहले की तरह ही काफी पैना है और उसमें सोचने-समझने की अच्छी सलाहियतें मौजूद हैं।"

"ऐदे विच तां कोई शक नई के मेरे दिमाग दा पैनापन बरकरार है।" करतार सिंह बोला—"अलबत्ता ज्यादा शराब पीण नाल मेरी याददाश्त धुंदलाने लगदी है।"

"जैसे पिछले कुछ दिनों से धुँधला रही थी।"

"हाँ। बैठ जाओ।"

"नहीं।" मैंने बैठने का उपक्रम नहीं किया—"मैं ऐसे ही ठीक हूँ।"

मेरी निगाहें पूरी तरह सरदार के चेहरे पर टिकी थीं।

"सब्तों पहलां तुसि अपने व्याह दी मुबारकां कबूल करो।" सरदार करतार सिंह अपने केशों का जूड़ा बाँधता हुआ बोला—"चंगा आसामी तलाश कित्ती है। मुबारकां होण, बहोत-बहोत मुबारकां।"

"शटअप!" मैं गुर्रा उठी—"जरा तमीज से बात करो। तुम शायद भूल रहे हो, वह मेरे हसबैंड हैं और मुम्बई शहर के एक इज्जतदार आदमी हैं। रसूख वाले आदमी हैं।"

"इज्जत वाला बन्दा ए—तदैय तां मैं पाजी नू चंगी आसामी केहरायां वां। वरना पा जी नू कौन पूछदा सी, कौन ऐनू घास डालदा सी?"

"करतार सिंह! तुम बड़ी अजीब ट्यून में बात कर रहे हो।" मेरी आवाज में नागवारी के चिह्न थे—"मैंने तिलक राजकोटिया को कोई जबरदस्ती नहीं फाँसा है। बल्कि हम दोनों ने प्रेम विवाह किया है। और प्रेम विवाह के मायने तो तुम अच्छी तरह समझते ही होओगे। प्रेम विवाह एक भावनात्मक सम्बन्ध है। जिसका जन्म दोनों तरफ की अण्डरस्टेंडिंग के बाद ही होता है।"

"दोनों तरफ दी अण्डरस्टेंडिंग?"

"हाँ।"

"त्वाडी तिलक राजकोटिया नाल किस चीज दे प्रति अण्डरस्टेंडिंग सिगि? ओदे रोकड़े नाल-नावे वाली?"

"मैं तुम्हारे इस सवाल का जवाब देना जरूरी नहीं समझती।"

करतार सिंह सामने पड़ी एक कुर्सी पर पैर फैलाकर बैठ गया।

"ठीक ए।" करतार सिंह गहरी साँस लेकर बोला—"तुसि मेरे दूजे सवाल दा जवाब दो।"

मैं खामोश रही।

"क्या तिलक राजकोटिया इस गल नू जानदा-सी कि त्वाडा अतीत क्या है? तुसि 'नाइट क्लब' दी एक कॉलगर्ल रह चुकी हो?"

मेरे मुँह से शब्द न फूटा।

"क्या इस सवाल दा जवाब देना वी तुसि जरूरी नई समझदे?"

"वो इस रहस्य से वाकिफ नहीं है।" मैं फँसे-फँसे स्वर में बोली।

"फिर भी कैंदे हो," करतार सिंह बोला—"कि वो त्वाडे वास्ते चंगा आसामी नई है, इक तगड़ा आसामी नई है।"

मैं कुछ न बोली। सच तो ये है, मेरा दिमाग उस समय काफी तेज स्पीड से चल रहा था। एकाएक सरदार करतार सिंह नाम की जो मुश्किल मेरे सामने आकर खड़ी हो गयी थी, मैं उस मुश्किल का कोई हल सोच रही थी।

❑❑❑

सरदार करतार सिंह ने कुर्सी पर बैठे-बैठे सामने टेबिल पर रखी शराब की बोतल खोल डाली और फिर थोड़ी-सी शराब गिलास के अन्दर पलटी। उसके बाद फ्रीज में से निकालकर दो आइस क्यूब भी उसने गिलास में डाले। पैग तैयार हो गया।

"क्या तुसि वी इक पेग लोगे?" करतार सिंह ने मेरी तरफ देखकर पूछा।

"नहीं।"

"क्यूं, तुसि पहलां तां बहुत पींदे सी। पहलां तां शराब त्वाडा सब्तों चंगा शौक सीगा।"

"मेरी फिलहाल इच्छा नहीं है।"

"या फिर एक शरीफ बन्दे दी बीवी बनन नाल शराब नू पीना वी छोड़ दित्ता ए। इस वरगे सारे नामुराद शौकां नाल तौबा कर लीत्ति ऐ। इक-आध पेग लै ल्यो, पुराने दोस्तां नाल कदी-कदी यादें ताज़ा कर लेणी चैदिया ने।"

करतार सिंह ने एक-दूसरे बड़े खूबसूरत कटिंग वाले गिलास में थोड़ी-सी शराब और पलट दी तथा उसमें एक आइस क्यूब भी डाल दिया।

"लो—चियर्स!"

"मैंने कहा न, मेरी इच्छा नहीं है।"

"ओके।"

करतार सिंह ने ज्यादा बहस नहीं की। उसने गिलास वापस वहीं टेबिल पर रख दिया। फिर वो पहले की तरह कुर्सी की पुश्त से पीठ लगाकर बैठ गया और अपने गिलास में से शराब का एक घूँट चुसका।

"मैं त्वानु इक गल भोत साफ़तौर ते बता देना चांदा हाँ शिनाया शर्मा!" करतार सिंह बोला।

"क्या?"

"कम-तो-कम तों मेरी वजह करके त्वानु ज्यादा परशान होण दी कोई जरूरत नई ऐ। मैं त्वाडे राज तों जरूर वाकिफ हां, पर ऐ राज मेरे दिल-विच ही रैगा। ऐ गल कदी वी मेरी ज़बान तों तिलक राजकोटिया नू पता नई चलणी।"

मैंने करतार सिंह की उन बातों की तरफ कोई खास ध्यान न दिया। मेरी आँखें उसके कमरे का मुआयना करने में तल्लीन थीं। वो काफी बड़ा कमरा था और हनीमून लॉज के बिल्कुल बैक साइड में बना हुआ था। सामने की तरफ एक छोटा-सा टैरेस था, जो एक बिल्कुल उजाड़ बियाबान इलाके की तरफ खुलता था और जहाँ दूर-दूर तक सन्नाटा था। मैं धीरे-धीरे टहलती हुई टैरेस पर पहुँची। फिर मैंने बियाबान इलाके की तरफ देखा। रात के समय उस उजाड़ बियाबान इलाके का सन्नाटा और भी गहरा दिखाई पड़ रहा था।

"की देख रईं ऐं?" पीछे से करतार सिंह की आवाज मेरे कानों में पड़ी।

"कुछ नहीं।"

तभी सरदार करतार सिंह भी शराब का गिलास हाथ में पकड़े-पकड़े वहाँ टेरेस पर आ गया। उसके मुँह से शराब के भभकारे छूट रहे थे।

"तुसि मेरी गल सुणी।" सरदार करतार सिंह पुनः बोला—"कम-तो-कम तों मेरी वजह करके त्वानु ज्यादा परशान होण दी कोई जरूरत नई ऐ।"

"मैं जानती हूँ, इस बात को बार-बार दोहराओ मत।"

"की जाणदे हो?"

"यही कि तुम भले आदमी हो।" मैं उसकी आँखों में झाँकते हुए बोली—"शरीफ आदमी हो। तुम्हारे कारण मुझे कोई नुकसान नहीं पहुँचेगा। लेकिन फिर भी एक भयंकर गलती तो तुमसे हो ही चुकी है करतार सिंह।"

"की?"

"यही कि तुम मुझे पहचान चुके हो। अगर शराब ने तुम्हारे दिमाग को वाकई घिस दिया होता, तो तुम्हारे हक में बहुत अच्छा रहता। तब शायद तुम्हारे ऊपर वह आफत न आती, जो अब आने वाली है। मैं जानती हूँ, तुम अपनी जबान के पक्के हो। लेकिन फिर भी मैं कोई रिस्क नहीं उठाना चाहती।"

"की मतलब?"

"दरअसल तिलक राजकोटिया को मैंने बड़ी मुश्किल से हासिल किया है करतार सिंह!" मैं धीरे-धीरे उसकी तरफ बढ़ी—"इसमें कोई शक नहीं कि मैंने दौलत की खातिर ही उससे शादी की। मैं नाइट क्लब की जिन्दगी से तंग आ चुकी थी, मुझे दौलत चाहिये थी, ढेर सारी दौलत! और वह दौलत मुझे तिलक के पास दिखाई दी। करतार सिंह, तुम्हारी जानकारी के लिए बता दूँ, उसे तथा उसकी दौलत को हासिल करने के लिए मैं एक खून कर चुकी हूँ।"

"तुसि इक खूण वी कर चुके हो?"

"हाँ।" मैं बहुत दृढ़ शब्दों में बोली—"एक खून! जरा सोचो, जिस आदमी को हासिल करने के लिए मैं एक खून कर सकती हूँ, तो वह सदा मेरी मुट्‌ठी में रहे, इसके लिए मैं एक खून और नहीं कर सकती।"

"क... की कैना चांदे हो तुसि?"

मैं एकदम चीते की भाँति सरदार करतार सिंह की तरफ झपट पड़ी। इससे पहले कि करतार सिंह को मेरे खतरनाक इरादों की जरा भी भनक मिल पाती, मैंने नीचे झुककर करतार सिंह के दोनों पैर पकड़ लिये और फिर अपनी पूरी शक्ति लगाकर उसे टैरेस से पीछे की तरफ उछाल दिया। करतार सिंह की अत्यन्त हृदयग्राही चीख गूँज उठी। वह हवा में कलाबाजी खाता चला गया और फिर कई मंजिल नीचे धड़ाम से नुकीले पत्थरों पर जाकर गिरा। नीचे गिरते ही उसका सिर बिल्कुल किसी तरबूज की तरह दो

हिस्सों में फट पड़ा। वह जिन्दा बचा होगा, इस बात का तो अब प्रश्न ही नहीं था। मैं टैरेस से वापस कमरे में पहुँची। मेरी सतर्क निगाहें इधर-उधर घूमीं। शराब का वह दूसरा गिलास अभी भी टेबिल पर रखा था, जिसे करतार सिंह ने मेरे लिए तैयार किया था और जिसमें एक पैग शराब थी। मैं एक ही घूँट में उस शराब को पी गयी और फिर गिलास धोकर वापस यथास्थान रखा। फिर मैं बिल्कुल चोरों की भाँति कमरे से बाहर निकली। लॉज में पूर्व की भाँति गहन सन्नाटा व्याप्त था। शायद सरदार करतार सिंह की हृदयग्राही चीख किसी के कानों में नहीं पड़ी थी। मैं तेज-तेज कदमों से सीढ़ियों की तरफ बढ़ती चली गयी।

❑❑❑

सुबह तिलक ने मुझे झँझोड़कर जगाया। तब नौ बज रहे थे।

"क्या हो गया?" मैं हड़बड़ाई।

"सरदार मारा गया।" तिलक इस तरह बोला, जैसे कोई बम छोड़ रहा हो।

"सरदार! कौन सरदार?"

"वही जो हमेशा नशे में धुत रहता था। जिसके घूरने से तुम परेशान थीं।"

"माई गॉड!" मैं एकदम बिस्तर से उठी—"वो सरदार कैसे मारा गया?"

"यह अभी पता नहीं चला। अलबत्ता उसकी लाश लॉज के पिछले हिस्से में पड़ी पायी गयी है।"

मैं, तिलक राजकोटिया के साथ-साथ अपने कमरे से बाहर निकली।

लॉज में बड़ा जबरदस्त भूकम्प आया हुआ था। पुलिस वहाँ पहुँच चुकी थी और फिलहाल लॉज के मैनेजर से पूछताछ की जा रही थी। लॉज में ठहरे तमाम 'हनीमून कपल्स' अपने-अपने कमरों से बाहर निकल आये थे और उनके चेहरों से प्रकट हो रहा था कि सरदार करतार सिंह की मौत का उन सभी को बहुत अफसोस है। एक बात की मुझे जरूर हैरानी थी। रात सरदार की हत्या करके आने के बाद मुझे इतनी गहरी नींद कैसे आ गयी? क्या किसी की जान ले लेना मेरे लिए इतना सहज हो चुका था?

"लाश कहाँ है?" मैं पूरी तरह अंजान बनते हुए बोली।

"वो शायद अभी भी पिछली तरफ ही है।"

हम दोनों लॉज के पिछले हिस्से की तरफ बढ़े।

❑❑❑

सरदार करतार सिंह की लाश अभी भी वहाँ पत्थरों पर ही पड़ी थी और खून के छींटे दूर-दूर तक बिखरे थे। साफ जाहिर था, करतार सिंह को बड़ी खौफनाक मौत हासिल हुई थी। फिलहाल पुलिस ने उसकी लाश के ऊपर चादर डाली हुई थी। इसलिए उसकी लाश की दुर्दशा नजर नहीं आ रही थी। वहाँ आसपास पुलिस घेरा डाले थी और वहीं कुछ हनीमून कपल्स भी खड़े थे। तभी मेरी निगाह उस कांच के गिलास की किर्चियों पर भी पड़ी, जो गिलास रात करतार सिंह के हाथ में था। इस समय सिंगापुर पुलिस का एक हैड कांस्टेबिल नोंकदार चिमटी से पकड़-पकड़कर उन किर्चियों को उठा रहा था।

"किर्चियाँ बहुत सावधानी के साथ उठाना।" उसी क्षण इंस्पेक्टर ने आदेश दनदनाया—"कहीं कांच के ऊपर से फिंगर प्रिण्ट न मिट जाएँ।"

"बेफिक्र रहिए सर, मैं इसी तरह उठा रहा हूँ।"

फिर इंस्पेक्टर ने दूसरे पुलिसकर्मियों की तरफ एबाउट-टर्न लिया।

"यहाँ आसपास से कोई और सामान मिला?"

"नहीं सर—कुछ नहीं मिला।" एक थोड़ा ठिगने कद का कांस्टेबिल बोला—"हम यहाँ का चम्पा-चम्पा छान चुके हैं।"

"उस कमरे में से कोई सन्देहजनक वस्तु मिली हो, जिसमें यह सरदार ठहरा था?"

"नहीं सर—वहाँ से भी कुछ नहीं मिला।"

इंस्पेक्टर अब पत्थरों पर चहलकदमी करते हुए खुद वहाँ किसी सन्देहजनक वस्तु की खोज करने लगा। परन्तु काफी देर चहलकदमी करने के बाद भी उसे कोई खास वस्तु न दिखाई पड़ी।

"इंस्पेक्टर साहब!" तभी एक नौजवान से आदमी ने इंस्पेक्टर से प्रश्न किया—"क्या यह हत्या का मामला है?"

"अभी तक जो बातें सामने आयी हैं," इंस्पेक्टर विचारपूर्ण मुद्रा में बोला—"उससे तो यह हत्या का मामला नहीं लगता। उससे तो यह दुर्घटना का मामला ज्यादा दिखाई देता है।"

"दुर्घटना!"

"हाँ—दुर्घटना!" इंस्पेक्टर बोला—"मैं समझता हूँ, हमेशा की तरह सरदार करतार सिंह रात भी अपनी बीवी के गम में नशे में धुत्त था। और किसी प्रकार टहलता-टहलता अपने कमरे के टेरेस तक पहुँच गया था। फिर नशे की पिनक में ही वो किसी तरह धड़ाम से यहाँ नीचे गिर पड़ा और गिरते ही मर गया।"

"जरूर यही हुआ है।" उस नौजवान ने कहा—"वैसे भी इस बेचारे भले आदमी से किसी की क्या दुश्मनी हो सकती है, जो कोई इसकी हत्या करेगा।"

"ठीक बात है।"

उन दोनों का वार्तालाप सुनकर मैं मन-ही-मन मुस्करा उठी।

❑❑❑

लॉज में वह दिन बहुत सन्नाटे में डूबा हुआ था। पुलिस सरदार करतार सिंह की लाश का पंचनामा भरकर और उसे सीलबन्द करके वहाँ से ले गयी थी। पुलिस ने अन्तिम तौर पर उसे दुर्घटना का मामला ही माना था। दोपहर के उस समय बारह बज रहे थे, तिलक राजकोटिया ने और मैंने नाश्ते की जगह सिर्फ एक-एक कप प्याली चाय पी। सरदार करतार सिंह की मौत का तिलक को भी बड़ा दुःख था और वह चुप-चुप था।

"मैं समझता हूँ," तिलक चाय की चुस्की भरता हुआ बोला—"सरदार की मौत से कम-से-कम एक समस्या तो हल हो गयी है।"

"क्या?"

"तुम अब लॉज बदलने की जिद नहीं करोगी।"

मैं खामोश बैठी रही।

"या अभी भी तुम इस लॉज में नहीं ठहरना चाहतीं?"

"नहीं!" मैंने अपनी नजरें झुका लीं—"अब ऐसी कोई बात नहीं है।"

"चलो—शुक्र है। कम-से-कम एक समस्या तो निपट ही गयी।"

मैं चाय चुसकती रही। मुझे अभी भी इस बात पर यकीन नहीं हो रहा था कि मैं तिलक राजकोटिया की दौलत पर सदा काबिज बने रहने के लिए एक हत्या और कर चुकी थी। वो भी सरदार करतार सिंह जैसे बेहद भले व्यक्ति की हत्या! उस दिन हमने सारा दिन हनीमून लॉज में ही आराम करते हुए गुजारा। मैंने सारा दिन अपने पसन्दीदा लेखक 'अमित खान' का जासूसी उपन्यास पढ़ा था, जबकि तिलक राजकोटिया टेलीविजन पर स्पोर्ट्स के अलग-अलग प्रोग्राम देखता रहा। दूसरे जोड़े भी अपना मनोरंजन करने के लिए आज कहीं बाहर नहीं गये थे। फिर एक घटना घटी। रात के दस बज रहे थे, जब हनीमून लॉज के बैल ब्वाय ने तिलक राजकोटिया को आकर बताया, उसके लिए मुम्बई से फोन है। तिलक तुरन्त उठकर खड़ा हो गया।

"लगता है," तिलक राजकोटिया बोला—"होटल के मैनेजर का ही फोन है। मैं अभी फोन सुनकर आता हूँ।"

तिलक राजकोटिया चला गया। मैं चिन्तित हो उठी। क्या माजरा था? क्यों होटल का मैनेजर तिलक को वहाँ बार-बार टेलीफोन कर रहा था? मैंने तिलक का मोबाइल फ़ोन चेक किया, नेटवर्क प्रॉब्लम अभी भी थी। मेरे दिल की धड़कनें तेज होने लगीं।

❑❑❑

बहरहाल तिलक राजकोटिया जब फोन सुनकर कमरे में वापस लौटा, तो वह आज हद से ज्यादा परेशान दिखाई पड़ रहा था। कमरे में आते ही वो धड़ाम से कुर्सी पर बैठ गया और बुरी तरह हाँफने लगा। उसका चेहरा छिपकली की मानिन्द बिल्कुल पीला जर्द पड़ा हुआ था।

"क्या बात है तिलक?" मैं तुरन्त तिलक राजकोटिया के नजदीक पहुँची और बेहद विचलित स्वर में बोली—"क्या कोई बुरी खबर है?"

"हाँ।" तिलक ने अपने शुष्क अधरों पर जबान फिराई—"सावंत भाई ने गड़बड़ कर रखी है।"

सावंत भाई! मेरे हाथ-पैरों में सन्नाटा दौड़ गया। सावंत भाई का नाम मैंने बखूबी सुना था। सावंत भाई मुम्बई शहर का एक बड़ा दादा था। बड़ा गैंगस्टर था। तस्करी से लेकर जुएखाने, शराबखाने और नारकाटिक्स तक

उसका व्यापक बिजनेस था। छोटे-मोटे गुण्डे तो सावंत भाई के नाम से वैसे ही थर्रा उठते थे।

"सावंत भाई!" मैं आन्दोलित लहजे में बोली—"सावंत भाई ने क्या गड़बड़ कर रखी है?"

"तुम उस कहानी को नहीं समझोगी। लेकिन इस वक्त मेरा फौरन मुम्बई पहुँचना जरूरी है। आई एम सॉरी शिनाया, मुझे अफसोस है कि मेरे कारण तुम्हारे हनीमून का सारा मजा किरकिरा हो गया है और मुझे बीच में ही यह टूर कैंसिल करना होगा।"

"कोई बात नहीं तिलक!" मैं बोली—"अगर कोई आफत सामने आयी है, तो पहले उस आफत से निपटना जरूरी है। वैसे भी हनीमून तो हम मना ही चुके हैं।"

"ओह डार्लिंग!" तिलक राजकोटिया एकाएक कुर्सी छोड़कर खड़ा हो गया और उसने कसकर मुझे अपनी बाँहों में समेट लिया—"तुम सचमुच कितनी समझदार हो। तुमसे मुझे ऐसे ही किसी जवाब की उम्मीद थी।"

मैं तिलक राजकोटिया के सीने से लगी उसकी आँखों में झाँकती रही।

"हमें हिन्दुस्तान वापस कब जाना होगा?"

"कल सुबह ही हम सिंगापुर छोड़ देंगे।" तिलक बोला—"बल्कि अपने सामान की पैकिंग भी हमने अभी करनी है। क्योंकि कल सुबह हमारे पास ज्यादा समय नहीं होगा।"

मैं चकित थी। मुझे उम्मीद भी नहीं थी कि सिंगापुर से इतनी जल्दी हमारी वापसी हो जायेगी। हालात वाकई बहुत जल्दी नये-नये मोड ले रहे थे। तिलक और मैं रात को ही सामान की पैकिंग करने में जुट गए।

"लेकिन तुम्हारे सामने मुश्किल क्या है तिलक!" मैं अटैची में अपने कपड़े रखते हुए बोली—"आखिर मुझे भी तो कुछ बताओ?"

"कुछ कारोबार से सम्बन्धित ही मुश्किल है।" तिलक राजकोटिया बोला—"तुम बेफिक्र रहो, मैं सब सँभाल लूँगा।"

लेकिन मेरा दिल धड़क-धड़क जा रहा था। सावंत भाई! मेरे रोंगटे खड़े करने के लिए बस वही एक नाम काफी था।

❑❑❑

9

जबरदस्त टेंशन

बहरहाल अगले दिन सुबह ही हम दोनों ने सिंगापुर छोड़ दिया। हमारे दस बजे वाली फ्लाइट के टिकिट बुक हुए। तिलक राजकोटिया तो सुबह आठ वाली फ्लाइट ही पकड़ना चाहता था। परन्तु उस फ्लाइट के हमें टिकिट नहीं मिले, वो पहले ही फुल थी। इसलिए मजबूरन हमें उससे दो घण्टे बाद वाली फ्लाइट ही पकड़नी पड़ी। तिलक राजकोटिया सारे रास्ते परेशान दिखाई देता रहा। किसी मैगजीन या अखबार पढ़ने में भी उसकी कोई दिलचस्पी नहीं थी। मुझसे भी वो बहुत कम बात कर रहा था।

"तिलक!" मैं सीट पर बैठे-बैठे बोली—"मैं समझती हूँ, मुश्किल उतनी सहज नहीं है, जितनी तुम शो कर रहे हो।"

"क्यों?"

"क्योंकि अगर मुश्किल सहज होती, तो तुम इतना परेशान हर्गिज न दिखाई पड़ते।"

"मैं कहाँ बहुत ज्यादा परेशान हूँ।" तिलक धीरे से मुस्कराया।

मैं बड़ी पैनी निगाहों से उसकी तरफ देखने लगी।

"इस तरह क्या देख रही हो?"

"लगता है—तुम मेरे ऊपर विश्वास नहीं करते हो तिलक!"

"ऐसी कोई बात नहीं है।"

"नहीं—ऐसी ही बात है।" मैं दृढ़तापूर्वक बोली—"अगर तुम मेरे ऊपर विश्वास करते, तो तुम मुझे सब कुछ बताते। मुझसे कुछ भी छिपाने की जरूरत नहीं थी।"

"मैंने कहा न—कुछ कारोबार से सम्बन्धित मुश्किलें हैं। अब मैं तुम्हें उनकी क्या डिटेल समझाऊँ!"

मैं फिर खामोश हो गयी। सच बात तो ये है, तिलक राजकोटिया अब मुझे बदला-बदला नजर आ रहा था। शादी के पहले वाले तिलक में और आज के तिलक में जमीन-आसमान का फर्क था। मुझे मालूम था—अगर मर्द, औरत से कुछ भी छुपाने लगे, तो औरत को फौरन समझ जाना चाहिये कि मर्द पूरी तरह उसकी मुट्ठी में नहीं है। और इस वक्त ऐसा ही कुछ अहसास मुझे हो रहा था। आप समझ सकते हैं, यह अहसास मेरे लिए कितना कष्टदायक था। कितना दहला देने वाला था। जल्द ही हमारे प्लेन ने मुम्बई एयरपोर्ट पर लैण्ड किया। उस दिन मैंने एक नई बात और नोट की। होटल का मैनेजर खुद तिलक राजकोटिया को रिसीव करने बीएमडब्ल्यू लेकर वहाँ आया था। तिलक को देखते ही वह तुरन्त उसके पास पहुँचा। उसने हाथ जोड़कर हम दोनों का अभिवादन किया। मैनेजर भी चिन्तित दिखाई दे रहा था।

"सब कुछ ठीक है?" तिलक ने पूछा।

"यस सर—फिलहाल तो सब कुछ ठीक ही है। आइए।"

वह हमें लेकर गाड़ी के नजदीक पहुँचा। तिलक राजकोटिया ने मुझे कार की फ्रण्ट सीट पर बैठा दिया। कार दौड़ पड़ी। सारे रास्ते वह दोनों बहुत धीमी आवाज में न जाने क्या-क्या बातें करते रहे। उनकी कोई बात मुझे नहीं सुनाई दे रही थी। मेरी व्यग्रता बढ़ने लगी।

❑❑❑

सुबह तिलक राजकोटिया नहा-धोकर काफी जल्दी तैयार हो गया था। मोबाइल पर न जाने किन-किन लोगों से बातें करता रहा था और दिन निकलते ही वो फिर तैयार था।

तभी डॉक्टर अय्यर के पैंट हाउस में कदम पड़े। डॉक्टर अय्यर का उस क्षण वहाँ आगमन बिल्कुल अप्रत्याशित था।

"आओ डॉक्टर!" तिलक अपनी टाई की नॉट कसता हुआ बोला—"आज काफी दिन बाद दिखाई दे रहे हो।"

"ऐन्ना—मैं तो दिखाई भी दे रहा हूँ। लेकिन आप लोग तो मुझे बिल्कुल ही भूल गये थे।" डॉक्टर अय्यर बोला—"आखिर मुरुगन की कृपा से इतना बड़ा प्रोग्राम कर डाला। शादी बना डाली। और इस डॉक्टर को पता तक नहीं लगने दी, खबर तक नहीं भेजी।"

तिलक राजकोटिया के साथ-साथ मैं भी चौंकी। वाकई! यह गलती तो हमसे हुई थी। मुझे फौरन ध्यान आया—सचमुच हम डॉक्टर अय्यर को शादी की पार्टी में बुलाना भूल गये थे।

"सॉरी डॉक्टर!" तिलक ने आगे बढ़कर डॉक्टर अय्यर का हाथ अपने हाथों में ले लिया—"रिअली वैरी सॉरी! सचमुच यह हमसे बहुत भारी भूल हुई है।"

"दरअसल सारा प्रोग्राम इतनी तेजी से बना!" मैंने भी सफाई दी—"कि हम अपने बहुत से परिचितों को बुलाने में चूक गये।"

डॉक्टर अय्यर के होंठों पर बड़ी शातिराना मुस्कान दौड़ गयी। वह मुस्कान ऐसी थी, जो किसी बहुत खतरनाक आदमी के होंठों पर ही आती है।

"कोई बात नहीं ऐन्ना!" डॉक्टर अय्यर बोला—"आप लोग मुझे एक बार भूले हो, लेकिन अब शायद जिन्दगी भर नहीं भुला पाओगे।"

"क्या मतलब?" तिलक राजकोटिया चौंका।

"बैठो तिलक साहब, मुझे आपसे कुछ जरूरी बात करनी है।"

"लेकिन फिलहाल मेरे पास ज्यादा समय नहीं है। मुझे जल्दी कहीं पहुँचना है।"

"समय तो वाकई आपके पास बहुत ज्यादा नहीं है।" डॉक्टर अय्यर अर्थपूर्ण लहजे में बोला—"खासतौर पर मेरी बात सुनने के बाद तो आपको यह अहसास और भी ज्यादा अच्छी तरह होगा। फिलहाल बैठ जाओ—मुझे आपसे बृंदा के बारे में बात करनी है और वो बहुत जरूरी बातें हैं।"

बृंदा! मेरे जिस्म का एक-एक रोंगटा खड़ा हो गया। और बृंदा का नाम सुनकर यही हाल तिलक राजकोटिया का हुआ।

❑❑❑

मैं तिलक राजकोटिया और डॉक्टर अय्यर, हम तीनों उस समय अलग-अलग कुर्सियों पर आमने-सामने बैठे थे। खासतौर पर मेरी और तिलक की तो अजीब हालत थी। जिस बृंदा के चैप्टर को हम बिल्कुल खत्म हुआ समझ बैठे थे, उसी चैप्टर को डॉक्टर अय्यर ने इतने ड्रामेटिक अन्दाज में आकर खोला था कि हम अन्दर तक हिल गये।

"क्या कहना चाहते हो तुम बृंदा के बारे में?" तिलक, डॉक्टर अय्यर की तरफ देखता हुआ बोला।

"उसके बारे में कहने को अब बचा ही क्या है?" डॉक्टर अय्यर हँसा।

उसकी हँसी फिर बड़ी अजीब थी।

"मतलब?"

"ऐन्ना—अगर आप ऐसा सोचते हो," डॉक्टर अय्यर एक-एक शब्द चबाता हुआ बोला—"कि इंसान के मरने के साथ ही उससे जुड़ी तमाम बातें भी खत्म हो जाती हैं, तब तो मैं यही कहूँगा कि मुझे आपकी अक्ल पर तरस आता है।"

"क्यों—इसमें तरस आने की क्या बात है?"

"क्योंकि कभी-कभी जिन्दा इंसान भी इतना हँगामे नहीं करता तिलक साहब, जितना उसकी लाश करती है। और अब ऐसा ही कुछ बृंदा के साथ हो रहा है, उसकी लाश ने हँगामा बरपा करके रख दिया है।"

"कैसा हँगामा?" मेरे गले में काटे से उगे। मेरे दिल की रफ्तार तेज होने लगी।

"दरअसल पूरे एक महीने तक बृंदा का शव विभिन्न कैमिकलों के बीच 'मैडीकल रिसर्च सोसायटी' के मोर्ग में रखा रहा था।" डॉक्टर अय्यर ने बताना शुरू किया—"फिर कोई एक सप्ताह पहले उस शव पर रिसर्च करने के लिए एक कमेटी गठित की गयी। बृंदा को चूँकि 'मेलीगेंट ब्लड डिसक्रेसिया' जैसी गम्भीर बीमारी थी, इसलिए उसी बीमारी को आधार बनाकर जाँच का काम चुना गया। ताकि उस बीमारी की बेसिक बातों का पता लगाया जा सके और फिर उस बीमारी पर पूरी तरह कंट्रोल करने की दवाइयाँ बने। मेरे अण्डर में जाँच का यह कार्य शुरू हुआ। आपको सुनकर

आश्चर्य होगा राजकोटिया साहब—जब हम बृंदा के आमाशय की जाँच कर रहे थे, तभी कुछ धमाकाखेज तथ्य मेरे सामने उजागर हुए।"

"कैसे धमाकाखेज तथ्य?"

"जैसे बृंदा के आमाशय में कुछ ऐसी टेबलेट के बहुत सूक्ष्म कण पाये गये, जो नींद की टेबलेट थीं। इसके अलावा 'डायनिल' टेबलेट के भी बहुत सूक्ष्म कण मैंने बृंदा के अमाशय में देखे। उन कणों को देखकर मैं चौंक उठा। क्योंकि मैंने बृंदा को न तो कभी नींद की गोलियाँ ही खाने के लिए दी थीं और 'डायनिल' देने का तो प्रश्न ही कोई नहीं था। क्योंकि 'डायनिल' तो सिर्फ शुगर के पेशेन्ट को दी जाती है ऐन्ना—जबकि बृंदा को तो शुगर दूर-दूर तक नहीं थी।"

मेरे पसीने छूट पड़े। उस घाघ डॉक्टर की जबान से 'डायनिल' और नींद की टेबलेट का नाम सुनकर मेरी बुरी हालत हो गयी।

"इसके अलावा एक बात और थी ऐन्ना!"

"क्या?"

"उन दोनों टेबलेट के कण बृंदा के आमाशय में भारी तादाद में थे। ऐसा मालूम पड़ता था—जैसे किसी ने वह काफी सारी टेबलेट उन्हें एक साथ खिला दी थीं। जानते हो, इसका क्या मतलब होता है?"

"क... क्या मतलब होता है?" तिलक राजकोटिया की आवाज बुरी तरह कंपकंपायी। उसकी हालत ऐसी थी, मानो किसी ने उसे चोरी करते रंगे हाथ पकड़ लिया हो।

"इसका सिर्फ एक ही मतलब है।" डॉक्टर अय्यर बोला—"बृंदा की मौत स्वाभाविक मौत नहीं थी। वह एक फूलप्रूफ मर्डर था। किसी ने बहुत प्लान के साथ, बड़े ही योजनाबद्ध तरीके से बृंदा की हत्या की थी।"

"हत्या!"

पूरे कमरे में धमाके-पर-धमाके होते चले गये। जोरदार धमाके!

❑❑❑

मेरी आँखों में दहशत नाच उठी।

मैंने सोचा भी न था—जिस बृंदा की हत्या हमने इतने योजनाबद्ध ढंग से की है, उस हत्या के ऊपर से इस तरह भी पर्दा उठेगा। वाकई वो हैरतअंगेज मामला था। जबरदस्त हैरतअंगेज!

"हत्या!" मैं सख्त अचम्भित लहजे में बोली—"लेकिन बृंदा की हत्या कौन करेगा डॉक्टर?"

डॉक्टर अय्यर के होंठों पर पुनः बड़ी वेधक मुस्कान उभरी।

"क्या इस सवाल का जवाब भी मुझे ही देना होगा?"

मेरे बदन में सिरहन दौड़ गयी। उफ्! वह साफ-साफ मेरे ऊपर शक कर रहा था। और सबसे बड़ी बात ये थी, अपने शक को छुपा भी नहीं रहा था कम्बख्त!

"बृंदा का हत्यारा वही है शिनाया जी!" डॉक्टर अय्यर बोला—"जिसे उसकी मौत से सबसे बड़ा फायदा मिला हो। अब आप खुद मुझे सोचकर बताइए कि उनकी मौत से सबसे बड़ा फायदा किसे पहुँचा है?"

मैं दायें-बायें बगले झाँकने लगी।

"इसके अलावा जिसने बृंदा की हत्या की है, उसे एक सहूलियत और हासिल थी।"

"क... क्या?"

"वो उन्हें टेबलेट भी खिला सकता था?"

मेरे रहे-सहे कस-बस भी ढीले पड़ गये।

"शिनाया जी, अब आप खुद ही मुझे यह सोचकर बता दीजिए कि यहाँ ऐसा कौन आदमी है।" डॉक्टर अय्यर बोला—"जिसे यह दोनों सहूलियतें हासिल हों। जिससे यह दोनों बातें मैच करती हों।"

"आप कहना क्या चाहते हैं।" तिलक राजकोटिया एकाएक मेरे पक्ष में गुर्राया—"क्या आपके कहने का मतलब है कि शिनाया ने बृंदा की हत्या की है? शिनाया अपराधी है?"

"मैं तो कुछ भी नहीं कहना चाहता ऐन्ना!" डॉक्टर अय्यर बोला—"मेरी क्या मजाल, जो मैं साहब लोगों के खिलाफ कुछ कहूँ। मैं तो सिर्फ गुजरे हुए हालातों की तस्वीर आपके सामने पेश कर रहा हूँ। कुछेक क्लू

आप लोगों के सामने रख रहा हूँ, जो मेरे हाथ लगे हैं। किसी को अपराधी साबित करना या न करना मेरा काम थोड़े ही हैं, यह तो पुलिस का काम है। पुलिस खुद करेगी।"

"पुलिस!"

मेरी रूह फनां हो गयी।

"तुम पुलिस के पास जाओगे?" तिलक राजकोटिया एकदम से बोला।

"जाना ही पड़ेगा। पुलिस के पास जाये बिना बात भी तो नहीं बनती दिखायी पड़ती।"

तिलक राजकोटिया भी अब साफ-साफ भयभीत नजर आने लगा। हालात एकाएक खराब होने शुरू हो गये थे।

"वह तो इस पूरे प्रकरण में मुरुगन की एक बहुत बड़ी कृपा हुई है तिलक साहब!" डॉक्टर अय्यर बोला।

"क्या?"

"यही कि बृंदा ने मरने से पहले चिट्ठी लिखकर अपना शव मैडिकल रिसर्च सोसायटी को दान दे दिया। वरना जरा सोचिये—अगर तभी बृंदा के शव का दाह-संस्कार हो जाता, वो अग्नि की भेंट चढ़ जाता, तब तो कुछ भी पता न चलता। तब तो इन रहस्यों के ऊपर से पर्दा उठने का प्रश्न ही कुछ नहीं था।"

"लेकिन अभी यह बात पूरी तरह साबित थोड़े ही हुई है।" मैं शुष्क स्वर में बोली—"कि बृंदा के आमाशय में जो सूक्ष्म कण मिले हैं, वो 'डायनिल' तथा नींद की गोलियों के ही हैं।"

"ठीक कहा तुमने।" डॉक्टर अय्यर बोला—"अभी यह बात पूरी तरह साबित नहीं हुई। अभी मैंने उन सूक्ष्म कणों की जो खुद प्रारम्भिक जाँच की है, उन्हीं से यह रिजल्ट निकलकर सामने आया है। फिलहाल मैंने उन कणों को उच्चस्तरीय जाँच के लिए पैथोलोजी लैब में भेजा हुआ है और वहाँ से रिपोर्ट आते ही सबकुछ साबित हो जायेगा। वैसे मुझे इस बात की उम्मीद कम ही नजर आती है कि मेरी रिपोर्ट और पैथोलोजी लैब की रिपोर्ट में कोई फर्क होगा।"

"लैब से रिपोर्ट कब आएगी?"

"दो-तीन दिन में ही आ जायेगी।"

❑❑❑

तिलक राजकोटिया अब इस बात को बिल्कुल भूल चुका था कि उसने कहीं जाना भी है। इस समय उसका सारा ध्यान डॉक्टर अय्यर की तरफ था। उसके माथे पर पसीने की ढेर सारी बूँदें चुहचुहा आयीं, जिसे उसने रूमाल से साफ किया। यही हाल मेरा था। मेरा तो पूरा शरीर पसीने में लथपथ था। और मैं तो उस घाघ डॉक्टर से अपने पसीने को छुपाने का भी प्रयास नहीं कर रही थी। आखिर मैं जानती थी, चूहा-बिल्ली का यह खेल खेलने से अब कोई फायदा नहीं है। डॉक्टर अय्यर हमारी 'योजना' के बारे में सब कुछ जान चुका है। सब कुछ! तिलक राजकोटिया कुर्सी छोड़कर खड़ा हो गया। उसने सिगरेट सुलगा ली। फिर वो बेचैनीपूर्वक इधर-से-उधर टहलने लगा।

मैं आज उसे दूसरी मर्तबा सिगरेट पीते देख रही थी।

"क्या सोच रहे हैं ऐन्ना?" डॉक्टर अय्यर मुस्कराया।

"कुछ नहीं।"

"कुछ तो?"

"मैं तुमसे कुछ कहना चाहता हूँ डॉक्टर!"

"क्या?"

"देखो।" तिलक राजकोटिया टहलते-टहलते ठिठका और उसने सिगरेट का एक छोटा-सा कश लगाया—"मेरी बात ध्यान से सुनो। जहाँ तक मैं समझता हूँ, अभी यह पूरी तरह साबित नहीं हुआ है कि बृंदा की हत्या ही हुई है और वह स्वाभाविक मौत नहीं मरी। इसके अलावा अभी यह भी हण्ड्रेड परसेन्ट साबित नहीं हुआ है कि बृंदा के आमाशय से जिन टेबलेट के सूक्ष्म कण बरामद हुए, वह 'डायनिल' और 'नींद' की टेबलेट ही थीं। पैथोलोजी लैब की रिपोर्ट आने के बाद ही कहीं कुछ साबित हो पाएगा कि असली मामला क्या है।"

"तुम कहना क्या चाहते हो?"

"मैं तुमसे सिर्फ एक बात कहना चाहता हूँ।"

"क्या?"

डॉक्टर अय्यर गौर से तिलक राजकोटिया की सूरत देखने लगा। और! मेरी निगाह भी उसी की तरफ थी। मैं नहीं जानती थी, तिलक क्या कहने जा रहा है।

"मैं चाहता हूँ डॉक्टर—जब तक पैथोलोजी लैब की रिपोर्ट न आ जाये और जब तक यह पूरी तरह साबित न हो जाये कि बृंदा की वास्तव में ही हत्या की गयी है, तब तक यह मामला ज्यादा उछलना नहीं चाहिये।"

"क्यों?"

"क्योंकि मैं ऐसा चाहता हूँ।" तिलक की आवाज दृढ़ हो उठी—"जरा सोचो, अगर यह मामला पहले-से-पहले ही उछल गया और बाद में कहीं जाकर यह साबित हुआ कि बृंदा की हत्या नहीं हुई थी, वह स्वाभाविक मौत मरी थी, तब तो तुम्हारी अच्छी-खासी छीछालेदारी हो जायेगी।"

डॉक्टर अय्यर के होंठों पर पुनः हल्की-सी मुस्कान तैरी। वह धीरे-धीरे स्वीकृति में गर्दन हिलाने लगा।

"मेरी आपको काफी फिक्र है तिलक साहब!"

"तुम कुछ भी समझ सकते हो।"

"ठीक है ऐन्ना!" डॉक्टर अय्यर बोला—"जब तक पैथोलोजी लैब की रिपोर्ट नहीं आ जाती, तब तक मैं पुलिस के पास नहीं जाऊँगा। तब तक यह मामला बिल्कुल नहीं उछलेगा।"

"थैंक्यू-थैंक्यू वैरी मच! मेरे एक सवाल का जवाब और दो।"

"पूछो।"

"तुम्हारे अलावा यह बात और कौन-कौन जानता है?"

"कोई भी नहीं जानता। सिर्फ एक मेरा बहुत खास आदमी है ऐन्ना—जिसे मैंने जानबूझकर इस मामले में अपना राजदार बनाया है। इतना ही नहीं—मैं इस वक्त यहाँ भी आया हूँ, तो उसे इस बात की भी जानकारी है कि मैं यहाँ हूँ।"

"क्यों—तुमने उसे अपना राजदार क्यों बनाया?"

डॉक्टर अय्यर हँसा।

"आप भी कभी-कभी बिल्कुल बच्चों जैसी बात करते हैं तिलक साहब!"

"इसमें बच्चों जैसी क्या बात है?"

"दरअसल जब कोई समझदार आदमी भूखे भेड़ियों की गुफा में हाथ डालता है, तो वह अपनी सुरक्षा के तमाम इन्तजाम करके रखता है। मेरा मानना है, जो आदमी अपने फायदे के लिए एक खून कर सकता है, उनके लिए दूसरा खून कर देना भी कोई बड़ी बात नहीं।"

मैं सन्न रह गयी। सचमुच वो मद्रासी बहुत चालाक था। बहुत ज्यादा शातिर!

"एक बात मैं आप लोगों को और बता दूँ।" डॉक्टर अय्यर बोला।

"क्या?"

"अगर मैं एक घण्टे के अन्दर-अन्दर पैंट हाउस से बाहर न निकला, तो मेरा जो राजदार है, वो पुलिस के पास पहुँच जायेगा। वो पुलिस के सामने पहुँचकर बृंदा की मौत का सारा भांडा फोड़ देगा।"

"ओह!"

"मुझे अब चलना चाहिये।" फिर डॉक्टर अय्यर अपनी रिस्टवाच देखता हुआ बोला—"मुझे यहाँ आये हुए पचास मिनट हो चुके हैं। अगर कहीं मुझे ज्यादा देर हो गयी, तो गड़बड़ हो जायेगी।"

डॉक्टर अय्यर अपनी कुर्सी छोड़कर खड़ा हो गया। फिर दरवाजे की तरफ बढ़ते-बढ़ते वो एकाएक ठिठका। उसके ठिठकने का अन्दाज ऐसा था, मानो एकाएक उसे कुछ याद आया हो।

"ऐन्ना—मुझे आपसे कहना तो नहीं चाहिये।" वह तिलक राजकोटिया की तरफ देखता हुआ बोला—"लेकिन एकाएक जरूरत ऐसी आन पड़ी है कि मुझे बहुत मजबूरी में आपसे कहना पड़ रहा है।"

"क्या कहना चाहते हो?"

"दरअसल मैंने कोई साल भर पहले एक पजेरो कार किश्तों पर ली थी।" डॉक्टर अय्यर बोला—"आज ही मैंने उस कार की किश्त फाइनेंस कम्पनी में जमा करनी है, जबकि किश्त देने को मेरे पास बिल्कुल भी रुपये नहीं हैं। अगर आप मुझे किश्त के रुपये उधार दे दें, तो आपकी बहुत-बहुत मेहरबानी होगी।"

हम दोनों के दिल-दिमाग पर भीषण बिजली गड़गड़ाकर गिरी। वह हमें साफ-साफ ब्लैकमेल कर रहा था।

"आप लोग इत्मीनान रखें।" फिर वो जल्दी से बोला—"जैसे ही मेरे पास रुपयों का इन्तजाम होगा, मैं सबसे पहले आपकी रकम लौटाऊँगा।"

"कितनी किश्त देनी है।"

"सिर्फ तीन लाख!" उस दुष्ट ने खींसे-सी निपोरीं—"आपके लिये बिल्कुल भी ज्यादा नहीं है ऐन्ना, बस हाथों का मैल है। दरअसल पिछली किश्तें भी नहीं गयी थीं।"

"ठीक है—तुम रुको, मैं अभी तीन लाख रुपये लाकर देता हूँ।"

"और जरा जल्दी लेकर आना। एक घण्टा पूरा होने से पहले मैंने पैंट हाउस से बाहर भी निकलना है।"

❑❑❑

तिलक राजकोटिया और मैं अलग-अलग कुर्सियों पर बिल्कुल सन्न बैठे थे। इस तरह! जैसे कोई रोडरोलर गड़गड़ाता हुआ हम दोनों के ऊपर से गुजर गया हो। जैसे हम जिन्दा लाश में बदल गये हों। डॉक्टर अय्यर तीन लाख रुपये लेकर पैंट हाउस से जा चुका था, परन्तु उसने अपने पीछे जो खौफनाक सन्नाटा छोड़ा था, वो अभी भी बरकरार था।

"मैं आपसे क्या कहती थी।" आखिरकार मैंने ही उस सन्नाटे को भंग किया—"कि यह बहुत हर्राट डॉक्टर है। इसके कारण कभी-न-कभी हँगामा जरूर होगा और इसने हँगामा कर ही दिया।"

"ठीक कहा तुमने।" तिलक ने सिगरेट का टोटा एश-ट्रे में रगड़कर बुझाया और गहरी साँस ली—"वाकई मैं सोच भी नहीं सकता था कि यह मद्रासी भी ऐसी हरकत करेगा। मैं इसे बेइन्तहाँ शरीफ आदमी समझता था।"

"ऐसे शरीफ आदमी ही आस्तीन के साँप होते हैं। ऐसे आदमी ही झंझटों को जन्म देते हैं।"

तिलक राजकोटिया शान्त रहा। उसके चेहरे पर गहन चिन्ता के भाव थे।

"और सच तो ये है तिलक—इस हँगामे की सबसे बड़ी वजह बृंदा है।"

"बृंदा!"

"हाँ बृंदा!" मैं बोली—"जरा सोचो, अगर वो अपनी लाश 'मेडिकल रिसर्च सोसायटी' को दान देकर न जाती, तो ऐसा कोई हँगामा न होता। लेकिन उसने अपनी लाश 'मेडिकल रिसर्च सोसायटी' को दान देकर एक बड़े झगड़े की आधारशिला रख दी। जब उसने सीलबन्द लिफाफे में अपनी यह अन्तिम इच्छा प्रकट की थी, तब मैंने सोचा था कि यह कोई खास बात नहीं है। लेकिन अब मुझे महसूस हो रहा है कि साधारण-सी नजर आने वाली वो बात वास्तव में कितनी असाधारण थी—उसकी वजह से कितना बड़ा हँगामा बरपा हो गया है।"

तिलक राजकोटिया साफ-साफ आतंकित नजर आने लगा। उसने एक दूसरी सिगरेट और सुलगा ली।

"बृंदा की तुम्हें वह बात याद है शिनाया!" तिलक बोला—"जो उसने मरते हुए कही थी।"

"कौन-सी बात?"

"यही कि हर चालाक अपराधी जुर्म करने से पहले यही समझता है कि कानून उसे कभी नहीं पकड़ पाएगा, वो कभी कानून के शिकंजे में नहीं फँसेगा। परन्तु होता इससे बिल्कुल उल्टा है। होता ये है कि इधर अपराधी, अपराध करता है और उधर कानून का फन्दा उसके गले में आकर कस जाता है।" तिलक राजकोटिया ने गहरी साँस छोड़ी—"कितना सच कहा था बृंदा ने।"

"यह सब बेकार की बातें हैं।"

"अगर यह बेकार की बात होती शिनाया!" तिलक बोला—"तो हम आज इस तरह फँसते नहीं। हत्या की इतनी फूलप्रूफ योजना बनाने के बाद भी वो मद्रासी डॉक्टर इस प्रकार हमारे ऊपर हावी न हो जाता।"

"मेरी बात सुनो।" मेरा दिमाग एकाएक सक्रिय हो उठा—"मैं समझती हूँ कि हालात जरूर बिगड़े हैं—लेकिन अभी भी वो पूरी तरह हमारे काबू से बाहर नहीं हो गये हैं।"

"कैसे?"

"उस मद्रासी डॉक्टर के बारे में कम-से-कम अब एक बात तो साबित हो ही चुकी है। वो लालची है, नोटों का भूखा है। अगर वो लालची न होता, तो वह हमारे पास हर्गिज न आता। तब वो सीधा पुलिस के पास पहुँचता। जो कहानी उसने हमें सुनाई, उसने वो कहानी सीधे पुलिस को जाकर सुनानी थी।"

"यह तो है।"

"बस अगर हम चाहें," मैं उत्साहपूर्वक बोली—"तो हम उस मद्रासी डॉक्टर की इस कमजोरी का फायदा उठा सकते हैं।"

"किस तरह?"

तिलक राजकोटिया सिगरेट का कश लगाते-लगाते ठिठका। उसके नेत्र गोल दायरे में सिकुड़ गये।

"फिलहाल हमें यह देखना है कि वो मद्रासी हमारे खिलाफ अब अगला कदम क्या उठाएगा।" मैं बोली—"उसका अगला एक्शन क्या होगा। इसके बाद ही हम कोई निर्णय करेंगे।"

तिलक राजकोटिया ने सिगरेट का एक छोटा-सा कश लगाया।

❑❑❑

10

रूप का जादू

दो दिन तक कोई विशेष घटना न घटी। तीसरे दिन की बात है। तिलक और मैं बिस्तर पर थे। अर्द्धरात्रि का समय था। हम दोनों धीरे-धीरे रतिक्रीड़ा की तैयारी में मग्न थे। यह कोई कम बड़े आश्चर्य की बात नहीं है कि इतने झंझटों के दौरान भी मैं तिलक राजकोटिया को सैक्स के लिए तैयार कर ही लेती थी और बाकायदा दिल से तैयार करती। अगर मैंने उसकी दौलत पर काबिज रहना था, तो यह मेरे लिए बहुत जरूरी था कि मेरे रूप का जादू उसके ऊपर चलता रहे। फिलहाल तिलक नीचे था। मैं ऊपर! कुछ अजीब-सा पोज था। मेरी बाँहें अमरबेल की तरह उसके गले से लिपटी थीं। मैंने थोड़ा उन्मादित होकर उसके होंठों का चुम्बन ले लिया। तिलक के होंठों पर मुस्कान खिल उठी।

"तुम मेरी सारी थकान एक ही झटके में दूर कर देती हो शिनाया!"

"सच कह रहे हो?"

"हाँ।"

तिलक ने बड़े अनुरागपूर्ण ढंग से मुझे अपनी मजबूत बाँहों में भींच लिया और फिर इतनी जोर से कसा कि मुझे ऐसा महसूस हुआ, मानो मेरे जिस्म की एक-एक हड्डी कड़कड़ा उठेगी। फिर उसके हाथ मेरी मखमली बाँहों पर फिसल आये। मैं सिहर उठी। उस क्षण मैं आँखें बन्द करके प्यार के उन लम्हों का भरपूर लुत्फ उठा रही थी। उसकी रोमांसपूर्ण हरकतों ने मेरे जिस्म की धड़कनें बढ़ा दी थीं। वह रह-रहकर मेरे अंगों पर होंठ रगड़कर

जिस्म में सनसनाहट उत्पन्न करने लगा। फिर उसने एक हरकत और की। वह मुझे अपनी बाँहों में दबोचकर बिस्तर पर कलाबाजी खा गया। मैं अब उसी जगह आ गयी, जहाँ रतिक्रीड़ा के दौरान एक औरत को होना चाहिये। तिलक मेरे ऊपर था। हम धीरे-धीरे प्यार का खेल, खेल रहे थे। रात यूँ सरक रही थी—जैसे किसी दुल्हन के सिर से आहिस्ता-आहिस्ता सितारों ढंका सुरमई आँचल सरकता जा रहा हो। हम रतिक्रीड़ा के चरम-बिन्दु पर पहुँचते, उससे पहले ही मोबाइल फ़ोन की बैल एकाएक बहुत जोर से बज उठी। बैल की उस आवाज ने हमारी सारी तन्द्रा भंग करके रख दी।

❑❑❑

मोबाइल की बैल लगातार जोर-जोर से बज रही थी। तिलक राजकोटिया मेरे ऊपर से हटा और उसने बिस्तर पर ही थोड़ा आगे को सरककर मोबाइल उठाया।

"हैलो!" तिलक राजकोटिया ने मोबाइल कान से लगाकर थोड़ी ऊँची आवाज में कहा। दूसरी तरफ से कोई कुछ बोला।

"डॉक्टर अय्यर!" तिलक राजकोटिया के मुँह से एकाएक तेज सिसकारी छूटी।

मैं तुरन्त भाँप गयी—वह उसी दुष्ट मद्रासी डॉक्टर का फोन था। मैं फौरन तिलक के करीब सिमट आयी और टेलीफोन पर होने वाला वार्तालाप सुनने की कोशिश करने लगी। लेकिन दूसरी तरफ की कोई बात मुझे नहीं सुनाई पड़ रही थी।

"क्या कह रहे हो?" तिलक एकाएक बहुत भयभीत हो उठा—"नहीं—नहीं, तुम ऐसा नहीं करोगे डॉक्टर!"

दूसरी तरफ से मुझे सिर्फ डॉक्टर अय्यर के हँसने की आवाज सुनाई पड़ी। फिर उसने कुछ कहा। जैसे-जैसे वो बोल रहा था, ठीक उसी अनुपात में तिलक के चेहरे का रंग उड़ने लगा था। वह हूँ-हाँ करने लगा। उसकी हालत बुरी होती जा रही थी।

"लेकिन यह तो बहुत ज्यादा है।" तिलक ने अपने शुष्क होंठों पर जुबान फिराई—"कुछ कम नहीं हो सकते?"

डॉक्टर अय्यर ने फिर कुछ कहा। तिलक के चेहरे पर दहशत साफ-साफ मंडराती दिखाई पड़ रही थी। साफ जाहिर था—डॉक्टर जो कुछ बोल रहा है, वह कोई साधारण बात नहीं है। वह कोई डेंजर बात है। बहुत डेंजर!

"ठीक है।" तिलक ने दायें-बायें गर्दन हिलाई—"मैं कल दे दूँगा।"

डॉक्टर अय्यर ने फिर कुछ कहा।

"हाँ—फाइनल!" तिलक बोला।

❑❑❑

तिलक राजकोटिया जब मोबाइल रखकर मेरी तरफ घूमा, तो उस क्षण तक वह पसीने में बुरी तरह लथपथ हो चुका था। उसका दिल जोर-जोर से पसलियों को कूट रहा था। उसकी ऐसी हालत थी—मानो किसी ने उसके जिस्म का सारा खून मिक्सी में डालकर निचोड़ डाला हो।

"क्या हुआ?" मैंने तिलक राजकोटिया के थोड़ा और निकट आकर पूछा।

"डॉक्टर अय्यर का फोन था।"

"वह तो मैं समझ चुकी हूँ, लेकिन क्या कह रहा था वो दुष्ट आदमी?"

"हमारे लिए खबर कोई अच्छी नहीं है शिनाया!" तिलक ने बड़े विचलित अन्दाज में मेरी तरफ देखा।

"लेकिन कुछ हुआ भी?"

"दरअसल पैथोलोजी लैब से रिपोर्ट आ गयी है। यह अब पूरी तरह साबित हो चुका है कि बृंदा के आमाशय में जो सूक्ष्म कण पाये गये, वो 'डायनिल' और नींद की गोलियों के ही थे। इतना ही नहीं—उस हरामजादे को अब यह भी पता चल चुका है कि उस रात हमने बृंदा की हत्या करने के लिए उसे जो टेबलेट दीं, उसकी कुल संख्या बीस थी।"

"ओह!"

मेरे जिस्म के रौंगटे खड़े हो गये। मैं भी थर्रा उठी। सचमुच वो एक खतरनाक खबर थी।

"यह तो वाकई ठीक नहीं हुआ है तिलक!" मैं आहत मुद्रा में बोली—"उस शैतान को टेबलेट की सही-सही संख्या भी मालूम हो जाना वाकई आश्चर्यजनक है। अब क्या कह रहा है वो?"

"फिलहाल पुलिस के पास जाने की धमकी दे रहा था।" तिलक बोला—"मैंने बड़ी मुश्किल से उसे रोका है।"

"किस तरह रुका वो?"

तिलक राजकोटिया ने नजरें नीचे झुका लीं।

"कुछ मुझे बताओ तो।"

"उसने बीस लाख रुपये की डिमांड और की है।"

मैं चौंकी।

"बीस लाख!"

"हाँ।"

"और तुमने उसकी वह डिमांड मंजूर कर ली?"

"करनी ही पड़ी।" तिलक राजकोटिया बेबसीपूर्ण लहजे में बोला—"इसके अलावा मेरे सामने दूसरा रास्ता ही क्या था। वरना वो अभी पुलिस के पास जाने की धमकी दे रहा था।"

"उफ्!"

मैं और भी अधिक आतंकित हो उठी। ब्लैकमेलिंग के ऐसे बहुत सारे किस्से मैं जासूसी उपन्यासों में पढ़ चुकी थी।

मैं जानती थी—इस तरह के किस्सों का अन्त क्या होता है।

"तुम शायद अनुमान नहीं लगा सकते तिलक!" मैं धीमी आवाज में बोली—"यह एक बहुत खतरनाक सिलसिले की शुरुआत हो गयी है। वह दुष्ट आदमी अब बिल्कुल साफ-साफ ब्लैकमेलिंग पर उतर आया है।"

"मैं भी सब कुछ महसूस कर रहा हूँ।" तिलक बोला—"सच तो ये है शिनाया, अगर मुझे पहले से मालूम होता कि मैं बृंदा की हत्या करके इतने बड़े संकट में फँस जाऊँगा, तो मैं कभी उसकी हत्या न करता। वैसे ही मैं आजकल काफी उलझनों में घिरा हुआ हूँ।"

"क्या तुम मुझसे शादी करके पछता रहे हो तिलक?"

"नहीं—ऐसी कोई बात नहीं है।"

लेकिन मुझे भली-भाँति महसूस हुआ, तिलक आजकल कोई ज्यादा खुश नहीं है। मुझसे भी वो कुछ कटा-कटा रहने लगा था।

"आओ।" मैंने पुनः उसे अपनी मखमली बाँहों में समेट लिया— "थोड़ी देर के लिए सब कुछ भूल जाओ! हम अपने पहले वाले खेल को ही आगे बढ़ाते हैं।"

"नहीं—मेरी अब इच्छा नहीं है शिनाया! तुम सो जाओ।" तिलक ने मेरी बाँहें अपने जिस्म से अलग कर दीं।

मैं सन्न रह गयी। चकित! यह मेरी जिन्दगी का पहला वाक्या था, जब कोई मर्द मुझसे इतनी बेरुखी के साथ पेश आ रहा था। वरना मर्द तो मेरी कंचन-सी काया को देखकर हमेशा मेरे ऊपर भूखे कुत्तों की तरह झपटते थे। उस रात मैं सैक्स की तृषाग्नि में जलती हुई खामोशी के साथ बिस्तर पर लेट गयी। यह बड़ी अजीब बात है, जिस नाइट क्लब की कल्पना से ही मुझे खौफ सताने लगता था, उस रात मुझे उसी नाइट क्लब की बड़ी शिद्दत के साथ याद आयी। मेरी इच्छा हुई कि मैं अभी दौड़कर वहाँ पहुँचूँ और अपना कोई पुराना मुरीद, कोई पुराना एडमायरर पकड़कर उससे अपने शरीर की प्यास बुझा लूँ। अपनी उस खतरनाक इच्छा का मैं उस रात बड़ी मुश्किल से दमन कर सकी।

❑❑❑

फिर अगले दिन सुबह ही डॉक्टर अय्यर पैंट हाउस में आया था और वो अपनी बीस लाख रुपये की रकम ले गया। बीस लाख रुपये भी वो इस तरह ठोक-बजाकर ले गया, मानो उस रकम को लेकर भी वो हम दोनों पर ही बड़ा भारी अहसान कर रहा था। मानो उसने वो रकम हाथ उधार दी हुई थी, जिसे अब हम लौटा रहे थे। ऐसी सुअर नस्ल वाला आदमी था डॉक्टर अय्यर! फिर कई दिन गुजरे। ब्लैकमेलिंग का वो सिलसिला एक बार शुरू हुआ, तो उसके बाद उसने रुकने का नाम ही नहीं लिया। पहले बीस लाख। फिर तीस। फिर चालीस। उसके बाद सीधे पचास लाख। डॉक्टर अय्यर के मुँह अब खून लगा चुका था। गन्दा खून!

❑❑❑

तिलक राजकोटिया भी अब काफी अपसेट रहने लगा था। शाम के समय वो अपने शयनकक्ष के बार काउंटर पर बैठा शराब पी रहा था और मौजूदा सिलसिले के कारण काफी परेशान था। फिलहाल वो आधी से ज्यादा बोतल खाली कर चुका था। उसके पुराने अवगुण दोबारा सिर उठाने लगे थे।

"अब बस भी करो तिलक!" मैं उसके नजदीक पहुँचकर बोली—"और कितनी देर तक पीते रहोगे।"

"मेरे कुछ समझ नहीं आ रहा है।" तिलक ने गुस्से में झुँझलाकर जोर से टेबिल पर घूँसा मारा—"कि मैं क्या करूँ? कैसे करूँ?"

"देखो—इसमें कोई शक नहीं।" मैं उसके करीब बार काउंटर के दूसरे स्टूल पर बैठते हुए बोली—"कि अगर जल्दी ही उस मद्रासी डॉक्टर का कुछ इलाज न किया गया, तो उसकी डिमांड बढ़ती चली जायेगी। और डिमांड बढ़ते-बढ़ते एक ऐसी स्टेज पर भी पहुँच सकती है—जिसे फिर शायद पूरा करना तुम्हारे लिए नामुमकिन होगा। इसलिए हमें जल्द ही किसी प्रकार इस समस्या से निपटना चाहिये।"

"लेकिन सवाल तो ये है शिनाया!" तिलक फुँफकारा—"कि इस समस्या से किस तरह निपट सकते हैं?"

"एक तरीका है।" मेरी आवाज एकाएक काफी रहस्यमयी हो उठी—"जिसके बलबूते पर हम इस समस्या से निपट सकते हैं।"

तिलक राजकोटिया चौंक उठा।

"तरीका!"

"हाँ।"

"क्या तरीका?" उसने विस्मित निगाहों से मेरी तरफ देखा। वो शराब पीना भूल गया।

"हमें डॉक्टर अय्यर को भी बृंदा के पास ही पहुँचाना होगा।"

"यानी एक और हत्या!" तिलक के मुँह से तेज सिसकारी छूट पड़ी।

उसके चेहरे पर जबरदस्त आतंक के भाव दौड़े।

"हाँ।"

"नहीं-नहीं।" तिलक राजकोटिया की गर्दन इंकार की सूरत में हिली—"हत्या के एक मामले को छुपाने के लिए हम दूसरी हत्या नहीं करेंगे शिनाया।"

"सोच लो तिलक!" मेरी आवाज में दृढ़ता थी—"इस समस्या से निपटने का इसके अलावा दूसरा कोई रास्ता नहीं है। फिर आखिर तुम कब तक उसकी डिमांड पूरी करोगे—कब तक?"

"लेकिन तुम एक बात नजरअन्दाज कर रही हो शिनाया।"

तिलक साफ-साफ विचलित नजर आ रहा था। एक और हत्या की बात ने उसे झकझोर डाला था।

"कौन-सी बात?"

"यही कि उस दुष्ट आदमी ने अपना एक राजदार भी बनाया हुआ है, जो इस पूरे प्रकरण से वाकिफ है।"

"यह सब बेकार की बात है।" मैं बोली—"इस तरह के लालची लोग कभी अपना कोई राजदार नहीं बनाते तिलक! क्योंकि राजदार बनाने का मतलब है, उसे भी हिस्सा देना होगा। उसे भी फिफ्टी परसेंट का पार्टनर बनाना होगा। तुम्हें क्या लगता है, डॉक्टर अय्यर जैसा पाई-पाई के लिए जान छिड़कने वाला आदमी किसी के साथ रकम का बँटवारा कर सकता है?"

तिलक कुछ न बोला। उसने सिर्फ शराब का एक घूँट भरा।

"जवाब दो मेरी बात का तिलक?"

"लगता तो नहीं?" तिलक राजकोटिया हिचकिचाये स्वर में बोला—"कि वो रकम का किसी के साथ बँटवारा कर सकता है। लेकिन अगर वो यह बात कह रहा है, तो उसमें कुछ-न-कुछ सच्चाई तो जरूर होगी।"

"कोई सच्चाई नहीं है। वो यह बात हमें सिर्फ डराने के लिए कह रहा है।" मैं बोली—"हमारे ऊपर अपना रौब गालिब करने के लिए कह रहा है, ताकि हम उसके खिलाफ कोई गलत कदम न उठा सकें। ताकि हम कोई ऐसा षड्यन्त्र न रच सकें, जैसा षड्यन्त्र रचने की हम फिलहाल कोशिश कर रहे हैं।"

"लेकिन अगर सच में ही उसका कोई राजदार हुआ तो?"

"मैंने कहा न!" मैं पुनः पूरी दृढ़ता के साथ बोली—"नहीं है।"

"लेकिन अगर उसका कोई राजदार हुआ, तब क्या होगा?" तिलक आशंकित स्वर में बोला—"तब तो हम एक और नये झंझट में फँस जाएँगे। और उसके बाद यह भी पता नहीं है कि हम उस झंझट से कभी निकल भी पाएँ या नहीं।"

मैं सोचने लगी। कुछ भी था—आखिर अपनी जगह यह सम्भावना तो थी ही कि डॉक्टर अय्यर ने अपना कोई राजदार भी बनाया हो सकता था। मैं सोचती रही।

"इसका भी एक तरीका है।" आखिरकार मैं बोली।

"क्या?"

मैंने तिलक को तरीका बताया। तरीका सुनकर उसकी उम्मीद कुछ बँधी। उसकी आँखों में हल्की चमक पैदा हुई।

❑❑❑

लेकिन तिलक राजकोटिया अब डरा हुआ बहुत था। खासतौर पर हत्या के नाम से तो वह बार-बार काँप जा रहा था। वह हत्या के बारे में सोचता भी तो उसके पूरे शरीर में सनसनाहट दौड़ जाती।

"शिनाया!" उस रात तिलक राजकोटिया ने मुझे अपनी बाँहों में भरकर सवाल किया—"क्या इस समस्या का कोई और समाधान नहीं है? क्या किसी और तरह से हम उस मद्रासी डॉक्टर से पीछा नहीं छुड़ा सकते?"

"मेरी निगाह में तो कोई और तरीका नहीं है।" मैंने अपने धधकते होंठ तिलक के होंठों पर रखे—"अगर कोई और तरीका होता माई डियर—तो मैं तुम्हें सबसे पहले वही तरीका सुझाती। आखिर मैं भी तो नहीं चाहती कि किसी के खून से हाथ रंगे जाएँ।"

तिलक की शरारती उँगलियाँ मेरे उरोजों पर फिरने लगीं। मेरे पूरे शरीर में करण्ट-सा दौड़ा।

"फिर भी सोचकर देखो डार्लिंग—शायद कोई तरीका सूझ जाये।"

"मैं काफी सोच चुकी हूँ तिलक!" मैं बोली—"सच तो ये है—जिस दिन डॉक्टर अय्यर ने तुमसे तीन लाख रुपये की पहली किश्त ली थी, मैं उसी दिन से इस पूरे सिलसिले पर गौर कर रही हूँ। लेकिन मुझे इसके अलावा दूसरा कोई तरीका नहीं सूझा।"

तिलक की शरारती उँगलियाँ अब मेरी जाँघों तक पहुँच गयी थीं। मेरे होंठों से मादक सिसकारियाँ फूट पड़ीं।

"लेकिन एक और हत्या करने में रिस्क तो है शिनाया।"

"बिल्कुल है।" मैंने उसे कसकर अपनी बाँहों में जकड़ लिया—"लेकिन अगर हमने अपनी जान बचानी है, तो हमें यह रिस्क तो अब उठाना ही होगा।"

काश! मैंने सोचा—तिलक राजकोटिया जानता होता कि वह एक और हत्या करते हुए काँप रहा है, जबकि मैं तो एक और हत्या कर भी चुकी थी। सचमुच अपराध एक अनवरत् और बहुत भयानक दलदल की तरह है, जिसमें मनुष्य अगर एक बार धँसना शुरू होता है, तो फिर धँसता ही चला जाता है। गहरा! और गहरा! तिलक मुझे अपनी बाँहों में भरे सोचता रहा कि उसे अब अगला कदम क्या उठाना चाहिये?

"ठीक है।" आखिरकार वो मुझसे थोड़ा दूर हटकर बहुत सख्ती के साथ बोला—"अगर यह बात है शिनाया, तो हम एक और हत्या करेंगे।"

"यानी डॉक्टर अय्यर की मौत अब निश्चित है।"

"बिल्कुल।"

परन्तु उस क्षण तिलक राजकोटिया के चेहरे से साफ लग रहा था, उसने वो फैसला बहुत मजबूरी में, बहुत दिल कठोर करके किया है।

❑❑❑

11

एक और मर्डर प्लानिंग

दिन निकलते ही डॉक्टर अय्यर की हत्या के पत्ते फैलने शुरू हो गये। एक और हत्या की योजना का ताना-बाना बुना जाने लगा। तिलक ने सबसे पहले डॉक्टर अय्यर को लैंडलाइन से फ़ोन किया। मैंने उस 'कॉन्फ्रेंस फोन' का स्पीकर वाला बटन दबा दिया था, ताकि दोनों तरफ का वार्तालाप मैं आसानी के साथ सुन सकूँ। इसके अलावा तिलक राजकोटिया ने डॉक्टर अय्यर से क्या कहना है, यह सब मैं उसे समझा चुकी थी।

"हैलो!" दूसरी तरफ से आवाज आयी।

"कौन—डॉक्टर अय्यर?" तिलक बोला।

"यस आई एम स्पीकिंग।"

"मैं तिलक बोल रहा हूँ डॉक्टर।"

"ओह!" डॉक्टर अय्यर हँसा।

उसकी हँसी में साफ-साफ व्यंग्य का पुट झलक रहा था। लेकिन तिलक राजकोटिया और मैं उसकी उस हँसी से जरा भी विचलित न हुए। उससे इस तरह की हरकत हमें पहले से ही अपेक्षित थी।

"ऐन्ना!" वह बोला—"आज इस डॉक्टर की याद कैसे आ गयी? आज सूरज पश्चिम से कैसे निकल आया?"

तिलक ने योजना के मुताबिक अपनी आवाज में भारी संजीदगी के भाव पैदा किए।

"डॉक्टर!" तिलक बोला—"मैं तुमसे बहुत जरूरी बात करना चाहता हूँ।"

"तो फिर करो ऐन्ना—मना किसने किया है!"

"दरअसल मैं पिछली कई रातों से ढंग से सो नहीं पाया हूँ डॉक्टर!"

"तो इसमें मैं क्या कर सकता हूँ?" डॉक्टर अय्यर पुनः हँसा—"आपकी इस बेचैनी का मेरे पास कौन-सा इलाज है?"

"इलाज तुम्हारे ही पास है।"

"क्या?"

"दरअसल नींद न आने की वजह तुम हो डॉक्टर... तुम!" तिलक राजकोटिया आन्दोलित लहजे में बोला—"तुम्हारे खतरे की जो तलवार हर समय मेरे सिर पर लटकी रहती है—उसने मुझसे मेरा सकून छीन लिया है।"

"इसके लिए मुझे दोष मत दो।" डॉक्टर अय्यर बोला—"इसकी जड़ में तुम खुद हो। तुम्हारी अपनी करतूतें हैं। ऐन्ना, अगर तुमने बृंदा का मर्डर न किया होता, तो जरा सोचो—मेरी क्या मजाल थी, जो मैं खतरे की तलवार तुम्हारे सिर पर लटकाता। तुम्हें ब्लैकमेल करता।"

"मैं कबूल करता हूँ, मुझसे गलती हुई है।"

"गलती नहीं ऐन्ना—बहुत बड़ी गलती।"

मैं वह पूरा वार्तालाप 'कांफ्रेंस फोन' के स्पीकर पर सुन रही थी।

अभी तक एक-एक बात मेरी 'योजना' के अनुरूप हो रही थी।

"देखो डॉक्टर!" तिलक ने 'असली चाल' चली—"अभी तक जो हुआ... हुआ, लेकिन अब मैं चाहता हूँ कि इस मामले का हमेशा-हमेशा के लिए पटाक्षेप हो जाये। हमेशा-हमेशा के लिए यह झंझट खत्म हो।"

"कैसे?"

"उसका भी एक तरीका मैंने सोचा है।" तिलक बोला—"अगर तुम्हें ऐतराज न हो, तो मैं तुम्हें ब्लैकमेलिंग की एकमुश्त रकम देना चाहता हूँ, ताकि तुम मुझे बार-बार आकर तंग न करो और फिर हमेशा के लिए इस बात को भूल जाओ कि बृंदा की हत्या भी हुई थी।"

"मुझे भला क्या ऐतराज हो सकता है ऐन्ना!" डॉक्टर अय्यर प्रफुल्लित मुद्रा में बोला—"मेरे को तो बस रोकड़े से मतलब है। नगदऊ से मतलब है। बल्कि यह तो मेरे लिए और भी अच्छा है कि सारा रोकड़ा मुझे एकमुश्त मिल जायेगा।"

"यानी तुम ब्लैकमेलिंग की इस कहानी का पटाक्षेप करने के लिए तैयार हो?"

"बिल्कुल तैयार हूँ ऐन्ना! बस मेरी दो शर्तें हैं।"

"क्या?"

"पहली शर्त—रोकड़े की रकम जरा भारी-भरकम हो, जो सारा काम एकमुश्त निपटाते हुए अच्छा लगे। दूसरी शर्त, सारा रोकड़ा हाथ-के-हाथ मिलना चाहिये।"

"दोनों ही शर्तें मुझे कबूल हैं।"

"फिर क्या बात है ऐन्ना! फिर तो आप मेरे को बस यह बताइए कि नगदऊ गिनने के वास्ते मुझे आपके पास कब आना होगा?"

तिलक ने अब मेरी तरफ देखा। मैंने उसकी तरफ उँगली से कुछ इशारा किया और हथेली पर उँगली से ही कुछ अंक बनाए।

"ठीक है।" तिलक बोला—"तुम आज रात ठीक बारह बजे पैंट हाउस में पहुँचो, तभी बैठकर बात करते हैं।"

"बारह बजे!"

डॉक्टर अय्यर सकपकाया।

"हाँ।"

"ऐन्ना—क्या बात है।" वो सशंकित स्वर में बोला—"इतनी रात को मुझे पैंट हाउस में बुलाकर क्या करना है?"

"चिन्ता मत करो—बस बातें ही करनी हैं।"

"बारह बजे? आधी रात को??"

"दरअसल मैं नहीं चाहता," तिलक ने सफाई दी—"कि तुम्हें पैंट हाउस में ज्यादा लोग आते-जाते देखें, इसलिए मैंने अर्द्धरात्रि का समय चुना है, जोकि बहुत मुनासिब है। वैसे भी पिछले कुछेक दिनों में तुम्हारे

काफी चक्कर पैंट हाउस के लग चुके हैं। अगर तुम्हारे और ज्यादा चक्कर लगेंगे—तो लोगों को शक होगा कि पैंट हाउस में कोई बीमार भी नहीं है, फिर भी डॉक्टर यहाँ इतना क्यों आता है।"

डॉक्टर अय्यर सोच में डूब गया। मैं भाँप गयी, वो सही-गलत परिस्थिति का आंकलन करने की कोशिश कर रहा है। मैंने तुरन्त तिलक को फिर कुछ इशारा किया।

"देखो!" तिलक उसे ज्यादा सोचने की मोहलत दिये बिना बोला—"अगर तुम्हें कुछ शक हो रहा है, तो तुम दिन में भी किसी वक्त आ सकते हो। मैं तो तुम्हारी भलाई के लिए ही यह सब कह रहा हूँ।"

"नहीं—नहीं, शक वाली कोई बात नहीं है।" डॉक्टर अय्यर बोला—"ठीक है ऐन्ना, मैं आज रात सही बारह बजे पैंट हाउस पहुँच जाऊँगा।"

"और कोशिश करना कि ज्यादा लोगों की निगाह तुम्हारे ऊपर न पड़े।"

"मुरुगन की कृपा रही—तो ऐसा ही होगा।"

"गुड बॉय!"

"गुड बॉय!"

तिलक राजकोटिया ने रिसीवर रख दिया।

❑❑❑

वो एक काफी खूबसूरत सोफा चेयर थी, जिस पर तिलक बहुत गहरी साँस लेकर ढेर हो गया। दोनों टाँगें उसने सामने फैला लीं और हाथ सिर के नीचे रख लिये।

"बारह बजे!" वो शुष्क स्वर में बोला—"डॉक्टर आज रात ठीक बारह बजे यहाँ पहुँच रहा है शिनाया!"

"चिन्ता मत करो।" मैं बोली—"अगर भगवान ने चाहा, तो सब कुछ ठीक ही होगा।"

"भगवान!" उसकी आवाज कुपित हो उठी—"कितनी अजीब बात है, हम एक खून करने जा रहे हैं और उसमें भी हम यह चाहते हैं कि भगवान हमारा साथ दे!"

मेरे जिस्म का एक-एक रोआं खड़ा हो गया। तिलक जिस प्रकार आध्यात्मिक बातें कर रहा था, उससे मेरे मन में भय उत्पन्न हुआ। कहीं हत्या के दौरान वह कुछ कमजोर न पड़ जाये? कहीं उससे कुछ गड़बड़ न हो जाये?

"अगर तुम्हें इस काम को सही तरह से निपटाना है तिलक!" मैं बोली—"तो तुम्हें अपने आपको मजबूत बनाना होगा।"

"मैं मजबूत ही हूँ।"

"नहीं—तुम मजबूत नहीं हो।" मैं सख्ती के साथ बोली—"मजबूत और दृढ़ इरादों वाले आदमी इस प्रकार की बातें नहीं किया करते।"

तिलक कुछ न बोला। लेकिन लग रहा था, वह अपने आपको इस काम के लिए तैयार कर रहा है।

"तुमने हथियार का इन्तजाम तो कर लिया है न तिलक?"

"हाँ।" तिलक ने अपनी जेब से एक 32 कैलीबर की स्मिथ एण्ड वैसन रिवॉल्वर निकालकर मुझे दिखाई—"हथियार का इन्तजाम मेरे पास पहले से ही है।"

"गुड!"

मैंने तिलक के हाथ से वो रिवॉल्वर ले ली और उसे उलट-पलटकर देखने लगी। रिवॉल्वर वाकई बहुत खूबसूरत थी। खासतौर पर उसका ट्रेगर पानी की धार की तरह चलता था। उस रिवॉल्वर को हैण्डिल करना बहुत आसान था। इतना आसान! जरूरत पड़ने पर उसे मैं भी चला सकती थी।

❑❑❑

वह पैंट हाउस का सबसे अन्दरूनी 'सत्तर नम्बर' कमरा था, जहाँ रात के समय तिलक और मैं बैठे हुए बड़ी बेसब्री से डॉक्टर अय्यर के आने का इन्तजार कर रहे थे। मौसम आज शाम से ही काफी खराब हो चुका था। पहले हल्की-फुल्की बूँदा-बाँदी शुरू हुई और फिर तेज मूसलाधार बारिश होने लगी। रह-रहकर आसमान का सीना चाक करके बिजली कड़कड़ा उठती। ऐसा लगता था—मानो मौसम की सारी बारिश उसी दिन होकर रहेगी।

"बारह बज चुके हैं।" मैंने वॉल क्लॉक पर दृष्टि दौड़ाई—"अभी तक नहीं आया डॉक्टर?"

"मुझे तो लगता है!" तिलक बोला—"वो आज आएगा भी नहीं।"

तभी फिर बहुत जोर से बिजली कड़कड़ाई।

"उफ्-मौसम कितना खराब है।"

"ऐसा नहीं हो सकता।" मेरे स्वर में यकीन था—"वह जरूर आएगा। वह लालची आदमी है और किसी लालची आदमी के सामने जब धन का इतना बड़ा प्रलोभन हो, तो वह कभी नहीं रुकता।"

समय बहुत धीमी गति से आगे सरकता रहा। सवा बारह बज गये। लेकिन डॉक्टर अय्यर फिर भी न आया। अब मेरा यकीन भी हिलने लगा। मैं विचलित हो उठी।

"मुझे तो लगता है शिनाया!" तिलक बोला—"तुम्हारी योजना फेल हो चुकी है।"

"नहीं—नहीं।"

"यह सच है। हमने क्योंकि उसे इतनी रात को बुलाया था, इसी कारण उसे हमारे ऊपर शक हो गया है।"

मेरा दिल डूबने लगा। क्या सचमुच मेरी योजना फेल हो चुकी थी? क्या उस मद्रासी डॉक्टर को वाकई शक हो गया था, हम उसकी हत्या करने वाले हैं? तभी एकाएक उम्मीद की किरण रोशन हुई। रात के सन्नाटे में पैंट हाउस की डोरबेल बिल्कुल इस तरह चीखी—मानो मिल का कोई भोंपू बज उठा हो।

❑❑❑

मेरे शरीर में अद्वितीय फुर्ती समा गयी। मैंने दौड़कर दरवाजा खोला। जब तक दरवाजा खोला—तब तक एक बार और डोरबेल चीख उठी थी। सामने डॉक्टर अय्यर ही खड़ा था। बारिश से बचने के लिए वो टखनों तक लम्बा रेनकोट पहने हुए था और सिर पर काले रंग का फेल्ट हैट लगाये था। पैरों में गम बूट थे। अलबत्ता फेल्ट हैट वो अपने चेहरे पर झुकाये हुए था। एकाएक मैं उसे पहचान न सकी। जब उसने कैप सिर से उतारा, तब मैं उसे पहचानी कि वो डॉक्टर अय्यर था।

"सॉरी मैडम!" वो खेदपूर्ण लहजे में बोला—"मैं पन्द्रह मिनट लेट हूँ।"

"पन्द्रह नहीं—बीस मिनट।"

"ओह!" वह मुस्कराया—"शायद पाँच मिनट मुझे नीचे से पैंट हाउस तक आने में लग गये हैं। दरअसल इतनी देर भी मूसलाधार बारिश के कारण हो गयी। सड़क पर कई जगह घुटनों-घुटनों तक पानी भरा हुआ है, इसी कारण वाहनों के आवागमन में दिक्कत हो रही है।"

"कोई बात नहीं।" मैं दरवाजा छोड़कर एक तरफ हटी—"अन्दर आओ।"

डॉक्टर अय्यर ने अन्दर कदम रखा। अन्दर आते ही उसने अपना फेल्ट कैप हैंगर पर लटका दिया। फिर बारिश के पानी में बुरी तरह भीगा हुआ रेनकोट भी उतारकर उसी हैंगर पर लटकाया।

"बारिश भी आज काफी तेज है।" वह अपने जूते झाड़ता हुआ बोला—"ऐसा लगता है, जैसे सारी रात पानी बरसेगा। तिलक साहब कहाँ हैं?"

"वह अन्दर तुम्हारी ही प्रतीक्षा कर रहे हैं।"

तब तक मैंने आगे बढ़कर पैंट हाउस का मेन गेट वापस बन्द कर दिया था।

"मेरे साथ आओ।" मैं अन्दर की तरफ बढ़ी।

डॉक्टर अय्यर मेरे पीछे-पीछे चल पड़ा। मैं सबसे अन्दरूनी कमरे की तरफ बढ़ रही थी।

"क्या तिलक साहब अन्दर हैं?"

"हाँ।"

"बड़े आश्चर्य की बात है ऐन्ना! पहले तो कभी मैंने उन्हें पैंट हाउस में इतना अन्दर नहीं देखा था।"

"दरअसल जो सौदा आज रात होने वाला है," मैं बोली—"उस सौदे को करने के लिए ही उन्होंने खासतौर पर उस कमरे का चयन किया है।"

डॉक्टर अय्यर के चेहरे पर कौतुहलता के भाव उभरे।

"सौदे को करने के लिए किसी खास कमरे का चयन करने की क्या जरूरत थी?"

"यह तो तुम्हें वहाँ पहुँचने के बाद ही मालूम होगा।"

❑❑❑

जल्द ही डॉक्टर अय्यर और मैं उस 'सत्तर नम्बर' कमरे में दाखिल हो गये। उस पूरे कमरे में सिर्फ तीन कुर्सियाँ पड़ी हुई थीं और उन कुर्सियों के बीच में एक गोल टेबिल पड़ी थी। एक कुर्सी पर तिलक राजकोटिया विराजमान था। न जाने क्यों कमरे में दाखिल होते ही डॉक्टर अय्यर के चेहरे पर संशय के भाव उभरे।

"वेलकम डॉक्टर—वेलकम!" तिलक राजकोटिया कुर्सी छोड़कर खड़ा हुआ—"काफी देर इन्तजार कराया।"

"सॉरी! मुझे मालूम नहीं था—आप लोग इतनी बेसब्री से मेरा इन्तजार कर रहे हैं।"

डॉक्टर अय्यर व्यग्र निगाहों से इधर-उधर देखने लगा। कमरे का माहौल उसे काफी सन्देहजनक लगा।

"तुम्हें किसी ने ऊपर आते देखा तो नहीं?"

"नहीं—मैं काफी ऐहतियात के साथ आया हूँ ऐन्ना!" डॉक्टर अय्यर बोला—"वैसे भी मूसलाधार बारिश के कारण पूरे होटल में सन्नाटा है।"

"गार्ड्स ने तो जरूर देखा होगा?"

"मालूम नहीं।"

तिलक चहलकदमी-सी करता हुआ अब डॉक्टर अय्यर के काफी नजदीक आ चुका था।

"मैंने यहाँ तक आने में पूरी ऐहतियात बरती है ऐन्ना!" डॉक्टर अय्यर कह रहा था—"यहाँ तक कि अपनी कार भी होटल की पार्किंग में खड़ी नहीं की।"

"क्यों?"

"क्योंकि अगर मैं अपनी कार होटल की पार्किंग में खड़ी करता," वह बोला—"तो वहाँ के गार्ड की निगाह में न आ जाता ऐन्ना! इसलिए

मैं जानबूझकर अपनी कार पार्किंग से थोड़ा अलग हटकर एक इमारत के सामने खड़ी कर आया हूँ। वैसे भी मैंने यहाँ कोई तीन-चार घण्टे थोड़े ही रुकना है।"

"वैरी गुड।" मैं प्रसन्नतापूर्वक बोली—"सचमुच तुमने काफी बुद्धिमानी का परिचय दिया है डॉक्टर!"

"बैठो।" तिलक बोला।

"नहीं—मैं ऐसे ही ठीक हूँ।" डॉक्टर ने पुनः थोड़े विचलित अन्दाज में कहा—"दरअसल आप लोगों ने सौदे के बारे में जो भी बात करनी है, थोड़ा जल्दी कर लो।"

"सौदे के बारे में भी बात करते हैं, शिनाया!" तिलक एकाएक सीधे मुझसे सम्बोधित हुआ—"ज़रा कमरे का दरवाजा अन्दर से बन्द कर लो।"

"द... दरवाजा बन्द करने की क्या जरूरत है?" डॉक्टर अय्यर सकपकाया।

"अभी मालूम हुआ जाता है—क्या जरूरत है।"

तिलक का हाथ बड़ी तेजी से अपनी जेब की तरफ रेंगा। फिर इससे पहले कि उसका हाथ जेब से बाहर निकलता, डॉक्टर अय्यर खतरा भाँप गया। वह एकदम मुड़ा और कमान से छूटे तीर की भाँति दरवाजे की तरफ भागा। दरवाजे पर ऐसे ही किसी हालात का सामना करने के लिए मैं खड़ी थी। अलबत्ता तब तक मैं दरवाजा बन्द नहीं कर पायी थी। मैंने फौरन बिजली जैसी फुर्ती के साथ वहीं एक कोने में रखी लोहे की रॉड उठा ली। फिर डॉक्टर अय्यर जैसे ही दरवाजे के नजदीक पहुँचा, मैंने अपनी पूरी शक्ति के साथ रॉड का वज्र प्रहार उसके ऊपर किया। रॉड सीधे उसके मुँह पर पड़ी। डॉक्टर अय्यर बिल्कुल इस तरह बिलबिला उठा, मानो कुत्ते की पूँछ किसी पहिये के नीचे आ गयी हो। वह दहाड़ता हुआ नीचे फर्श पर गिरा। वह सँभलता, उससे पहले ही मैंने एक जोरदार ठोकर उसके पेट में जड़ी। उसी क्षण तिलक ने उसे गले से कसकर पकड़ लिया तथा फिर झटके से उठाकर कुर्सी पर बिठाया। इतना ही नहीं, फौरन उसकी तरफ अपनी स्मिथ एण्ड वैसन रिवॉल्वर भी तान दी। रिवॉल्वर देखकर डॉक्टर अय्यर के शरीर में भीषण प्रकम्पन्न हुआ।

"अगर जरा भी हिले!" तिलक राजकोटिया आक्रोश में बोला—"तो गोली सीधे तुम्हारी खोपड़ी के आर-पार होगी—अभी इसी कुर्सी पर तुम्हारी लाश पड़ी होगी।"

डॉक्टर अय्यर आतंकित हो उठा।

"शिनाया इसकी तलाशी लो।"

मैंने फौरन आगे बढ़कर डॉक्टर अय्यर की तलाशी ली। उसके पास से एक देसी पिस्तौल बरामद हुई, जो पेण्ट की बेल्ट में अन्दर की तरफ खुँसी हुई थी। अपनी पिस्तौल भी छिनते देखकर अय्यर के कस-बल बिल्कुल ढीले पड़ गये। उसके चेहरे की रंगत सफेद हो गयी।

❑❑❑

"ल... लेकिन तुमने तो मुझे यहाँ सौदे के लिए बुलाया था ऐन्ना!" डॉक्टर अय्यर की आँखों में अब साक्षात् मौत ताण्डव नृत्य कर रही थी।

"हाँ—यह सौदा ही है।" तिलक गुर्राया—"एकमुश्त सौदा! तुम्हारे जैसे दुष्ट आदमी से सौदा करने का यही एक तरीका है कि तुम्हें सीधा जहन्नुम पहुँचा दिया जाये।"

"लेकिन तुम भूल रहे हो!" वो शुष्क स्वर में बोला—"अगर मैं एक घण्टे के अन्दर-अन्दर इस पैंट हाउस से बाहर न निकला, तो मेरा राजदार पुलिस को जाकर सब कुछ बता देगा। वो तुम्हारे तमाम कुकर्मों का भांडा फोड़ देगा।"

"राजदार!" तिलक ने उसका गिरेहबान सख्ती के साथ पकड़ लिया और हँसा—"तुम क्या समझते हो मूर्ख आदमी! तुम्हारी इस झूठी कहानी के मायाजाल में हम अभी तक फँसे रहेंगे? हम अभी तक यह समझते रहेंगे कि तुम्हारा कोई राजदार भी है।"

"यह झूठी कहानी नहीं है।"

"यह झूठी ही कहानी है।" तिलक राजकोटिया बहुत बुलन्द आवाज में चिंघाड़ा—"सच तो ये है, तुम्हारा कोई राजदार नहीं है। कोई साथी नहीं है और अगर तुम्हारा कोई राजदार है भी!" तिलक ने एक बिल्कुल नया रहस्योद्घाटन किया—"तो अब हमें उसकी भी कोई परवाह नहीं।"

डॉक्टर अय्यर चौंका। उसके चेहरे पर विस्मयपूर्ण भाव उभरे।

"क्यों?" वह बोला—"तुम्हें अब उसकी परवाह क्यों नहीं ऐन्ना?"

"क्योंकि हम तुम्हारी हत्या अभी नहीं कर रहे हैं डॉक्टर!" तिलक ने उसे अपनी 'योजना' समझायी—"बल्कि पहले कुछ दिन हम तुम्हें पैंट हाउस के इसी कमरे में बंधक बनाकर रखेंगे। फिर उसके बाद देखते हैं कि तुम्हारा कौन राजदार 'बृंदा मर्डर केस' की इस पूरी स्टोरी को लेकर पुलिस तक पहुँचता है। अगर तुम्हारा कोई राजदार है—तो अब तुमसे पहले वो मरेगा। पहले वो जहन्नुम पहुँचेगा।"

"अ... और अगर नहीं है?"

"तो फिर चिन्ता किस बात की है।" तिलक बोला—"तुमने तो जहन्नुम पहुँचना-ही-पहुँचना है। लेकिन फिलहाल कुछ दिन के लिए तुम्हारी मौत टल गयी है—कुछ दिन तुमने इसी कमरे के अन्दर बन्द रहना है।"

डॉक्टर अय्यर काफी आन्दोलित दिखाई पड़ने लगा। वो खुद को बुरी तरह फँसा अनुभव कर रहा था। तिलक ने स्मिथ एण्ड वैसन रिवॉल्वर अभी भी उसकी तरफ तानी हुई थी।

"शिनाया—तुम वही रस्सी लेकर आओ, जिससे हमने बृंदा को बाँधा था।" तिलक राजकोटिया ने आखिरी शब्द जानबूझकर उस पर रौब गालिब करने के लिए कहे।

मैं कमरे से बाहर निकल गयी। जल्द ही मैं नायलोन की रस्सी लेकर वापस कमरे में दाखिल हुई। रस्सी को देखते ही डॉक्टर अय्यर एकदम झटके से कुर्सी छोड़कर खड़ा हो गया और वह बिना रिवॉल्वर का खौफ खाये एक बार फिर दरवाजे की तरफ भागा। लेकिन उसके सामने मैं खड़ी थी। मैंने नायलोन की रस्सी का गुच्छा जोर से उसके मुँह पर खींचकर मारा। वो चीखा। तभी तिलक राजकोटिया ने पीछे से रिवॉल्वर की बैरल का प्रचण्ड प्रहार उसकी खोपड़ी पर किया। इस मर्तबा उसके हलक से बहुत घुटी-घुटी चीख निकली और वह अपनी खोपड़ी पकड़कर वहीं ढेर होता चला गया। तत्काल हम दोनों ने उसे सख्ती के साथ पकड़कर वापस कुर्सी पर बिठा दिया और रस्सी से उसके हाथ-पैर जकड़ने शुरू कर दिये। फिर उसका मुँह भी जकड़ा।

❑❑❑

मेरे हौसले इस बार बहुत बुलन्द थे। आखिर मैं दो-दो हत्यायें कर चुकी थी। हम दोनों अब उस कमरे का कुण्डा लगाकर ड्राइंगहॉल में आ चुके थे। अलबत्ता कमरा छोड़ने से पहले मैंने डॉक्टर अय्यर की जेब से उसकी कार की चाबी भी बरामद कर ली। मूसलाधार बारिश का क्रम अभी भी जारी था।

"सब कुछ तुम्हारी योजना के अनुसार हो रहा है शिनाया!" तिलक शुष्क स्वर में बोला—"लेकिन एक बात का मुझे अभी भी डर है।"

"किस बात का?"

"अगर वास्तव में ही इसका कोई राजदार निकल आया—तो बहुत गड़बड़ हो जायेगी।"

"बेफिक्र रहो।" मेरे स्वर में यकीन कूट-कूटकर भरा था—"कोई गड़बड़ नहीं होने वाली है तिलक! अगर कोई करिश्मा ही हो जाये—तब बात अलग है। वरना उसका कोई राजदार नहीं निकलने वाला है।"

"कार की चाबी कहाँ है?"

"मेरे पास है।" मैंने अपनी जेब से कार की चाबी निकालकर तिलक को दिखाई।

"अब हमें सबसे पहले डॉक्टर अय्यर की कार को होटल के पास से हटाने का काम करना चाहिये। लाओ—चाबी मुझे दो। यह काम मैं करता हूँ।"

"नहीं—तुम नहीं। यह काम मैं ही करूँगी।"

"तुम!"

"हाँ—फिलहाल तुम्हारा पैंट हाउस के अन्दर रहना ही ज्यादा मुनासिब है। फिर मुम्बई शहर में मेरे से ज्यादा लोग तुम्हें पहचानते हैं। तुम एक पॉपुलर पर्सनैलिटी हो। मैं नहीं चाहती कि कोई तुम्हें डॉक्टर अय्यर की कार में देखे।"

"लेकिन क्या तुम यह काम कर सकोगी?"

"चिन्ता मत करो।" मैं बोली—"इस काम को करना कोई बहुत बड़ी बात नहीं है तिलक!"

❑❑❑

पैंट हाउस के दरवाजे के नजदीक पहुँचकर मैं ठिठकी। वहाँ हैंगर पर अभी भी डॉक्टर अय्यर का रेनकोट और फेल्ट हैट टंगा हुआ था। मैंने वह दोनों चीजें ही पहन लीं। उसके गम बूट भी पहन लिये। एकाएक मेरा व्यक्तित्व काफी बदला हुआ नजर आने लगा। अपने बाल मैंने जूड़े की शक्ल में लपेटकर फेल्ट हैट के अन्दर कर लिये थे। फेल्ट हैट मैंने चेहरे पर थोड़ा आगे को झुका लिया। अब एकाएक यही मालूम नहीं हो रहा था कि मैं कौन हूँ। औरत! या आदमी!

"वैरी गुड!" तिलक राजकोटिया मेरे उस रूप को देखकर मेरी तारीफ किये बिना न रह सका—"सचमुच अब तुम्हें कोई नहीं पहचान सकता। बल्कि अगर किसी ने डॉक्टर अय्यर को पैंट हाउस में आते देखा भी होगा, तो वो यही समझेगा कि अब डॉक्टर अय्यर वापस जा रहा है। बस किसी की निगाह आसानी से अपने चेहरे पर मत पड़ने देना।"

"बेफिक्र रहो—मैं इस बात का खास ख्याल रखूँगी।"

"लो।" तिलक राजकोटिया ने स्मिथ एण्ड वैसन रिवॉल्वर मेरी तरफ बढ़ाई—"इसे अपने पास रख लो।"

"नहीं—इसकी मेरे से ज्यादा जरूरत यहाँ तुम्हें है तिलक।"

"लेकिन...।"

"डोंट वरी! मुझे कुछ नहीं होने वाला है। वैसे भी मेरे पास डॉक्टर अय्यर की पिस्तौल है।"

मैंने अपनी वह जेब थपथपाई, जिसमें पिस्तौल रखी हुई थी। फिर मैं पैंट हाउस से बाहर निकल गयी।

❑❑❑

उस मद्रासी डॉक्टर की कार तलाशने में मुझे ज्यादा वक्त नहीं लगा था। जैसाकि डॉक्टर अय्यर ने बताया था, उसकी कार पार्किंग से थोड़ा अलग हटकर एक इमारत के सामने खड़ी थी। वह व्हाइट कलर की पजेरो थी। मैं लम्बे-लम्बे डग रखती हुई कार के नजदीक पहुँची। मूसलाधार बारिश तब भी हो रही थी। आसपास की इमारतों के पतनाले खूब भर-भरकर चल रहे थे। मैं कार की ड्राइविंग सीट पर बैठ गयी। फिर मैंने कार के इग्नीशन में चाबी लगाकर घुमाई, तो इंजन बहुत जोर से घरघराकर जाग उठा। फिर

मैंने क्लच दबाया, उसे गियर में डाला और उसके बाद स्टेयरिंग मजबूती से थाम लिया।

कार सड़क पर द्रुतगति से भागने लगी। उसके वाइपर विण्ड स्क्रीन पर दायें-से-बायें घूम रहे थे। मैं सोचने लगी। मेरी जिन्दगी भी कुछ उसी कार की तरह थी। दौड़ती हुई! मंजिल की तलाश में भटकती हुई। कितने नये-नये मोड़ काटे थे मेरी जिन्दगी ने, अगर कभी मैं उनके बारे में सोचने भी लगती हूँ, तो शरीर में कंपकंपी-सी छूट जाती है। फारस रोड के एक बेहद गन्दे और गलीज कोठे से शुरू हुई मेरी कहानी आज एक आलीशान पैंट हाउस तक पहुँच चुकी थी। एक तरफ बदनामी थी—तो दूसरी तरफ रुतबा था, पोजीशन थी, इज्जत थी। कितना फर्क होता है इंसान-इंसान में, इसका अहसास मुझे भली-भाँति था। एक आदमी, आदमी होते हुए भी जानवर से बद्तर जिन्दगी जीने पर मजबूर होता है, जबकि दूसरा दौलत के बल पर हर सुख खरीदता है। हर ऐश्वर्य को अपने चरणों का दास बनाकर रखता है। शायद दौलत की इसी असीमित चाह ने मुझे आज अपराध की एक खतरनाक डगर पर धकेल दिया था। कार दौड़ती रही। थोड़ी देर बाद ही मेरी कार 'नाइट क्लब' के सामने से गुजरी। मैंने कुछ क्षण के लिए कार को वहाँ रोका। 'नाइट क्लब' में हमेशा की तरह भरपूर रौनक थी। वहाँ मूसलाधार बारिश के बावजूद खूब चहल-पहल दिखाई पड़ रही थी।

मुझे क्लब के ग्लास डोर के पास ही कई कॉलगर्ल खड़ी दिखाई दीं, जिनमें से लगभग सभी मेरी परिचित थीं और जो बड़ी सूनी निगाहों से अपने कस्टमर की राह तक रही थीं। मैं जानती थी—उनमें से कई लड़कियों की आज की रात ऐसे ही तन्हा गुजर जानी थी। उनकी हालत पर मुझे दया आयी। वह तरस खाने के काबिल लड़कियाँ थीं। मैंने कार का फिर क्लच दबाया और कार आगे बढ़ा दी। मैंने कार बिल्कुल डॉक्टर अय्यर के घर के सामने ले जाकर खड़ी कर दी थी।

❑❑❑

12

मर्डर

तिलक राजकोटिया का और मेरा अगला पूरा दिन बड़े सस्पैंस के आलम में गुजरा। हर पल हम दोनों को यह भय सताता रहा, अब पुलिस वहाँ आयी। अब आयी। हालांकि मैं 'राजदार' के अस्तित्व को शुरू से ही नकार रही थी, लेकिन मुझे भी यह कहने में कोई हिचक नहीं है कि उस क्षण डरी हुई मैं भी कम नहीं थी। क्योंकि मैं वह जो बात कह रही थी, वह मेरा अनुमान ही तो था। जबकि अनुमान गलत भी निकलते हैं। और! अगर अनुमान गलत निकल आया तो? यही एक बात हमारे भय का कारण बनी हुई थी। शाम हो गयी। लेकिन पुलिस वहाँ न आयी। अलबत्ता रात के समय तिलक के मोबाइल पर एक फोन जरूर आया।

"मैं डॉक्टर अय्यर का छोटा भाई बोल रहा हूँ ऐन्ना!" वह आवाज काफी घबराई हुई थी।

"कहिये!" तिलक बोला।

"डॉक्टर साहब रात पैंट हाउस में तो नहीं आये थे?"

"नहीं—उन्हें तो यहाँ आये हुए कई दिन हो गये। क्या बात है?"

"वह दरअसल रात से गायब हैं।" उस आदमी की हालत ऐसी थी, मानो वह अभी रो पड़ेगा—"हम उन्हें सब जगह ढूँढ़ चुके हैं ऐन्ना, लेकिन उनका कहीं कुछ पता नहीं चल रहा। अब अन्य सम्भावित जगहों पर टेलीफोन कर-करके पता लगाने की कोशिश कर रहे हैं कि शायद कहीं से कोई सुराग मिल जाये।"

"ओह—यह तो सचमुच बड़ी खतरनाक खबर है।" तिलक ने चिन्तित लहजे में कहा—"उन्होंने घर पर कोई चिट्ठी-पत्री भी नहीं छोड़ी?"

"कुछ भी नहीं छोड़ा ऐन्ना, इसी बात ने तो हमें फिक्र में डाला हुआ है।"

"पुलिस में रिपोर्ट दर्ज करायी?"

"हाँ, अभी-अभी करायी है।"

"पुलिस क्या कहती है?"

"वही कहती है, जो अमूमन ऐसे केसों में उसे कहना होता है। यही कि वो तलाश करेगी। जैसे ही उनके बारे में कोई खैर-खबर लगेगी, हमें इत्तला दी जायेगी।"

"मेरे लायक कोई सेवा हो, तो मुझे बे-हिचक बताना।"

"जरूर।"

"कुछ भी कहते हुए संकोच मत करना, बड़ा भाई ही समझना मुझे अपना।"

"जी—जरूर।" लाइन कट गयी।

मेरे होंठों पर मुस्कान थिरक उठी। तिलक राजकोटिया भी अब मुस्कुरा रहा था।

❑❑❑

सुबह के तमाम अखबारों में डॉक्टर अय्यर के आश्चर्यजनक ढंग से गायब होने की खबर मोटी-मोटी सुर्खियों में छपी थी और उनकी कार के, घर के सामने से बरामदी का उल्लेख भी उन खबरों में था। तिलक ने और मैंने बड़ी दिलचस्पी के साथ खबर को पढ़ा। सुबह के नौ बज रहे थे, जब मैं गरमा-गरम चाय के साथ कुण्डा खोलकर उस कमरे में दाखिल हुई, जिसमें डॉक्टर अय्यर कैद था। तिलक मेरे पीछे-पीछे कमरे में दाखिल हुआ। उसके हाथ में उस दिन का अखबार था। कमरे में पहुँचते ही मैंने चाय का कप टेबिल पर रख दिया, फिर डॉक्टर अय्यर के मुँह पर बँधी पट्टी खोली और उसका एक हाथ खोला। डॉक्टर अय्यर की हालत से साफ जाहिर हो रहा था, वह सारी रात सोया नहीं है।

"लो चाय पीओ!" मैंने चाय का कप टेबिल पर से उठाकर उसकी तरफ बढ़ाया।

"मेरी इच्छा नहीं है।"

"पी लो—क्योंकि फिर दोपहर तक तुम्हें कुछ और मिलने वाला नहीं है।"

"मैंने कहा न!" वह गुर्राया—"मेरी इच्छा नहीं है।"

"पहले मैं तुम्हें आज के अखबार में छपी हुई एक खबर दिखाता हूँ।" तिलक ने कहा—"शायद उस खबर को पढ़ने के बाद तुम्हारी चाय पीने की इच्छा होने लगे।"

फिर तिलक राजकोटिया ने अखबार खोलकर डॉक्टर अय्यर की गोद में रख दिया।

"इस खबर को पढ़ो और जरा ध्यान से पढ़ो।" तिलक ने अखबार पर एक जगह उँगली ठकठकाई।

डॉक्टर अय्यर ने खबर पढ़ी। खबर पढ़ते ही उसके चेहरे का रहा-सहा खून भी निचुड़ गया।

"अब क्या कहते हो डॉक्टर!" तिलक राजकोटिया कुर्सी खींचकर वहीं उसके सामने बैठ गया—"अखबार में तुम्हारी गुमशुदगी की खबर छपी है और शहर में किसी को भी मालूम नहीं है कि तुम इस वक्त कहाँ हो? जबकि तुम्हारे हिसाब से तो अब तक हम दोनों को जेल में होना चाहिये था। बृंदा की मौत कैसे हुई, इस बात के शहर भर में ढोल-नगाड़े बज जाने चाहिये थे। कहाँ गया अब तुम्हारा वह राजदार, जो मात्र एक घण्टे बाद ही हड़कंप मचा देने वाला था? अब तो तुम्हें गायब हुए तीस घण्टे से भी ऊपर हो चुके हैं।"

डॉक्टर अय्यर ने अपने शुष्क अधरों पर जबान फिराई। उससे कुछ कहते न बना।

"तुम चालाक तो हो डॉक्टर!" मैंने भी कटाक्ष किया—"परन्तु एक बहुत भयानक गलती तुम कर बैठे। तुम खुद को जरूरत से ज्यादा चालाक समझने लगे और इसीलिए चारों खाने चित्त जा गिरे।"

"मैं एक बात कहूँ ऐन्ना!" वह थोड़े विचलित अन्दाज में बोला।

"कहो।"

"अगर तुम लोग यह समझ रहे हो कि मेरा कोई राजदार नहीं है, तो यह तुम्हारी बहुत बड़ी भूल है।"

"अच्छा! अगर तुम्हारा कोई राजदार है, तो फिर वो पुलिस के पास गया क्यों नहीं? उसे तो एक घण्टे बाद ही पुलिस के पास पहुँच जाना चाहिये था?"

"यह बात मैं भी नहीं समझ पा रहा हूँ ऐन्ना!" वह खोखले स्वर में बोला—"हो सकता है—उसने पुलिस तक पहुँचने वाली योजना में कुछ फेरबदल कर दिया हो।" वह एक नई बात सोचकर बोला।

"कैसा फेरबदल?"

"य... यह तो अब उसे ही मालूम होगा। या फिर मुरुगन जानता होगा, वह क्या लीला रच रहा है।"

"तुम अब यह किस्से-कहानी गढ़ना बन्द कर दो डॉक्टर!" तिलक राजकोटिया ने दाँत किटकिटाये—".सच तो ये है कि तुम्हारा अब अन्त समय आ चुका है। बहुत जल्द तुम्हारे सीने में यह साँसें धड़कना बन्द कर देंगी। लो—चाय पीओ।"

परन्तु डॉक्टर अय्यर ने चाय न पी। सही बात तो यह है, चाय पीने की अब उसकी स्थिति ही नहीं थी। जिस आदमी को अपने सामने साक्षात् मौत खड़ी नजर आ रही हो, वह चाय क्या पीयेगा। फिर अखबार में छपी उस खबर को देखकर तो उसका रहा-सहा आत्मविश्वास और भी ज्यादा बुरी तरह डोल गया था। इसीलिए उसने अपनी जान बचाने के वास्ते नई-नई कहानियाँ गढ़नी शुरू कर दी थीं। बहरहाल मैंने डॉक्टर अय्यर का हाथ और मुँह दोबारा कसकर बाँध दिये और हम दोनों कमरे से वापस बाहर निकल आये। दरवाजे का कुण्डा पहले की तरह ही लगा दिया गया।

❑❑❑

उसी रात एक घटना घटी। ऐसी घटना—जिसने पूरे पैंट हाउस में हलचल पैदा करके रख दी। रात के कोई दो या ढाई बज रहे थे। सही वक्त मुझे इसलिए याद नहीं है, क्योंकि कमरे में उस समय मात्र जीरो वाट का बल्ब जल रहा था और वैसे भी सारा सिलसिला एकदम इतने रोमांचकारी ढंग

से शुरू हुआ कि वॉल क्लॉक की तरफ मेरी निगाह ही नहीं गयी। मैं और तिलक एक ही बिस्तर पर थे। गहरी नींद में थे। तभी एकाएक हल्की-सी आहट सुनकर मेरी आँखें खुलीं। वैसे भी मैं काफी कच्ची नींद में सोती हूँ। आँख खुलते ही मेरे कान चौकस हो उठे। पैंट हाउस के गलियारे में-से हल्की-हल्की आवाज आ रही थी। वह ऐसी आवाज थी—जैसे कोई चल रहा हो। कौन था? कौन था पैंट हाउस में? मैं एकदम झटके से बिस्तर छोड़कर उठ बैठी। मैंने ध्यान से आवाज को सुना—लेकिन वास्तव में ही गलियारे में कोई था।

"तिलक!" मैंने जोर से अपने बराबर में सोते तिलक को झंझोड़ा—"तिलक!"

तिलक राजकोटिया को काफी देर झंझोड़ने के बाद आँख खुली।

"क्या हो गया?" वह उठ बैठा।

"लगता है—पैंट हाउस के अन्दर कोई है।"

तिलक की नींद एकदम भक्क् से गायब हो गयी।

"क्या कह रही हो?" वह आतंकित हो उठा।

"ध्यान से सुनो, गलियारे में-से आवाज आ रही है।"

तिलक ने भी ध्यान से सुना। उसे भी गलियारे में-से किसी के चलने की आवाज आयी।

"यह तो सच में ही कोई है।" तिलक बोला—"लेकिन कोई पैंट हाउस में कैसे घुस आया?"

"मालूम नहीं, कैसे घुस आया! मुझे खुद आश्चर्य हो रहा है।"

"तुमने मेन गेट का दरवाजा तो अच्छी तरह से बन्द कर लिया था?"

"हाँ—लेटने से पहले मैंने खुद सिटकनी चढ़ाई थी।" मैं बोली।

कोई बहुत धीरे-धीरे चलता हुआ अब उसी तरफ आ रहा था।

"कौन है?" तिलक एकाएक गला फाड़कर चिल्ला उठा—"कौन है बाहर?"

गलियारे में अकस्मात् सन्नाटा छा गया। खामोशी! तिलक ने अब झपटकर अपने तकिये के नीचे रखी स्मिथ एण्ड वैसन रिवॉल्वर निकाल ली।

जबसे डॉक्टर अय्यर को कैद किया था, तब से वह रिवॉल्वर हमेशा अपने तकिये के नीचे रखकर सोता था। रिवॉल्वर हाथ में आते ही वो बिस्तर से नीचे उतर गया। स्लीपर पहने। फिर दौड़कर शयनकक्ष का दरवाजा खोला और गलियारे में पहुँच गया। उसके पीछे-पीछे मैं भी दौड़ती हुई गलियारे में पहुँची।

"कौन है?" तिलक रिवॉल्वर अपने से कोई दो फुट आगे तानता हुआ पुनः चीखा—"कौन है यहाँ, सामने आओ।"

खामोशी! पहले की तरह गहरी खामोशी! वह मानो अपनी साँस तक रोके हुए था। ऐसा लग रहा था, वह हमारे आसपास ही है। मैं दौड़ती हुई पैंट हाउस के मेन गेट के नजदीक पहुँची। मेन गेट का दरवाजा पहले की तरह बन्द था और उसकी सिटकनी चढ़ी हुई थी।

"क्या हुआ?"

"बड़े आश्चर्य की बात है—मेन गेट का दरवाजा तो अन्दर से बन्द है।"

"फिर कोई अन्दर कैसे घुसा?"

"समझ नहीं आता।"

हम दोनों की कौतुहलता अब बढ़ने लगी। तिलक रिवॉल्वर हाथ में ताने-ताने उल्टे पैर दौड़ता हुआ मेन गेट के नजदीक पहुँचा। फिर उसे न जाने क्या सूझा, उसने अपने रेशमी गाउन की जेब से चाबी निकालकर दरवाजे का बिल्ट-इन लॉक लगा दिया।

"यह ताला क्यों लगाया?" मैं बोली।

"ताकि पैंट हाउस के अन्दर जो कोई भी है, वह चुपचाप यहाँ से फरार न हो सके।"

"ओह!"

❑❑❑

गलियारे में पहले की तरह गहरा सन्नाटा व्याप्त था। सबसे बड़ी बात ये है कि सत्तर कमरों के उस अत्यन्त विशाल पैंट हाउस में किसी को भी तलाशना कोई आसान काम न था। पूरे पैंट हाउस में काफी चौड़े-चौड़े कई

सारे गलियारे थे, जो इधर-उधर फटते थे और सब गलियारे एक-दूसरे के साथ जुड़े थे। इसलिए कोई उन गलियारों में दौड़ता हुआ कहीं-से-कहीं भी पहुँच सकता था। तिलक राजकोटिया और मैं उस आततायी को तलाशते हुए गलियारे में काफी आगे आ गये। हम दो मोड़ भी मुड़े।

"कौन है?" मैं भी गलियारे में सावधानी के साथ आगे बढ़ते हुए चीखी—"कौन है यहाँ?"

न जाने क्यों मेरा दिल बुरी तरह घबरा रहा था। उसमें अजीब-सी बेचैनी थी। मालूम नहीं कौन पैंट हाउस में घुस आया था। कोई चोर? कोई डाकू? कोई कातिल? या कोई और? जितना मैं उस अजनबी आदमी के बारे में सोच रही थी, उतनी मेरी बेचैनी बढ़ने लगी। तभी हमें पीछे से दरवाजा बुरी तरह भड़भड़ाये जाने की आवाज सुनाई पड़ने लगी। शायद जिस आततायी को हम ढूँढ़ रहे थे, वह आततायी बहुत निःशब्द ढंग से चलता हुआ मेन गेट के पास पहुँच गया था और अब जबरदस्ती जोर-जोर से ठोकर मारकर उसे खोलने की कोशिश कर रहा था।

"शायद वो मेन गेट पर है।" तिलक चीखा।

आवाज सुनने की देर थी—मैं फौरन पलटी और द्रुतगति के साथ वापस मेन गेट की तरफ भागी। मेरे साथ-साथ तिलक भी उसी तरफ झपटा। उसी क्षण मेन गेट पर ठोकर मारने की आवाज आनी बन्द हो गयी और किसी के ताबड़तोड़ भागने की आवाज आयी। जब तक हम मेन गेट पर पहुँचे, तब तक वो वहाँ से भाग चुका था। मेन गेट पहले की तरह बन्द था। लेकिन इस बार हड़बड़ाहट में आततायी से एक गलती हुई। भागते समय उसका एक जूता वहीं रह गया। मैंने आगे बढ़कर वो जूता उठाया और उसे ध्यानपूर्वक देखा।

"जूते को इस तरह क्या देख रही हो?" तिलक बोला।

"तुम इस जूते को पहचानते हो?"

तिलक ने भी अब उसे ध्यान से देखा।

"नहीं तो।"

"यह डॉक्टर अय्यर का जूता है।" मैंने मानो भीषण विस्फोट कर दिया था।

"क... क्या कह रही हो तुम?"

"मैं बिल्कुल ठीक कह रही हूँ, यह उसी का जूता है।"

"डॉक्टर अय्यर!" तिलक सकपकाकर बोला—"लेकिन डॉक्टर अय्यर अपने कमरे में-से बाहर कैसे निकला?"

"हमें यही देखना है।"

❑❑❑

हम दोनों तत्काल दौड़ते हुए अब उस कमरे के नजदीक पहुँचे, जिसमें हमने डॉक्टर अय्यर को कैद करके रखा था। कमरे का पहले की तरह ही बाहर से कुण्डा लगा हुआ था, अलबत्ता एक खिड़की खुली थी। हम कुण्डा खोलकर दनदनाते हुए कमरे में घुसे। डॉक्टर अय्यर वाकई कुर्सी से नदारद था। नायलोन की रस्सी खुली हुई वहीं कुर्सी के पास नीचे पड़ी थी और उसके सामने जो एक टेबिल रखी थी, वह अब लुढ़की हुई थी।

"ओह माई गॉड—यह तो डॉक्टर अय्यर ही है।"

"जरूर उसने किसी तरह अपने बन्धन ढीले कर लिये होंगे।" मैं बोली—"और फिर रस्सी खोलकर यहाँ से भाग निकला।"

"हमें जल्दी से उसे ढूँढ़ना चाहिये—जल्दी!"

हम दोनों वापस कमरे से बाहर निकल आये। तिलक के हाथ में उस समय भी स्मिथ एण्ड वेसन रिवॉल्वर थी और वह किसी भी खतरे का सामना करने के लिए पूरी तरह तत्पर था। अलबत्ता इतना बड़ा पैंट हाउस उस वक्त हमें काट खाने को दौड़ रहा था। उसके एक-एक गलियारे और एक-एक कमरे की तलाशी लेना कोई आसान काम न था। न जाने कहाँ छुपा होगा वह डॉक्टर? किस कमरे में? अगले एक घण्टे के दौरान हमने दौड़-दौड़कर उस पैंट हाउस के तमाम कमरे खंगाल डाले। तमाम गलियारों में घूम गये। परन्तु वो कहीं न मिला।

"हैरानी है!" तिलक बोला—"वह कहाँ गायब हो गया?"

"जरूर वो यहीं कहीं छुपा है।" मैं फुँफकारकर बोली—"वो बहुत चालाक आदमी है। मैं समझती हूँ, जरूर वो हमारी एक-एक एक्टीविटी पर नजर रखे हैं और हमारे अनुरूप ही वो पल-पल अपने छुपने की जगह चेंज करता जा रहा है। मुझे एक बात बताओ।"

"पूछो।"

"मेन गेट के अलावा पैंट हाउस से बाहर निकलने का कोई और रास्ता तो नहीं है?"

"नहीं—कोई और रास्ता नहीं है।"

"फिर ठीक है। फिर वो हमसे बचकर कहीं नहीं भाग सकेगा।"

तभी हमें फिर बहुत हल्की-सी आवाज सुनाई पड़ी।

"देखो!" तिलक आन्दोलित होकर बोला—"देखो, वह फिर कहीं चल रहा है।"

आवाज बहुत हल्की थी। वह भरपूर कोशिश कर रहा था कि उसके चलने के कारण आवाज न हो, लेकिन फिर भी आवाज हो रही थी। हमारी साँसें थम गयीं। हमने बहुत गौर से उस आवाज को सुना। वह सीढ़ियों पर चढ़ने की आवाज थी। कुछ देर सीढ़ियों पर चढ़ने की वह आवाज आती रही और फिर कोई भारी-भरकम सरकण्डा सरकने की आवाज हुई तथा उसके बाद लोहे का कोई दरवाजा सरसराकर खुलता चला गया।

"वह इस समय छत पर है।" तिलक चिल्ला उठा—"पैंट हाउस की छत पर है।"

हम दोनों तत्काल छत पर जाने वाली सीढ़ियों की तरफ झपटे। तभी हमें छत पर डॉक्टर अय्यर के भागने की भी आवाज सुनाई पड़ी। शायद वो भाँप गया था कि हम उसके पीछे ही आ रहे हैं। हम दोनों जल्दी-जल्दी सीढ़ियाँ चढ़ते हुए ऊपर छत पर पहुँचे।

❑❑❑

तिलक राजकोटिया ने अब रिवॉल्वर और भी ज्यादा मजबूती के साथ अपने हाथों में पकड़ ली थी। वो भाँप गया था, दुश्मन अब उससे कोई बहुत ज्यादा दूर नहीं है। छत पर पहुँचते ही हमारी निगाहें इधर-उधर घूमीं। पूरी छत बिल्कुल सुनसान पड़ी थी। दूर-दूर तक रात की गहन नीरवता व्याप्त थी। छत पर पानी की बड़ी-बड़ी काली सिंटेक्स टंकियों के अलावा कुछ नजर नहीं आ रहा था।

"जरूर वो इस समय किसी पानी की टंकी के पीछे छुपा है।" मैं बहुत धीमी आवाज में फुसफुसाई।

"ठीक कहती हो तुम!"

फिर हम धीरे-धीरे पानी की टंकियों की तरफ बढ़े। हम हर चन्द यह कोशिश कर रहे थे कि हमारे चलने के कारण आवाज उत्पन्न न हो। लेकिन छत पर इस कदर सन्नाटा था कि अगर कोई साँस भी लेता, तो उसकी भी आवाज सुनाई पड़ती।

"डॉक्टर!" मैं टंकियों के नजदीक पहुँचकर चिल्लाई—"हम जानते हैं—तुम टंकियों के पीछे छिपे हो। अगर अपनी खैरियत चाहते हो, तो खामोशी के साथ बाहर निकल आओ। वरना तुम कुत्ते से भी ज्यादा बद्तर मौत मरोगे।" डॉक्टर ने कोई जवाब नहीं दिया। छत पर पुनः सन्नाटा व्याप्त हो गया। उसकी साँसों की आवाज तक हमें सुनाई नहीं पड़ रही थी। ऐसा लग रहा था—मानो वह अपने दिल की धड़कन तक पर काबू किये हुए था।

"डॉक्टर!" तिलक भी रिवॉल्वर टंकियों की तरफ तानकर चीखा—"बाहर निकल आओ, यह हमारी तरफ से तुम्हें आखिरी चेतावनी है।"

फिर कोई जवाब नहीं। अब हमारे दिल में एक नई शंका घर बनाने लगी। कहीं ऐसा तो नहीं था—वह मद्रासी डॉक्टर पानी की टंकियों के पीछे भी न हो। हम धीरे-धीरे टंकियों के थोड़ा और नजदीक पहुँचे। तभी एकाएक डॉक्टर बहुत जबरदस्त झटके के साथ टंकी के पीछे से बाहर निकला और चीते की तरह हमारे ऊपर झपट पड़ा। वह बड़े रौद्र रूप में था और उसके हाथ में लोहे की एक लम्बी रॉड थी। एकदम प्रकट होते ही उसकी रॉड धड़ाक से घूमी और सीधे मेरी टाँग पर पड़ी। मेरे हलक से अत्यन्त मर्मभेदी चीख निकल गयी। मैं दहाड़ते हुए पीछे गिरी। मुझे ऐसा लगा—जैसे मेरी टाँग की हड्डी में अन्दर तक सनसनाहट दौड़ गयी हो। तिलक ने फौरन उसका निशाना लेकर रिवॉल्वर का ट्रेगर दबाना चाहा। लेकिन डॉक्टर अय्यर में न जाने कहाँ से बेपनाह फुर्ती आ चुकी थी। मेरे ऊपर लोहे की रॉड का प्रहार करते ही वह एकदम बिजली जैसी फुर्ती के साथ तिलक की तरफ घूम गया और फिर रॉड भड़ाक से उसके भी पड़ी। तिलक भैंसे की तरह डकरा उठा। रॉड सीधे उसके कंधे पर पड़ी थी। उसने फिर बहुत जोर से घुमकर एक बार और रॉड तिलक के जड़ी।

"ऐन्ना—तुम क्या समझते हो!" वह अर्द्धविक्षिप्तों की भाँति दहाड़कर बोला—"तुम मुझे पकड़ लोगे, बृंदा की तरह मार डालोगे मुझे? नहीं—मुरुगन की शपथ, अब मैंने तुम दोनों को नरक पहुँचा देना है।"

गुस्से के कारण उसके जिस्म का एक-एक पुर्जा काँप रहा था। वह साक्षात् दरिन्दा नजर आ रहा था। खूनी दरिन्दा! जो उस क्षण किसी की भी जान ले सकता था। उसने फिर अपनी भरपूर शक्ति के साथ घुमाकर लोहे की रॉड तिलक के जड़नी चाही। तिलक फौरन छत पर कलाबाजी खा गया। रॉड टन्न् की जोरदार आवाज के साथ लैंटर पर जाकर लगी। उसके बाद डॉक्टर अय्यर वहाँ नहीं रुका। सैकेण्डों में अपना रौद्र रूप दिखाने के बाद वह वापस छत से नीचे जाने वाली सीढ़ियों की तरफ झपटा। तिलक ने भी इस बीच असीमित फुर्ती का परिचय दिया। वह बड़ी तेजी के साथ न सिर्फ छत से उठकर खड़ा हो गया, बल्कि उसने रिवॉल्वर भी उसकी तरफ तान दी। डॉक्टर अय्यर द्रुतगति के साथ सीढ़ियों की तरफ दौड़ा जा रहा था। रॉड अभी भी उसके हाथ में थी।

"डॉक्टर!" तिलक कहर भरे स्वर में चिल्लाया—"रुक जाओ, वरना मैं गोली चला दूँगा।"

भागते-भागते डॉक्टर अय्यर ने पलटकर देखा। एकाएक उसकी आँखों में आतंक के भाव तैर गये।

"पागल मत बनो डॉक्टर!" तिलक दोबारा चीखा—"मौत तुम्हारे बिल्कुल सिर पर खड़ी है।"

मगर वो रुका फिर भी नहीं। तब तक वो दौड़ता-दौड़ता सीढ़ियों के पास तक पहुँच गया था। तभी उसने पहली सीढ़ी पर कदम रखा। लेकिन वो पहली सीढ़ी से दूसरी सीढ़ी पर कदम नहीं रख पाया। उससे पहले ही तिलक ने गोली चला दी। डॉक्टर अत्यन्त हृदयग्राही ढंग से चिल्ला उठा। उसके चीखने की आवाज ऐसी थी—जैसे कोई बकरा जिबह किया गया हो। फिर भी वो कुछेक सीढ़ियाँ काफी जल्दी-जल्दी उतरा। उसके बाद उसका पैर फिसलने की आवाज हुई और धड़ाधड़ सीढ़ियों पर गिरने की आवाज हुई। हम दोनों उसके पीछे-पीछे दौड़ते हुए सीढ़ियों से नीचे उतरे। नीचे पहुँचकर हमने देखा—वह बिल्कुल आख़िरी सीढ़ी पर औंधे मुँह पड़ा हुआ

था। उसकी टाँगें पीछे को थीं और हाथ आगे को फैले हुए थे। गोली ठीक उसकी गर्दन की हड्डी को तोड़ती चली गयी थी तथा अब वहाँ से थुलथुल करके खून निकल रहा था। इतना ही नहीं, दहशत के कारण उसकी आँखें भी बड़े खौफनाक अन्दाज में फटी-की-फटी रह गयी थीं। सबसे पहले मैंने डॉक्टर अय्यर के नजदीक पहुँचकर उसका मुआयना किया।

"क्या हुआ?" मेरे पीछे-पीछे तिलक राजकोटिया भी दौड़ता हुआ उसके पास पहुँचा—"क्या यह मर गया?"

"हाँ—यह मर चुका है।"

"माई गॉड!"

आतंक और बढ़ गया।

❑❑❑

मैं अब वहीं लाश से थोड़ा ऊपर सीढ़ियों पर बैठी हुई थी और मैंने दोनों हाथों से अपना सिर कसकर पकड़ रखा था। दौलत के लिए यह तीसरा कत्ल था। तीसरी हत्या!

"यह ठीक नहीं हुआ तिलक!" मैं धीमी जबान में बोली।

"क्यों?" तिलक ने रिवॉल्वर अपनी जेब में रखी और वहीं मेरे पास आकर बैठा—"ठीक क्यों नहीं हुआ? इसकी हत्या तो आखिरकार हमने करनी ही थी।"

"हाँ—करनी थी।" मैं बोली—"लेकिन हमारी योजना थी, हम इसकी हत्या पैंट हाउस में नहीं करेंगे, बल्कि पैंट हाउस से कहीं बाहर ले जाकर करेंगे। हम इसके चेहरे पर पहले थोड़ा-सा मेकअप करते और फिर इसे यह कहकर बाहर ले जाते कि हम इसे आजाद कर रहे हैं। फिर बाहर किसी वीरान इलाके में ले जाकर हमने इसे गोली मार देनी थी। हमारी यही योजना थी और इस बारे में मैंने तुम्हें भी बताया था। जबकि अब पैंट हाउस के अन्दर ही उसकी हत्या होने से तुम नहीं जानते हो कि हमारे सामने कितना बड़ा संकट आ गया है।"

"कैसा संकट?"

"जरा सोचो तिलक!" मैं बोली—"अब हम इसकी लाश किस तरह ठिकाने लगाएँगे?"

तिलक भी सोच में डूब गया।

"लाश ठिकाने लगाने के लिए जरूरी है।" मैंने आगे कहा—"कि हम पहले इसकी लाश को लेकर नीचे जाएँ तथा इस तरह लेकर जाएँ कि लाश किसी की निगाह में भी न आ सके। जबकि मैं समझती हूँ कि ऐसा नहीं हो सकता। अगर हम लाश पैंट हाउस से लेकर एक मंजिल भी नीचे उतरे, तो वह किसी-न-किसी की निगाह में जरूर आएगी।"

"यह तो है।"

"फिर लाश किस तरह ठिकाने लगाई जायेगी?"

तिलक राजकोटिया भी अब चिन्तित दिखाई पड़ने लगा। स्थिति वाकई जटिल थी। बेहद मुश्किल!

"कोई-न-कोई तरीका तो हमें सोचना ही होगा।" तिलक बोला।

"हाँ—यह तो है।" मैंने कहा—"तरीका तो हमें वाकई सोचना होगा। क्योंकि तरीका सोचे बिना अब हमारी गति नहीं है।"

❑❑❑

थोड़ी देर बाद ही डॉक्टर अय्यर की लाश उठाकर हम उसी कमरे में ले आये थे, जिस कमरे में हमने उसे कैद करके रखा था। फिर तिलक और मैं, दोनों ने सीढ़ियों पर पड़ा हुआ खून अच्छी तरह साफ किया। एक-एक धब्बा पौंछा। सीढ़ियाँ पहले की तरह चमकने लगीं। उसके बाद कमरा बन्द करके हम दोनों पैंट हाउस के ड्राइंग रूम में आ बैठे। मुझे खूब अच्छी तरह याद है, घुप्प अँधेरा तब भी चारों तरफ फैला हुआ था और वह आधी रात का समय था। आधी रात के वक्त ही मैंने कॉफ़ी बनायी थी—ताकि दिमाग कुछ फ्रैश हो सके और हम लाश ठिकाने लगाने की कोई बेहतर योजना सोच सकें। हम दोनों के शरीर के उन-उन हिस्सों में अब भी भीषण दर्द हो रहा था, जहाँ-जहाँ लोहे की रॉड पड़ी थी। वाकई उसने बहुत जमकर प्रहार किये थे। जैसे धोबी कपड़ों को कूटता है। मेरे सिर में तो हल्का-सा दर्द भी था। बहरहाल हम दोनों ड्राइंग रूम में बैठे धीरे-धीरे कॉफ़ी पीते रहे।

"एक तरीका है।" तिलक काफी देर बाद बोला।

"क्या?" मैं कॉफी पीते-पीते ठिठक गयी। मैंने तिलक राजकोटिया की तरफ देखा।

"अगर हम डॉक्टर अय्यर की लाश के कई सारे टुकड़े कर दें!" तिलक ने कहा—"तो हमारा काम आसान हो सकता है। क्योंकि फिर हम लाश के उन टुकड़ों को किसी चीज में भरकर कहीं फेंक आएँगे। फिर कोई लाश को ले जाते हुए देखेगा भी नहीं।"

"लाश के टुकड़े! नहीं-नहीं।" मेरे शरीर में खौफ की बड़ी जबरदस्त सिहरन दौड़ गयी—"इतना दरिन्दगी से भरा काम मुझसे नहीं होगा तिलक!"

"परन्तु इसके अलावा लाश ठिकाने लगाने का दूसरा कोई तरीका नहीं है।"

❑❑❑

आखिरकार हमें उस लाश के टुकड़े करने ही पड़े। क्योंकि काफी सोचने-विचारने के बाद भी हमें लाश ठिकाने लगाने का दूसरा कोई तरीका नहीं सुझाई दिया था। सच बात तो ये है—दूसरा कोई तरीका था ही नहीं। तिलक राजकोटिया एक काफी लम्बा चाकू निकालकर ले आया था, जिसकी धार बेहद तेज थी। हम दोनों ने मिलकर उस चाकू से डॉक्टर अय्यर के जिस्म के कई टुकड़े कर डाले। वह अत्यन्त थर्रा देने वाला दृश्य था और उस काम को करने के लिए हम दोनों को ही अपने दिल काफी मजबूत करने पड़े थे। हमने डॉक्टर अय्यर के शरीर से उसकी दोनों टाँगें अलग कर दीं। धड़ अलग कर दिया। सिर और हाथ अलग कर डाले। वह टुकड़ों-टुकड़ों में बंट गया। फिर हमने तीन बड़ी-बड़ी अटैचियों में उसके शरीर के टुकड़े भर दिये तथा उसके बाद हम दिन निकलने पर अटैचियों को कार में रखकर वर्सोवा बीच के एक बेहद निर्जन इलाके में ले गये। वहाँ पहुँचकर हमने उन अटैचियों में बड़े-बड़े पत्थर और भरे। फिर हमेशा-हमेशा के लिए उन तीनों अटैचियों को अथाह समुद्र की गहराइयों में उछाल दिया। अब किसी को पता नहीं लगना था, डॉक्टर अय्यर कहाँ गया? किधर गया? उसने जल समाधि ले ली।

❑❑❑

13

दिल थाम लीजिए—एक और झटका

उस पूरे घटनाक्रम के बाद मैं यह सोच रही थी कि सारा झंझट खत्म हो गया है और अब तिलक राजकोटिया की पूरी दौलत पर मेरा कब्जा है। अब वो सारी दौलत मेरी है। कहीं कोई अवरोध ही नहीं था। बृंदा रास्ते से हट चुकी थी और जिस डॉक्टर अय्यर से मुझे सबसे बड़ा खतरा था, वह भी अब इस दुनिया में नहीं था। सबसे बड़ी बात ये है कि प्रत्येक हत्या फूलप्रूफ ढंग से हुई थी और अभी तक किसी हत्या की वजह से कोई बड़ा फसाद पैदा नहीं हुआ था। थोड़ा-बहुत फसाद बृंदा की मौत से जरूर पैदा हुआ। लेकिन डॉक्टर अय्यर की मौत के साथ ही वो भी खत्म हो गया। फिलहाल सारे हालात नार्मल थे। अखबारों में डॉक्टर की गुमशुदगी की खबरें अभी भी बड़े जोर-शोर के साथ छप रही थीं। मुम्बई पुलिस उसे अपहरण का मामला समझ रही थी।

अलबत्ता पुलिस इस बात को लेकर हैरान जरूर थी कि अगर डॉक्टर अय्यर का अपहरण हुआ है, तो अपराधियों ने अभी तक फिरौती की डिमाण्ड क्यों नहीं की? अपराधी अभी तक खामोश क्यों है? यह बात तो मुम्बई पुलिस के ख्वाब में भी नहीं थी कि डॉक्टर अय्यर मारा जा चुका है।

इस बीच एक गलती मुझसे जरूर हुई। गलती ये हुई कि मैं सावंत भाई वाले प्रकरण को बिल्कुल भूल चुकी थी। जबकि मुझे पहले दिन ही समझ जाना चाहिये था, वह भूलने लायक वाकया नहीं है। बहरहाल फिर एक ऐसी घटना घटी, जिसने एक ही झटके में मेरी सारी मेहनत पर पानी फेर

दिया और उसके बाद ही मैं अपने मौजूदा अंजाम तक पहुँची। जेल की इस काल-कोठरी तक पहुँची। जहाँ 'फाँसी' अब मेरा मुकद्दर बन चुकी थी।

❑❑❑

सोमवार का दिन था। तिलक को उस दिन हल्का-सा फीवर था और सिर में भी कुछ दर्द था। इसलिए वो नीचे होटल के अपने ऑफिस में जाकर नहीं बैठा था। सुबह से ही पैंट हाउस में उसके टेलीफोन-पर-टेलीफोन आ रहे थे, जिन्हें वो अपने शयनकक्ष में बैठा सुन रहा था। उस समय मैं ड्राइंग रूम में थी। ड्राइंग रूम में भी एक पैरेलल फोन था। दोपहर के वक्त टेलीफोन की घण्टी बजी। मुझे न जाने क्या सूझा, मैंने पैरेलल लाइन वाला वह फोन उठा लिया और फोन उठाना ही मेरे लिए गजब हुआ। उसी क्षण से मेरे ऊपर मानो मुसीबतों के पहाड़ टूट पड़े।

"तिलक साहब!"

मैंने वो आवाज बिल्कुल साफ पहचानी। वो होटल के मैनेजर की आवाज थी।

"मैं बोल रहा हूँ।" दूसरी तरफ से तिलक की आवाज आयी—"क्या बात है?"

"एक बहुत बुरी खबर है तिलक साहब!"

"क्या?"

"सावंत भाई के आदमी आज भी मेरे पास आये थे।"

एकाएक ऐसा लगा, सावंत भाई का नाम सुनकर तिलक राजकोटिया के दिल-दिमाग पर बिजली-सी गिरी हो। वह चौंका हो। "क्या कह रहे थे वो?"

"वह अब बहुत बुरी तरह जोर डाल रहे हैं तिलक साहब!" मैनेजर बोला—"वह कह रहे हैं कि पैंट हाउस और होटल का कब्जा जल्द-से-जल्द उन्हें दे दिया जाये।"

"पागल हो गये हैं वह लोग!" तिलक राजकोटिया विषधर की भाँति फुँफकार उठा—"मैंने उन्हें पहले भी हजार मर्तबा मना कर दिया है कि मैं उन्हें कब्जा नहीं दूँगा, नहीं दूँगा। और यह मेरा आखिरी फैसला है।"

"तो फिर वह अपना रुपया माँग रहे हैं।" मैनेजर ने कहा—"आप समझने की कोशिश करें तिलक साहब, मामला बहुत संगीन मोड़ लेता जा रहा है। आप या तो सावंत भाई को उनका रुपया लौटा दें या फिर होटल और पैंट हाउस का कब्जा उन्हें दे दें। दोनों में से एक कदम तो आपने उठाना ही होगा—वरना आप जानते हैं, वो गैंगस्टर आदमी है, वो कुछ भी कर सकता है।"

"देखो मैनेजर—तुमसे मेरे हालात बिल्कुल भी नहीं छुपे हैं।" तिलक बोला—"मेरे पास उसे देने को भी कुछ नहीं है।"

"तो फिर हम आखिर कब तक सावंत भाई के आदमियों को इस प्रकार वापस भेज सकते हैं—कब तक? किसी-न-किसी दिन तो वह हँगामा करेंगे ही?"

तभी मैंने बहुत हल्की-सी आहट सुनी। आहट मेरे पीछे से आयी थी। मैं घबरा उठी और मैंने हड़बड़ाकर जल्दी से पैरेलल फोन का रिसीवर क्रेडिल पर रख दिया। मैं पलटी। मेरे पीछे बिल्ली थी। मेरे पलटते ही वो छलाँग लगाते हुए भाग खड़ी हुई। मैं अब पसीने में बुरी तरह लथपथ हो उठी। मैं भाँप गयी—तिलक राजकोटिया को जरूर मालूम हो गया होगा कि कोई पैरेलल फोन पर उसकी बात सुन रहा था।

❑❑❑

वही हुआ। वही—जिसका मुझे डर था। एक मिनट भी न गुजरा होगा, तभी तिलक दनदनाता हुआ ड्राइंग रूम में आ पहुँचा। वह बेहद गुस्से में था और उसकी आँखें दहकते अँगारों की भाँति सुलग रही थीं।

"क्या पैरेलल लाइन पर तुम्हीं मेरी बात सुन रही थीं?" वह आते ही दहाड़ा।

मैं सन्न्! मेरे होश गुम! वह आगे बढ़ा और उसने तत्काल मेरे मुँह पर ऐसा झन्नाटेदार थप्पड़ जड़ा कि मेरे हलक तक से चीख निकल गयी और मैं लहराते हुए पीछे सोफे पर जाकर गिरी।

"ब्लडी शिट!" तिलक गरजा—"मैंने सोचा भी न था कि तुम ऐसी घटिया हरकत करोगी।"

फिर तिलक राजकोटिया जिस तरह दनदनाता हुआ वहाँ आया था, उसी तरह वहाँ से चला गया। मैं अचम्भित-सी सोफे पर पड़ी रही। तिलक ने मुझे थप्पड़ मारा था, मैं अपने आप पर यकीन नहीं कर पा रही थी। किसी मर्द के हाथों हुई वह मेरी जिन्दगी की सबसे बड़ी बेइज्जती थी। मैं सकते जैसी हालत में थी। आश्चर्यचकित! सोफे पर पड़े-पड़े मुझे फिर 'नाइट क्लब' की याद आने लगी। क्या इसीलिए मैं वो क्लब छोड़कर आयी थी? इसी बेइज्जती के लिए? इस ऐश्वर्यपूर्ण दुनिया से अच्छा तो वही क्लब था, वहाँ कम-से-कम मुझे कभी इस तरह की बेइज्जती का सामना तो नहीं करना पड़ा था। वहाँ हमेशा मर्द मेरे आगे-पीछे भूखे कुत्तों की तरह घूमते थे। लेकिन आज वैसा ही एक मर्द मेरे ऊपर हावी था। और सिर्फ मेरे कारण! मेरी दौलत की असीमित लालसा के कारण। वरना तिलक की क्या मजाल थी, जो वह मुझे थप्पड़ मारता। उस दिन मैं यह बात भली-भाँति समझ गयी कि तिलक काफी बदल गया है और वह शादी कोई बहुत दिन तक चलने वाली नहीं है। मुझे यह अहसास फिर बड़ी शिद्दत के साथ होने लगा कि एक दिन मुझे फिर 'नाइट क्लब' की उसी झिलमिलाती दुनिया में वापस लौटना पड़ेगा। वहीं! जहाँ मैं पैदा हुई थी। जो मेरी अपनी दुनिया थी।

❑❑❑

मुझे थप्पड़ मारने के बाद तिलक राजकोटिया तभी पैंट हाउस छोड़कर चला गया था। फिर रात को वह नशे में बुरी तरह धुत्त होकर वापस लौटा। गार्ड उसे पकड़कर ऊपर तक लाया था। शयनकक्ष के सामने पहुँचकर वो ठिठका।

"ब... बस तुम वापस जाओ।" नशे के कारण तिलक की जबान बुरी तरह लड़खड़ा रही थी।

"मैं आपको कमरे के अन्दर तक छोड़ देता हूँ साहब जी!"

"मैंने कहा न।" तिलक थोड़ी सख्ती के साथ बोला—"तुम वापस जाओ।"

"ठ... ठीक है साहब जी!"

गार्ड उसे वहीं दरवाजे पर छोड़कर चला गया। तिलक के कदम लड़खड़ाये। उसने आज बहुत ज्यादा पी हुई थी। उसके कदम दोबारा

लड़खड़ाये, तो उसने दरवाजे की चौखट पकड़ ली और अन्दर मेरी तरफ देखा। मैं उस समय बिस्तर पर लेटी थी। तिलक के बाल बिखरे हुए थे। कोट कंधे पर पड़ा था। टाई की नॉट खुली हुई थी और शर्ट आधी से ज्यादा बेल्ट से बाहर झूल रही थी। तिलक की ऐसी अस्त-व्यस्त हालत मैंने इससे पहले कभी नहीं देखी थी। मैंने उसकी तरफ से गर्दन फेर ली।

"क्यों आये हो तुम यहाँ?"

तिलक कुछ न बोला। शायद उसने मेरी बात सुनी ही नहीं थी। मुझे उसके लड़खड़ाते कदमों की आवाज सुनाई पड़ी। वह धीरे-धीरे मेरी तरफ बढ़ रहा था। जबकि उस क्षण मुझे उस आदमी से नफरत हो रही थी, उसकी शक्ल से नफरत हो रही थी। वह मेरे बैड के नजदीक आकर खड़ा हो गया। इतना नजदीक कि मुझे उसकी उपस्थिति का आभास अच्छी तरह मिलने लगा।

"म... मैं जानता हूँ शिनाया!" वह लड़खड़ाये स्वर में ही बोला—"मैंने तुम्हें थप्पड़ मारा, इसीलिए तुम मुझसे नाराज हो—सख्त नाराज।"

मैं खामोश लेटी रही। मेरे अन्दर गुस्से का ज्वालामुखी खौल रहा था।

"मुझसे सचमुच गलती हुई है।" तिलक बोला—"दरअसल इन दिनों मेरा दिमाग ठिकाने पर नहीं है शिनाया! मैं जानता हूँ—म... मैं क्या कर रहा हूँ। तुम्हारी जानकारी के लिए बता दूँ—मैं पूरी तरह बर्बाद हो चुका हूँ। मेरे पास अब कुछ भी मेरा अपना नहीं है।"

मैं चौंकी। वह एक नई बात मुझे सुनने को मिल रही थी।

"य... यह पैंट हाउस!" तिलक राजकोटिया लड़खड़ाये स्वर में बोला—"यह तमाम शानो-शौकत, बार, ऑफिस, आज कुछ भी मेरे पास नहीं बचा है। म... मैं पूरी तरह सड़क पर आ चुका हूँ। स्थिति ये है कि मैं अब उस दिन के बारे में सोच-सोचकर डरने लगा हूँ, जिस दिन मेरे सामने रोटियों तक की समस्या आ जायेगी।"

मेरी गर्दन एकदम झटके के साथ तिलक राजकोटिया की तरफ घूमी। मुझे मानो अपने कानों पर यकीन नहीं हुआ। तिलक जैसा फिल्दी रिच और सड़क पर? कंगाली की हालत में? नहीं-नहीं, ऐसा नहीं हो सकता।

"यह तुम क्या कह रहे हो?" मेरे होंठों से खुद-ब-खुद निकला।

"य... यह सच है शिनाया!"

"लेकिन...।"

"इसमें मेरी कोई गलती नहीं।" तिलक ने अपना कोट वहीं बिस्तर पर डाल दिया और एक कुर्सी पर बैठकर धमाके पर धमाके करता चला गया—"सब कुछ किस्मत की बदौलत हुआ—क... किस्मत ने मेरे साथ बड़ा भारी मजाक किया।"

"कैसा मजाक?"

मैं मानो कुछ क्षण के लिए थप्पड़ वाली बात बिल्कुल भूल चुकी थी।

"दरअसल मुझे एक के बाद एक कारोबार में बहुत भारी-भारी नुकसान उठाने पड़े।" तिलक राजकोटिया बोला—"म... मेरे तीन काफी बड़े-बड़े हाउसिंग प्रोजेक्ट थे, जो फ्लॉप हो गये। उन तीनों प्रोजेक्टों में मुझे करोड़ों रुपयों का नुकसान उठाना पड़ा। म... मेरी बुरी हालत हो गयी। अपने कारोबार को उभारने के लिए मैंने लोगों से बड़े पैमाने पर कर्जा लिया। अपना होटल, पैंट हाउस, जो कुछ भी मेरे पास था—मैंने वह सब गिरवी रख डाला। यहाँ तक कि मैं सावंत भाई जैसे बड़े गैंगस्टर से भी सौ करोड़ रुपये का कर्ज लेने में नहीं हिचकिचाया।"

मेरे दिमाग में भी अब आश्चर्य के अनार छूटने लगे।

"सौ करोड़ का कर्ज!"

"हाँ।"

"सावंत भाई के पास तुमने क्या गिरवी रखा?" मैं बोल उठी।

"क, कुछ नहीं।" तिलक ने एक और रहस्योद्घाटन किया—"उस समय सावंत भाई के और मेरे काफी अच्छे सम्बन्ध थे—इ... इसलिए सावंत भाई ने बिना कुछ रखे ही मुझे वह कर्जा दे दिया। वैसे भी सावंत भाई जैसा आदमी कर्जा देते समय कभी कुछ गिरवी नहीं रखता। क्योंकि उसे मालूम है—जिस तरह वो कर्जा देना जानता है, उसी तरह अपना कर्जा सूद समेत किसी के हलक से वापस निकालना भी जानता है। बहरहाल मैंने बाजार से वह भारी-भरकम कर्जा उठाकर अपने दो काफी बड़े प्रोजेक्ट और शुरू किये, जिनसे मुझे शत-प्रतिशत मुनाफे की उम्मीद थी। ल... लेकिन किस्मत की मार देखो, मेरे वह दोनों प्रोजेक्ट भी फ्लॉप हो गये। मुझे उनमें भी भारी

नुकसान उठाना पड़ा। उसके बाद मेरी कमर टूट गयी। आज स्थिति ये है, मेरे पास कुछ नहीं बचा है। यह पैंट हाउस और होटल भी दूसरे साहूकारों के पास गिरवी पड़ा है, जिनसे मैंने पचास करोड़ का कर्जा लिया था। जिन साहूकारों के पास यह होटल और पैंट हाउस गिरवी है, उन्हें अपने पैसे की कुछ चिन्ता नहीं है। अपने पैसे की असल चिन्ता सावंत भाई को है।"

"क्यों? सावंत भाई को अपने पैसे की चिन्ता क्यों है?"

"क... क्योंकि सावंत भाई अब इस बात को अच्छी तरह जान गया है," तिलक बोला—"कि मेरे पास उसका कर्जा चुकाने को कुछ नहीं बचा है। वह अगर मेरे साथ जबरदस्ती भी करेगा, तब भी मैं उसका कर्जा कहाँ से चुकाऊँगा? और उसके सामने सबसे बड़ी प्रॉब्लम ये है कि उसके पास गिरवी भी कुछ नहीं रखा हुआ।"

"ओह!"

स्थिति वाकई जटिल थी।

❑❑❑

मुझे यह समझने में देर नहीं लगी कि सावंत भाई की हालत साँप-छछून्दर जैसी थी। वो बुरी तरह फँसा हुआ था। तिलक राजकोटिया अभी भी शराब के नशे में सराबोर कुर्सी पर बैठा था और अपनी बर्बादी की दास्तान सुना रहा था।

"अब सावंत भाई क्या चाहता है?" मैं कौतुहलतापूर्वक बोली—"वो अपने आदमी भेजकर तुम्हें किस तरह की धमकी दे रहा है?"

"द... दरअसल सावंत भाई की इच्छा है," तिलक ने पुनः नशे से लड़खड़ाये स्वर में कहा—"कि मैं इस होटल और पैंट हाउस का कब्जा उसे दे दूँ।"

"कब्जा देने से क्या होगा?" मैं बोली—"जबकि तुम बता रहे हो कि यह दोनों चीजें पहले ही किन्हीं और साहूकारों के पास गिरवी पड़ी हैं।"

"ठ... ठीक बात है। असल मामला ये है कि वह इन दोनों चीजों का कब्जा इसलिए लेना चाहता है, ताकि फिर उन साहूकारों के साथ मिलकर वह प्रॉपर्टी को बेच सके। सौ करोड़ नहीं तो चालीस-पचास करोड़ ही यहाँ से उठा सके। अपनी रकम उगहाने का उसे यही एक सॉलिड तरीका दिखाई

दे रहा है कि उन साहूकारों को बलि का बकरा बनाया जाये और इसीलिए अब वो हाथ धोकर इस काम को अंजाम देने के वास्ते मेरे पीछे पड़ा है।"

इसमें कोई शक नहीं—सावंत भाई ने अपनी रकम उगहाने का एक बेहतरीन जरिया सोचा था। उसी तरह वो अपनी रकम वसूल सकता था।

"फिर तुम्हें अब कब्जा देने में क्या ऐतराज है?"

"म... मैं अपनी मार्किट पोजीशन की खातिर उसे कब्जा नहीं दे रहा।" तिलक बोला—"जिस दिन मैंने उसे कब्जा दिया, उसी दिन मेरी रही-सही इज्जत भी मिट्टी में मिल जायेगी और मैं पूरी तरह सड़क पर खड़ा होऊँगा। म... मैं किसी प्रकार अपनी इस इज्जत को अभी तक बरकरार रखे हुए हूँ। लेकिन मुझे लगता नहीं कि यह इज्जत अब और ज्यादा दिन नहीं बच पाएगी।"

मैं आश्चर्यचकित-सी तिलक राजकोटिया की सूरत देखे जा रही थी।

"म... मैं तुम्हें भी यह बात नहीं बताना चाहता था शिनाया।" तिलक पुनः गहरी साँस लेकर बोला—"लेकिन अफसोस मुझे मजबूरी में तुम्हें यह सारी कहानी सुनानी पड़ रही है। क्योंकि मैं तुमसे आखिर यह सब छिपाकर भी कब तक रख सकता था! आखिर कभी-न-कभी तो तुम्हें मेरी बर्बादी की यह दास्तान मालूम ही होती।"

❑❑❑

मेरे छक्के छूट पड़े। जिस दौलत के लिए मैंने तीन-तीन हत्यायें की थीं, जिस दौलत की खातिर मैंने अपनी सहेली और सरदार करतार सिंह जैसे बेहद भले आदमी तक को मौत के घाट उतार डाला था, वही दौलत अब मेरे पास नहीं थी। मैं फिर वहीं-की-वहीं थी। तिलक राजकोटिया की बात सुनकर मेरे ऊपर कैसा वज्रपात हुआ होगा, इसका आप सहज अनुमान लगा सकते हैं। आखिर मैंने दौलत के लिए ही तो तिलक राजकोटिया से शादी की थी।

एक सुखद भविष्य के लिए ही तो उसकी अर्धांगनी बनना स्वीकार किया था। और कितने मजाक की बात है। दौलत फिर भी मेरे पास नहीं थी। मैं फिर कंगाल थी। किस्मत मेरे साथ कैसा अजीब खेल, खेल रही थी। सारी रात मुझे नींद न आयी। मैं बस बेचैनीपूर्वक करवटें बदलती रही। कभी उधर! कभी इधर!

क्या मजाल—जो मेरी एक पल के लिए भी आँख लगी हो। और सोया तिलक भी नहीं। अलबत्ता फिर हम दोनों के बीच कोई बात नहीं हुई थी। मुझे यह कबूल करने में कुछ हिचक नहीं है कि अब हम दोनों के बीच दूरियाँ बढ़ने लगी थीं। कम-से-कम पहले जैसा प्यार तो अब हमारे दरम्यान हर्गिज भी नहीं था। अगले दिन सुबह-ही-सुबह शक्ल-सूरत से गुण्डे नजर आने वाले चार आदमी ऊपर पैंट हाउस में आये।

उन्होंने कीमती सूट पहना हुआ था। टाई लगाई हुई थी। और हाथ की कई उँगलियों में सोने की मोटी-मोटी अँगूठियाँ थीं। फिर भी कुल मिलाकर बदमाशी उनके चेहरे से झलक रही थी। वह साफ-साफ गुण्डे दिखाई पड़ रहे थे। उनमें से एक की जेब में मुझे रिवॉल्वर का भी स्पष्ट अहसास हुआ।

"गुड मॉर्निंग तिलक साहब!"

"गुड मॉर्निंग!"

उन चारों को देखकर तिलक राजकोटिया के नेत्र सिकुड़ गये। वह तेजी से उनकी तरफ बढ़ा।

"कौन हो तुम लोग?"

"हमें आपके पास सावंत भाई ने भेजा है।"

सावंत भाई! उस नाम ने एक बार फिर मेरे शरीर में सनसनाहट दौड़ा दी। जबकि एक गुण्डा अब बड़ी अश्लील निगाहों से मेरी तरफ देख रहा था। जैसे कोई नंगी-बुच्ची औरत को देखता है। मेरे ऊपर कोई फर्क न पड़ा। आखिर ऐसे बद्जात मर्दों को और उनकी ऐसी वाहियात निगाहों को मैं बचपन से झेलती आयी थी। मैं खूब जानती थी, किसी ठीक-ठाक औरत को देखने के बाद ऐसे मर्दों के दिल में सबसे पहली क्या ख्वाहिश जन्म लेती थी। वह एकदम उसके साथ अभिसार की कल्पना करने लगते थे।

"अगर तुम्हें सावंत भाई ने भेजा है," तिलक राजकोटिया थोड़े कर्कश लहजे में बोला—"तो तुम्हें नीचे मैनेजर से बात करनी चाहिये थी।"

"जी नहीं।" वही गुण्डा बोला, जो बड़ी प्यारी निगाहों से मुझे घूरकर देख रहा था—"मैनेजर से हम लोग बहुत बात कर चुके। अब सावंत भाई का आर्डर है कि हम लोग सीधे आपसे बात करें और जल्द-से-जल्द इस मामले को निपटायें। चाहे कैसे भी!"

"कैसे भी से क्या मतलब है तुम्हारा?"

गुण्डा हँसा।

"आप समझदार आदमी हैं तिलक साहब। दुनिया देखी है आपने। क्यों सारी बात हमारी जबान से ही 'हिन्दी' में सुनना चाहते हैं।"

तिलक राजकोटिया ने अपने शुष्क अधरों पर जबान फेरी। हालात खुशगवार नहीं थे।

"तुम लोग मेरे साथ अन्दर कमरे में आओ।"

"कमरे में क्यों?"

"तुम्हें जो कहना है—वहीं कहना।"

चारों गुण्डों की निगाह एक-दूसरे से मिली।

"ठीक है।" फिर उनमें से एक बोला—"कमरे में चलो, हमारा क्या है!"

तिलक राजकोटिया और वह चारों एक कमरे में जाकर बन्द हो गये। उसके बाद उनके बीच जो बातें हुईं, उसी कमरे के अन्दर हुईं। बातों का तो मुझे कुछ पता न चला। अलबत्ता फिर भी मैं यह अन्दाजा भली-भाँति लगा सकती थी कि उनके बीच क्या बातें हुई होंगी। वह गुण्डे जितनी देर पैंट हाउस में रहे—मेरी साँस गले में अटकी रही। थोड़ी ही देर बाद वह चले गये।

❑❑❑

फिर दोपहर के वक्त पैंट हाउस में एक ऐसी टेलीफोन कॉल आयी, जिससे मुझे एक और जानकारी हासिल हुई। जिसके बाद एक और खतरनाक सिलसिले की शुरुआत हुई। दोपहर के कोई दो बजे का समय था, जब घण्टी की आवाज सुनकर मैंने टेलीफोन का रिसीवर उठाया।

तिलक राजकोटिया तब पैंट हाउस में नहीं था और न ही नीचे होटल में था। वो अपनी किसी 'साइट' पर गया हुआ था।

"हैलो!"

मेरे कान में एक बेहद सुरीली आवाज पड़ी। वह किसी लड़की का स्वर था।

"कौन?"

"मुझे तिलक राजकोटिया से बात करनी है।"

"तिलक साहब तो यहाँ नहीं है, आप कौन हैं?"

"क्या आप उनकी पत्नी बोल रही हैं?" दूसरी तरफ मौजूद लड़की ने सवाल किया।

"जी हाँ।"

"मैं एल० आई० सी० (भारतीय जीवन बीमा निगम) की एक एजेण्ट बोल रही हूँ।" लड़की ने कहा—"तिलक साहब के बीमे की किश्त अभी तक ऑफिस में जमा नहीं हुई है—आप कृपया उन्हें ध्यान दिला दें कि वो बीमे की किश्त जमा कर दें।"

मैं चौंकी। बीमा! वह मेरे लिए एक नई खबर थी।

"क्या तिलक साहब ने बीमा भी कराया हुआ है?"

"आपको इस बारे में नहीं मालूम?" वह बोली।

"नहीं तो।"

"आश्चर्य है मैडम!" लड़की की आवाज में विस्मय का पुट था—"पूरे मुम्बई शहर में अगर किसी का सबसे बड़ा बीमा है, तो वह तिलक साहब का है। उन्होंने पाँच-पाँच करोड़ के दस बीमे कराये हुए हैं। कुल मिलाकर उनका पचास करोड़ का बीमा है।"

"प... पचास करोड़ का बीमा!"

"जी हाँ मैडम! किसी एक अकेले आदमी का इतना बड़ा बीमा सिर्फ उनका है।"

मेरे कानों में सीटियाँ बजने लगीं। पचास करोड़ का बीमा! तिलक राजकोटिया ने अपना इतना बड़ा बीमा कराया हुआ था।

"आप उन्हें किश्त के बारे में ध्यान दिला दें मैडम!"

"जरूर।" मैंने तत्पर अन्दाज में कहा—"मैं उनसे आते ही बोल दूँगी।"

"थैंक्यू।"

लड़की ने लाइन काट दी।

❑❑❑

फिर मैंने आनन-फानन उस अलमारी की तलाशी ली, जिस अलमारी में तिलक राजकोटिया इस तरह के जरूरी डाक्यूमेण्ट रखता था। वह अलमारी उसके शयनकक्ष में ही थी और सबसे बड़ी बात ये है कि उस अलमारी की चाबी तक भी मेरी आसान पहुँच थी। जल्द ही मैंने अलमारी खोल डाली। फिर उसमें कागज तलाशने शुरू किये। शीघ्र ही बीमे के डाक्यूमेण्ट मेरे हाथ लग गये।

वाकई! उसका पचास करोड़ का बीमा था। पचास करोड़ की 'मनी बैक पॉलिसी'! मेरे हाथ-पैरों में कंपकंपी छूटने लगी। वह एक अजीब-सा अहसास था, जो यह पता लगने के बाद मेरे अन्दर हो रहा था कि तिलक राजकोटिया का पचास करोड़ का बीमा है। मैं इस बात को बखूबी जानती थी कि 'मनी बैक पॉलिसी' में अगर पॉलिसी धारक का कोई एक्सीडेण्ट हो जाता है या उसकी हत्या हो जाती है, तो उसके उत्तराधिकारी को दोगुनी रकम मिलती है। यानी सौ करोड़!

सौ करोड़—इतने रुपये मेरे सुखद भविष्य के लिए बहुत थे। उस दिन मेरे दिमाग में एक और बड़ा खतरनाक ख्याल आया। तीन हत्या मैं कर चुकी थी। तो फिर दौलत के लिए एक हत्या और क्यों नहीं? एक आखिरी दाँव और क्यों नहीं? क्या पता इस बार कुछ बात बन ही जाये।

❑❑❑

14

हसबैंड का मर्डर

अगले दो दिन मैंने तिलक राजकोटिया की हत्या की योजना बनाने में गुजारे। आप मेरी बुद्धि पर इस समय आश्चर्य अनुभव कर रहे होंगे। आखिर मैं अपने पति की हत्या करने जा रही थी। उस पति की हत्या—जिसे मैंने भारी जद्दोजहद के बाद हासिल किया था और जो कभी मुझे बहुत पसन्द था। लेकिन मैं समझती हूँ—इसमें आश्चर्य जैसी कोई बात नहीं। मेरी गारण्टी है, अगर आप मेरी जगह होते, तो शायद आप भी यही कदम उठाते—जो मैंने उठाया।

जरा सोचिये—अब इसके सिवा मेरे सामने रास्ता ही क्या था? मेरे सामने दो ही रास्ते थे। या तो मैं 'नाइट क्लब' की उस झिलमिलाती दुनिया में वापस लौट जाऊँ। लेकिन जब-जब मुझे अपनी दम तोड़ती हुई माँ का चेहरा याद आ जाता था, तो वहाँ लौटने की कल्पना से ही मुझे दहशत होने लगती थी। या फिर मैं किसी तरह दौलत हासिल करूँ? कैसे भी! कुछ भी करके!

मैंने दूसरा रास्ता चुना। दौलत हासिल करने का रास्ता। मैंने दृढ़ संकल्प कर लिया कि मैं तिलक राजकोटिया को भी रास्ते से हटाऊँगी। अलबत्ता तिलक राजकोटिया की हत्या मैंने इस तरह करनी थी, जो उसकी हत्या का सारा शक सावंत भाई पर आये। सावंत भाई को निशाना बनाकर मैंने सारा खेल, खेलना था। हमेशा की तरह जल्द ही मैंने हत्या की एक बहुत फूलप्रूफ योजना बना ली। योजना को अंजाम देने के लिए मुझे सबसे पहले एक रिवॉल्वर की जरूरत थी। वह मेरे पास पहले से ही थी। डॉक्टर अय्यर की देसी पिस्तौल—जिसे मैंने उससे छीना था।

❑❑❑

अगले दिन से ही मेरा खेल शुरू हो गया। बड़े हिसाब से मैंने एक-एक चाल चली। जो किसी को भी मेरे ऊपर शक न हो।

तिलक राजकोटिया नीचे अपने ऑफिस में जाने के लिए सुबह ठीक दस बजे तक तैयार हो जाता था। फिर वह लिफ्ट में सवार होकर नीचे पहुँचता। ऊपर से नीचे ग्राण्ड फ्लोर तक पहुँचने में उसे दो मिनट लगते थे।

लिफ्ट ग्राउण्ड फ्लोर पर जिस जगह जाकर रुकती, वो एक काफी सुनसान गलियारा था। उसके बाद वो लम्बे-लम्बे डग रखता हुआ गलियारा पार करता। एक लॉबी में पहुँचता। लॉबी के बराबर में ही एक काफी लम्बा-चौड़ा गलियारा और था जो आगे उसके ऑफिस तक जाता था। उस दिन मैं सुबह पौने दस बजे ही नहा-धोकर तैयार हो गयी थी। मैंने बड़ी खूबसूरत ड्रेस पहनी। टाइट जीन! हाइनेक का पुलोवर! और चमड़े का मेहरून कोट। जिसमें कमर वाली जगह बहुत चौड़ी बेल्ट लगी थी और उसमें सुनहरी बक्कल फिट था।

"तुम कहाँ जा रही हो?" तिलक राजकोटिया मेरी तरफ देखकर बोला।

"मैंने आज से एक नया फैसला किया है तिलक।"

"क्या?"

"मैं अब हमेशा तुम्हारे साथ रहा करूँगी।" मैंने कहा—"ऑफिस में भी और जहाँ-जहाँ तुम जाया करोगे, वहाँ भी। यूँ समझो—अब मैं हमेशा साये की तरह तुम्हारे साथ लग गयी हूँ।"

"ऐसा क्यों?" तिलक चौंका।

"दरअसल तुम नहीं जानते-सावंत भाई के आदमियों से अब तुम्हारी जान को पूरा खतरा है।" मैंने अपनी योजना के पत्ते फैलाने शुरू किये—"वह किसी भी पल, कुछ भी कर सकते हैं। पैंट हाउस में वो जिस तरह दनदनाते हुए घुस आये थे, उससे उनके इरादे साफ झलक रहे हैं।"

"लेकिन तुम मेरे साथ रहकर बिगड़ते हुए हालातों को सँभाल थोड़े ही सकती हो शिनाया?"

"सही कहा तुमने।" मैंने बे-हिचक कबूल किया—"मैं बिगड़ते हुए हालातों को नहीं सँभाल सकती। लेकिन मैं समझती हूँ, एक से भले हमेशा दो होते हैं। दो आदमियों का असर, दो आदमियों का रुतबा अलग होता है। इसके अलावा मैं तुमसे एक बात और कहूँगी।"

"क्या?"

"रिवाल्वर हमेशा अपने पास रखा करो—चौबीसों घण्टे उसे तकिये के नीचे रखना ठीक नहीं है।"

मैंने अपने कोट की जेब से स्मिथ एण्ड वैसन रिवॉल्वर निकालकर उसकी तरफ बढ़ाई।

"ओह शिनाया!" तिलक ने एकाएक कसकर मुझे अपनी बाँहों के दायरे में समेट लिया—"तुम कितना ख्याल रखती हो मेरा।"

"आखिर मैं पत्नी हूँ तुम्हारी!" मैं अमरबेल की तरह उससे लिपट गयी—"अगर मैं तुम्हारा ख्याल नहीं रखूँगी—तो कौन रखेगा?"

तिलक राजकोटिया ने बुरी तरह भावुक होकर मेरा प्रगाढ़ चुम्बन ले लिया।

उसकी बाँहों का दायरा मेरी पीठ के गिर्द कुछ और ज्यादा कसा।

"अब इस रिवॉल्वर को अपनी जेब में रखो।"

तिलक ने वह रिवॉल्वर अपनी जेब में रखी।

"सचमुच मैं तुम्हें अपनी पत्नी के रूप में पाकर धन्य हो गया हूँ शिनाया!"

मैं धीरे से मुसकुरा दी। उसे कहाँ मालूम था—मुझे पत्नी के रूप में पाकर उसके गले में कितनी बड़ी मुसीबत की घण्टी बँध गयी थी। उसने मुझे फिर भी बाँहों के दायरे से मुक्त नहीं किया। बल्कि उसने मुझे और ज्यादा कसकर अपने सीने से चिपटा लिया उसकी उँगलियाँ धीरे-धीरे मेरी पीठ पर सरसराने लगीं। उसने अपने जलते हुए होंठ स्थायी तौर पर मेरे नाजुक और सुर्ख होंठों पर रख दिये। उसकी साँसें भारी होने लगी। आँखों में नशा-सा छाने लगा। मैं भी अपने बदन में अब अजीब-सी सनसनाहट अनुभव कर रही थी।

"क्या कर रहे हो, अब और ज्यादा शरारत मत करो।" मैंने तिलक राजकोटिया को जबरन धकेलकर अपने से अलग किया—"ये दिन है, कोई रात नहीं है।"

"मैं जानता हूँ डार्लिंग—यह दिन है।" तिलक मुस्कुराया—"लेकिन शरारत करने के लिए दिन ही कौन-सा मना करता है।"

तिलक ने मुझे फिर आलिंगनबद्ध कर लेना चाहा।

"अच्छा अब बस करो।" मैं तुरन्त दो कदम पीछे हटी—"और मेरी बात ध्यान से सुनो।"

"कहो।"

"मैं फिलहाल नीचे ऑफिस में जा रही हूँ, तुम भी तैयार होकर जल्दी से वहाँ पहुँचो।"

"ठीक है बॉस!" वह बड़ी अदा से सिर नवाकर बोला—"बन्दा अभी हाजिर होता है।"

मैं धीरे से हँस पड़ी।

❑❑❑

लेकिन सच तो ये है कि उस समय मेरा दिमाग पूरी तरह सक्रिय था। मेरी हँसी, मेरा चुहलपन, सब एक नाटक था। ड्रामा! तिलक राजकोटिया से विदा लेकर मैं तेजी से लिफ्ट की तरफ बढ़ गयी। अगले ही पल मैं लिफ्ट के अन्दर दाखिल हुई और झटके के साथ लिफ्ट का दरवाजा बन्द किया। फिर लिफ्ट का ग्राउण्ड फ्लोर वाला बटन दबाया। लिफ्ट तूफानी गति से नीचे की तरफ भागने लगी।

वह समय आ गया था—जब मैंने तिलक की हत्या की दिशा में अपनी पहली चाल चलनी थी। ठीक दो मिनट बाद लिफ्ट ग्राउण्ड फ्लोर पर पहुँचकर रुकी। मैं लिफ्ट से बाहर निकली। अब मैं गलियारे में थी। गलियारा हमेशा की तरह बिल्कुल सुनसान पड़ा था। वहाँ कोई न था। इंसान का एक बच्चा तक नहीं!

फिर मैं लिफ्ट के बिल्कुल सामने वाले कमरे की तरफ बढ़ी। वह कमरा खाली पड़ा था। कमरे के पास पहुँचकर मैंने उसका ताला खोला। उसकी चाबी हासिल करने में मुझे कोई दिक्कत नहीं आयी थी—वह बड़ी

सहजता से हासिल हो गयी। दरअसल तिलक के पास एक ऐसी मास्टर-की थी, जो उस होटल के लगभग सभी दरवाजों के ताले सहूलियत के साथ खोल देती थी। सबसे बड़ी बात ये है, तिलक राजकोटिया मास्टर-की को पैंट हाउस की उसी अलमारी में रखता था, जिसमें दूसरे जरूरी डाक्यूमेण्ट रखे रहते हैं।

ताला खोलते ही मैं कमरे के अन्दर दाखिल हुई और दरवाजा पहले की तरह वापस बन्द कर लिया। फिर मैं एक खिड़की की तरफ बढ़ी। वह ग्लास-विण्डो थी, जिसमें से लिफ्ट बिल्कुल साफ नजर आ रही थी। मैंने अपने चमड़े के मेहरून कोट की जेब से पिस्तौल निकाली। उसका चैम्बर खोलकर देखा। उसके चार खानों में गोलियाँ मौजूद थीं। मैंने चैम्बर सैट करके उसे वापस बन्द किया। फिर मैंने ग्लास-विण्डो मुश्किल से एक इंच खोली। इतनी—जो बस पिस्तौल की नाल उसमें से बाहर निकल सके। फिर मैं बहुत धैर्यपूर्वक तिलक का इन्तजार करने लगी।

❑❑❑

वक्त गुजरता रहा। ठीक दस बजे लिफ्ट ऊपर की तरफ सरकनी शुरू हुई और जल्द ही वो मेरी नजरों से ओझल हो गयी। जरूर तिलक ने ऊपर से इंडीकेटर पैनल में लगा बटन दबाया था। मैंने फौरन पिस्तौल की नाल ग्लास-विण्डो की झिरी से बाहर निकाल दी। मेरी व्याग्रता बढ़ गयी। तिलक अब नीचे आने वाला था। उस क्षण मुझे अपनी साँस गले में घुटती अनुभव हो रही थी। मुझे ऐसा लग रहा था, जैसे मेरे हाथ-पाँव ठण्डे पड़ते जा रहे हों।

मेरी निगाह लिफ्ट के लाल इंडीकेटर पर जाकर ठहर गयी। वह अब बुझ चुका था। कुछ देर इंडीकेटर पर कोई हरकत न हुई। फिर एकाएक इंडीकेटर की सुर्ख लाइट पुनः जल उठी। उसके बाद पैनल पर बड़ी तेजी के साथ नम्बर जलने-बुझने शुरू हुए। नौ। आठ। सात। छः। लिफ्ट नीचे की तरफ आ रही थी। मेरी उँगली सख्ती से रिवॉल्वर के ट्रेगर पर जाकर कस गयी। मेरी निगाह अपलक इंडीकेटर को घूर रही थी।

तभी झटके के साथ लिफ्ट नीचे आकर रुकी। उसमें तिलक मौजूद था। वह सफेद कोट-पैंट पहने था और ब्लू कलर की फूलदार टाई लगाए था, जिसमें उसका व्यक्तित्व काफी खूबसूरत दिखाई पड़ रहा था। वह लिफ्ट

का दरवाजा खोलकर बाहर निकला। तभी मैंने पिस्तौल का ट्रेगर दबा दिया। गोली चलने की ऐसी तेज आवाज हुई, मानो तोप से गोला छूटा हो। साथ ही तिलक राजकोटिया की अत्यन्त हृदयग्राही चीख भी वहाँ गूँजी। गोली चलते ही मैंने ग्लास विण्डो बन्द की और फौरन दरवाजे की तरफ भागी। दरवाजे तक पहुँचते-पहुँचते मैं पिस्तौल वापस कोट की जेब में रख चुकी थी। मैंने दरवाजा खोला और बाहर झाँका। तिलक लिफ्ट के पास औंधे मुँह पड़ा हुआ था। मैं तुरन्त कमरे से बाहर निकल गयी। दरवाजे को मैंने पहले की तरह ही मास्टर-की से लॉक भी कर दिया।

❑❑❑

गोली चलने की आवाज इतनी तेज हुई थी कि वो दूर-दूर तक प्रतिध्वनि हुई। जो गलियारा अभी तक बिल्कुल सुनसान पड़ा हुआ था, एकाएक उस गलियारे की तरफ कई सारे कदमों के दौड़कर आने की आवाज सुनाई पड़ी। मैं तब तक तिलक राजकोटिया के पास पहुँच चुकी थी। मैंने देखा—गोली उसके कंधे में लगी थी और वहाँ से बुरी तरह खून रिस रहा था। दर्द से उसका बुरा हाल था।

"तिलक!" मैंने तिलक राजकोटिया को बुरी तरह झंझोड़ा—"तिलक!"

"म... मैं ठीक हूँ।" तिलक अपना कंधा पकड़े-पकड़े कंपकंपाये स्वर में बोला—"म... मुझे कुछ नहीं हुआ।"

तभी तीन आदमी दौड़ते हुए गलियारे में आ पहुँचे। उनमें से एक होटल का मैनेजर था और बाकी दो बैल ब्वॉय थे। तिलक राजकोटिया की हालत देखकर उन तीनों की आँखें भी आतंक से फैल गयीं।

"किसने चलाई गोली?" होटल का मैनेजर चिल्लाकर बोला—"किसने किया यह सब?"

"म... मालूम नहीं, कौन था।" तिलक अपना कंधा पकड़े-पकड़े खड़ा हुआ—"मैं जैसे ही लिफ्ट से बाहर निकला—ब... बस फौरन धायं से गोली आकर लगी।"

"मैंने देखा था—जिसने गोली चलायी।" एकाएक मैं शुष्क स्वर में बोली।

तुरन्त मैनेजर की गर्दन मेरी तरफ घूमी।

"वह कोट-पैंट पहने आदमी था।" मैं बोली—"लेकिन वो शक्ल से बदमाश नजर आ रहा था। मैंने उसे उस तरफ भागते देखा था।"

मैंने गलियारे में दूसरी तरफ उँगली उठा दी। तत्काल दोनों बैल ब्वॉय उसी तरफ दौड़ पड़े।

"गोली आपके कंधे के अलावा तो कहीं और नहीं लगी तिलक साहब?" मैनेजर बहुत गौर से तिलक राजकोटिया को देखता हुआ बोला।

"नहीं।"

"चलो—शुक्र है।"

तभी कुछ दौड़ते कदमों की आवाज और हमारे कानों में पड़ी, जो उसी गलियारे की तरफ आ रहे थे। मैनेजर के चेहरे पर अब चिन्ता के भाव दौड़ गये।

"लगता है!" वह थोड़ा आन्दोलित होकर बोला—"गोली की आवाज कुछ और लोगों ने भी सुन ली है और अब वो इसी तरफ आ रहे हैं। अगर यह बात ग्राहकों के बीच फैल गयी कि होटल में किसी बदमाश ने गोली चलाई है, तो इससे होटल की रेपुटेशन पर बुरा असर पड़ेगा।"

"फिर हम क्या करें?" मेरी आवाज में बैचेनी झलकी।

"एक तरीका है।"

"क्या?"

"आप फौरन तिलक साहब को लेकर ऊपर पैंट हाउस में चली जाएँ मैडम, मैं अभी यहाँ के हालात नार्मल करके ऊपर आता हूँ।"

"ठीक है।"

मैंने फौरन तिलक राजकोटिया को कंधे से कसकर पकड़ लिया और फिर उसके साथ लिफ्ट में सवार हो गयी। मैंने जंगला झटके के साथ बन्द किया। तभी दोनों बैल ब्वॉय दौड़ते हुए वहाँ आ पहुँचे।

"क्या हुआ?" मैनेजर ने उनसे पूछा—"क्या उस बदमाश का कहीं कुछ पता चला?"

"नहीं साहब—वह तो इस तरफ कहीं नहीं है।"

"जरूर साला भाग गया होगा।"

मैंने लिफ्ट के पैनल में लगा एक बटन दबा दिया। तुरन्त लिफ्ट बड़ी तेजी से ऊपर की तरफ भागने लगी।

"मैं तुमसे क्या कहती थी!" लिफ्ट के स्टार्ट होते ही मैं तिलक से सम्बोधित हुई—"अब तुम्हें सावधान रहने की जरूरत है—क्योंकि सावंत भाई के इरादे ठीक नहीं हैं। वह बुरी तरह हाथ धोकर तुम्हारे पीछे पड़ चुका है।"

तिलक राजकोटिया धीरे-धीरे स्वीकृति में गर्दन हिलाने लगा।

❑❑❑

तिलक अब अपने शयनकक्ष में लेटा हुआ था। दर्द के निशान अभी भी उसके चेहरे पर थे। होटल का मैनेजर और दोनों बैल ब्वॉय भी उस समय वहीं मौजूद थे। वह थोड़ी देर पहले ही नीचे से ऊपर आये थे।

"आज तो बस बाल-बाल बचे हैं।" मैनेजर अपने कोट का ऊपर वाला बटन लगाता हुआ बोला। वह हड़बड़ाया हुआ था।

"क्या हो गया?" तिलक ने पूछा।

"होटल के ग्राहकों के बीच यह बात पूरी तरह फैल गयी थी कि वह गोली की आवाज थी। मैं बड़ी मुश्किल से उन्हें इस बात का यकीन दिला सका कि ऐसा सोचना उनकी गलती थी। वह गोली की आवाज नहीं थी।"

"फिर किस चीज की आवाज थी वो?"

"मैंने उन्हें समझाया कि कार के बैक फायर की आवाज भी बिल्कुल ऐसी ही होती है, जैसे कोई गोली चली हो। जैसे कोई बड़ा धमाका हुआ हो। तब कहीं जाकर उन्हें यकीन हुआ। अलबत्ता एक ग्राहक तो फिर भी हँगामा करने पर तुला था।"

"क्या?"

"वो कहता था कि उसने एक आदमी के चीखने की आवाज सुनी थी। वो बड़े पुख्ता अन्दाज में कह रहा था कि अगर वो कार के बैक फायर की आवाज थी, तो उसे किसी आदमी के बुरी तरह चिल्लाने की आवाज क्यों सुनाई पड़ी?"

"उससे क्या कहा तुमने?"

"मैंने उसे समझाया कि वह जरूर उसका वहम था।"

"मान गया वो इस बात को?" मैं अचरजपूर्वक बोली।

"पहले तो नहीं माना। लेकिन जब मैंने उसे यह दलील दी कि अगर होटल में सचमुच कोई गोली चली होती या वहाँ कोई हादसा घटा होता—तो वह नजर तो आता। दिखाई तो पड़ता। तब कहीं जाकर वह शान्त हुआ। तब कहीं उसकी बोलती बन्द हुई।"

"ओह!"

वाकई एक बड़ा हँगामा होने से बचा था। होटल का मैनेजर कुर्सी खींचकर वहीं तिलक के करीब बैठ गया।

"गोली निकालने के लिए किसी डॉक्टर को बुलाया?"

"हाँ।" मैं बोली—"मैं एक डॉक्टर को फोन कर चुकी हूँ, वह बस आता ही होगा।"

"ठीक किया।"

फिर मैनेजर बहुत गौर से तिलक राजकोटिया के कंधे के जख्म को देखने लगा। उसमें से खून अभी भी रिस रहा था।

"हाथ तो सही हिल रहा है?"

"हाँ।" तिलक ने अपना हाथ हिलाया-डुलाया—"हाथ तो सही हिल रहा है, बस थोड़ा दर्द है।"

"सब ठीक हो जायेगा। शुक्र है—जो गोली सिर्फ मांस में जाकर धँसी है, अगर उसने किसी हड्डी को ब्रेक कर दिया होता, तो फिर हाथ महीनों के लिए बेकार हो जाता।"

मैंने भी आगे बढ़कर जख्म का मुआयना किया। गोली कंधे में धँसी हुई बिल्कुल साफ नजर आ रही थी। वह कोई एक इंच अन्दर थी।

"मैं अभी आती हूँ।" एकाएक मैं कुछ सोचकर बोली।

"तुम कहाँ जा रही हो?"

"बस अभी आयी।"

मैं शयनकक्ष से बाहर निकल गयी। जल्द ही जब मैं वापस लौटी—तो मेरे हाथ में कोई एक मीटर लम्बी रस्सी थी। रस्सी काफी मजबूत थी।

"इस रस्सी का आप क्या करेंगी मैडम?" मैनेजर ने पूछा।

"इसे मैं इनके कंधे पर ऊपर की तरफ कसकर बाँध दूँगी।" मैं बोली—"इससे गोली का जहर पूरे शरीर में नहीं फैल पाएगा और खून का प्रवाह भी रुकेगा। जब तक डॉक्टर नहीं आ जाता—तब तक मैं समझती हूँ कि ऐसा करना बेहतर है।"

"वैरी गुड—सचमुच आपने अच्छा तरीका सोचा है।"

मैनेजर ने प्रशंसनीय नेत्रों से मेरी तरफ देखा। जबकि मैं रस्सी लेकर तिलक की तरफ बढ़ गयी।

"आप अपना हाथ थोड़ा ऊपर उठाइए।"

तिलक ने अपना वह हाथ ऊपर उठा लिया—जिसमें गोली लगी हुई थी। मैंने फौरन कंधे से ऊपर रस्सी कसकर बाँध दी। रस्सी कसने का फायदा भी फौरन ही सामने आया। तत्काल खून बहना बन्द हो गया। मैंने डस्टर से तिलक के कंधे पर मौजूद बाकी खून भी साफ कर दिया। उस समय मेरी एक्टीविटी देखकर कोई नहीं कह सकता था कि मैंने ही वह गोली चलाई है। मैंने ही तिलक राजकोटिया को उस हालत में पहुँचाया है।

❑❑❑

फिर मैंने एक चाल चली। तुरुप चाल! जिस चाल को चलना मेरा वास्तविक उद्‌देश्य था।

वह सब उस समय शयनकक्ष में ही मौजूद थे और अभी थोड़ी बहुत देर वहाँ से हिलते भी नजर नहीं आ रहे थे। मौका देखकर मैं शयनकक्ष से बाहर निकली और बड़ी खामोशी के साथ ड्राइंग रूम में पहुँची।

वहाँ पहुँचकर मैंने बड़ी तेजी के साथ टेलीफोन का रिसीवर उठाया और फिर जल्दी-जल्दी तिलक राजकोटिया के फोन का नम्बर डायल करना शुरू किया। मैं जानबूझकर लैंडलाइन पर फ़ोन कर रही थी। उस समय मेरी एक-एक हरकत देखने योग्य थी। तुरन्त दूसरी तरफ घण्टी जाने लगी।

"हैलो।"

जल्द ही मुझे फोन पर तिलक की निढाल-सी आवाज सुनाई पड़ी। मैंने फौरन टेलीफोन के माउथपीस पर मोटा-सा कपड़ा रख लिया।

"कौन—तिलक राजकोटिया?" मैं अपनी आवाज को मर्दाना और भारी बनाने की कोशिश करते हुए बोली।

"हाँ—मैं ही बोल रहा हूँ।"

मैं हँसी। कुछ तो मैं आवाज बदलकर बोल ही रही थी और कुछ कपड़े के कारण भी मेरी आवाज काफी बदल गयी थी।

"कौन हो तुम?" तिलक गुर्राया।

"मैं वही हूँ तिलक राजकोटिया!" मैंने अपने दाँत किटकिटाये—"जिसने अभी-अभी तुम्हारे ऊपर गोली चलायी।"

"न... नहीं।" तिलक काँप उठा—"लेकिन तुम्हारी मेरे से क्या दुश्मनी है?"

"कोई दुश्मनी नहीं। तुम्हारे से सावंत भाई की दुश्मनी है और मैं सावंत भाई का खास आदमी हूँ।"

दूसरी तरफ एकाएक सन्नाटा छा गया। घोर सन्नाटा!

"जो गोली अभी-अभी तुम्हारे कंधे में लगी है तिलक राजकोटिया!" मैं विषधर की भाँति फुँफकारकर बोली—"वह अभी तुम्हारी खोपड़ी को भी अण्डे के छिलके की तरह फोड़ते हुए गुजर सकती थी। यह मत समझना कि मेरा निशाना चूक गया है, मेरा निशाना कभी नहीं चूकता। बल्कि यह सावंत भाई ने तुम्हें एक मौका दिया है।"

"क... कैसा मौका?" तिलक का शुष्क स्वर।

"अगर तुम्हें अपनी जान की जरा भी फिक्र है, तो फौरन पैंट हाउस और होटल का कब्जा सावंत भाई को दे दो।"

"ल... लगता है—तुम लोग पागल हो गये हो?"

"पागल हम नहीं बल्कि तुम हो गये हो बेवकूफ आदमी!" मैं मर्दाना आवाज में ही चिंघाड़ी—"ऐसा मालूम होता है, दौलत के साथ-साथ तुम्हारी अक्ल भी घास चरने चली गयी है। एक बात बहुत अच्छी तरह कान खोलकर सुन लो तिलक राजकोटिया! अगर तुमने सावंत भाई को कब्जा नहीं दिया, तो बहुत जल्द तुम्हारी खोपड़ी के आर-पार एक नहीं बल्कि कई गोलियाँ निकल जाएँगी।"

"लेकिन...।"

मैंने उसके आगे की कोई बात नहीं सुनी। फौरन लाइन काट दी। मैं अपना काम कर चुकी थी।

❑❑❑

मैं जब शयनकक्ष में दाखिल हुई, तो वहाँ का माहौल बेहद सनसनीखेज था। खासतौर पर तिलक राजकोटिया की सबसे बुरी हालत थी। वह पसीने में लथपथ था। डरा हुआ। मानो जिस्म का एक-एक रोआं खड़ा हो। फोन अभी भी उसकी गोद में रखा था और वह उस क्षण बैठा हुआ था।

"क्या हो गया?" मैंने शयनकक्ष में दाखिल होते ही अपनी नजरें उन सबके चेहरों पर घुमाईं—"आप लोग इतना परेशान क्यों हैं?"

कोई कुछ न बोला। सब चुप!

"तिलक!" मैं, तिलक राजकोटिया के नजदीक पहुँची—"आखिर क्या हुआ है, बताते क्यों नहीं कुछ?"

"अ... अभी-अभी सावंत भाई के आदमी का फोन आया था।"

"फिर?"

"तुम्हारा अनुमान ठीक ही था शिनाया!" तिलक धीमे स्वर में बोला—"यह हरकत सावंत भाई के आदमी की ही है। उन्होंने ही मेरे ऊपर गोली चलाई थी।"

"लेकिन अब क्या कह रहे हैं वह लोग?"

"वह मेरे ऊपर पैंट हाउस और होटल का कब्जा देने के लिए प्रेशर डाल रहे हैं। वह कह रहे हैं—अभी यह ट्रेलर था, जो दिखाया गया। आगे पूरी फिल्म भी दिखाई जा सकती है। वह मेरी खोपड़ी में भी गोली मार सकते हैं।"

"ओह!"

मैंने भी अब भयभीत होने का नाटक किया। मेरे चेहरे पर भी आतंक के भाव दौड़े।

"मैं तो कहता हूँ तिलक साहब!" तभी होटल का मैनेजर बोला—"आपको इस घटना की पुलिस में रिपोर्ट दर्ज करानी चाहिये। बाकायदा

सावंत भाई के नाम से रिपोर्ट दर्ज करानी चाहिये। वैसे भी आपको गोली लगी है, यह कोई छोटा मामला नहीं है।"

"नहीं।" मैंने फौरन कहा—"पुलिस में रिपोर्ट दर्ज करानी उचित नहीं।"

"क्यों?" मैनेजर बोला—"उचित क्यों नहीं? रिपोर्ट दर्ज कराई जायेगी, तभी तो सावंत भाई को पता चलेगा कि इस तरह की हरकतों का क्या नतीजा होता है। अभी शहर में कोई जंगलराज कायम नहीं हो गया है, जहाँ उस जैसे गुण्डे-मवाली कुछ भी करते घूमें।"

"फिर भी मैं समझती हूँ," मैं अपनी बात पर दबाव बनाकर बोली—"पुलिस तक मामला पहुँचाना ठीक नहीं है। ज्यादातर ऐसे केसों में पुलिस कुछ नहीं करती, अलबत्ता रिपोर्ट दर्ज कराने से हमें एक नुकसान जरूर होगा।"

"क्या?"

"सावंत भाई से हमारी दुश्मनी और बढ़ जायेगी।"

मैनेजर अब खामोश हो गया।

"शिनाया ठीक कह रही है।" तिलक ने भी मेरी हाँ-में-हाँ मिलाई—"पुलिस में रिपोर्ट दर्ज कराना ठीक नहीं है। फिर रिपोर्ट दर्ज कराने में एक नुकसान और है, जिसकी तरफ अभी तुम लोगों का ध्यान नहीं गया है।"

"क्या?"

"अभी मेरी कंगाली की जो बात सिर्फ चन्द लोगों को मालूम है, रिपोर्ट दर्ज कराते ही फिर वो पूरे शहर को मालूम होगी। फिर पूरा शहर चटखारे ले-लेकर इस विषय पर चर्चा कर रहा होगा।"

बहरहाल पुलिस में रिपोर्ट दर्ज कराने का मामला उसी क्षण ठण्डा पड़ गया। जोकि मेरे लिए अच्छा ही था। तभी अपना किट बैग लेकर डॉक्टर भी वहाँ आ पहुँचा। आते ही वो गोली निकालने के अपने काम में जुट गया। हालांकि वह भी बार-बार एफ०आई०आर० की बात कर रहा था। कह रहा था कि यह सब गैरकानूनी है।

❑❑❑

15

मौत से पहले खेल

वह रात मेरे लिए बड़ी हँगामे से भरी रात रही। हँगामे से भरी थी और यादगार भी। उस रात मैं गहरी नींद में थी—जब तिलक राजकोटिया ने मुझे झंझोड़कर जगाया और मुझसे कहा कि वो मेरे साथ सहवास करना चाहता है। वह मेरे लिए बड़ी अद्‌भुत बात थी।

उस रात मुझे पहली बार अपने पत्नी होने का अहसास हुआ। क्योंकि एक पति ही पत्नी से इस तरह की बात कर सकता है। वरना एक कॉलगर्ल को तो जगाना ही नहीं पड़ता। वह तो अपने ग्राहक के लिए पहले ही रेडी होती है। एकदम चौकस। अगर ग्राहक सहवास करने के लिए उसे सोते से जगाएगा, तो फिर उसकी दुकान चल पड़ी। आखिर सैक्स उसका पेट पालने का बिल्कुल वैसा ही जरिया तो होता है, जैसे दूसरे लोगों के अलग-अलग जरिये होते हैं। बहरहाल वह मेरे लिए एक दुर्लभ अवसर था। उस रात तिलक मूड में भी बहुत था। उसका पूरा शरीर इस तरह भभक रहा था, जैसे उसके अन्दर कई हजार वोल्ट का करण्ट प्रवाहित हो रहा हो। कभी इतनी गर्मी मैंने सरदार करतार सिंह के शरीर में ही देखी थी।

"क्या बात है जनाब!" मैं उसे आलिंगनबद्ध करते हुए बोली—"आज बहुत मूड में नजर आ रहे हो।"

"हाँ।" तिलक बोला—"आज मैं बहुत मूड में हूँ। आज मेरी इच्छा हो रही है कि मैं तुम्हें बुरी तरह पीस डालूँ।"

"तो फिर मना किसने किया है?" मैं हँसी।

मगर सच तो ये है—मैं रोमांस के उन मनोहारी क्षणों में भी उस झांपड़ को नहीं भूली थी, जो तिलक राजकोटिया ने मेरे मुँह पर मारा था। और... और उसी झांपड़ के कारण तब भी मेरे दिल में उसके लिये नफरत थी। तिलक ने बारी-बारी से मेरे गुलाबी गालों को चूम लिया। हम दोनों एक-दूसरे से कसकर चिपटे हुए थे। उस क्षण हमें देखकर कोई नहीं कह सकता था, किसने किसे आलिंगबद्ध किया हुआ है। अलबत्ता मेरे वक्ष उसके सीने से दबकर अजीब-सी शान्ति जरूर महसूस कर रहे थे। मेरा अजीब हाल था। जिस आदमी के लिए मेरे दिल में नफरत थी, जिसके मैं खून की प्यासी हो उठी थी, फिलहाल मैं उसी के साथ रतिक्रीड़ा कर रही थी।

"एक बात कहूँ!" तिलक ने बड़े प्यार से मेरे गाल का एक और चुम्बन लिया।

"क्या?"

मैं इठलाई। मैं उसके ऊपर जरा भी यह जाहिर नहीं होने दे रही थी कि मेरे दिल में उसके लिए क्या है।

"डार्लिंग!" वह मेरे सुनहरी बालों की लटों से खेलता हुआ बोला—"किसी खूबसूरत औरत को काबू में रखने का बस एक ही तरीका है।"

"क्या?" मैं थोड़ी चौकन्नी हुई।

"अफसोस!" तिलक ने बड़ी गहरी साँस लेकर कहा—"वह तरीका कोई मर्द नहीं जानता। मैं भी नहीं जानता।"

मैं हँसे बिना न रह सकी। वाकई उसने वह बात बड़े दिलचस्प अन्दाज में कही थी। उसके हाथ उस वक्त मेरी पीठ पर सरसरा रहे थे। मैं अपने जिस्म में अजीब-सी बेचैनी, अजीब-सा रोमांच अनुभव करने लगी। तभी तिलक ने मेरे गाउन की डोरी पकड़कर खींच दी। तुरन्त गाउन खुलकर नीचे जा पड़ा। अब मैं सिर्फ ब्रा और पैंटी में थी। मेरी साँसें तेज होने लगीं। फिर तिलक ने हाथ बढ़ाकर मेरी ब्रा भी उतार डाली। एक क्षण के लिए मेरे हाथ अपनी ब्रा के कप्स पर जाकर ठिठके थे, लेकिन शीघ्र ही मेरा विरोध समाप्त हो गया। मैंने अपने हाथ पीछे हटा लिये। ब्रा उतरकर अलग जा गिरी।

"न जाने क्या बात है!" वो बड़े अनुरागपूर्ण ढंग से मुझे देखता हुआ बोला—"जब भी मैं तुम्हें इस रूप में देखता हूँ, तुम मुझे पहले से कहीं ज्यादा खूबसूरत नजर आती हो।"

"औरत वही है डियर!" मैंने भी उसके गाल का एक प्रगाढ़ चुम्बन लिया—"जो मर्द को हमेशा खूबसूरत नजर आये। जो हमेशा उसकी दिलकशी का सामान बनी रहे।"

"यह तो है।"

उसके हाथ सरसराते हुए अब मेरी बाँहों पर आ गये थे। फिर उसके होंठ मेरे सुर्ख कपोलों और कण्ठस्थल पर अपना रोमांचक स्पर्श प्रदान करने लगे। उसकी गर्म साँसों का स्पर्श मेरे जिस्म को झुलसा-सा रहा था। मैं दुनिया-जहान से बेखबर थी। सच तो ये है, मैं आँखें बन्द करके प्यार के उन लम्हों का भरपूर लुत्फ उठा रही थी। उसकी प्यार भरी हरकतों ने मेरे दिल की धड़कनें बढ़ा दी थीं। तिलक राजकोटिया के सब्र का प्याला भी अब छलकने लगा था। उसके हाथ सरसराते हुए नीचे की तरफ बढ़ गये। जल्द ही उसने मेरी पैंटी भी उतार डाली।

❑❑❑

मैंने पिछले कई दिन से सैक्स नहीं किया था। इसीलिए मैं आज खुलकर खेलने के मूड में थी। वैसे भी कम उम्र से ही बेतहाशा सैक्स करने के कारण मेरे शरीर में एक भयंकर कमजोरी आ चुकी थी। अगर मैं दो-तीन दिन भी पुरुष के साथ सहवास नहीं करती थी, तो मैं इस प्रकार तड़पने लगती थी, जैसे कोई अल्कोहॉलिक तड़पता है, ड्रग-एडिक्ट तड़पता है। पिछले दो दिन से मेरी अल्कोहोलिक जैसी ही हालत थी और तिलक के जरा-सा छूते ही मेरे संयम का बाँध टूट गया था। तभी एकाएक मैंने अपने घुटने मोड़ लिये और मैं झपटकर तिलक के ऊपर सवार हो गयी।

"आखिर आज क्या करने का इरादा है डार्लिंग?" तिलक राजकोटिया हँसकर बोला।

"तुम्हें कत्ल कर देना चाहती हूँ।"

"वह तो तुम पहले ही कर चुकी हो।"

"नहीं।" मैं दृढ़तापूर्वक बोली—"मैं तुम्हें सचमुच में ही कत्ल कर देना चाहती हूँ।"

तिलक राजकोटिया फिर हँस पड़ा। वह मेरी बात को तब भी मजाक में ले रहा था।

"जानती हो डार्लिंग!" वह बोला—"सैक्स के दौरान ऐसी बातें निम्फोमैनियाक औरतें करती हैं। मालूम है, निम्फोमैनियाक किसे कहते हैं?"

"नहीं।"

"निम्फोमैनियाक का अर्थ है—ए वूमैन हैविंग एब्नार्मल एण्ड अनकन्ट्रोलेबल सेक्सुअल डिजायर! यानी अति काम वासना, कामोन्माद से प्रताड़ित स्त्री। हर समय सैक्स की उत्कट इच्छा रखने वाली स्त्री। ऐसी स्त्रियाँ ही सैक्स के दौरान इस प्रकार की जुनूनी बातें करती हैं।"

मैं चौंक पड़ी। मैंने विस्मयपूर्ण निगाहों से तिलक राजकोटिया की तरफ देखा। कभी ऐन वही बात सरदार ने भी मेरे लिये कही थी। उसने भी मुझे कामोन्माद से प्रताड़ित स्त्री बताया था। क्या मैं वाकई ऐसी थी? निम्फोमैनियाक! सैक्स की उत्कट इच्छा रखने वाली। जरूर मैं वैसी थी। मैंने सोचा, दो-दो आदमियों का जजमेंट गलत नहीं हो सकता। और इसमें मेरी गलती भी क्या थी। जिस लड़की का शील मात्र तेरह वर्ष की अल्प आयु में ही भंग कर दिया गया हो—वह सैक्स की उत्कट इच्छा रखने वाली स्त्री नहीं बनेगी, तो क्या बनेगी?

"इस तरह क्या देख रही हो मेरी तरफ?" तिलक बोला।

"कुछ नहीं।"

मैं पुनः उसकी बाँहों में समां गयी। कुछ क्षण के लिये वह खेल जो रुक गया था—वह फिर चल निकला। बल्कि पहले से भी ज्यादा स्पीड के साथ चल निकला। काफी देर बाद वो खेल अपने चर्मोत्कर्ष पर पहुँचने के बाद ही रुका।

❑❑❑

अगले दिन मैंने तिलक राजकोटिया पर फिर हमला किया। इस बार मैंने उसके ऊपर गोलियाँ तब चलायीं—जब वह अपने ऑफिस में बैठा हुआ था। उसके ऑफिस में एक काफी बड़ी खिड़की थी, जो पीछे पार्किंग की तरफ

खुलती थी। वह बिल्कुल सुनसान इलाका था। दोपहर के वक्त मैं पार्किंग लॉट वाली साइड में पहुँची और वहीं से मैंने उसके ऊपर दो फायर किये।

दोनों गोलियाँ खिड़की में-से होते हुए धाँय-धाँय उसके बिल्कुल सिर को छूकर गुजरीं। गोली चलने की आवाज ने पूरे होटल में एक बार फिर बड़ा जबरदस्त हँगामा बरपा दिया। गोली चलाते ही मैं पार्किंग लॉट से होटल की तरफ भागी। फिर भी मैं जब तिलक के ऑफिस में दाखिल हुई—तो मुझसे पहले वहाँ होटल का मैनेजर पहुँच चुका था।

"क्या हो गया?" मैं बेहद हड़बड़ाते हुए बोली—"क्या हो गया?"

मेरे लगभग पीछे-पीछे ही बेहद आतंकित अवस्था में होटल में ठहरे तीन-चार आदमी और अन्दर दाखिल हुए।

"यह कैसी आवाजें थीं?" उनमें से एक ने अन्दर पहुँचते ही पूछा।

वह घबराये हुए थे। आतंकित!

"मालूम नहीं कैसी आवाजें थीं।" मैनेजर ने कहा—"ऐसा लगता है—आज फिर किसी कार में बैक फायर हुआ है।"

"बैक फायर!"

"हाँ। बैक फायर जैसी ही कुछ आवाज थी।"

साफ जाहिर था—मैनेजर फिर मामले को दबाने की चेष्टा कर रहा था। मैंने तिलक राजकोटिया की तरफ देखा। वह उस क्षण पसीने में नहाया हुआ था और कुर्सी पर बैठा था। उसके जिस्म का एक-एक रोआं खड़ा था।

"लेकिन हमने दो धमाकों की आवाजें सुनी थीं।" तभी दूसरा व्यक्ति बोला।

"हो सकता है—दो कारों में एक साथ बैक फायर हुए हों। वैसे भी पार्किंग सामने ही है। इसके अलावा एक बात और मुमकिन है।"

"क्या?"

"होटल में कोई ऐसा मसखरा आदमी भी ठहरा हो सकता है, जिसके पास धमाका करने वाला कोई यन्त्र हो। वह अब धमाके कर-करके यहाँ खामखाह आतंक क्रियेट कर रहा है।"

वह आदमी अब निरुत्तर हो गया। मैनेजर फिर तिलक राजकोटिया के नजदीक पहुँचा।

"क्या धमाके की आवाजें इसी खिड़की की तरफ से आयी थीं?"

"ल... लगा तो ऐसा ही था।" तिलक का कंपकंपाया स्वर—"जैसे आवाजें इसी खिड़की की तरफ से आयी हों।"

मैनेजर ने आगे बढ़कर खिड़की के पल्ले बन्द किये। इतना ही नहीं—फिर पेलमिट में झूल रहा पर्दा भी खिड़की के ऊपर सरका दिया।

"आप अब हमेशा इस खिड़की को बन्द ही रखा कीजिए तिलक साहब।"

"ठ... ठीक है।"

"और आप लोग प्लीज बाहर जाइए।" मैनेजर अन्दर घुस आये आदमियों से बोला—"यहाँ कोई घटना नहीं घटी है, यहाँ सब कुछ नॉर्मल है।"

ऑफिस में घुस आये तीन-चार आदमी धीरे-धीरे बाहर निकल गये।

❑❑❑

अब मैं, तिलक राजकोटिया और होटल का मैनेजर—तीनों ऑफिस में सन्न-सी हालत में बैठे थे। सबके चेहरों पर जबरदस्त आतंक की प्रतिछाया थी।

"मैं सोच भी नहीं सकता था तिलक साहब!" मैनेजर शुष्क लहजे में बोल रहा था—"कि आज फिर ऐसी घटना घट जायेगी। आखिर सावंत भाई के आदमियों ने कल ही तो आप पर हमला किया था। आज फिर दूसरा हमला। नहीं-नहीं, हालात बहुत खतरनाक रूप धारण करते जा रहे हैं।"

मैं कुर्सी पर थोड़ा आगे को झुक गयी। भयभीत होने का अभिनय मैं भी परफैक्ट कर रही थी।

"इस बार कितनी गोलियाँ चलाई गयी थीं?"

"दो।" तिलक राजकोटिया बोला—"दोनों गोलियाँ मेरे बिल्कुल सिर को छूते हुए गुजरीं। दोनों गोलियों और मेरे सिर के बीच में मुश्किल से तीन इंच का फासला था।"

"ओह माई गॉड!"

"बस यूँ समझो, आज बाल-बाल बचा हूँ।" तिलक राजकोटिया बोला—"अगर जरा भी कोई गोली इधर-उधर हो जाती, तो मेरी इहलीला यहीं समाप्त हो जानी थी।"

"दोनों गोलियाँ सामने दीवार में जाकर लगी थीं?" मैनेजर ने पूछा।

"हाँ—दीवार में ही लगी थीं।"

मैनेजर अब दीवार की तरफ देखने लगा। तभी उसे एक गोली नजर आ गयी, जो दीवार के प्लास्टर में आधी से ज्यादा धँसी हुई थी।

"एक गोली तो वह रही।"

मैनेजर तुरन्त कुर्सी छोड़कर खड़ा हुआ और उसने आगे बढ़कर प्लास्टर में धँसी हुई वह गोली बाहर निकाली।

"शुक्र है।" मैं बोली—"जो अन्दर घुस आये किसी आदमी की निगाह इस गोली पर नहीं पड़ गयी, वरना अभी यह रहस्य खुल जाता कि यह गोलियों की आवाजें थीं।"

तभी दूसरी गोली भी मिल गयी। वो वहीं नीचे फर्श पर पड़ी हुई थी। मैनेजर ने वह गोली भी उठा ली।

"तिलक साहब!" मैनेजर चिन्तित मुद्रा में बोला—"मैं आपको एक नेक सलाह देना चाहता हूँ।"

"क्या?"

"हालात जितनी तेजी से खतरनाक मोड़ लेते जा रहे हैं, उस हिसाब से आपने जल्द-से-जल्द कोई सख्त कदम उठाने की जरूरत है।"

"लेकिन मैं क्या कदम उठा सकता हूँ?"

"फिलहाल यही सोचना है। लेकिन इतनी बात आप जरूर समझ लें, अगर जल्द ही कोई कदम न उठाया गया, तो कोई बड़ी बात नहीं कि आप किसी खतरनाक हादसे से भी दो-चार हो जाएँ।"

मैनेजर के अन्तिम शब्दों ने तिलक के शरीर में और भी ज्यादा खौफ की लहर पैदा कर दी। वह कुर्सी छोड़कर खड़ा हो गया। फिर बेचैनीपूर्वक इधर-से-उधर टहलने लगा। सच बात तो ये है—इस बात का अहसास

उसे भी हो रहा था कि उसे जल्दी कुछ करने की जरूरत है। मगर वो करे क्या—यही समझ नहीं पा रहा था।

❑❑❑

उसी रात मैंने टेलीफोन के माउथपीस पर कपड़ा रखकर तिलक राजकोटिया से फिर बात की। तिलक उस समय अपने कमरे में था और कर्जे से सम्बन्धित ही कुछ पेपर चैक कर रहा था, तभी मैंने ड्राइंग रूम से उसके फोन का नम्बर डायल किया।

"हैलो!" तत्काल तिलक की आवाज मेरे कानों में पड़ी।

मैं खामोश रही।

"हैलो!"

मैं फिर खामोश!

"कौन है?" तिलक राजकोटिया झल्लाकर बोला।

"मैं वहीं बोल रहा हूँ तिलक साहब!" मैंने बहुत भर्राई हुई और मर्दाना आवाज में ही कहा—"जिसने आज फिर तुम्हारे ऊपर दो फायर किये थे, जिसकी दोनों गोलियाँ तुम्हारी खोपड़ी को छूते हुए गुजरी थीं।"

तिलक राजकोटिया एकदम चुप हो गया। मानो सन्नाटे में डूब गया हो।

"आखिर क्या चाहते हो तुम?"

"क्या अब यह बात हमें बार-बार दोहरानी होगी!" मैंने सख्ती के साथ गुर्राकर कहा—"कि तुमने सावंत भाई को होटल और पैंट हाउस का कब्जा देना है। तुमने सौ करोड़ रुपये कर्ज लिया हुआ है तिलक साहब—जिसकी अभी तुमने अदायगी भी करनी है।"

"लेकिन मैं कब्जा कैसे दे सकता हूँ?"

"क्यों नहीं दे सकते?"

"क्या तुम लोगों को मालूम नहीं है!" तिलक राजकोटिया बोला—"कि यह दोनों चीजें पहले ही किसी और के पास गिरवी पड़ी हैं?"

"उस सारे मामले को सँभालना सावंत भाई का काम है।" मैं आन्दोलित लहजे में बोली—"तुमसे जितनी बात की जा रही है—सिर्फ

उसकी पूर्ति करो। इसके अलावा एक बात और अच्छी तरह कान खोलकर सुन लो।" मेरी आवाज में एकाएक बेहद हिंसकता उभर आयी थी।

"क... क्या?"

"इस काम को करने के लिए तुम्हारे पास सिर्फ तीन दिन का समय है तिलक राजकोटिया—सिर्फ तीन दिन! तीन दिन के अन्दर-अन्दर तुम हमें होटल और पैंट हाउस का कब्जा दे दो—वरना...।"

"व... वरना क्या?"

तिलक की आवाज बुरी तरह कंपकंपाई। उसमें आतंक के भाव तैरे।

"वरना इस बार तुम्हें कोई चेतावनी नहीं दी जायेगी।" मैं दहाड़ी—"गोली सीधे तुम्हारी खोपड़ी में जाकर लगेगी—समझे!"

तिलक राजकोटिया चुप!

"और यह हमारी तरफ से तुम्हें लास्ट वार्निंग दी जा रही है।" मैं फुँफकारकर बोली—"गुड बाय एण्ड गुड लक!"

तभी वॉल क्लॉक का घण्टा जोर से बजा। मैंने झटके से रिसीवर रख दिया। रात के दस बज चुके थे।

❑❑❑

तिलक राजकोटिया ने चाय का कप खाली करके सामने टेबिल पर रखा। दहशत के भाव अभी भी उसके चेहरे पर साफ-साफ दृष्टिगोचर हो रहे थे। उस समय मैं वहीं तिलक के सामने बैठी थी और हम दोनों के बीच ठण्डी रहस्यमयी-सी खामोशी व्याप्त थी।

"लेकिन तुम्हारे पास यह फोन आया कब?" मैंने भी अपना चाय का कप खाली करके सामने रखा।

"तुम शायद तब किचन में थी।" तिलक राजकोटिया बोला—"और चाय बना रही थीं, तभी फोन की घण्टी बजी।"

"ओह!"

तिलक कुर्सी छोड़कर खड़ा हो गया और इधर-से-उधर टहलते हुए उसने एक सिगरेट सुलगा ली। बेचैनी उसके चेहरे से साफ जाहिर हो रही थी।

"शिनाया!" वह बिल्कुल मेरे सामने आकर ठिठका।

फिर उसने बड़े अनाड़ीपन से धुएँ के गोल-गोल छल्ले बनाकर छत की तरफ उछाले।

"क्या बात है?"

"मैंने एक फैसला किया है।"

"क्या?"

"मैं होटल और पेंट हाउस का कब्जा सावंत भाई को देने के लिए तैयार हूँ। मैंने खूब सोच लिया है शिनाया—अब इसके अलावा दूसरा कोई हल नहीं है। अब बात बिल्कुल किनारे पर पहुँच चुकी है। मैं जानता हूँ, सावंत भाई बहुत डेंजर आदमी है। अगर मैंने उसकी बात नहीं मानी, अगर मैंने उसे कब्जा नहीं दिया, तो वह बेधड़क मुझे शूट करा देगा।"

"लेकिन...।"

"नहीं-नहीं।" तिलक राजकोटिया बोला—"अब सोचने के लिए कुछ नहीं बचा है। यह मेरा अन्तिम निर्णय है। मैं अभी सावंत भाई को फोन करता हूँ और उसे अपना यह फैसला सुनाता हूँ।" तिलक बड़ी तेजी के साथ मोबाइल की तरफ बढ़ा।

"यह क्या पागलपन है?" मैं एकदम कुर्सी छोड़कर उसकी तरफ झपटी—"यह तुम क्या कर रहे हो तिलक?" मैं जानती थी—अगर उसने सावंत भाई को फोन कर दिया, तो उसका क्या नतीजा होगा। एक ही सैकेण्ड में सारी हकीकत तिलक को मालूम चल जायेगी।

"लेकिन जब मैंने यह फैसला कर ही लिया है शिनाया!" तिलक बोला—"तो मुझे इस सम्बन्ध में सावंत भाई को भी तो बताना चाहिये।"

"मगर इतनी जल्दी भी क्या है!"

"क्यों?"

"तुम शायद भूल रहे हो तिलक।" मैं एक-एक शब्द पर जोर देते हुए बोली—"उसने तुम्हें तीन दिन का समय दिया है—तीन दिन! तुम्हें तीन दिन तो इन्तजार करना चाहिये।"

"उससे क्या होगा?"

"शायद कुछ हो। शायद इस बीच तुम्हें कोई ऐसा तरीका सूझ जाये, जो होटल और पैंट हाउस का सावंत भाई को कब्जा भी न देना पड़े और जान भी बची रहे।"

तिलक राजकोटिया ने बड़ी कौतुहलतापूर्ण निगाहों से मेरी तरफ देखा। उसने सिगरेट का एक कश और लगाया।

"क्या ऐसा मुमकिन है?"

"क्यों नहीं है मुमकिन। फिर तुम एक बात भूल रहे हो।" मैं बोली—"अगर तुम्हें ऐसा कोई तरीका नहीं भी सूझा तिलक, तब भी क्या फर्क पड़ता है। उस हालत में तुम तीन दिन बाद सावंत भाई को अपने इन फैसले से परिचित करा देना। इस बीच तुम्हारे ऊपर कोई आफत तो नहीं आ जायेगी। तुम्हारे ऊपर कोई नया हमला तो नहीं हो जायेगा, आखिर उन्होंने खुद तुम्हें तीन दिन का समय दिया है।"

मेरी बात में दम था। तिलक धीरे-धीरे गर्दन हिलाने लगा।

"कह तो तुम ठीक रही हो शिनाया!" तिलक बोला—"तीन दिन हमें वाकई इन्तजार करना चाहिये, शायद कोई तरीका सूझ ही जाये।"

मैंने शान्ति की गहरी साँस ली। एक बड़ा संकट टल गया था।

❑❑❑

फिर उसी रात मैंने तिलक राजकोटिया को ठिकाने लगाने का फैसला कर लिया। न जाने क्या बात थी—तिलक की हत्या के नाम से मेरे शरीर में कंपकंपी-सी छूट रही थी। शायद यह उन सात फेरों का असर था, जो मैंने अग्नि के गिर्द तिलक के साथ लिये थे। या फिर उन अत्यन्त पवित्र वैदिक मन्त्रों का असर था, जो पण्डित ने रीति अनुसार पढ़े थे। बहरहाल कुछ भी था—मैं अपने फैसले पर दृढ़ थी। मैंने अगर तिलक राजकोटिया को मारना था, तो बस मारना था। चाहे कुछ हो जाये।

दरअसल यह बात अब तक आप अच्छी तरह समझ ही गये होंगे कि मैंने तिलक राजकोटिया की हत्या करने से पहले उसके ऊपर दो जानलेवा हमले किसलिए किए थे। हमले इसलिए हुए थे—ताकि यह बात अच्छी तरह स्थापित हो जाये कि सावंत भाई उसे मारना चाहता है। सावंत भाई उसका जानी दुश्मन है। और अब कुछ भी नहीं था, तो कम-से-कम होटल का

मैनेजर तो इस बात का चश्मदीद गवाह बन ही गया था कि वह सब सावंत भाई कर रहा है। मेरे लिए वही एक गवाह बहुत था। आखिर वो होटल का मैनेजर था। तिलक राजकोटिया का सबसे विश्वसनीय आदमी था।

❑❑❑

उस रात मैं सोई नहीं! सारी रात जागी। जबकि तिलक राजकोटिया के साढ़े दस बजे तक ही खर्राटे गूँजने लगे थे। वह गहरी नींद सो गया था।

वैसे भी सारे दिन के थके-हारे तिलक राजकोटिया को आजकल जल्दी नींद आती थी। फिर भी मैंने हत्या करने में शीघ्रता नहीं दिखाई, मैंने और रात गुजरने का इन्तजार किया। रात के उस समय ठीक बारह बज रहे थे—जब मैं बिल्कुल निःशब्द ढंग से बिस्तर छोड़कर उठी। मैंने तिलक राजकोटिया की तरफ देखा। वो अभी भी गहरी नींद में था। मैं बड़ी खामोशी के साथ चमड़े के कोट की तरफ बढ़ी, जो खूँटी पर लटका हुआ था।

फिर मैंने कोट की जेब में से देसी पिस्तौल बाहर निकाली और उसका चैम्बर खोलकर देखा। चैम्बर में सिर्फ एक गोली बाकी थी। एक गोली! मैंने चैम्बर घुमाकर उस गोली को पिस्तौल में कुछ इस तरह सेट किया, जो ट्रेगर दबाते ही फौरन गोली चले। तिलक राजकोटिया की हत्या करने के लिए वो एक गोली पर्याप्त थी। मैंने ठीक उसकी खोपड़ी में गोली मारनी थी और उस एक गोली ने ही उसका काम तमाम कर देना था।

बहरहाल पिस्तौल अपने दोनों हाथों में कसकर पकड़े हुए मैं तिलक के बिल्कुल नजदीक पहुँची। वो अभी भी गहरी नींद में था। मैंने पिस्तौल ठीक उसकी खोपड़ी की तरफ तानी और फिर मेरी उँगली ट्रेगर की तरफ बढ़ी। तभी अकस्मात् एक विहंगमकारी घटना घटी, जिसने मुझे चौंकाकर रख दिया। तिलक राजकोटिया ने एकाएक भक्क से अपनी आँखें खोल दीं।

❑❑❑

तिलक राजकोटिया के आँखें खोलते ही मैं इस तरह डर गयी, जैसे मैंने जागती आँखों से कोई भूत देख लिया हो।

"त... तुम जाग रहे हो?" मेरे मुँह से चीख-सी खारिज हुई।

"क्यों—मुझे जागते देखकर हैरानी हो रही है डार्लिंग!" तिलक बहुत विषैले अन्दाज में मुस्कुराते हुए बैठ गया—"दरअसल जब तुम्हारे जैसा

दुश्मन इतना करीब हो, तो किसी को भी नींद नहीं आएगी। वैसे तुम्हारी जानकारी के लिए एक बात और बता दूँ, जो पिस्तौल इस वक्त तुम्हारे हाथ में है—उसमें नकली गोलियाँ हैं।"

"न... नहीं।" मैं काँप गयी—"ऐसा नहीं हो सकता।"

"ऐसा ही है माई हनी डार्लिंग!" तिलक राजकोटिया बोला—"थोड़ी देर पहले मैंने खुद गोलियों को बदला है। दरअसल मेरे ऊपर यह प्राणघातक हमले तुम कर रही हो—इसका शक मुझे तुम्हारे ऊपर तभी हो गया था, जब आज रात तुमने सावंत भाई का आदमी बनकर ड्राइंग रूम से ही मुझे फोन किया।"

"य... यह क्या कह रहे हो तुम?" मैं दहल उठी, मैंने चौंकने की जबरदस्त एक्टिंग की—"मैंने तुम्हें फोन किया?"

"हाँ—तुमने मुझे फोन किया।"

"लगता है—तुम्हें कोई वहम हो गया है तिलक!"

"बको मत!" तिलक राजकोटिया गुर्रा उठा—"मुझे कोई वहम नहीं हुआ। अगर तुम्हें याद हो—तो जिस वक्त तुम मुझे फोन कर रही थीं, ठीक उसी वक्त ड्राइंग रूम में टंगा वॉल क्लॉक बहुत जोर-जोर से दस बार बजा था।"

मुझे तुरन्त याद आ गया। सचमुच वॉल क्लॉक बजा था।

"ह... हाँ।" मैंने फँसे-फँसे स्वर में कहा—"बजा था।"

"बस उसी वॉल क्लॉक ने तुम्हारे रहस्य के ऊपर से पर्दा उठा दिया। दरअसल वह वॉल क्लॉक अपने-आप में बहुत दुर्लभ किस्म की वस्तु है। कभी उस वॉल क्लॉक को मैं इंग्लैण्ड से लेकर आया था। इंग्लैण्ड की एक बहुत प्रसिद्ध क्लॉक कम्पनी ने दीवार घड़ियों की वह अद्भुत रेंज तैयार की थी। उस रेंज में वॉल क्लॉक के सिर्फ पाँच सौ पीस तैयार किये गये थे और उन सभी पीसों की सबसे बड़ी विशेषता ये थी कि उनके घण्टों में जो म्यूजिक फिट था, वह एक-दूसरे से बिल्कुल अलग था। यानी हर घण्टे का म्यूजिक यूनिक था—नया था। यही वजह है कि मैंने टेलीफोन पर तुमसे बात करते समय घण्टा बजने की वह आवाज सुनी, तो मैं चौंका। क्योंकि वह म्यूजिक मेरा जाना-पहचाना था। फिर भी मैं इतना टेंशन में था कि मुझे

तुरन्त ही याद नहीं आ गया कि वह मेरी अपनी वॉल क्लॉक की आवाज थी। और जब याद आया, तो यह मुझे समझने में भी देर नहीं लगी कि यह सारा षड्यन्त्र तुम रच रही हो। क्योंकि उस वक्त अगर पैंट हाउस में मेरे अलावा कोई और था, तो वह तुम थीं। सिर्फ तुम्हें ड्राइंग रूम से फोन करने की सहूलियत हासिल थी।"

मेरे सभी मसानों से एक साथ ढेर सारा पसीना निकल पड़ा। उफ्! मैंने सोचा भी न था कि सिर्फ वॉल क्लॉक ही मेरी योजना का इस तरह बंटाधार कर देगी।

"तुम्हारी असलियत का पर्दाफ़ाश होने के बाद मैंने सबसे पहले तुम्हारी पिस्तौल की गोलियाँ बदलीं।" तिलक राजकोटिया बोला—"उसमें नकली गोलियाँ डालीं। क्योंकि मुझे मालूम था कि अब तुम्हारा अगला कदम क्या होगा?"

"ल... लेकिन इस बात की क्या गारण्टी है!" मैंने बुरी तरह बौखलाये स्वर में कहा—"कि मेरी पिस्तौल के अन्दर नकली गोली है।"

तिलक राजकोटिया हँसा। जोर से हँसा।

"इस बात को साबित करने के लिए कोई बहुत ज्यादा दिमाग नहीं लगाना पड़ेगा डार्लिंग!" तिलक बोला—"पिस्तौल तुम्हारे हाथ में है, ट्रेगर दबाकर देख लो। अभी असलियत उजागर हो जायेगी।"

उस समय मेरी स्थिति का आप लोग अन्दाजा नहीं लगा सकते। मेरी स्थिति बिल्कुल अर्द्धविक्षिप्तों जैसी हो चुकी थी, पागलों जैसी। मेरे दिमाग ने सही ढंग से काम करना बन्द कर दिया था। मैंने फौरन पिस्तौल तिलक राजकोटिया की तरफ तानी और ट्रेगर दबा दिया। धाँय! गोली चलने की बहुत धीमी-सी आवाज हुई। जैसे कोई गीला पटाखा छूटा हो। तिलक तुरन्त नीचे झुक गया। गोली सीधे सामने दीवार में जाकर लगी और फिर टकराकर नीचे गिर पड़ी। दीवार पर मामूली खरोंच तक न आयी। वह सचमुच नकली गोली थी। अलबत्ता तिलक राजकोटिया ने उसी पल झपटकर तकिये के नीचे रखी अपनी स्मिथ एण्ड वैसन जरूर निकाल ली।

❑❑❑

पत्ते पलट चुके थे। अब तिलक राजकोटिया की रिवॉल्वर मेरी खोपड़ी को घूर रही थी।

"मुझे अफसोस है शिनाया!" तिलक कर्कश लहजे में बोला—"कि तुमने मुझसे सिर्फ दौलत के लिए शादी की—एक पोजीशन हासिल करने के लिए शादी की। मैंने कर्ज के डॉक्यूमेण्ट रखने के लिए जब अलमारी खोली, तो दूसरा शक मुझे तुम्हारे ऊपर तब हुआ। क्योंकि अलमारी में रखे सारे पेपर इधर-से-उधर थे। इतना ही नहीं—इंश्योरेंस कम्पनी के डॉक्यूमेण्ट अलमारी में सबसे ऊपर रखे थे। मैं तभी भाँप गया—बीमे की रकम के लिए तुम मुझे मार डालना चाहती हो।"

"हाँ-हाँ।" मैं गुर्रा उठी—"बीमे की रकम के लिए ही मैं तुम्हें मार डालना चाहती हूँ। दौलत के लिए ही मैंने तुमसे शादी की। वरना तुम क्या समझते हो, तुम्हारे जैसे हजारों नौजवान इस मुम्बई शहर में हैं। मैं किसी से भी शादी कर सकती थी।"

तिलक राजकोटिया के चेहरे पर दृढ़ता के अपार चिह्न उभर आये। उसकी आँखों में ज्वालामुखी धधकता-सा दिखाई पड़ने लगा।

"मुझे इस समय तुमसे कितनी नफरत हो रही है शिनाया!" तिलक ने दाँत किटकिटाये—"इस बात की तुम कल्पना भी नहीं कर सकतीं। अलबत्ता एक बात की मुझे जरूर खुशी है।"

"किसकी?"

"कम-से-कम अब तुम्हारा बीमे की रकम हड़पने का सपना पूरा नहीं होगा। अब मैं नहीं बल्कि तुम मरोगी—तुम!" तिलक दहाड़ा—"अब मैं लोगों से यह कहूँगा कि रात सावंत भाई के आदमी मुझे मारने आये थे, लेकिन इत्तफाकन उनके द्वारा चलायी गयी गोली तुम्हें लग गयी और तुम मारी गयीं। माई डेलीशस डार्लिंग—अब तुम्हारे द्वारा गढ़ी गयी योजना तुम्हारे ऊपर ही इस्तेमाल होगी।"

मेरी आँखों में मौत नाच उठी। मेरे चेहरे का सारा खून निचुड़ गया। मौत अब मैं अपने बिल्कुल सामने खड़े देख रही थी।

"गुड बाय डार्लिंग! ऊपर बृंदा की आत्मा बड़ी बेसब्री से तुम्हारी राह देख रही है।"

तिलक राजकोटिया ने रिवॉल्वर का सैफ्टी लॉक पीछे खींचा और फिर उँगली ट्रेगर की तरफ बढ़ी। तभी मेरे अन्दर न जाने कहाँ से हौसला आ गया। बेपनाह हिम्मत! वहीं मेरे बराबर में स्टूल रखा हुआ था। तिलक राजकोटिया ट्रेगर दबा पाता—उससे पहले ही मैंने अद्वितीय फुर्ती के साथ झपटकर स्टूल उठा लिया और फिर उसे भड़ाक् से तिलक के मुँह पर खींचकर मारा। तिलक की वीभत्स चीख निकल गयी। वह लड़खड़ाकर गिरा। उसी क्षण मैंने अपनी भरपूर ताकत के साथ एक लात उसके मुँह पर जड़ी और दूसरी लात बहुत जोर से घुमाकर उसके उस हाथ पर मारी—जिसमें उसने रिवॉल्वर पकड़ी हुई थी। तिलक राजकोटिया बिलबिला उठा। रिवॉल्वर उसके हाथ से छूट गयी। मैंने झपटकर सबसे पहले रिवॉल्वर उठाई। रिवॉल्वर एक बार मेरे हाथ में आने की देर थी, तत्काल वो तिलक राजकोटिया की तरफ तन गयी। फिर मैं हँसी। मेरी हँसी बहुत कहर ढाने वाली थी।

"उठो!" मैं रिवॉल्वर से उसकी खोपड़ी का निशाना लगाते हुए बोली—"उठकर सीधे खड़े होओ तिलक राजकोटिया!"

तिलक का चेहरा फक्क पड़ गया। वह धीरे-धीरे उठकर सीधा खड़ा हुआ।

❑❑❑

बाजी एक बार फिर पलट चुकी थी। वो फिर मेरे हाथ में थी।

"अब क्या कहते हो तिलक राजकोटिया!" मैं उसे ललकारते हुए बोली—"तुम्हारे इस रिवॉल्वर में तो असली गोलियाँ हैं या फिर इसमें भी नकली गोलियाँ भरी हुई हैं?"

तिलक राजकोटिया चुप!

"लगता है—गोलियों को खुद ही चैक करना पड़ेगा।"

मैंने रिवॉल्वर का ट्रेगर दबा दिया। ट्रेगर मैंने एकदम इतने अप्रत्याशित ढंग से दबाया था कि तिलक की कर्कश चीख निकल गयी। उसने बचने का अथक परिश्रम किया, लेकिन गोली सीधे उसकी टाँग में जाकर लगी। गोली लगने के बावजूद वो चीते जैसी फुर्ती के साथ शयनकक्ष से निकलकर भागा। मैं उसके पीछे-पीछे झपटी। लेकिन जब तक मैं भागते हुए बाहर

गलियारे में आयी, तब तक मुझे देर हो चुकी थी। तब तक वो दूसरे गलियारे में मुड़ चुका था।

"तिलक!" मैं चीखी।

मैं भी धुँआधार स्पीड से दौड़ती हुई उसी गलियारे में मुड़ी। एक दृढ़ संकल्प मैं कर चुकी थी—मैंने आज तिलक राजकोटिया को छोड़ना नहीं है। जैसे ही मैं दूसरे गलियारे में मुड़ी, मुझे तिलक नजर आया। वह अपनी पूरी जान लगाकर भागा जा रहा था। उसकी टाँग से निकलते खून की बूँदें गलियारे में जगह-जगह पड़ी हुई थीं। मैंने फौरन रिवाल्वर अपने दोनों हाथों में कसकर पकड़ी और उसकी तरफ तान दी।

लेकिन मैं ट्रेगर दबा पाती—उससे पहले ही वो बेतहाशा दौड़ता हुआ गलियारे में दायीं तरफ मुड़ गया। यह इस तरह नहीं पकड़ा जायेगा—मैंने सोचा। मैं भागते-भागते रुक गयी। फिर मैंने एक दूसरा तरीका अपनाया।

मैंने गलियारे में पड़ी खून की बूँदों का पीछा करते हुए धीरे-धीरे आगे बढ़ना शुरू किया। मैं दायीं तरफ मुड़ी। दायीं तरफ वाले गलियारे में भी खून की बूँदें काफी आगे तक चली गयी थीं। मैं खून की बूँदों को देखती हुई आगे बढ़ती रही। रिवॉल्वर अभी भी मेरे हाथ में थी। मैं अलर्ट थी। चौकन्नी! किसी भी खतरे का सामना करने के लिए पूरी तरह तैयार! मगर तभी मुझे एक स्थान पर ठिठककर खड़े हो जाना पड़ा।

दरअसल गलियारे के बिल्कुल अन्तिम सिरे पर पहुँचकर खून की बूँदें नदारद हो गयी थीं। अब आगे उनका दूर-दूर तक कहीं कुछ पता न था। मैंने इधर-उधर देखा। तिलक राजकोटिया कहीं नजर न आया। एकाएक खतरे की गंध मुझे मिलने लगी।

"मैं जानती हूँ तिलक!" मैं गलियारे में आगे की तरफ देखते हुए थोड़े तेज स्वर में बोली—"तुम यहीं कहीं छिपे हो। तुम आज बचोगे नहीं, तुम्हारी मौत आज निश्चित है।"

गलियारे में पूर्ववत् खामोशी बरकरार रही। गहरा सन्नाटा!

"तुम जानते हो!" मैं पुनः बोली—"मैं हत्या की जो योजना बनाती हूँ—वह हमेशा कामयाब होती है। आज भी कामयाब होगी।"

तभी एकाएक मुझे हल्की-सी आहट सुनाई दी। मैं अनुमान न लगा सकी, वह आवाज किस तरफ से आयी थी। एकाएक तिलक राजकोटिया ने मेरे ऊपर पीछे से हमला कर दिया। मेरे हलक से भयप्रद चीख निकली। वह बाहों में दबोचे मुझे लेकर धड़ाम से नीचे फर्श पर गिरा और नीचे गिरते ही उसने मेरे हाथ से रिवॉल्वर झपट लेनी चाही। मैं फौरन फर्श पर कलाबाजी खा गयी। कलाबाजी खाते ही मैंने फायर किया। तिलक राजकोटिया की खोपड़ी में सुराख होने से बाल-बाल बचा। उसने फिर झपटकर मुझे अपनी बाँहों में बुरी तरह दबोच लिया।

"अगर आज मेरी मौत निश्चित है शिनाया!" वह कहर भरे स्वर में बोला—"तो आज बचोगी तुम भी नहीं। तुम भी मेरे साथ-साथ मरोगी।"

उसने अपनी दोनों टाँगें मेरी टाँगों में बुरी तरह उलझा दीं और उसके हाथ मेरी सुराहीदार गर्दन पर पहुँच गये। फिर उसने बड़ी बेदर्दी के साथ मेरा गला घोंटना शुरू किया। मौत एक बार फिर मेरी आँखों के सामने नाच उठी। उस क्षण मैं फायर भी नहीं कर सकती थी। क्योंकि मेरा रिवॉल्वर वाला हाथ दोनों के पेट के बीच में फँसा हुआ था और बुरी तरह फँसा हुआ था। मैं उसे चाहकर भी नहीं निकाल पा रही थी। वैसे भी मैं नहीं जानती थी, रिवॉल्वर की नाल उस वक्त किसकी तरफ है। उसके पेट की तरफ? या मेरी तरफ?

❑❑❑

उसी वक्त हालात ने एक और बड़ा विहंगमकारी मोड़ लिया। एकाएक कोई पैंट हाउस का गेट बुरी तरह पीटने लगा। मैं और तिलक राजकोटिया—दोनों चौंके। इस वक्त कौन आ गया? यही एक सवाल हम दोनों के मस्तिष्क में हथौड़े की तरह बजा। परन्तु हम दोनों ही बहुत नाजुक मोड़ पर थे। खासतौर पर मेरी हालत तो कुछ ज्यादा ही दयनीय थी।

तिलक राजकोटिया की पकड़ अब मेरी गर्दन पर सख्त होती जा रही थी। मेरे हलक से गूँ-गूँ की आवाजें निकलने लगी थीं और मुझे ऐसा लग रहा था, अगर तिलक ने गला घोंटने का वह क्रम थोड़ी देर भी और जारी रखा—तो मेरा देहान्त हो जायेगा। मुझे अपनी जान बचाने के लिए कुछ करना था। उधर मेन गेट अब और भी ज्यादा बुरी तरह भड़भड़ाया जाने लगा था। ऐसा लग रहा था—जैसे मेन गेट पर कई सारे लोग जमा थे और अब

वो उसे तोड़ डालने का भरपूर प्रयास कर रहे थे। मेन गेट पर प्रचण्ड चोटें पड़ने की आवाजें आ रही थीं। क्या आफत थी? कौन लोग थे मेन गेट पर?

तभी तिलक राजकोटिया की पकड़ मेरे गले पर और भी ज्यादा सख्त हो गयी। मुझे लगा—मेरे प्राण बस निकलने वाले हैं। मैं मरने वाली हूँ। मैंने फौरन रिस्क उठाया। मैंने रिवाल्वर का ट्रेगर दबा दिया। धाँय!

गोली चलने की बहुत भीषण आवाज हुई। खून का बड़ा जबरदस्त फव्वारा हम दोनों के बीच में-से फूट पड़ा। हम दोनों की चीखें गलियारे में गूँजीं। फिर हम इधर-उधर जा गिरे। खून वहाँ आसपास बहने लगा।

कुछ देर मैं बिल्कुल निढाल-सी पड़ी रही। उसके बाद मुझे अहसास हुआ, मैं जिन्दा हूँ। मेरी साँसें चल रही हैं। मेरे हाथ-पैरों में भी कम्पन्न था। मैंने तिलक राजकोटिया की तरफ देखा। वो मर चुका था। गोली ठीक उसके पेट को फाड़ती चली गयी थी और उसकी आतें तक बाहर निकल आयी थीं। यह एक इत्तेफाक था—जिस समय मैंने गोली चलायी, उस वक्त रिवॉल्वर की नाल तिलक की तरफ थी। मैंने अपनी जिन्दगी का एक जुआ खेला था—जिसमें किस्मत की बदौलत मैं कामयाब रही। थैंक गॉड!

मैं धीरे-धीरे फर्श छोड़कर खड़ी हुई। मेरा पूरा शरीर पसीने में लथपथ था। तभी बहुत जोर से मेन गेट टूटने की आवाज हुई। वह ऐसी आवाज थी—मानो पूरे पैंट हाउस में भूकम्प आ गया हो। मानो पूरे पैंट हाउस की दरो-दीवारें हिल गयी हों।

"चीखने की आवाज उस तरफ से आयी थी।" उसी क्षण मेरे कानों में एक आवाज पड़ी।

"उस गलियारे की तरफ से।" एक दूसरी आवाज।

फिर कई सारे पुलिसकर्मी धड़धड़ाते हुए मेरे सामने आ खड़े हुए। सब हथियारबन्द थे। पुलिस! मेरे होश उड़ गये। और उस समय मेरे दिल-दिमाग पर घोर वज्रपात हुआ, जब उन पुलिसकर्मियों के साथ-साथ 'बृंदा' भी दौड़ते हुए वहाँ आयी। बृंदा!

जिसकी मैंने सबसे पहले हत्या की थी। वही जिन्दा थी।

❑❑❑

16

सबसे बड़ा झटका—खेल खत्म!

"इंस्पेक्टर साहब!" बृंदा, तिलक राजकोटिया की लाश की तरफ उँगली उठाकर बुरी तरह चिल्ला उठी—"आखिर जिस बात का मुझे डर था, वही हो गया। इस दुष्ट ने तिलक को भी मार डाला। उसे भी मौत की नींद सुला दिया।"

"ओह शिट!" इंस्पैक्टर ने लाश देखकर जोर से दीवार पर घूँसा मारा—"हमें यहाँ पहुँचने में सचमुच देर हो गयी।"

मेरे हाथ में अभी भी स्मिथ एण्ड वैसन थी। लेकिन फिर वो रिवॉल्वर मेरी उँगलियों के बीच में से बहुत आहिस्ता से निकली और फिसलकर नीचे फर्श पर जा गिरी। मैं अपलक बृंदा को देख रही थी। मुझे अपनी आँखों पर यकीन नहीं हो रहा था, मेरे सामने वो बृंदा ही खड़ी हुई थी।

"त... तुम जिन्दा हो।" मैं विस्मित लहजे में बोली।

"हाँ—मैं जिन्दा हूँ।" वो नागिन की तरह फुँफकारी—"और इसलिए जिन्दा हूँ—क्योंकि शायद मैंने ही तुम्हारी असलियत कानून के सामने उजागर करनी थी।"

"ल... लेकिन तुम जिन्दा कैसे हो?" मैं बोली—"तुम तो मर चुकी थीं बृंदा!"

"यह सब किस्मत का खेल है।" उस थाना क्षेत्र का इंस्पेक्टर आगे बढ़कर बोला—"जो आज बृंदा तुम्हें जीवित दिखाई दे रही है। वरना तुमने तो अपनी तरफ से इन्हें मार ही डाला था।"

"लेकिन यह करिश्मा हुआ कैसे?" मैं अचरजपूर्वक बोली—"यह मरकर जीवित कैसे हो गयी?"

मैं हतप्रभ थी। हतबुद्ध! बृंदा के एकाएक जीवित हो उठने ने मुझे झकझोर डाला था।

"इस रहस्य के ऊपर से पर्दा मैं उठाती हूँ।" बृंदा बोली—"कि मैं मरकर भी जीवित कैसे हो गयी। तुम्हारे द्वारा बीस डायनिल और दस नींद की टेबलेट्स खिलाने के बाद तो मैं मर ही गयी थी और फिर मेरी लाश 'मेडिकल रिसर्च सोसायटी' को दान भी दे दी गयी थी। लेकिन मैं वास्तव में मरी नहीं थी, मैं कोमा में थी। जब डॉक्टर अय्यर ने चीर-फाड़ करने के लिए मेरी लाश बाहर निकाली और मेरा अन्तिम तौर पर चैकअप किया, तो वो यह देखकर चौंक उठा कि मेरे शरीर में अभी भी जीवन के निशान मौजूद थे। डॉक्टर अय्यर आनन-फानन मेरा इलाज करने में जुट गया। बहत्तर घण्टे के अथक परिश्रम के बाद आखिरकार वो क्षण आ ही गया, जब मैंने अपनी आँखें खोल दीं। मेडिकल साइंस में वह एक आश्चर्यजनक घटना थी—जब कोई लाश जीवित हो गयी थी।"

"फिर!" मैंने कौतुहलतापूर्वक पूछा—"फ... फिर क्या हुआ?"

"फिर होश में आने के बाद मैंने सबसे पहले डॉक्टर अय्यर को यह बताया," बृंदा बोली—"कि मेरी मौत एक स्वाभाविक मौत नहीं थी। बल्कि वो एक प्री-प्लान मर्डर था। मेरी, तिलक राजकोटिया और तुमने मिलकर हत्या की थी। मैंने डॉक्टर अय्यर से कहा—मेरे जीवन का अब बस एक ही लक्ष्य है, मैं तुम दोनों को सजा कराऊँ। परन्तु तभी डॉक्टर अय्यर ने मेरा ध्यान एक कमजोरी की तरफ आकर्षित कराया।"

"कैसी कमजोरी?"

"इस बात को सिर्फ मैं कह सकती थी कि मेरी हत्या की गयी है। जबकि कानून के सामने इस बात को साबित करने के लिए मेरे पास कोई सबूत नहीं था। तभी डॉक्टर अय्यर ने मुझे एक सुझाव दिया। उसने कहा—पुलिस से इस सम्बन्ध में मदद लेने से पूर्व यह बेहतर रहेगा कि हम पहले सबूत एकत्रित कर लें। इसीलिए डॉक्टर अय्यर ने तिलक राजकोटिया के साथ ब्लैकमेल वाला नाटक शुरू किया। डॉक्टर अय्यर को इस बात की

पूरी उम्मीद थी कि बौखलाहट में तुम दोनों से कोई-न-कोई ऐसा कदम जरूर उठेगा, जिससे हमारे हाथ सबूत लग जाएँगे।"

"ओह!" मेरे होंठ सिकुड़े—"इसका मतलब डॉक्टर अय्यर अपने जिस राजदार की बात करता था—वह तुम थीं?"

"हाँ—वह मैं ही थी।"

मेरे शरीर में रोमांच की वृद्धि होने लगी। रहस्य के नये-नये पत्ते खुल रहे थे।

"बहरहाल मुझे झटका तब लगा," बृंदा बोली—"जब तुम दोनों ने डॉक्टर अय्यर की भी हत्या कर दी और उसकी लाश कहाँ ठिकाने लगायी—इस बारे में किसी को भी पता न चला। डॉक्टर अय्यर के गायब होने के बाद मैंने फौरन पुलिस की मदद ली और इन इंस्पैक्टर साहब को सारी कहानी कह सुनायी।"

"अगर तुमने तभी पुलिस की मदद ले ली थी," मैं बेहद सस्पैंसफुल लहजे में बोली—"तो पुलिस ने पैंट हाउस में आकर डॉक्टर अय्यर के सम्बन्ध में हम लोगों से पूछताछ क्यों नहीं की?"

"इस सवाल का जवाब मैं देता हूँ।" इंस्पैक्टर बोला।

मैंने अब इंस्पेक्टर की तरफ देखा।

"दरअसल तुम और तिलक राजकोटिया मिलकर दो-दो हत्या जरूर कर चुके थे—लेकिन सबसे बड़ी मुश्किल ये थी कि हमारे पास तुम लोगों के खिलाफ कोई सबूत नहीं थे। फिर मैं यह भी जानता था कि बिना सबूतों के तिलक राजकोटिया जैसे बड़े आदमी पर हाथ डालना मुनासिब नहीं है—क्योंकि ऐसी अवस्था में वो बड़ी आसानी से छूट जायेगा। तभी बृंदा ने मुझे एक ऐसी बात बतायी—जिसने मेरे अन्दर उम्मीद पैदा की। बृंदा ने बताया—तुम 'नाइट क्लब' की एक मामूली कॉलगर्ल हो और तुमने सिर्फ दौलत हासिल करने के लिए तिलक राजकोटिया से शादी की है। बृंदा ने एक रहस्योद्घाटन और किया कि जिस दौलत के लिए तुमने तिलक से शादी की है और यह सारा षड्यन्त्र रचा है—वास्तव में वो दौलत तिलक के पास है ही नहीं। वो दीवालियेपन के कगार पर खड़ा आदमी है। बृंदा ने मुझे यह भी बताया कि तिलक राजकोटिया का पचास करोड़ रुपये का

बीमा है। बीमे की उसी रकम ने मेरी आँखों में उम्मीद की चमक पैदा की। मुझे लगा कि जिस दौलत को हासिल करने के लिए तुम इतना बड़ा षड्यन्त्र रच सकती हो—उसी दौलत को हासिल करने के लिए तुम मौका पड़ने पर तिलक राजकोटिया की हत्या करने से भी नहीं चूकोगी। तब बृंदा के जीवित होने वाली सनसनी को थोड़े समय के लिए और दबाकर रखा गया। क्योंकि पुलिस का लक्ष्य था—जब तुम तिलक की हत्या करने की कोशिश करो, तभी तुम्हें रंगे हाथों पकड़ लिया जाये। इससे कम-से-कम तुम्हारे खिलाफ हमारे पास कुछ पुख्ता सबूत हो जाएँगे। मगर बेहद अफसोस की बात है—हमने तुम्हें रंगे हाथों तो अरेस्ट कर लिया, मगर उससे पहले तुम एक हत्या और करने में सफल हो गयीं।"

मेरा सिर अब घूमने लगा था। उनकी बात सुन-सुनकर मेरे ऊपर क्या गुजर रही थी, इसकी शायद आप कल्पना भी नहीं कर सकते। बृंदा के अप्रत्याशित रूप से जीवित निकल आने ने मेरे छक्के छुड़ा डाले थे।

"लेकिन तुम लोगों को यह कैसे मालूम हुआ," मैं बोली—"कि मैं तिलक राजकोटिया की आज रात ही हत्या करने वाली हूँ—जो तुम इतने बड़े लाव-लश्कर के साथ इस तरह दनदनाते हुए पैंट हाउस में घुसे चले आये?"

"अच्छा सवाल पूछा है।" इंस्पेक्टर बोला—"तुम्हारी जानकारी के लिए बता दूँ शिनाया शर्मा—तिलक राजकोटिया ने कोई सवा दस बजे स्थानीय पुलिस स्टेशन में टेलीफोन किया था और उस वक्त ड्यूटी पर तैनात एस० आई० (सब-इंस्पेक्टर) को बताया था कि आज रात उसकी हत्या हो सकती है। मगर यह दुर्भाग्य है कि उस एस० आई० ने तिलक की बात को गम्भीरता से नहीं लिया। जबकि मैं उस वक्त पेट्रोलिंग (गश्त) पर गया हुआ था। थोड़ी देर पहले ही जब मैं पेट्रोलिंग से वापस लौटा और एस० आई० ने मुझे यह सूचना दी—तो मेरे रोंगटे खड़े हो गये। मैं तत्काल बृंदा को अपने साथ लेकर बस दौड़ा-दौड़ा यहाँ चला आया। लेकिन मैं फिर भी तिलक राजकोटिया को न बचा सका।"

"ओह!"

मेरी आँखों के सामने अब अँधेरा-सा घिरने लगा। मैं बुरी तरह फँस चुकी थी। तभी होटल में से भी काफी सारे आदमी दौड़ते हुए ऊपर पैंट हाउस में आ गये। मैनेजर भी उनमें शामिल था।

❑❑❑

अब शायद आप लोगों को यह बताने की जरूरत नहीं है कि मेरे सारे पत्ते पिट चुके थे। मेरी तमाम उम्मीदें, तमाम सपने कांच के उस खूबसूरत गिलास की तरह चकनाचूर हो गये—जिसे किसी ने बड़ी बेदर्दी के साथ फर्श पर पटक मारा हो। मुझे गिरफ्तार कर लिया गया। बृंदा, डॉक्टर अय्यर और तिलक राजकोटिया—उन तीनों की हत्या के इल्जाम में मुझे कोर्ट ने फाँसी की सजा सुनायी। मैंने अपने हर अपराध को बे-हिचक कबूल किया। यहाँ तक कि सिंगापुर में हुई सरदार करतार सिंह की हत्या को भी मैंने कबूला।

मैं अन्दर से बुरी तरह टूट चुकी थी। मुझे अपनी मौत की भी अब परवाह नहीं थी। आखिर मैंने जो किया—उसी का प्रतिफल तो मुझे मिल रहा था। बहरहाल मेरी जिन्दगी की कहानी यहीं खत्म नहीं हो जाती।

मैं इस सम्पूर्ण अध्याय को इसी जगह खत्म हुआ समझ रही थी। लेकिन ऐसा समझना मेरी भारी भूल थी। अभी अध्याय खत्म नहीं हुआ था। बल्कि अभी एक ऐसा धमाका होना और बाकि था, जो अब तक का सबसे बड़ा धमाका था और जिसने सारे घटनाक्रम को एक बार फिर उलट-पलटकर रख दिया। वह उस रंगमंच का सबसे बड़ा पर्दा था, जो उठा।

❑❑❑

वह जेल की एक बहुत सीलनयुक्त बदबूदार कोठरी थी—जिसके एक कोने में, मैं घुटने सिकोड़े बैठी थी और बस अपनी मौत की प्रतीक्षा कर रही थी। मैं खुद को फाँसी के लिए तैयार कर चुकी थी।

तभी ताला खुलने की आवाज हुई और फिर काल-कोठरी का बहुत मजबूत लोहे का दरवाजा घर्र-घर्र करता खुलता चला गया। दरवाजे के खुलते ही बहुत हल्का-सा प्रकाश उस काल-कोठरी में चारों तरफ बिखर गया और एक हवलदार ने अन्दर कदम रखा।

"खड़ी होओ।" हवलदार मेरे करीब आते ही थोड़े कर्कश लहजे में बोला।

मैंने अपनी गर्दन घुटनों के बीच में से धीरे-धीरे ऊपर उठाई।

"क्या बात है?"

"कोई तुमसे मिलने आया है?"

मैं चौंकी। वह मेरे लिए बेहद हैरानी की बात थी। भला अब मुझसे मिलने कौन आ सकता था? कौन बचा था ऐसा आदमी?

"क... कौन आया है?" मैंने हवलदार से पूछा।

"मुझे उसका नाम नहीं मालूम।" हवलदार बोला— "मुलाकाती कक्ष में चलो—वहीं उसकी सूरत देख लेना। और थोड़ा जल्दी करो, मुलाकात के लिए ज्यादा समय नहीं है तुम्हारे पास।"

❑❑❑

'मुलाकाती कक्ष' में बीचों-बीच लोहे की एक लम्बी जाली लगी हुई थी। उस जाली में एक तरफ कैदी खड़ा होता था और दूसरी तरफ मुलाकाती!

मैं जब उस कक्ष में पहुँची और मैंने जाली के पास जिस चेहरे को देखा, उसे देखकर मेरी हैरानी की कोई सीमा न रही। मुझसे मिलने बृंदा आयी थी। सबसे बड़ी बात ये है—बृंदा के चेहरे पर उस समय घृणा के भी निशान नहीं थे। बल्कि वो मुस्कुरा रही थी—उसके होंठों पर बड़ी निर्मल आभा थी। इस समय वह बीमार भी नहीं लग रही थी।

"त... तुम!"

"क्यों—हैरानी हो रही है!" बृंदा बिल्कुल लोहे की जाली के करीब आकर खड़ी हो गयी—"कि मैं तुमसे मिलने आयी हूँ?"

मैं चुप! मेरी गर्दन उसके सामने अपराध बोध से झुक गयी। आखिर मैं उसकी गुनाहगार थी। मैंने उसकी हँसती-खेलती जिन्दगी में आग लगायी थी।

"तुम खुद को बुद्धिमान समझती हो शिनाया—लेकिन तुम मूर्ख हो, अव्वल दर्जे की मूर्ख!"

वह बात कहकर एकाएक इतनी जोर से खिलखिलाकर हँसी बृंदा, जैसे किसी चुड़ैल ने शमशान घाट में भयानक अट्ठाहस लगाया हो। मैंने झटके से अपनी गर्दन ऊपर उठाई। उस समय बृंदा साक्षात् चण्डालिनी नजर आ रही थी।

"शिनाया डार्लिंग!" वो खिलखिलाकर हँसते हुए ही बोली—"मालूम है—एक बार मैंने 'नाइट क्लब' में तुमसे क्या कहा था? मैंने कहा था कि मैं जिन्दगी में एक-न-एक बार तुमसे जीतकर जरूर दिखाऊँगी और मेरी वो जीत ऐसी होगी कि तुम चारों खाने चित्त जा पड़ोगी। मेरी वो जीत ये है—ये!" उसने लोहे की जाली को बुरी तरह से ठकठकाया—"आज यह जो तुम चारों खाने चित्त जाकर पड़ी हो, यह सब मेरे कारण हुआ है।"

मेरे दिमाग में अनार छूट पड़े।

"य... यह तुम क्या कह रही हो बृंदा?"

"यह बृंदा का मायाजाल है!" वो फिर ठठाकर हँसी—"और जो मायाजाल को इतनी आसानी से समझ जाये, वो मायाजाल नहीं होता डार्लिंग!"

"अ... आखिर क्या कहना चाहती हो तुम?"

"दरअसल पैंट हाउस में इंस्पेक्टर के सामने जो कहानी मैंने तुम्हें सुनायी!" बृंदा बोली—"वो असली कहानी नहीं थी। असली कहानी सुनोगी—तो तुम्हारे पैरों के नीचे से जमीन खिसक जायेगी। आसमान तुम्हारे ऊपर टूटकर गिरेगा।"

"क... क्या है असली कहानी?" मेरी आवाज कंपकंपाई।

मैं अब बृंदा को इस प्रकार देखने लगी, जैसे मेरे सामने कोई जादूगरनी खड़ी हो।

"दरअसल कॉलगर्ल की उस नारकीय जिन्दगी को तिलांजलि देने के लिए जिस तरह तुम ढेर सारी दौलत हासिल करना चाहती थीं, उसी तरह मैं भी ढेर सारी दौलत हासिल करना चाहती थी। इसीलिए मैंने तिलक राजकोटिया को अपने प्रेमपाश में बाँधकर उससे शादी की। लेकिन तभी एक गड़बड़ हो गयी।"

"कैसी गड़बड़?"

मेरी उत्कण्ठा बढ़ती जा रही थी।

"शादी के कुछ महीने बाद ही मुझे पता चला।" बृंदा बोली—"कि तिलक राजकोटिया दीवालियेपन के कगार पर खड़ा व्यक्ति है और उसके पास दौलत के नाम पर कुछ नहीं है। यह बात पता चलते ही मानो मेरे पैरों

के नीचे से जमीन खिसक गयी। आखिर मेरी सारी मेहनत पर पानी फिर गया था। तभी मेरे हाथ बीमे के वह डाक्यूमेण्ट लगे, जिनसे मुझे यह जानकारी हुई कि तिलक ने पचास करोड़ का बीमा कराया हुआ है। मेरी आँखों में उम्मीद की चमक जागी और उसी पल मेरे दिमाग ने एक बहुत भयानक षड्यन्त्र को जन्म दे डाला।"

"कैसा षड्यन्त्र?"

"षड्यन्त्र—बीमे की रकम के लिए तिलक को मार डालना।" बृंदा ने दाँत किटकिटाये—"उसकी हत्या करना।"

"न... नहीं।"

मैं काँप उठी।

"यह सच है शिनाया डार्लिंग।" बृंदा बोली—"अलबत्ता यह बात जुदा है कि मैंने तिलक राजकोटिया को अपने हाथों से मार डालने की बात नहीं सोची। बल्कि मैंने पहले इस पूरे प्रकरण पर गम्भीरता से विचार किया। तभी मुझे तुम्हारा ख्याल आया—तुम न सिर्फ जासूसी उपन्यास पढ़ती थीं बल्कि पहले से ही उल्टे-सीधे हथकण्डों में भी माहिर थीं। मुझे महसूस हुआ—तुम तिलक को ज्यादा आसानी से ठिकाने लगा सकती हो। बस मैंने फौरन तुम्हें 'बलि का बकरा' बनाने का फैसला कर लिया और फिर तुम्हें फाँसने के लिए एक बहुत खूबसूरत फन्दा भी तैयार कर डाला।"

"कैसा खूबसूरत फन्दा?"

"सारा ड्रामा डॉक्टर अय्यर के साथ मिलकर रचा।" बृंदा बोली—"डॉक्टर अय्यर क्लब के जमाने से ही मेरा पक्का मुरीद था। दूसरे शब्दों में वो मेरा फैन, मेरा एडमायरर, मेरी स्टेडी कस्टमर था। जो अमूमन किसी रण्डी के दस-पाँच होते ही होते हैं। वो मेरे एक इशारे पर कुछ भी करने को तैयार रहता था। उसके साथ मिलकर ही मैंने बीमार पड़ने का नाटक रचा और डॉक्टर अय्यर ने ही मुझे 'मेलीगनेंट ब्लड डिसक्रेसिया' जैसी भयंकर बीमारी घोषित की।"

"यानी तुम ये कहना चाहती हो," मैं हतप्रभ लहजे में बोली—"कि तुम पेशेन्ट नहीं थीं?"

"बिल्कुल भी नहीं। मेलीगनेट ब्लड डिसक्रेसिया तो अपने आप में बहुत बड़ी बीमारी है, जबकि मुझे तो नजला-बुखार भी नहीं था। मैं एकदम तन्दरुस्त थी। चाक-चौबन्द थी और जो कुछ पैंट हाउस में मेरी बीमारी को लेकर हो रहा था—वह नाटक के सिवा कुछ नहीं था।"

"बड़ी आश्चर्यजनक बात बता रही हो।" मैं बोली—"और तुम्हारी आँखों में जो काले-काले गड्डे पड़ गये थे, तुम्हारा शरीर जो पतला-दुबला हो गया था, वह सब क्या था?"

"आँखों में गड्ढे डालने या शरीर को पतला-दुबला करना कौन-सी बड़ी बात है!" बृंदा रहस्योद्घाटन पर रहस्योद्घाटन करती चली गयी—"मैंने कम खाना-पीना शुरू कर दिया, तो थोड़े बहुत दिन में ही मेरी हालत बीमारों जैसी अपने आप हो गयी। अब तुम्हारे दिमाग में अगला सवाल यह उमड़ रहा होगा कि इस सारे ड्रामे से मुझे फायदा क्या था? तो उसका जवाब भी देती हूँ—दरअसल तुम्हें किसी तरह पैंट हाउस में बुलाना मेरा उद्देश्य था। बीमारी के बाद ही मैंने तिलक राजकोटिया से कहकर अखबार में 'लेडी केअरटेकर' का विज्ञापन निकलवाया। वह विज्ञापन सिर्फ तुम्हारे लिये था। इतना ही नहीं—तुमने जब पहली बार अखबार में छपा वह विज्ञापन देखा, वह भी मेरी ही प्लानिंग थी। वो डॉक्टर अय्यर जैसा ही मेरा एक मुरीद था, मेरा एक कस्टमर था, जो उस रात तुम्हें अपने घर ले गया था और तुमने वहाँ वो विज्ञापन देखा। सब कुछ पहले से फिक्स था। उसके बाद जैसा मैं चाहती थी, वैसा ही हुआ। मैं यह बात अच्छी तरह जानती थी कि उस विज्ञापन को पढ़कर तुम्हारे मन में कैसा लालच पैदा होगा? तुम फौरन तिलक की बीवी बनने का सपना देखने लगोगी। वैसा सपना तुमने देखा भी। अलबत्ता एक जगह मुझे अपनी सारी योजना जरूर फेल होती नजर आयी।"

"किस जगह?"

"जब तुमने पैंट हाउस में आकर मुझे देखा और मुझसे ये कहा कि बिल्ली भी दो घर छोड़कर शिकार करती है, इसीलिए अब मैं कोई गलत काम नहीं करूँगी और पूरे तन-मन से तुम्हारी सेवा करूँगी। तुम्हारी इस बात को सुनकर मुझे जबरदस्त झटका लगा। मुझे लगा—मेरी सारी योजना फेल हो गयी है। बहरहाल मैंने सन्तोष की साँस तब ली—जब तुम तिलक राजकोटिया के साथ प्यार का खेल, खेलने लगीं।"

वह एक अद्‌भुत रहस्य मेरे सामने उजागर हो रहा था। मैं चकित थी। बृंदा ऐसा खेल भी खेलेगी, मैं कल्पना भी नहीं कर सकती थी।

"फिर तिलक राजकोटिया और तुमने मिलकर मेरी हत्या की योजना बनायी।" बृंदा बोली—"सच बात तो ये है कि हत्या की वह योजना बनाने के लिए भी मैंने तुम दोनों को प्रेरित किया। जरा सोचो—अगर डॉक्टर अय्यर तुमसे यह न कहता कि मेरी तबीयत में अब सुधार होने लगा है—तो क्या तुम मेरी हत्या के बारे में सोचते भी? हर्गिज नहीं! लेकिन अपनी हत्या कराना भी मेरी योजना का एक हिस्सा था, इसीलिए मैंने अपनी तबीयत में सुधार होने वाली बात प्रचारित की। जल्द ही तुमने 'डायनिल' और 'स्लिपिंग पिल्स' से मेरी हत्या करने का प्लान बना डाला। तुम्हारा प्लान वाकई शानदार था—मैंने और डॉक्टर अय्यर तक ने तुम्हारे प्लान की तारीफ की। मैं छुपकर तुम्हारी और तिलक की हर बात सुनती थी—इसलिए जब तुमने यह प्लान बनाया, तभी मुझे इसके बारे में पता चल गया। तुम्हारी जानकारी के लिए एक बात और बता दूँ, जब-जब तुम मुझे 'डायनिल' खिलाने का प्रोग्राम बनाती थीं, तब-तब मैं चीनी भारी मात्रा में पहले ही खा लेती थी। डॉक्टर ने पहले ही बता रखा था कि 'डायनिल' टेबलेट की काट सिर्फ शुगर है। अगर शुगर पहले ही भारी मात्रा में खा ली जाये, तो 'डायनिल' टेबलेट का इंसानी शरीर पर कोई खतरनाक रिएक्शन नहीं होगा। यहाँ तक कि 'डायनिल' खाने के बाद मेरी जो तबीयत खराब होती थी, वह भी मेरा ड्रामा था। और जिस दिन तुमने मुझे बीस 'डायनिल' खिलाई, उस दिन तो मैंने बहुत भारी मात्रा में चीनी का सेवन किया था।"

"यानी उन डायनिल टेबलेट्स का भी तुम्हारे ऊपर कोई असर नहीं हुआ था?" मैं भौंचक्के स्वर में बोली।

"यस!"

"और स्लिपिंग पिल्स—स्लिपिंग पिल्स के असर से कैसे बचीं तुम?"

"स्वीट हार्ट!" बृंदा के होंठों से बड़ी शातिराना मुस्कुराहट दौड़ी—"मैं स्लिपिंग पिल्स के असर से बची नहीं बल्कि बेहोश हो गयी। यह उन स्लिपिंग पिल्स का ही असर था—जो तुम सबने मुझे मरा हुआ समझा।"

"ओह!" मेरे नेत्र सिकुड़ गये—"अब तुम्हारी कुछ-कुछ चालें मेरी समझ आ रही हैं। 'मेडिकल रिसर्च सोसायटी' को शवदान देने की बात भी तुम्हारी योजना का ही एक अंग थी। क्योंकि अगर तुम्हारा अन्तिम क्रियाकर्म हो जाता—तुम्हारा शव अग्नि की भेंट चढ़ जाता, तो तुम वास्तव में ही मर जातीं—इसलिए तुमने वह चाल चलकर अपने आपको बचाया। इतना ही नहीं—'मेडीकल रिसर्च सोसायटी' के नाम पर खुद डॉक्टर अय्यर तुम्हारे शव को पैंट हाउस से निकालकर ले गया।"

"एब्सोल्यूटली करैक्ट!" बृंदा प्रफुल्लित अन्दाज में बोली—"सब कुछ इसी तरह हुआ। फिर मेरा अगला शिकार डॉक्टर अय्यर था।"

"डॉक्टर अय्यर!" मैं चौंकी—"लेकिन डॉक्टर अय्यर तो तुम्हारा मुरीद था—तुम्हारा एडमायरर था?"

"वह सब बातें अपनी जगह ठीक हैं। लेकिन डॉक्टर अय्यर मेरी पूरी योजना से वाकिफ था और वह कभी भी मेरे लिए खतरा बन सकता था। इसीलिए उसको रास्ते से हटाना जरूरी था। डॉक्टर अय्यर को रास्ते से हटाने के लिए ही मैंने उसे ब्लैकमेलिंग जैसे काम के लिए प्रेरित किया और यह कहकर प्रेरित किया कि अगर तुम तिलक तथा शिनाया को ब्लैकमेल करोगे, तो इससे तुम दोनों के बीच आतंक फैलेगा और ऐसी परिस्थिति में तुम यानी शिनाया बौखलाहट में तिलक को आनन-फानन ठिकाने लगाने की बात सोचोगी। उस वक्त उस बेवकूफ मद्रासी डॉक्टर के दिमाग में यह बात नहीं आयी कि तिलक राजकोटिया से पहले तुम उसके मर्डर की बात सोच सकती थीं। जैसाकि तुमने सोचा भी और तिलक के साथ मिलकर डॉक्टर अय्यर की हत्या कर दी। बहरहाल डॉक्टर अय्यर की हत्या करके तुमने मेरे ही एक काम को अंजाम दिया। मेरे ही एक कांटे को रास्ते से हटाया।"

❑❑❑

मेरे दिमाग में अब चिंगारियाँ-सी छूट रही थीं। धुँआधार चिंगारियाँ! मैं 'मुलाकाती कक्ष' में जालियों के इस तरफ सन्न-सी अवस्था में खड़ी थी और मेरे हाथ-पैर बर्फ की तरह ठण्डे हो रहे थे। बृंदा ने मुझे जिस तरह इस्तेमाल किया था, वह सचमुच आश्चर्यजनक था। मैं यकीन नहीं कर पा

रही थी कि मेरे सामने खड़ी साधारण शक्ल-सूरत वाली लड़की इस कदर बुद्धिमान भी हो सकती है।

"शिनाया डार्लिंग!" बृंदा एक-एक शब्द चबाते हुए बोली—"वह सारे काम तुम अपने दिमाग से जरूर कर रही थीं—लेकिन सच ये है कि मैं चालें इस तरह चल रही थी कि तुम्हारा दिमाग भी ऐन वही बात सोच रहा था, जो मैं चाहती थी।"

मेरे मुँह से शब्द न फूटा।

"अब योजना का वह हिस्सा आता है!" बृंदा बोली—"जिसको अंजाम देने के लिए बड़ा प्रपंच रचा गया था। यानी तिलक राजकोटिया की हत्या! तिलक की हत्या कराने के लिए मैंने सबसे पहले तुम्हारे दिमाग में बीमे वाली बात ठूँसी।"

"मेरे दिमाग में तुम वो बात किस तरह ठूँस पायीं?"

"अगर तुम्हें याद हो," बृंदा बोली—"तो तुम्हारे पास पैंट हाउस में एक लड़की का फोन आया था—जो बीमा कम्पनी की एजेण्ट थी। और उसी की मार्फत तुम्हें सबसे पहले यह राज मालूम हुआ कि तिलक राजकोटिया का पचास करोड़ का बीमा भी है।"

"बिल्कुल आया था।"

"तुम्हारी जानकारी के लिए बता दूँ।" बृंदा मुस्कुराकर बोली—"फोन करने वाली वह लड़की मैं ही थी।"

मैं पुनः भौंचक्की रह गयी।

"बहरहाल बीमे वाली बात पता चलने के बाद तुमने जहाँ तिलक राजकोटिया की हत्या का प्रोग्राम बना डाला—वहीं इस बीच मैं अपनी योजना का अगला हिस्सा चल रही थी। मैं स्थानीय थाना क्षेत्र के इंस्पैक्टर से जाकर मिली और उसे मैंने एक दूसरी ही कहानी सुनायी। वो कहानी—जिसे तुम पैंट हाउस में मेरी जबानी पहले ही सुन चुकी हो।"

मैं 'मुलाकाती कक्ष' की जाली पकड़े चुपचाप खड़ी रही।

"ये तो था मेरा मायाजाल शिनाया शर्मा!" बृंदा ने पुनः जोरदार अट्टहास किया—"जिसके बलबूते पर मैंने एक बड़ा षड्यन्त्र रचा—एक

बड़ी चाल खेली। मैंने तुम्हें ऐसी शिकस्त दी है, जिसके बारे में तुमने कभी ख्वाब में भी न सोचा होगा। इसके अलावा मैं तुम्हें एक बात और बता दूँ।"

"क्या?"

"मेरे जीवित प्रकट होते ही न सिर्फ तुम्हारी वो शादी खुद-ब-खुद अवैध साबित हो गयी है, जो तुमने तिलक से की थी बल्कि अब बीमे की जो सौ करोड़ रुपये की धनराशि मिलेगी—उस पर भी पूरी तरह मेरा कब्जा होगा। सारी मेहनत तुमने की डार्लिंग, लेकिन अब इत्मीनान से बैठकर उसका फल मैं खाऊँगी।"

मेरा सिर घूमने लगा। मेरा दिल चाह रहा था—अगर वह जालियाँ मेरे बीच में-से हट जाएँ, तो मैं अभी एक हत्या और कर डालूँ। बृंदा की हत्या!

"इतना ही नहीं!" बृंदा ने आगे कहा—"अगर तुम मेरी यह योजना अदालत में चीख-चीखकर भी सुनाओगी—तब भी तुम मेरा कुछ नहीं बिगाड़ सकतीं। अदालत भी मेरा कुछ नहीं बिगाड़ पाएगी। क्योंकि तुम्हारे पास मेरे खिलाफ साबित करने के लिए कुछ नहीं है—कुछ भी नहीं। साबित तो तब होगा शिनाया डार्लिंग—जब मैंने कुछ किया हो। किया तो सब कुछ तुमने है—सिर्फ तुमने।"

❑❑❑

मैं खामोशी के साथ अब अपनी काल-कोठरी में बैठी थी। काल-कोठरी बन्द थी। वहाँ अँधेरे के सिवा कुछ नहीं था। दम तोड़ते सन्नाटे के सिवा कुछ नहीं था। बृंदा जा चुकी थी। लेकिन वो अपने पीछे विचारों का जो द्वन्द्व छोड़कर गयी थी, वो अभी भी मेरे अन्दर खलबली मचाये हुए था। मुझे आज रह-रहकर फारस रोड का वो कोठा याद आ रहा था, जिस पर मेरा जन्म हुआ। मुझे अपनी माँ याद आ रही थी। मुझे एक-एक करके उन तमाम बद्जात मर्दों के चेहरे भी याद आ रहे थे, जिन्होंने बचपन से ही मुझे इस बात का अहसास कराया कि मैं एक लड़की हूँ। जो दस-ग्यारह साल की लड़की को भी एक नंगी-बुच्ची औरत की तरफ घूरते थे। फिर मुझे वो काला मुस्टंडा आदमी भी याद आया—जिसने सबसे पहले मेरे साथ सैक्स किया था। मेरी चीख निकल गयी थी।

फिर कोठे का तबलची याद आया—जिसके साथ मैंने बचपन में ही न जाने कितनी बार सैक्स किया था। आज महसूस होता है—हमारे समाज ने चाहे कितनी ही प्रगति क्यों न कर ली हो, मगर फिर भी लड़की होना एक गुनाह है। एक अपराध है। हर पुरुष लड़की के साथ सिर्फ सेक्सुअल अटेचमेण्ट चाहता है। वो उसकी भावनाओं को समझने की कोशिश नहीं करता। मैं सोचती हूँ—गलती मेरी ही थी। जो मैंने बेहतर भविष्य चाहा। मैं 'नाइट क्लब' के लिए ही बनी थी। 'नाइट क्लब' ही मेरी दुनिया थी। मैंने सारी उम्र बस शरीर का सौदा करना था और फिर मर जाना था। वह मौत कैसी भी होती! हर औरत का बस यही नसीब है। वह चाहे कॉलगर्ल हो या फिर किसी की पत्नी। उसने सिर्फ बिस्तर की शोभा बनना होता है। और घर की चारदीवारी में भी कोई औरत कहाँ सुरक्षित रह पाती है! शायद इसीलिए यह कहावत सच ही है—जिस तरह हर वेश्या थोड़ी बहुत औरत होती है—ठीक उसी प्रकार हर औरत थोड़ी बहुत वेश्या जरूर होती है। मेरी यह कहानी अब बस यहीं समाप्त होती है।

मैंने जो अपराध किये—मुझे उसकी सजा मिल गयी। लेकिन आपको क्या लगता है, बृंदा को सजा नहीं मिलनी चाहिये? सबसे बड़ी अपराधी तो वह थी। मैं तो उसकी सिर्फ कठपुतली थी—जिसने मुझे अपने इशारों पर नचाया और मैं नाची। यह कहाँ का इंसाफ है कि कठपुतली को सजा मिले और कठपुतली को नचाने वाला सुख भोगे। दौलत का आनन्द ले। क्या इसीलिए उसके सारे अपराध माफ थे, क्योंकि उसके खिलाफ कोई सबूत नहीं था? क्या सबूत न होने से ही आदमी निर्दोष हो जाता है? क्या इसी को कानून कहते हैं? अगर इसी को कानून कहते हैं—तो मैं लानत भेजती हूँ ऐसे कानून पर। मुझे नफरत है ऐसे कानून से। बस—अब मैं लिखना बन्द करती हूँ। वैसे भी लिखते-लिखते अब मेरी उँगलियाँ दर्द करने लगी हैं। अगर मेरी यह कहानी किसी तरह आप लोगों तक पहुँची, तो यह मेरा सौभाग्य होगा।

अलबत्ता एक बात मैं आप लोगों से जरूर कहना चाहूँगी—दौलत के पीछे किसी भी आदमी को इतना नहीं भागना चाहिये, जो वह अँधा हो जाये। और कोई बृंदा की तरह उसे अपने हाथों की 'कठपुतली' बना ले।

❑❑❑

17

उपसंहार

मैंने शिनाया शर्मा की वो आत्मकथा बड़े मनोयोग के साथ पढ़ी और फिर अपनी रिवाल्विंग चेयर से पीठ लगा ली थी। मैंने चश्मा उतारकर अपनी राइटिंग टेबल पर रख दिया। मैं! यानी 'अमित खान' आपसे सम्बोधित हूँ। इसमें कोई शक नहीं—शिनाया शर्मा ने अपनी वो पूरी कहानी बड़े दिलचस्प अन्दाज में लिखी थी। मैं खुद उसे एक ही साँस में पढ़ता चला गया। इतना ही नहीं—उस कहानी ने मेरी अन्तरात्मा को झंझोड़ा भी। हालांकि शिनाया शर्मा एक खूनी थी—लेकिन फिर भी पूरी कहानी पढ़ने के बाद उसके कैरेक्टर से हमदर्दी होती थी। वह आत्मकथा मेरे तक पहुँची भी बड़े अजीब अन्दाज में थी। कल ही 'सेण्ट्रल जेल' के जेलर का मेरे पास फोन आया था।

"मुझे अमित खान जी से बात करनी है।"

"कहिये।" मैंने कहा—"मैं अमित खान ही बोल रहा हूँ।"

"ओह—सॉरी अमित जी, मैं आपको पहचान न सका।"

"कोई बात नहीं।"

"मैं दरअसल सेण्ट्रल जेल का जेलर हूँ।" उसने बताया—"हमारी जेल में एक कैदी लड़की है, जो आपके उपन्यासों की जबरदस्त फैन है। कल सुबह ठीक पाँच बजे उसे फाँसी होने वाली है। लेकिन वो मरने से पहले एक बार आपसे जरूर मिलना चाहती है।"

वह मेरे लिए अद्‌भुत बात थी। अपने ढेरों प्रशंसकों से मैं मिला था। मगर ऐसा फैन पहली बार देखा था, जो मरने से पहले एक बार मुझसे मिलने को इच्छुक था। वो भी फाँसी पर चढ़ने से पहले!

"उस लड़की की आपसे बहुत मिलने की इच्छा है मिस्टर अमित!" जेलर पुनः बोला—"अगर आप थोड़ी देर के लिए उससे मिलेंगे, तो मुझे भी खुशी होगी।"

"ठीक है।" मैं बोला—"मैं चार बजे तक सेण्ट्रल जेल पहुँचता हूँ।"

"थैंक्यू-थैंक्यू वैरी मच! आइ'म वेरी ग्रेटफुल टू यू!"

"ओके।"

❑❑❑

जेलर मुझे शिनाया शर्मा से मिलाने सीधे काल-कोठरी के अन्दर ही ले गया। वरना अमूमन इस तरह की मुलाकातें 'मुलाकाती कक्ष' में ही होती हैं। मैंने जब जेलर के साथ काल-कोठरी में कदम रखा, तो शिनाया शर्मा सामने ही फर्श पर घुटने सिकोड़े बैठी थी। आहट सुनते ही उसने अपना चेहरा ऊपर उठाया। वह सचमुच बहुत सुन्दर थी। उसके जिस्म की रंगत ऐसी थी—मानो जाफरान मिला दूध हो। मुझे देखते ही उसके चेहरे पर पहचान के चिह्न उभरे। आखिर मेरी तस्वीरें वो उपन्यासों के पीछे देखती रही थी, इसलिए मुझे पहचानना उसके लिए मुश्किल न था। वहीं नजदीक में उसकी लिखी हुई आत्मकथा रखी थी।

"ओह—आप आ गए।" वह तुरन्त उठकर खड़ी हुई—"मैं तो सोच रही थी, पता नहीं आप आएँगे भी या नहीं।"

"ऐसा नहीं हो सकता था।" मैं बोला—"कि मेरा कोई प्रशंसक मुझे बुलाये और मैं न पहुँचूं।"

मैं अपनी आँखों पर यकीन नहीं कर पा रहा था—इतनी खूबसूरत लड़की ने कोई ऐसा जघन्य अपराध भी किया हो सकता है, जो उसे फाँसी जैसी सजा मिले!

"मैं बस कल सुबह तक की मेहमान हूँ मिस्टर अमित!" शिनाया शर्मा बोली—"कल सुबह पाँच बजे के बाद मेरी साँसों की डोर टूट जायेगी। मेरी जिन्दगी का यह जहूरा खत्म हो जायेगा।"

"लेकिन तुमने ऐसा क्या अपराध किया है!" मैं कौतुहलतापूर्वक बोला—"जिसके कारण तुम्हें इतनी खौफनाक सजा दी जा रही है?"

शिनाया शर्मा ने बहुत संक्षेप में मुझे अपना जुर्म बताया। मेरे रौंगटे खड़े हो गये। चार खून! उस अप्सरा जैसी लड़की ने चार खून किये थे।

"मिस्टर अमित—आज मैं आपसे एक सवाल पूछना चाहती हूँ।"

"कैसा सवाल?"

"आप हमेशा अपने उपन्यासों में एक बात लिखते हैं। आप लिखते हैं कि हर चालाक-से-चालाक अपराधी को उसके अपराध की सजा जरूर मिलती है। वो कहीं-न-कहीं जरूर फँसता है।"

"बिल्कुल लिखता हूँ।" मैं बोला—"और सिर्फ लिखता ही नहीं हूँ बल्कि इस बात पर मेरा पूरा यकीन भी है। दृढ़ विश्वास भी है।"

वो हँसी। उसकी हँसी में व्यंग्य का पुट था।

"मैं क्षमा चाहूँगी मिस्टर अमित!" शिनाया शर्मा बोली—"इस तरह हँसकर अनायास ही मुझसे आपका अपमान हो गया है। सच बात तो ये है—आपका यह यकीन सिर्फ मेरे ऊपर लागू हुआ है। आखिर इतनी चालाकी से खून करने के बावजूद भी मैं कानून के शिकंजे में फँस ही गयी। लेकिन बृंदा के बारे में आप क्या कहेंगे? इस पूरे खेल की असली खिलाड़ी तो वह थी। सब कुछ उसके इशारों पर हुआ। लेकिन फिर भी कानून उसका कुछ नहीं बिगाड़ पाया, क्योंकि कानून की इमारत सबूत नाम की जिस बुनियाद पर खड़ी होती है, वह सबूत उसके खिलाफ नहीं थे।"

मैं निरुत्तर हो गया। शिनाया शर्मा काफी हद तक ठीक कह रही थी। इसमें कोई शक नहीं—बृंदा के खिलाफ कोई सबूत नहीं थे और इसीलिए वो बच गयी थी।

"मिस्टर अमित!" शिनाया शर्मा कुपित लहजे में बोली—"अगर हो सके—तो आज के बाद आप अपने उपन्यासों में यह लिखना छोड़ दें कि हर अपराधी को सजा मिलती है। बल्कि आज के बाद आप अपने उपन्यासों में यह लिखें कि इस दुनिया में कुछ अपराधी ऐसे भी होते हैं, जो अपनी बुद्धि के बल पर कानून की आँखों में धूल झोंकने में कामयाब रहते हैं। जिनका कानून कुछ नहीं बिगाड़ पाता।"

मैं कुछ न बोला। जबकि शिनाया शर्मा ने फिर अपनी 'आत्मकथा' उठाकर मेरी तरफ बढ़ाई थी।

"मैंने अपनी यह कहानी लिखी है मिस्टर अमित!" वह बोली—"कागज के इन पन्नों पर मेरे सपने, मेरी उम्मीदें, मेरे गुनाह, मेरी जिन्दगी का एक-एक लम्हा कैद है। अगर हो सके, तो मेरी यह कहानी हिन्दुस्तान के तमाम पाठकों तक पहुँचा दें। मेरे पास बृंदा के खिलाफ सबूत नहीं है—इसलिए मैं अपने इस केस को अदालत में तो नहीं लेकर जा सकती। लेकिन आपकी बदौलत कम-से-कम पाठकों की अदालत तक तो इस केस को लेकर जा ही सकती हूँ—ताकि पाठक फैसला कर सकें कि बृंदा में और मुझमें कौन बड़ा अपराधी है? ताकि उन्हें पता चल सके कि किस प्रकार इस केस के एक अपराधी को सजा मिली और दूसरे को कानून ने छुआ तक नहीं। अगर आप मेरा यह काम करेंगे मिस्टर अमित, तो आपका मेरे ऊपर बहुत बड़ा अहसान होगा।"

मैंने 'आत्मकथा' की वो पाण्डुलिपि अपने हाथों में पकड़ ली।

"मिस्टर अमित!" शिनाया शर्मा पुनः बोली—"आप मेरी इस कहानी को पाठकों की अदालत तक पहुँचाएँगे न?"

"मैं पूरी कोशिश करूँगा।"

"कोशिश नहीं।" शिनाया शर्मा बोली—"बल्कि आप वादा करें।"

"ठीक है—मैं वादा करता हूँ।"

"थैंक्यू-थैंक्यू वैरी मच!" शिनाया शर्मा ने मेरा हाथ अपने हाथ में ले लिया और उस पर अपना प्रगाढ़ चुम्बन अंकित किया—"आप नहीं जानते—आपने यह बात कहकर मेरे दिल का कितना बड़ा बोझ हल्का कर दिया है। मेरे लिए यही बहुत होगा—मेरी कहानी लाखों पाठकों तक पहुँचेगी।"

मेरी निगाह अपलक उस लड़की के चेहरे पर टिकी थी। कल सुबह उसे फाँसी होने वाली थी। लेकिन उसके चेहरे पर किसी भी तरह की कुण्ठा या खौफ के निशान नहीं थे। ऐसा बिल्कुल भी नहीं लग रहा था कि उसे फाँसी का खौफ हो।

"क्या तुम्हें डर नहीं लग रहा शिनाया शर्मा?" मैंने उसकी बिल्लौरी आँखों में झाँकते हुए सवाल किया—"आखिर कुछ घंटों बाद तुम मरने जा रही हो?"

"नहीं—मुझे बिल्कुल भी डर नहीं लग रहा।" वह बोली—"बल्कि मुझे खुशी है कि माँ की तरह मुझे खौफनाक मौत नहीं मिली। हाँ—एक बात का अफसोस जरूर है।"

"किस बात का?"

"कुछेक ऐसे निर्दोष आदमियों के खून से मेरे हाथ रंग गये, जिनके खून से मेरे हाथ नहीं रंगने चाहिये थे।"

"इट वाज गॉडस विल।" मैं गहरी साँस लेकर बोला— "मे गॉड गिव यू स्ट्रेंथ टु बीयर दिस टेरिबल ब्लो।"

मैंने धीरे-धीरे शिनाया शर्मा का कंधा थपथपाकर उसे सान्त्वना दी।

❑❑❑

मैंने चाय का कप खाली करके टेबिल पर रखा। उस समय मैं जेलर के ऑफिस में बैठा हुआ था।

"यह लड़की कुछ अजीब है मिस्टर अमित!" जेलर अपलक मुझे देखता हुआ बोला—"यह जितनी भावनाओं से भरी हुई है—उसे देखकर लगता ही नहीं कि इसने चार खून किये होंगे। और खून भी ऐसे, जिन्हें आसानी से 'कोल्ड ब्लडिड मर्डर' की संज्ञा दी जा सकती है।"

"क्या इसकी यह फाँसी रुक नहीं सकती?" मैंने जेलर से सवाल किया।

"मैं अपनी तरफ से काफी कोशिश कर चुका हूँ।" जेलर ने बताया—"लेकिन यह लड़की खुद फाँसी पर चढ़ने को तैयार है। मैंने इसे काफी समझाया कि अगर यह राष्ट्रपति के नाम एक चिट्ठी लिख दे—तो मैं पूरी कोशिश कर सकता हूँ कि इसकी फाँसी की सजा उम्रकैद में बदल जाये। मगर अफसोस तो इस बात का है—यह चिट्ठी भी लिखने को तैयार नहीं।"

"इसमें इसकी गलती कुछ नहीं जेलर!" मैं बोला—"इंसान के सपने जब एक बार टूट जाते है, तो उसका व्यक्तित्व बेजान मोतियों की तरह इधर-उधर बिखर जाता है। और यही इंसानी जिन्दगी का वो पड़ाव है, जहाँ से

इंसान का जिन्दगी से नहीं बल्कि मौत से इश्क शुरू होता है। उस खूबसूरत लड़की को भी अब मौत से इश्क हो गया है।"

जेलर हैरानीपूर्वक मेरी तरफ देखने लगा।

"फिलहाल मैं चलता हूँ जेलर!" मैं कुर्सी छोड़कर खड़ा हो गया।

"ओके।" जेलर ने भी कुर्सी छोड़ी और गरमजोशी के साथ मुझसे हाथ मिलाया—"वी विल मीट अगेन!"

"जरूर।"

मैं सेण्ट्रल जेल से बाहर निकल आया।

❑❑❑

पाण्डुलिपि पढ़ने के बाद मैंने उसे टेबिल पर ही एक तरफ रख दिया। मैं अभी भी उस कहानी के मोहजाल में डूबा हुआ था। सुबह का समय था। मैंने वॉल क्लॉक की तरफ दृष्टि उठाई। चार बज चुके थे। शिनाया शर्मा की फाँसी में सिर्फ एक घण्टा बाकी था। उस पूरी रात मैं सोया नहीं था।

पूरी कहानी पढ़ने के बाद इस बात का अहसास मुझे अच्छी तरह हो चुका था कि बृंदा के खिलाफ कहीं कोई ऐसा सबूत नहीं है, जो कानून उसे गिरफ्तार कर सके। सचमुच उसने एक-एक चाल बहुत सोच-समझकर चली थी। तो क्या इस बार एक अपराधी को सजा नहीं मिलेगी? वह इसी प्रकार खुला घूमता रहेगा?

मैं बृंदा के बारे में जितना सोच रहा था, उतनी मेरी दिमागी उलझन बढ़ रही थीं। तभी वॉल क्लॉक बहुत जोर-जोर से पाँच बार बजी। मेरी आँखें मुँद गयीं। मेरा शरीर रिवाल्विंग चेयर पर शिथिल पड़ गया। शिनाया शर्मा को फाँसी हो चुकी थी। मैं आँखें बन्द किये-किये इसी तरह ना जाने कब तक चेयर पर पड़ा रहा। दस बजे मेरी आँख खुली।

मैंने टी.वी. ऑन किया। टी.वी. पर शिनाया की फाँसी की खबर ही चल रही थी। तभी टी.वी. पर एक और खबर भी चलनी शुरू हुई। यह खबर बृंदा से सम्बन्धित थी। जब बृंदा लिफ्ट में सवार होकर पैंट हाउस से नीचे होटल की तरफ जा रही थी, तभी न जाने कैसे लिफ्ट का तार कट गया और लिफ्ट धड़ाम से नीचे जाकर गिरी। बृंदा की तत्काल ऑन द स्पॉट मौत हो गयी। पुलिस को उसके वेनिटी बैग में-से सौ करोड़ का बीमे का चैक भी

बरामद हुआ, जो बृंदा को उसी दिन बीमा कम्पनी से प्राप्त हुआ था और तब वो उस चैक को अपने बैंक एकाउण्ट में जमा कराने जा रही थी। मगर ऐसी नौबत ही न आयी। उन सौ करोड़ रुपयों का सुख वो न भोग सकी।

टी.वी. पर उस खबर को सुनकर मेरे चेहरे पर बेपनाह हर्ष की लकीरें खिंच गयीं। मेरी कुण्ठा समाप्त हो गयी। जिस बृंदा को कानून सजा न दे सका, उसे उसके कृत्य की ईश्वर ने सजा दे दी थी। उस पल के बाद मेरा यह निश्चय और भी ज्यादा दृढ़ हो गया, अपराधी कभी बचता नहीं है! उसे उसके पापों की सजा जरूर मिलती है। एज यू सो, सो शैल यू रीप।

समाप्त